Reuven Kritz – Meine kleine Rote

**Reuven Kritz**, in Wien geboren, wuchs in Israel in einem Kibbuz auf, studierte an der Universität Jerusalem, lehrte moderne hebräische Literatur an der Universität Tel-Aviv und als Gastprofessor in Los Angeles, Boston und Heidelberg. Er veröffentlichte Erzählungen, Gedichte und Werke zur Literaturgeschichte und Literaturtheorie. Auf Deutsch erschienen: "Die Genies von Kiryat-Motzkin – Israelische Mini-Essays", der realistisch phantastische Roman "Die Krankheit der Dichter oder Hoffmanns Erzählungen", der Beichtroman "Wie Krebse in der Nacht" und der lebensnahe Jugendroman "Morgenluft". Das Buch "Meine kleine Rote – 12 Erzählungen" trug anfänglich den Untertitel "Erzählungen der Unschuld und der Erfahrung".

**Yona Kollmann**, ein in Israel bekannter Designer, gestaltet die meisten Bücher von Kritz. In Tschechien geboren, wurde er von seinen Eltern vor dem Zweiten Weltkrieg nach dem damaligen Palästina gebracht, wo er mit Kritz in einem Kibbuz aufwuchs.

**Muni Poppendiek-Kritz** studierte Sozial- und Verhaltenswissenschaften an der Universität Heidelberg. Sie ist Herausgeberin und Lektorin dieser Erzählungen und bearbeitete die deutsche Rohübersetzung des Autors gemeinsam mit ihm. Es ist das fünfte deutsche Buch, das die beiden herausbringen.

**Aus israelischen Rezensionen:** "…passagenweise ausgesprochen witzig, wenn auch das Ende nicht ganz auskomponiert ist." – "…der Unerfahrene begegnet dem Erfahrenen…" – "…Lächeln, zierliche Bosheit und Schmerz…gelegentlich surreal, verzettelt…" – "Alon und Irit' ist eine der zartesten Liebesnovellen der neuen hebräischen Literatur…" – "…nebenbei erfährt der Leser etwas über den Araber in der hebräischen Literatur…"

Reuven Kritz

# Meine kleine Rote

12 Erzählungen

Im Deutschen bearbeitet von
Muni Poppendiek-Kritz und dem Autor

Illustrationen von Yona Kollmann

\*

Wir danken
Catherine Stiefel
für ihre Hilfe
bei allen unseren deutschen Büchern

\*

Die meisten Erzählungen dieses Bandes
erschienen auf Hebräisch
im Verlag *Sifrei Pura*, Pura Books, Tel Aviv
Unter dem Titel *Hu Ve Hi*, Er und Sie, 2006.

\*

Mail-Adresse des Autors:
<kritzreuven45@hotmail.com>

\*

©
Dieses Werk ist urheberrechtlich geschützt.
Printed in Germany
Herstellung und Verlag: Books on Demand GmbH, Norderstedt

ISBN 9 783 842 375 970

Für Catherine Stiefel

# Meine kleine Rote

Wenn ich genug Geld gehabt hätte, hätte ich sie mir schon längst gekauft, ich hatte große Sehnsucht nach ihr, noch bevor ich sie kannte. Meine kleine Rote, so nannte ich sie leise, außer einmal, als ich allein von der Hauptstraße auf der schmalen Feldstraße zu unserm Dorf ging, niemand konnte mich hören. Ich musste es einmal laut sagen, nicht rufen oder schreien, obwohl ich auch dazu Lust hatte, zu hören, wie es klingt. Meine kleine Rote! Von mir aus brauchst du nicht viele Pferdestärken zu haben, für mich musst du nicht stark und schwer sein, nicht brausen, ich will nur ein leises, intimes Säuseln hören. Wenn ich gut aufgelegt war, wagemutig im Denken, ich meine, verwegen tagträumte, stellte ich mir dieses leise Säuseln vor.

Seit wann ich diese Sehnsucht kannte? Ich glaube, ich hatte sie schon immer. Ich erinnere mich, als kleiner Junge wollte ich groß sein, wollte Soldat sein, ein Schnurrbart sollte mir wachsen, und eine kleine Rote wollte ich haben. Dann wurde ich groß, wurde ein Soldat, sogar ein Schnurrbart wuchs mir; es ging alles wie von selbst, ich musste nichts dazu tun. Ehrlich – ich war eher enttäuscht. Früher dachte ich, wenn ich groß bin, werde ich besondere Gefühle haben, richtige Gedanken denken und wichtige Taten vollbringen. Ich wurde groß, meine Kameraden wurden groß, wir wurden Soldaten, einige von uns pflegten ihre Schnurrbärte, wir, ich meine: ein jeder von uns, vollbrachte einiges, dabei war ich nie sicher, ob es wichtig war. Es blieb nur die Sehnsucht – nicht nach einer, sondern nach meiner kleinen Roten.

Wie schön wäre es mit ihr gewesen! Wir könnten überall hin fahren, müssen nie auf den Bus warten, der zweimal am Tag unser Dorf erreicht. Ich konnte mir leicht vorstellen, ich meine, verwegen tagträumen, wie alle mit mir befreundet wären: "Hallo, nimmst du mich heute mit, mit deiner Roten?" Gewöhnlich antworte ich dann leichthin "Natürlich" oder "Selbstverständlich", was denn sonst? Aber manchmal schien mir, ich sollte doch vorher die Stirn runzeln und Bedenken zeigen. "Na ja", könnte ich sagen, "ausnahmsweise."

Aber was mache ich nur, wenn jemand – ebenso leichthin – mich bittet, ihm meine kleine Rote für eine Runde zu überlassen? Mir stockt bei so einer Bitte der Atem. Soll ich diesem Kerl zeigen, was für ein guter Freund ich bin? Wie sehr sich mein Herz dabei zusammenzieht, sieht er denn nicht, dieser... Soll ich ihn denn allein mit ihr lassen? Nein, das geht nicht, das geht auf keinen Fall! Mitnehmen, das ja, das kann ich mir vorstellen. Obwohl... Eigentlich... Ist es da besser, langsam und vorsichtig... Wenn ich einem Sozius oder – atemberaubender – eine Sozia mitnehme? Ja, langsam und vorsichtig, damit sie sieht, wie verantwortlich ich bin. Andererseits, wenn ich mich mit Schwung in die Kurven lege, die Sozia, die gerade dran ist zittert, und stammelt ganz schwach "Nicht so schnell, Ricky, bitte!" und klammert sich an mich, schmiegt sich an mich und erzählt später ihrer besten, neidischen Freundin "Ach, Ruti, es war herrlich, das kannst du dir gar nicht vorstellen, wir sind richtig geflogen!"

Natürlich würde ich meine Rote pflegen, sie auseinander nehmen und wieder zusammenfügen, ich würde sie auswendig und inwendig entdecken, würde erfahren, wie sie pocht und tickt.

Ich wusste, der Tag wird kommen.

Und er kam!

Wie schön wäre es mit ihr gewesen! Wir könnten überall hin fahren,
müssen nie auf den Buswarten, der zweimal am Tag unser Dorf
erreicht. Ich könnte mich leicht in der Schule in den Unterricht
tagträumen, wie alle mit mir befreundet wären. "Hugo, nimmst du
mich heute mit deiner Roten?" Gewöhnlich antworte ich dann
leichthin "Natürlich" oder "Selbstverständlich", was denn sonst?
Aber manchmal sehen mir, ich sehe doch vorher die Stirn runzeln
und Bedenken zeigen. Nur dann könnte ich sagen, "ausnahmsweise."
Aber was mache ich nur, wenn jemand ebenso leichthin – mich
bittet, ihm meine kleine Rote für eine Stunde zu überlassen? Mir
stockt bei so einer Bitte der Atem. Soll ich diesem Kerl zeigen, was
für ein guter Freund ich bin? Wie sehr sich mein Herz dabei
zusammenzieht, sieht er dann nicht, dieser... Soll ich ihn dann allein
mit ihr lassen? Nein, das geht nicht, das geht auf keinen Fall!
Mitnehmen, das ja, das kann ich mir vorstellen. Obwohl...
Eigentlich wäre es das beste, langsam und vorsichtig. Wenn ich
einen Sozius oder – atemberaubender – eine Sozia mitnehme? Ja,
langsam und vorsichtig, damit sie sieht, wie vertrauenswürdig ich bin.
Andererseits, wenn ich mich mit Schwung in die Kurven lege, meine
Sozia, die gerade dran ist zittert, und stammelt ganz schwach "Nein,
so schnell nicht, bitte" und klammert sich an mich, schmiegt sich
an mich und erzählt später ihrer besten, neidischen Freundin "Ach,
Juti, es war herrlich, das kannst du dir gar nicht vorstellen, wenn er
richtig gefahren ist..."
Natürlich würde ich meine Rote pflegen, sie auseinander nehmen
und wieder zusammenfügen, ich würde sie auswendig und inwendig
entdecken, würde erfahren, wie sie reagiert bei allem.
Ich wusste, der Tag wird kommen.
Und er kam!
Unerwartet gewann ich 500 Lirot in einem Wettbewerb. Noch nie
hatte ich so viel Geld in und plötzlich hielt es ich der Hand. Seit dem

\*

Unerwartet gewann ich 500 Lirot in einem Wettbewerb. Noch nie hatte ich so viel Geld und plötzlich hielt ich es in der Hand. Seit damals hat sich der Wert vom Geld sehr geändert, damals konnte man mit so viel Geld 50.000 Portionen Eis kaufen, oder 1.000 große Tafeln Schokolade, 20 Paar Rollschuhe, oder... eine kleine gebrauchte Rote. Was hättet Ihr gewählt? Stimmt. Natürlich. Ich auch.

Sollte ich nach Hause fahren und meiner Familie und meinen Freunden von meinem großen Entschluss erzählen oder sie überraschen? Klar, ich entschied mich für die Überraschung und bin sicher, ihr hättet dasselbe getan. Wenn ich alle um Rat gefragt hätte und sie hätten gesagt: Ja, fahr und kaufe sie dir, hätte ich ein zweites Mal nach Tel-Aviv fahren müssen, einen weiteren Arbeitstag und doppeltes Fahrgeld vergeudet. Und wenn sie mir ganz entschieden abgeraten hätten, hätte ich meine kleine Rote trotzdem gekauft, nur mit dem Unterschied, dass alle auf mich wütend wären, weil ich ihren Rat nicht befolgte. Jeder, der einen Rat gibt, ist überzeugt, sein Rat sei der beste. Ist doch logisch, oder? Und wenn ich auf sie gehört und nicht gekauft hätte, wäre ich ganz wütend auf mich selbst gewesen, dass ich überhaupt um Rat gefragt habe. Eigentlich will doch jeder, der um Rat fragt, seine eigene Ansicht bestätigt hören. Nun könnte man doch auch weder ja noch nein sagen, und stattdessen raten, abzuwarten und die Sache zu überdenken. So ein Rat wäre für mich das Schlimmste gewesen. Ich hätte meine kleine Rote schon besitzen können, und da brauch ich nicht ausmalen, was ich alles mit ihr machen würde. Und statt dessen sollte ich warten und überdenken! In meinen Gedanken fühlte ich schon den Wind, der mir leicht um die Ohren

säuselt, und sah die Nachbarn zusammenlaufen um mir voller Staunen und Neid nachzuschauen. Na, was sagt Ihr?
Noch einen Rat hätte man mir geben können: Ich solle mich mit einem Fachmann beraten. Aber auch dieser Rat, so klug er scheint, hat seine Tücken. Ich kenne keinen solchen Fachmann. Also müsse ich einem Fremden bezahlen, damit er mitgeht, mit mir meine kleine geliebte Rote betrachtet... Wenn ich allein gehe, könnte man mich um – sagen wir – 50 Lirot betrügen, aber, wenn ich mit einem Fachmann käme, müßte ich ihm mindestens 50 Lirot bezahlen, da kann man leicht nachrechnen, dass mich seine Fachkenntnisse genau so viel kosten, wie sie mir nutzen würden. Für eine junge, bildschöne kleine Rote fordert man weit mehr als 500 Lirot. Wozu also der Fachmann? Was beurteilt so ein Fachmann überhaupt? Wie sie von außen aussieht? Es ist ja nicht anzunehmen, dass er sie gründlich untersucht. Und der Verkäufer sieht mir doch nicht an, dass ich nichts davon verstehe, er wird voraussetzen, ich besitze Fachkenntnisse, denn sonst hätte ich einen Fachmann mitgebracht. Er wird also gar nicht erst versuchen, mich zu betrügen. Logisch!
Außerdem ist ja bekannt, dass so eine Maschine eine Zulassung braucht. Der Verkäufer muss sie überprüfen lassen, bevor er sie verkaufen darf. Es gibt, wie es im "Traktat der Väter" steht, eine Überwachung, ein sehendes Auge, ein hörendes Ohr, und eine alles aufschreibende Hand. Und weil jeder sich daran halten muss, ist die Gefahr, betrogen zu werden, gleich Null.
Aus all dem kann man entnehmen, dass ich lange und gründlich darüber nachdachte und auf keinen Fall übereilt handelte. Ich ging und suchte ein kleine Rote, fand und kaufte sie sofort. Für die ganzen 500 Lirot.

*

Wenn man in Tel-Aviv eine solche Geliebte sucht, eine leicht summende oder laut brausende, das hängt vom Budget des Käufers und ihrer Stärke ab, wenn, sage ich... Aber das weiß ja ein jeder, alle Händler, Makler oder Garagenbesitzer, die reparieren, lakieren, kaufen und verkaufen, in Kommission nehmen oder vermitteln, kurz, alle die, die da relevant sein könnten, sind in einer langen Straße zu finden. Sie beginnt an der alten Zentral-Busstation und heißt "Petach-Tikwa-Weg", woran man sieht, wohin sie führt. Am Anfang dieser Straße begann ich meine Suche. Dabei war ich sehr vorsichtig und steckte mein Geld nicht in die hintere Hosentasche, wohin Ihr es vielleicht gesteckt hättet, dort kann es jeder Taschendieb stehlen. Aber auch nicht in die vordere, dort hebe ich alle möglichen meiner nützlichen Dinge, wie die Hausschlüssel... wie leicht kann das Geld da herausfallen, z.B. wenn ich ganz arg niesen muss, das Taschentuch hektisch herausziehe, und dabei... Da hätte ich mein gutes Geld sicher bald verloren. Nein, ich verstaute es in der oberen Hemdbrusttasche, unter dem Pullover, da schien es mir am sichersten. Ich nahm es auch nicht unnötig oft heraus, um mir zu versichern, dass es noch da ist, oder um es zu zeigen, wie manche, die im Bus ein Bündel Scheine aus der Hosentasche ziehen, um dann einen Schein auszuwählen. Nein, ich tat nichts desgleichen, ich ging in Khakihosen und Sandalen, es war mir egal, ob die Leute dachten, ich besäße Geld oder nicht.

Natürlich kaufte ich nicht die erste die mir gefiel, gleich im ersten Geschäft, oh nein, da kennt Ihr mich nicht. Da geht es um ein Erlebnis, das man vermutlich nur einmal im Leben hat, so eine Verlobung muss man gehörig auskosten! Also lief ich die ganze Straße entlang, guckte in alle Geschäfte, alle Werkstätten und

Garagen, fragte, betastete, untersuchte, verglich... Ich hatte es nicht eilig, im Gegenteil! Ich hatte alle Zeit der Welt, jetzt, wo ich sicher war, noch heute Vormittag meine ersehnte kleine Rote zu besitzen, sie wird mir gehören, ganz und gar, vielleicht wird sie auch nicht rot sein, ich kann ja wählen... Wenn ich will, nehme ich diese hellgraue Schlanke und Leichte, oder ihre verführerische silberne Nachbarin, ich will ja die Schönste und Attraktivste.

So betrachtete ich etwa fünfzig Schöne, und endlich, gegen Mittag, fand ich die ersehnte Einzige, bei der ich sofort wusste: Das ist sie! Sie stand in einer bescheidenen Ecke, in der Werkstatt eines Mannes, wir können ihn ruhig mit seinem Namen, Ingenieur Paul Pumpel nennen, er wird nicht wagen, zu protestieren. Es gefiel mir besonders, dass er ein Ingenieur war – so stand es jedenfalls auf seinem Schild. Er war nett und höflich wie kein anderer.

"Herr Keller", sagte er zu mir – nie zuvor hatte mich jemand mit Herr angeredet, es gefiel mir. "Herr Keller", sagte er, "glauben Sie mir, sie ist genau die, die Sie suchen. Sie ist leicht, stabil, in ausgezeichnetem Zustand, und vor allem, sie hat Charakter, sie ist eine Persönlichkeit, wenn man so sagen darf, sie trägt den Namen einer Weltfirma. Um sie noch schöner zu machen, habe ich den Namen beim lackieren überdeckt, Namen sind ja belanglos, wenn der Charakter für sich spricht."

Ich hob sie etwas, wirklich, sie war sehr leicht, fühlte sich stabil an, und sah wunderschön aus: Frisch lackiert, auf Hochglanz poliert und in wunderbarem Zustand. Herr Ingenieur Paul Pumpel sagte mir ihren japanischen, oder war es ein chinesischer Name und bemerkte, dass jeder, der sich da, wo es um Charakter und Persönlichkeit geht, nur einigermaßen auskennt, wüsste, das sei erstklassig. Ich tat sehr klug und fragte:

"Und was geschieht, wenn unsere Geliebte ein ernstes Gesundheitspoblem hat und eine, haha, Transplantation braucht?"

"Aber, Herr Keller", staunte Herr Ingenieur Paul Pumpel, "die gibt es bei mir im Überfluss."

"Sind Sie bereit mir eine Garantie zu geben?", fragte ich streng.

"Aber, Herr Keller", sagte er schnell, "selbstverständlich. Wie können Sie denken, ich würde sie Ihnen ohne Garantie übergeben?"

"Es gibt so viele Händler", sagte ich, mich rechtfertigend, "die – na ja, sagen wir – unverantwortlich sind." Ich konnte natürlich das Wort "Betrüger" nicht in den Mund nehmen, um keinen von Herrn Ingeneur Pumpels Kollegen zu beleidigen. Um nicht allzu eifrig zu erscheinen, fügte ich hinzu: "Bei Zion Zion habe ich auch eine schöne Kleine gesehen, die..."

Er unterbrach mich lachend.

"Herr Keller, Sie erwähnen Zion Zion? Das sollten Sie nicht tun. Der Arme ist ein kleiner Betrüger, der mit unerfahrenen Käufern kläglich sein Dasein fristet, anders kann er nicht existieren. Ich will mich mit keiner, die er berührt hat, weiter abgeben, gehen sie also zu Zion Zion und seiner Schönen! Ich habe meinen Namen in Ehren zu halten, einen guten bekannten Namen unter allen, die in meinem Bereich vermitteln. Glauben Sie wirklich, ich würde um ein paar lausiger Lirot willen, meinen Namen aufs Spiel setzen?"

Dieses Argument überzeugte mich. Genau das hatten wir nämlich in der Schule gelernt: Es mache sich immer bezahlt, anständig zu sein, ehrlich währt am längsten, Lügen haben kurze Beine, vor anständigen Leuten hat man Respekt und Achtung und vertraut ihnen. Auch Herr Ingeneur Pumpel hatte das sicher in der Schule gelernt. Man konnte ihm also vertrauen.

"Ja", sagte ich, "die will ich und die nehme ich, die wird meine kleine Rote!"

Es war, als ob ich ihr mein Ja-Wort gegeben hätte.

\*

Ich hatte Herrn Ingenieur Pumpel gegenüber bereits meinen Besitz von 500 Lirot erwähnt, und siehe, ein Wunder und Zufall des Schicksals! Meine Schöne kostete genau 500 Lirot. Nicht mehr, und nicht weniger. Um mich endgültig abzusichern, bat ich um eine Quittung und einen Garantieschein.
"Aber selbstverständlich, Herr Keller", sagte er, "schreiben Sie, wie Sie es wollen, ich unterschreibe. Vielleicht verkauft Ihnen Zion Zion eine ohne Garantie, aber ich bin ein ehrbarer Geschäftsmann.
Ich hatte noch nie im Leben eine Bestätigung oder eine Garantie gelesen, geschweige denn geschrieben. Aber ich wollte ja erfahren erscheinen, also schrieb ich:

> Bestätigung.
> Hiermit bestätige ich, dass ich Herrn Keller eine Maschine für 500 Lirot verkauft habe. Sie ist in sehr gutem Zustand, funktioniert fehlerfrei, ist leicht, stabil und einfach, die Firma ist bekannt, kurz, alles ist ausgezeichnet. Ich übernehme volle Garantie.

Herr Ingeneur Paul Pumpel unterschrieb sofort. Ich überreichte ihm das Geld, er überreichte mir die Quittung, meine kleine Rote war mein.

\*

Ich streckte meine Hand nach ihr aus. Herr Ingenieur Pumpel erschrak.
"Es tut mir sehr leid, Herr Keller, aber Sie können sie noch nicht mitnehmen, es sind noch einige Kleinigkeiten zu richten, kleine kosmetische Angelegenheiten, haha."

Mir war nicht klar, was es noch zu richten geben könnte, schließlich hatte er unterschrieben, dass alles in Ordnung und im besten Zustand sei, aber ich verließ mich auf ihn. "Gut", sagte ich, "aber ich muss nach Hause fahren, und ich wohne weit von hier. Wie und wann bekomme ich sie?"
Herr Ingenieur Pumpel überlegte. "Heute ist Donnerstag, morgen Freitag, da komme ich nicht dazu." – Auf seiner Stirn erschienen Sorgenfalten. – "Sonntag...", wog er ab. "Ach nein, Sonntag geht auch nicht, aber Montag schicke ich sie Ihnen."
Er machte eine abschließende Geste. Ich akzeptierte dankbar den Termin. Die Tatsache, dass er nicht ohne weiteres etwas versprach, sondern ruhig überlegte, Bilanz zog und dann zusagte, gab mir ein ruhiges Vertrauen in sein Versprechen. Ein anderer hätte gesagt, sicher, morgen schicke ich sie. Und hätte sie vielleicht noch einige Tage behalten. Aber er überlegte erst und sagte dann zu. Ich gab ihm mein kleines Dorf an, das genügte – es gab bei uns keine Straßennamen – und schilderte ihm, wann und wo unser Dorflieferwagen in Tel-Aviv hielt, um Lieferungen anzunehmen. Wir verabschiedeten uns mit Handschlag, wie gute Freunde.
Bereits im Gehen, fiel mir ein, dass ich kein Geld mehr für die Heimfahrt hatte und, dass ich nicht versucht hatte zu handeln. Ich kehrte zurück.
"Ah, Herr Keller, haben Sie etwas vergessen?"
"Herr Ingenieur Pumpel", sagte ich, "vielleicht können Sie doch noch etwas mit dem Preis heruntergehen? Schließlich ist es bei einem Kauf üblich, dass jede Seite der andern ein bisschen entgegenkommt, nicht wahr?"
Herr Pumpel war sehr erregt.
"Aber, Herr Keller!", sagte er mit einer aus dem Herzen kommenden und zu Herzen gehender Stimme. "Für Sie würde ich das bestimmt tun, wenn ich es könnte. Wenn ich an dieser

Vermittlung auch nur einen Cent verdienen würde, würde ich den Preis natürlich senken, aber sie gehört ja nicht mir. Einer meiner Freunde – vielleicht sogar der beste – bat mich, sie für ihn zu verkaufen. Auch er verdient nichts an ihr, will nichts an ihr verdienen. Er verlangte von mir nur eines: Ich sollte jemanden finden, der sie zu schätzen und zu lieben weiß."
Ich schwieg beschämt, verabschiedete mich und ging, erschüttert, dass ich mit einem Mann handeln wollte, der für seine Freunde alles tat und auf Profit verzichtete.
Ich ging, mit mir selbst zufrieden, da plötzlich meldete sich ein neuer Zweifel, der mich bewegte zurückzukehren. Ich bat vielmals um Entschuldigung für die neue Störung.
"Herr Ingenieur Pumpel, aber ich wüsste gern, warum Ihr Freund eine so gutes und schöne..."
Herr Pumpel unterbrach mich lächelnd.
"Herr Keller", sagte er, "Sie haben keine Ahnung, wie schwer meinem Freund dieser Entschluss, dieser Abschied fiel. Aber er muss für längere Zeit ins Ausland. Ich schlug ihm vor, lass sie doch bei mir, Karl, bis du in einigen Jahren zurückkommst, aber, leider, leider – er brauchte das Geld dringend für die Reise. Noch heute Abend werde ich es ihm bringen."
Wieder verabschiedete ich mich beschämt, lieh mir von einem Bekannten ein wenig Geld und fuhr nach Hause. Es macht immer Freude, anständige, uneigennützige Mitmenschen zu treffen.
Meine Familie teilte meine Freude an meinem Erwerb nicht. Sie waren – ich schäme mich, es zu gestehen – empört. Was? Wie konntest du? Und sprudelnd zählten sie mir all die nützlicheren Dinge auf, die ich mit meinem Geld hätte kaufen können, kaufen sollen, kaufen müssen, wenn ich nicht immer nur an mich selbst denken würde. Ich hörte ihnen nicht zu, ich war traurig. Traurig sein stört das Zuhören. Ich glaube, es wurde eine Nähmaschine

erwähnt, oder war es eine Waschmaschine, und dann etwas nützlicheres, warmes, ein Backofen, vielleicht, oder ein neuer Herd, oder war es etwa ein grauer Regenmantel, der wärmt ja auch, nicht wahr? Die Liste nahm kein Ende, meine Familie hatte keinerlei Verständnis für meine Sehnsucht. Ich schwieg und wunderte mich, wie man an eine Waschmaschine oder einen Regenmantel denken kann und mich dabei beschuldigt, nur an mich zu denken. Aber vielleicht, wenn Du ankommst, meine Schöne, und wenn sie Dich sehen und bewundern...

*

Die Woche verging, ziemlich langsam. Dann verging eine zweite Woche – noch langsamer. Warum ich Herrn Ingenieur Pumpel nicht anrief? Er hatte vergessen, mir seine Telefonnummer zu geben, auf der Quittung und Garantieschrift stand auch keine Adresse. Im Telefonbuch fand ich ihn nicht, es war, als ob er mit mir Verstecken spielte. Also rief ich meinen Freund an, beschrieb ihm Pumpels Schuppen, bat, er solle nach der Arbeit dort vorbei fahren und auf die Straßennummern schauen. Er fand die Adresse, ich schrieb einen etwas ungeduldigen Brief, dann einen zweiten und dritten, jedes Mal mit ein wenig mehr Frage- und Ausrufungszeichen. Ich erhielt keine Antwort, also machte ich mich auf den langen Weg nach Tel-Aviv, ein wenig wütend und beschämt, denn inzwischen hatte ich schon einigen Nachbarn und Freunden erzählt, dass ich jeden Tag auf meine kleine Rote hoffe und jeden Tag begrüßten sie mich mit „Nun?". Ich konnte nur mit den Achseln zucken. Also machte ich mich nochmal auf den Weg.
In Tel-Aviv ging ich mit energischen Schritten in die Werkstatt und sagte forsch: "Guten Tag, Herr Pumpel! Ich bin äußerst erstaunt..."
Aber Herr Pumpel kam mir mit freudiger Stimme zuvor:

"Ach, Herr Keller, guten Tag, Herr Keller", rief er und eilte mir entgegen. "Ich freue mich wirklich, dass Sie endlich gekommen sind, ich habe schon alles aufs Beste für Sie erledigt, obwohl es unerwartet Schwierigkeiten gab." – Er erzählte, er hätte das Motorrad der technischen Prüfstelle vorgestellt, es bliebe nur noch, die Gebühr zu bezahlen, 60 Lirot im Ganzen. Ich erschrak. So viel? – Ja, sagte er, leider sei noch eine vergangene Schuld nachzuzahlen. Er bedauerte, dass er das nicht vorher gewusst habe, der vorherige Besitzer hatte leider vergessen, es ihm mitzuteilen.

Eine Sekunde war ich fast wütend. Dann besann ich mich auf das, was wir in der Schule von den Sprüchen der Schriftgelehrten gelernt hatten, nämlich, man solle die Menschen in einem guten Lichte sehen. Also bemühte ich mich Herrn Pumpel so zu sehen und dachte: Dieser Mann tut dir doch Gutes – wie kannst du ihm zürnen? – Ich eilte zu einem Freund, lieh mir 60 Lirot und gab das Geld Herrn Pumpel für die Prüfstelle. Der Ordnung halber, änderte ich auf der Quittung die Summe von 500 auf 560 Lirot. Herr Pumpel versprach, nun alles schnellstens zu erledigen.

Beruhigt und froh fuhr ich nach Hause. Es verging eine lange Woche, es vergingen zwei noch längere. Meine Freunde fragten schon nicht mehr "Nun?", Wisst Ihr, wie man hämisch lächelt? Von denen hättet Ihr's lernen können.

Diesmal vergeudete ich keine Zeit mit Briefeschreiben. Ich bat einen Nachbarn, der nach Tel-Aviv fuhr, nachzuforschen, was jetzt wieder los sei. Er berichtete in Pumpels Namen, dass ich, um die amtliche Prüfungsbescheinigung zu bekommen, zuerst einen Versicherungsnachweis einschicken müsse. Also nahm ich einen Tag frei, und fuhr zur Versicherung. Nachdem ich die Zulassungsnummer, Motorennummer, meinen Namen und Adresse angegeben hatte, fragte mich der Agent:

"Und wo ist Ihr Führerschein?"
"Führerschein?" – stammelte ich. "Ich habe keinen. Ich kann noch nicht fahren."
Er erklärte mir, dass es ohne Führerschein keine Versicherung geben könne.
Ich fühlte eine sonderbare Schwäche in den Knien und musste mich setzen, um über die komplizierten Zusammenhänge in unserer schönen Welt nachzudenken. Um zu einem Führerschein zu kommen, muss man das Fahren üben. Um zu üben, braucht man ein Motorrad, um ein Motorrad zu fahren, braucht man eine Versicherung und dafür wieder einen Führerschein. Ich fragte den Versicherungsagenten nach den Gründen für diese komplizierten Bestimmungen. Er zuckte die Achseln. Solches Achselzucken war mir nicht unbekannt. Nach einigem Nachdenken fügte er eine logische Erklärung hinzu: Wenn das anders wäre, würde jeder allein fahren lernen, und die Fahrschulen würden Pleite machen. Das war sicher richtig, aber nicht überzeugend.
Ich lief von einer Versicherungsgesellschaft zur nächsten und schließlich kam ich an einen netten Agenten, der mir ehrlich helfen wollte. Er war selbst ein Motoradfan und erzählte mir eine Geschichte von Einer, die er vor Jahren besessen hatte, und dann eine andere von einer Anderen, die er jetzt, bald... und eine dritte von einem Freund, der auch... Nach einer Weile sah ich auf die Uhr und fragte, was die Versicherung koste. 80 Lirot, sagte er. Meine Knie wurden weich. Aber der nette Versicherungsagent zählte mir auf, wogegen ich für diesen Preis versichert sein würde. "Nehmen wir an, Sie überfahren jemanden – Gott behüte – aber das kommt leider früher oder später vor." – Und wieder erzählte er mir, wie vor einigen Jahren... und von dem Freund, der glücklicherweise, nachdem er jemanden überfahren hatte... Diese Versicherung nennt man nämlich – und so mit gutem Recht und aus gutem

Grund – "Haftpflichtversicherung", d.h. wenn man jemanden überfährt und die Erben Tausende Lirot Schadensersatz fordern, zahlt die Versicherung, man selbst muss nur die gewöhnliche Strafe zahlen. Zusätzlich kann man – und soll man, wie die Erfahrung lehrt – noch eine Sachschadensversicherung abschließen, so dass die Versicherung auch den Schaden am Eigentum des Geschädigten zahlt, z.B. an seiner Kleidung, denn meistens – wenn man jemanden überfährt – nimmt auch die Kleidung des Überfahrenen Schaden. Weiterhin kann man eine Lebensversicherung abschließen, die den eigenen Erben ausgezahlt wird, wenn man selbst überfahren wird. Überhaupt, es lohnt sich immer, für die ganze Familie eine Lebensversicherung abzuschließen, selbst wenn sie nicht überfahren werden. Ist Ihr Haus gegen Feuer versichert? Wenn nicht, würde er doch sehr dazu raten... Hier unterbrach er sich, um mir die Geschichte eines Freundes zu erzählen, den er gerade noch rechtzeitig überreden konnte, eine Lebens-, Feuer- und Diebstahlsversicherung abzuschließen, noch heute segnen ihn die Erben des Freundes, denn ein Jahr später, während sein Haus abbrannte, wurde ihm das neue Auto gestohlen. Noch ehe er mit der Erzählung vom tragischen Tod des Freundes fertig war, hatte er mich vollständig überzeugt, ich unterschrieb, nahm die Police und rannte zum letzten Autobus. Bei näherer Betrachtung der Police staunte ich, warum ich 80 Lirot bezahlt hatte, während in der Police 60 Lirot stand. Aber das Fahrgeld – wenn ich zurück gefahren wäre, um zu fragen und der verlorene Arbeitstag...

Am Abend berichtete ich alles meiner Familie und erklärte, wie gut es für mich und für sie als meine Erben sein würde, dass ich alle diese Versicherungen abgeschlossen hatte. Über die 20 Lirot schwieg ich, um ihnen nicht die Laune zu verderben und das Bild des Versicherungsagenten nicht zu trüben, ich hatte ihn in leuchtenden Farben geschildert. Ich schmückte meine Erzählung noch ein wenig aus, indem ich eine Versicherung gegen Erdbeben erwähnte, denn einige Tage vorher hatten wir ein winziges Beben zu spüren bekommen.

In den folgenden Tagen schickte ich die Police an Herrn Pumpel, und – es war nicht zu glauben – eine Woche später schickte er mir meine kleine Rote.

Mein Entzücken über ihr plötzliches Erscheinen war so groß, dass ich über Kleinigkeiten wie die Transportgebühr und die Nachricht, dass ich die Prüfbescheinigung bei den betreffende Stellen anzufordern hätte, hinwegsehen konnte. Seht Ihr, dachte ich, alles ist gut ausgegangen, sie ist da! Ich entrümpelte meinen kleinen Geräteschuppen und richtete ihn für sie ein, schmückte ihn aber nicht mit Blumen, um nicht zu übertreiben. Stattdessen kaufte ich einen Kanister Benzin, eine Pumpe und ein Sieb, einen Büchse Öl, eine Ölkanne, ein Kettenschloss und zwei Postkarten, eine für Herrn Pumpel, um das Ankommen meiner Schönen zu bestätigen, und eine, um die Prüfbescheinigung anzufordern.

Ja, nun war endlich der große Augenblick gekommen. Ich führte meine Schöne auf die schmale Feldstraße, weit genug von unserem kleinen Dorf entfernt, um mit ihr ungestört zu sein, und... ja... Habe ich schon gesagt, dass das der große Augenblick war? Also, das war er!

\*

Ich blickte mich um, ja, wir waren allein! Ich stieg auf, ich fühlte sie zwischen meinen Schenkeln! Ich drehte den Benzinhahn ein wenig auf, atmete tief durch und trat auf den Kickstarter.

Die Handhabung einer Maschine ist eigentlich ganz einfach, wenn man sich dabei gelassen und erfahren fühlt. Und das sagte ich mir auch, bleib gelassen und fühl dich erfahren! Du bist ein guter Radfahrer und verstehst ein wenig von Mechanik. Du weißt, was du jetzt zu tun hast. Hunderte von Malen hast du beobachtet, wie andere das machen. Da gibt's einen Hahn, den man aufdreht, da gibt's Gänge, die man einlegt, eine Bremse, die man betätigen kann, kein Grund zum Zittern und Herzklopfen. Und wenn schon, dann soll sie es bekommen und nicht du. Wenn etwas auf dieser "Jungfernfahrt" nicht klappt – dann soll sie beschämt sein und nicht du!

Und mit diesem tapferen Vorsatz trat ich auf den Kickstarter. Aber sie sprang nicht an. Ich trat ein zweites Mal, ein drittes... ein zehntes Mal – nichts. Zuletzt stieg ich ab und probierte es mit der Hand. Der Schweiß rann mir von der Stirn, nichts geschah. Sie blieb stumm.

Ich ruhte mich aus und dachte nach. Aller Anfang ist schwer, sagt man. Also stieg ich nochmals auf, tat alles wie vorher, stieg wieder ab, versuchte wieder mit der Hand, mit beiden Händen, im Takt, der Schweiß rann, ich setzte mich und dachte nach.

Ich hab's, ich hab's – rief ich und sprang auf, allerdings nur innerlich. Nun werden wir ja sehen, ob du anspringst oder nicht. Ich schob sie an einen leichten Abhang, stieg auf, glitt mit ihr den Abhang hinunter, und als wir schwung hatten betätigte ich den Kickstarter, sie hüstelte und hustete, etwas in ihr stuppste und – – – und – – – sie lief! Ja, sie zitterte vor Freude, dass sie lief! Ich fühlte sie unter mir, ich spürte mich auf ihr, und wir zusammen, gemeinsam, ich und sie...

Ich war so aufgeregt, dass ich alles was man drehen, ziehen oder drücken kann, gleichzeitig drehte, zog und drückte: das Gas, die Gangschaltung, die Vorder- und Hinterradbremse... Sie stotterte und setzte aus. Kein Problem! Das darfst du, wir sind ja schon wirklich und richtig zusammen gefahren, mindestens 20 Meter! Ja, wir können es, zusammen!

Ich schob sie hinauf, und wieder fuhren wir ab. Na, siehst du, redete ich ihr zu, wir schaffen es, wir zwei, zusammen! Und jetzt schieb ich dich bis zum langen Abhang! Da zeigen wir einander was wir können!

Ein Stückchen weiter ging die Feldstrasse etwa 3 Kilometer bergab. Ich schob sie bis dorthin, atmete tief, und begann die lange Fahrt. Wir haben ja Zeit, sagte ich ihr, also, nehmen wir uns Zeit! Da, jetzt wechseln wir einen Gang, siehst du, es geht. Nun geben wir Gas, na, wie ist das, wenn du Gas bekommst? Da werden sie schaun, werden nur so gaffen, alle, wenn wir zusammen von unserer Jungfernfahrt, unserer Siegesfahrt, königlich ins Dorf einbrausen!

Während ich so mit ihr sprach, fühlte ich, wie sie unter mir bebte, während die Straße uns entgegen raste. Ich begann zu singen, zuerst leise, dann schrie ich jubelnd, sogar wenn es jemand gehört hätte, ich genierte mich nicht, der Wind trug die Klänge weit, weit weg, soll man es ruhig hören, soll vor allem sie es hören, soll sie fühlen, sollen alle es fühlen, dass ich auf nichts im Leben so gewartet habe, wie auf diese Minuten, hörst du, meine Rote, spürst du, wie ewig diese Minute dauern wird, ohne Anfang und Ende, ja, ewig den Wind fühlen, das Zusammensein, das endlose Immer-weiter-fliegen und alle Fernen verschlingen, alle Fernen die uns verschlingen!

Plötzlich versagte das Zittern. Sie blieb mitten auf der Straße stehen. Umsonst quälte ich mich ab, sie blieb verstockt, ich musste sie bergauf nach Hause schieben, ich blickte zu Boden, als alle die von der Arbeit kamen etwas Hämisches zu bemerken hatten, mit mitleidig-schadenfrohen Gesichtern.

In unserem Dorf, in einer Werkstatt, arbeitete Moshe, Fachmann für verschiedene Maschinen. Mit seiner Hilfe gelang es noch einige Male den längeren Abhang herunter zu fahren, dann brachte ich sie wieder zu ihm, bis er Zeit fand, sich erneut mit ihr zu beschäftigen. Dann gab es wieder ein wenig Freude am Abhang – allerdings schon gedämpftere. Wenn ich Tagebuch geschrieben hätte, würde sich das ungefähr so lesen:

Montag. Ich bringe sie zu Moshe. Er stellt fest, der Vergaser ist ganz abgenutzt, es müssen Teile ausgewechselt werden. Freitag, eine Woche später: Ein Nachbar war in Tel-Aviv. Ein Vergaser kostet 60 Lirot, man bekommt diesen alten Typ nur bei Pumpel. Moshe rät mir ab, zu kaufen. Er empfiehlt mir dringend, sie so schnell wie möglich los zu werden. Natürlich lehne ich das ab. Moshe meint, ein bisschen kann man auch mit defekten Vergaser fahren. Sonntag: Hurra, wir kamen den ganzen Abhang hinunter, volle vier Kilometer, dann stockte sie wieder. Moshe und ich untersuchen sie gründlich, nehmen sie ganz auseinander. Moshe zeigt mir: Die Lichtmaschine ist kaputt, einige Teile wurden notdürftig mit Drähten geflickt. Er fragt, was für ein Gauner mir das verkauft hat, und mit welchem Idioten ich mich beraten hätte. Ich solle sie schleunigst verkaufen, aber auf keinen Fall einem Freund oder Genossen. Freitag: Eine neue Lichtmaschine kostet bei Pumpel 60 Lirot. Moshe rät, eine gebrauchte zu kaufen, er könne sie mit Drähten befestigen, wie vorher. Sonntag: Moshe vollbrachte das Wunder, sie fährt! Ich kam bis zum Ende des Abhangs und noch ein wenig weiter, zur nächsten Kurve, dort wollte ich den Gang wechseln, ein Draht riss, ich kam schiebend heim. Nun steht sie wieder in der Werkstatt. Freitag: Ich hole sie ab. Wir verbrachten zusammen glückliche zehn Minuten, dann riss die Kette. Montag: Ein Kettenglied ist verloren gegangen. Ersatz gibt es nur beim Pumpel. Freitag: Sie ist anscheinend geheilt. Moshe sagt, nächste Woche

wird er keine Zeit haben. Sonntag: Wir kamen bis zur Kurve, ganze 5 km, in 20 Minuten, der Gaszug riss. Eine Woche später. Erst heute hat Moshe Zeit, mir zu helfen. Ich beobachtete, wie Öl aus dem Motor läuft, der Kickstarter ist nicht in Ordnung. Wir kamen bis zur Hälfte des Abhanges, ein mitleidiger Fremder lud uns auf seinen Jeep und brachte uns zurück. Montag. Sie ist in der Werkstatt.
Sonntag: Anscheinend ist sie gesund. Wir sind bis zum halben Abhang gefahren, dann streikte sie. Nun steht sie wieder in der Werkstatt.

\*

Dann kam der schwarze Tag, an dem ich die Antwort der amtlichen Prüfstelle erhielt. Für Lizenz und Prüfbescheinigung seien noch 160 Lirot zu zahlen, Nachzahlung für die letzten vier Jahre. Ich antwortete, hier müsse ein Missverständnis vorliegen, ich hätte nur die jährlich fällige Erneuerung zu bezahlen und hätte diese Gebühren bereits an Paul Pumpel gezahlt und möchte auch fragen, wie sie es fertig brächten, einen solchen Betrag für eine Maschine, die doch... also, die doch kaum fahrtüchtig sei, zu fordern. Bis jetzt hatte ich noch nicht gewagt, das Wort Schrott über die Lippen zu bringen, obwohl es mir schon im Hals steckte und mich würgte. Schließlich ließ ich den dritten Punkt weg, der erste und der zweite genügten. Schnell kam die Antwort. 1. Da ist kein Irrtum, es sei zu bezahlen. 2. Durch Herrn Pumpel sei keine Bezahlung erfolgt. Voller Verzweiflung schrieb ich an Pumpel. Keine Antwort. Ich nahm einen Urlaubstag und fuhr in die Stadt.
"Herr Pumpel", sagte ich, so ruhig und beherrscht, wie ich es vermochte, "ich bin außerordentlich erstaunt..." Es gelang mir nicht herauszubringen, worüber ich erstaunt war, ich schluckte nur.
"Guten Tag, guten Tag, Herr Keller", rief Herr Pumpel, "wie geht

es? Ich hoffe, Sie sind zufrieden mit ihrer schönen Roten!" Ich holte einige Male tief Luft, erst danach konnte ich wieder sprechen. Nein, Herr Pumpel, ich bin nicht zufrieden. Man kann keine fünf Minuten auf ihr fahren, ohne dass etwas kaputt geht. Der Vergaser ist defekt, der Motor hat einen Riss, Benzin tropft. In der Lichtmaschine sind diverse Teile kaputt und provisorisch mit verrosteten Drähten geflickt. Einmal riss der Draht des Gaszugs, die Gangschaltung hakte, dann die Drähte der Bremsen. Die Zahnräder sind so abgenützt, dass die Gänge herausspringen, wechselt man den Gang, weiß man nie, was geschehen wird. Die Reifen sind völlig blank, die Schläuche in den Reifen mehrfach geflickt und trotzdem, strömt ständig Luft heraus, täglich muss man sie aufpumpen. Mit jedem Fahrversuch werden neue Schäden sichtbar, ich bin gespannt, was noch kaputt sein wird.

Der Pumpel sah mich tiefbetrübt an. "Aber Herr Keller", sagte er, "ich bin unendlich erstaunt. Aus der Garantieerklärung, die Sie selbst formuliert haben, können Sie ja entnehmen, dass ich Ihnen das Motorrad in tadellosem Zustand verkauft habe. Sind Sie sicher, dass Ihre Werkstatt Sie nicht betrügt?"

"Was reden Sie da, Herr Pumpel", sagte ich. "Um festzustellen, dass man mit ihr nicht fahren kann, brauche ich keine Werkstatt. Unser Mechaniker repariert mir alles, ohne einen Pfennig Geld dafür zu nehmen und, er ist ein erfahrener Armeemechaniker."

Mit einigen tiefen Atemzügen bereitete ich mich zum letzten Angriff vor, ruhig, sachlich.

"Sie, Herr Pumpel, haben mich betrogen, Sie..." — wollte ich sagen. Wieder kam er mir mit seiner kolossalen Liebenswürdigkeit zuvor.

"Aber Herr Keller, ich habe doch volle Garantie übernommen. Bringen Sie sie zu mir, ich werde alles in Ordnung bringen,

umsonst, selbstverständlich, ich bin überzeugt, es ist eine gute, glaubwürdige, verlässliche... die Firma..."
Fast wäre ich auf seinen Vorschlag eingegangen, aber mir fiel die Riesensumme ein, die für die Prüfbescheinigung gefordert wurde. Das verhärtete mein Herz und ich sagte:
"Ich staune sehr, Herr Pumpel, dass ich für die Lizenz noch 160 Lirot nachzahlen soll. Diese Summe kann ich niemals aufbringen. Ich bin schon tief verschuldet wegen, wegen..."
Wieder blieben mir die Worte im Halse stecken. Ich atmete tief, um mich zu beruhigen.
"Aber das ist doch nicht möglich!", rief Pumpel.
Ich zog den Brief aus der Tasche:
"Bitte, lesen Sie selbst."
"Ja, Herr Keller, das ist wirklich unerwartet, davon wusste ich absolut nichts."
"Und was ist mit den 60 Lirot, die ich Ihnen gegeben habe?"
"Welche 60 Lirot?"
"Nun, die 60 Lirot für die Prüfbescheinigung."
Pumpel runzelte die Stirn.
"Ich kann mich nicht erinnern, Herr Keller. Vielleicht wollten Sie sie bezahlen?"
Ich zog die Quittung heraus. Dort stand, dass Herr Pumpel 560 Lirot für das Motorrad bekommen hatte.
"Ja", sagte er, "sicher, ich erinnere mich genau. Sie selbst haben die Quittung geschrieben, und ich habe sie unterschrieben. In bester Ordnung."
"Also Sie bestrei–bestreiten", stotterte ich, "die ganze Sache?"
"Aber, Herr Keller, glauben Sie mir, ich erinnere mich nicht. 60 Lirot für die Lizenz?" – Seine Stirn warf tiefe Falten, als bemühe er sich, sich zu erinnern. "Nein, es tut mir leid, ich kann mich nicht an

irgend welche 60 Lirot erinnern." Seine Augen sahen mich tieftraurig an.

"Sie haben mir Schrott verkauft, der nichts wert ist", sagte ich zu ihm, "und nun..."

"Herr Keller", sagte er, freundlich, doch bestimmt, "Sie wissen nicht, was Sie sagen. Ich kann ihre Maschine innerhalb einer Woche verkaufen. Wenn Sie mit ihr unzufrieden sind, wenn Sie sie nicht wollen, bringen Sie sie her, in einer Woche ist sie weg. Es gibt eine große Nachfrage nach solchen, schon ein wenig gebrauchten..."

"Und was ist mit den 60 Lirot?", ließ ich nicht locker.

"Welche 60 Lirot? Ach so, die, die Sie behaupten, mir bezahlt zu haben, Herr Keller. Wissen sie was, Sie bringen mir die Maschine, und bekommen jede Lira zurück, die Sie ausgegeben haben."

Mein Sinn für Recht und Gerechtigkeit und mein Geschäftsgeist kämpften kurz und hart. Danach knirschte ich mit den Zähnen und sagte: "In Ordnung. Ich habe 560 Lirot bezahlt, plus Versicherung und Transport hin und zurück. Nächste Woche schicke ich sie Ihnen."

Auf dem Heimweg überlegte ich: Gut, dass ich Pumpel nicht alles ins Gesicht gesagt habe, was ich dachte. Gut, dass ich nicht geschrien und mich nicht aufgeregt habe. So wird er sie verkaufen, und ich kriege mein Geld zurück.

Wer wird der Unglückliche, sein, der sie kaufen wird? Ich wischte den Gedanken weg, und auch das Gefühl, dass ich eine Art Verrat begehe, wenn ich sie weggebe. Meinen Freunden erzählte ich gelassen, ich hätte sie verkauft, ganz einfach. Zu dem selben Preis zu dem ich sie gekauft hatte. Dabei wäre mein Gewinn gewesen, Motorrad gefahren zu sein. Moshe hustete und schwieg. Auf die Frage, ob ich nun eine andere bringen würde, schwieg ich.

\*

Ein Jahr verging. Sie stand noch immer in der Werkstatt von Pumpel. Von Zeit zu Zeit erkundigte ich mich nach ihrem Ergehen. Es fand sich kein Käufer, und das, obwohl ich mit dem Preis herunter gegangen war und schon bei 400 Lirot angelangt war. Pumpel erklärte, im Moment herrsche eine leichte Baisse am Motorradmarkt, die aber bald vorbei sein würde. Einmal kam ich in die Werkstatt, als Pumpel nicht da war. Scheinheilig fragte ich seinen Gesellen, der mich nicht kannte, nach ihrem Preis, und er sagte: 700. Dabei hatte Pumpel mir feierlich versprochen, keinerlei Gewinn anzustreben. In meiner Tasche hatte ich einen Brief der technischen Prüfstelle, die Summe die ich für die Erneuerung der Prüfbescheinigung nachzuzahlen hätte, war inzwischen auf 200 gestiegen.

Ich wartete auf Pumpel. Als er kam, sagte ich schlicht: "Herr Pumpel, ich nehme meine Rote jetzt mit."

"Aber bitte sehr, Herr Keller, Ich hoffe Sie haben einen Käufer gefunden? Das freut mich, Herr Keller, ich lasse sie sofort sauber machen, in zwei Stunden können Sie sie haben."

Nach zwei Stunden spielte er den Überraschten:

"So schnell zurück, Herr Keller? Leider ist sie noch nicht fertig. "Schade, dass Sie mir nicht vorher geschrieben haben! Aber morgen früh können Sie sie haben."

"Nein", sagte ich leise und bestimmt, "Ich nehme sie jetzt, wie sie ist."

"Aber, es ist mir äußerst unangenehm, sie Ihnen so staubig zu übergeben, vielleicht ist sie auch nicht in perfekter Ordnung, nachdem sie so lange da gestanden hat. Ich meine..."

"Sie brauchen nichts meinen, Herr Pumpel, alles ist in bester Ordnung, Ich habe schon bemerkt, dass die Benzinpumpe und

Zuleitung, die unser Mechaniker neu installiert hat, verschwunden sind, das Prinzip ist klar, ich forsche schon nicht mehr nach, welche Teile Sie noch ausgebaut haben und noch ausbauen wollten."

Da hielt ich inne, schaute ihm in die Augen und fragte leise, aber mit sehr scharfer Stimme: "Herr Pumpel, glauben Sie, dass diese Rote jemals..." Dann versuchte ich es nochmals: " Sie glauben doch nicht im Ernst, dass sich jemals jemand finden wird, der Ihnen diesen roten Schrott abkauft?"

Diesmal, zum ersten und letzten Mal, sah ich Herrn Pumpel verlegen. Seine Unterlippe zitterte leicht: "Herr Keller, wirklich... Glauben Sie mir..." Er beendete den Satz nicht. Das bewegte mich. Selbst wenn ich ihn in diesem Moment hätte verklagen können – ich hätte es nicht getan, so bekümmert sah er aus. Stumm führte ich die Rote hinaus. Pumpel rührte sich nicht.

Der Lehrling lief mir nach, Herr Pumpel hätte ihn geschickt, mir beim Schieben zu helfen. Ich lehnte dankend ab. Ich wusste nicht, wohin ich schieben sollte.

\*

In der Schule hatte ich gehört, dass unser Schriftgelehrter Hillel einmal gefragt wurde, was das wichtigste Gebot sei. Er antwortete, "De alach sani..." das ist aramäisch und bedeutet: Was Dir verhasst ist, das füg keinem andern zu".

Natürlich konnte ich sie nicht bei diesem... diesem... Menschen lassen, er hätte durch sie anderen ähnliches Leid zugefügt wie mir. Vielleicht war es eine Art Verrat, mich so von ihr zu trennen, aber ich musste sie verkaufen, ich konnte sie nicht mitten auf der Straße stehen lassen.

In einer benachbarten Straße, verkaufte ich sie an einen Händler Namens Zion Zion, einen vergnügten runden kleinen Herrn mit

gewaltigem Schnurrbart. Als er hörte, sie stamme von Pumpel, erstarrte er mitten in seiner Arbeit. "Vom Pumpel? Dann kann ich sie nicht nehmen, da gibt es nichts mehr zu machen." Aber dann wurde er weicher, und bot mir 70 Lirot für den roten Schrott. Und meinte dazu: "Hören Sie, mein Lieber, mein herzlichstes Beileid, ich schäme mich, Ihnen das anzubieten, aber Sie werden in der ganzen Stadt niemanden finden, der Ihnen mehr bietet."
Also überließ ich ihm meine verflossene Liebe..
Als ich klein war und manchmal über die große seltsame Welt weinte, die nicht immer nach den Prinzipien handelte, die ich in der Schule gelernt hatte, dachte ich: Wenn ich groß bin und Soldat, und einen Schnurrbart habe, und eine Maschine... ja dann werde ich nie mehr weinen. Aber als ich nach Hause fuhr, standen mir Tränen in den Augen, nicht wegen des verlorenen Geldes.
Habe ich die Geschichte erzählt, um Euch vor Betrügern zu warnen? Habe ich es bereut, meine Schöne gekauft zu haben, für die wenigen Minuten glücklicher Fahrt bis zur ersten Kurve, um sie dann einige Kilometer nach Hause zu schieben?
Nein, ich habe es nicht bereut.

# Lili und die Kreuzotter

In einem Eukalyptuswald bei der Flussmündung vom Chederabach ins Meer – dort sollte unser Pfadfinderlager stattfinden. Heute steht dort ein großes Elektrizitätswerk und von der Autobahn zweigen die Landstraßen nach Afula und nach Caesaria ab. Aber damals war es eine gottverlassene Gegend, ein wahres Paradies für Pfadfinder: Es gab nur einige Sandwege durch spärliche Eukalyptuswäldchen und ausgedehnte und verwilderte Landschaft zwischen Dünen und einem Bach voller grünlichem Wasser mit Fischen und Wasserschildkröten, an seinen Ufern nisteten viele Vögel.

Ich hatte gebeten, an den Vorbereitungen teilnehmen zu können, ich wollte wegen Lili dabei sein. Lili war so eine, die… es ist schwer zu sagen, was für ein Mädel sie war. Ihre Freundinnen sagten, sie sei eine *Scheda*, ein Teufelsmädel, man hatte mir erzählt, sie würde in der Vorbereitungstruppe sein.

Wir kamen zwei Tage vor Beginn des Lagers an, reinigten das Gebiet, stellten Duschen und Toiletten auf und bauten Hütten für unsere Verpflegung und Ausrüstung. Am Abend saßen wir um ein Lagerfeuer, sangen, plauschten und neckten einander. Dieses Necken gab uns ein Gefühl von Geschwisterlichkeit, alle neckten alle, aber

besonders neckte Lili, das Teufelsmädel, mich und ich sie: Ich nannte sie ein unschuldiges Lamm, eine brave Gans, wir waren in einem Alter, in dem man durch Necken umeinander warb, und manchmal bot sich die Gelegenheit, sich gegenseitig nachzurennen, einzuholen, miteinander zu ringen, an den Haaren zu ziehen, zu zwicken, zu kitzeln.

Am zweiten Tag, nach dem Essen, erholten wir uns im Schatten

eines großen Eukalyptusbaumes, aßen Äpfel und plauderten über Skorpione und Schlangen. Ich behauptete, wer flink und kaltblütig sei, könne eine Kreuzotter mit bloßen Händen fangen.
"Wer flink und kaltblütig ist, kann das vielleicht", sagte Lili, "aber nicht wer nur ein großmäuliger Angeber ist."
Sie hatte freche blaue Augen, kastanienbraunes Haar und einige Sommersprösschen auf dem Näschen, sie trug eine knappe Hose und eine ärmelloses T-Shirt, sie war herausfordernder Sommer.
"Na bitte", sagte ich, "find mir eine Kreuzotter und ich zeig's dir."
"Ein großer Klugscheißer und Otternheld. Hier gibt es keine Kreuzottern. Und wie, zum Beispiel, hättest du sie angefasst, diese Schlange die nicht da ist, wenn du nichts erfassen kannst?"
"Gleich zeig ich dir, wie", sagte ich und stand langsam auf, schon lief sie davon, flink, biegsam und wild, ich hinterher. Obwohl ich barfuß war, hätte ich sie rasch einholen können, aber ich wollte, dass sie sich vom Lager entfernte und fing sie immer nur fast. Ich dachte dabei aber nichts Klares, wir waren noch in dem Alter, in dem man solche Sachen nicht klar denkt. So ließ ich sie in den Wald hinein laufen, dann packte ich sie. Wir standen nah beieinander, atmeten schwer und waren verwirrt.
"Da, so hätte ich sie gefasst, die Schlangin", sagte ich. "Ich hätte sie so am Nacken gehalten, unter ihren Haaren, hätte sie ganz stark gehalten, sie hätte sich winden können, so viel sie wollte, und ich hätte ihren Kopf her zu mir gerichtet, ihr gerade in die Augen geschaut, ohne dass sie zubeißen könnte."
Lili wand sich und rang mit mir, umklammerte mit ihren nackten Armen die meinigen, um sie von ihrem Nacken zu lösen und stieß mich mit Hüften und Knien von sich. Ihre Haut glitt über meine, in mir erwachte etwas, das ganz neu und irgendwie doch nicht ganz neu war. Ich war überrascht und ließ sie los.
Im selben Moment schnellte ihr Kopf an mein Gesicht, traf meine

Nase, und sie biss mich blitzartig in meinen rechten Mundwinkel, vielleicht auch überraschend für sie selbst. Sofort stießen wir uns gegenseitig zurück. Wir wussten nicht, wie und was uns geschah und standen uns keuchend gegenüber.
"Was ist los mit dir?", fragte ich verblüfft.
"Was ist mit dir los?", fragte sie ebenso verblüfft.
Wir flüsterten, obwohl wir allein waren. Ich fühlte – und ich nehme an, auch sie – dass es nicht gut sei, allein miteinander zu bleiben, aber ich wusste nicht, warum. Etwas zwischen uns war vorgefallen, etwas hatte sich verändert, nichts zwischen uns würde bleiben, wie es war. Und was wird an seine Stelle kommen? Andererseits konnten wir auch nicht nur so zu den anderen zurückkehren, sie würden spüren, dass etwas vorgefallen war. Vielleicht werden sie fragen und dann werden wir ihnen – und uns selbst – nicht sagen können, was eigentlich geschehen ist.
Plötzlich hörten wir Geschrei: "Eine Schlange, da ist eine Schlange!" Und gleich danach andere Stimmen: "Eine Schlange, eine giftige!"
Wir rannten zurück, alle waren sehr erregt, niemand beachtete uns. Man hatte eine riesengroße Kreuzotter gesehen, die dort, in den Proviantschuppen gekrochen und unter einer leeren Kiste verschwunden war.
"Schiebt die Kiste nicht weg, bis wir eine Hacke haben!", rief ich.
Es war ein heißer Tag, wir hatten barfüßig gearbeitet, die Jungen mit nacktem Oberkörper, die Mädchen in ärmellosen T-Shirts. Ich zog meine Sandalen an, überlegte, ob ich ein Hemd nehmen solle, beschloss, dass ich keines brauche, und schaute um mich, ob jemand eine Hacke geholt hatte. Alle standen in respektvoller Entfernung um die Kiste herum, einige versuchten, von der anderen Seite besser sehen zu können. Dabei redeten alle durcheinander, ungerichtet und ohne zuzuhören, was um sie herum gesprochen wurde.

"Wo gibt's eine Hacke?", fragte ich wieder. Niemand antwortete. Einige Jungen zogen auch ihre Sandalen an, die Mädchen standen auf der anderen Seite des Weges und riefen von dort Ratschläge und Warnungen herüber. Aber Lili hatte meine Frage gehört. Sie stand bei den Jungen und rief:
"Wozu eine Hacke? Hast schon vergessen, wie man eine Schlange mit bloßen Händen fängt?"
Ich schaute sie an, ihre Augen und ihren Mund, die noch vor Kurzem meinen so nahe waren. Sie hielt die Hacke in der Hand und schaute mich an.
"In Ordnung", sagte ich. "Wartet 'nen Moment."
Alle hatten es gehört und schwiegen. Es war ganz still. Man näherte sich zögernd und stand in einem Kreis von acht oder zehn Schritten um mich herum. Ich ging vorsichtig auf die Kiste zu und versetzte ihr einen starken Tritt. Diejenigen, die auf der Seite standen, zu der die Kiste flog, flüchteten. Und mitten im Kreis zeigte sich die Schlange – eine riesige Kreuzotter, wenigstens drei Finger dick, zusammengerollt, lauernd wartend schillerte sie mit ihren rötlich-braunen und dunklen Ringen in der Sonne. Ihr Kopf war leicht erhoben. Zwei Mädchen flüsterten.
"Genug, genug!", rief Lili auf einmal und ihre Stimme brach rauh in die gespannte Stille. "Da, nimm die Hacke! Wir glauben dir schon, dass du…" – Zuerst waren ihre Worte gezogen, dann unterbrach sie sich.
Ich schaute sie nicht an, nahm nur die Hacke, die sie mir entgegenstreckte, hielt sie an der metallenen Schneide und mit einer schnellen Bewegung zielte ich mit ihrem Stilende auf den Kopf der Otter. Ihr Kopf verschwand ein wenig im weichen Sand. Der Körper bewegte sich nicht, nur ihr Schwanz zitterte leicht. Alle glaubten, ich hätte die Otter getötet.
"Da siehst du es, wie du nichts erfassen kannst, keine Schlange

und keine Schlangin", lachte Lili laut und rau und ihre Stimme verletzte wieder die Stille.

Ich übertrug das Halten des Stils in die linke Hand, bückte mich, entfernte mit einem kleinen Ast den Sand um den Schlangenkopf. Dann packte ich die Otter mit Daumen und Zeigefinger im Nacken, richtete mich auf, warf die Hacke beiseite und streckte den rechten Arm aus. Die Kreuzotter hing von meiner Hand herab, wand sich ein wenig, alle sahen, sie lebt, und wichen zurück. Einige Mädels schrien schwach "Hör auf!", als ob ich ihnen Angst machen wollte, wie wir als Kinder einander mit einer toten Schlange erschreckten. Das Schreien war erstickt, fast flüsternd. Ich stand da, in der Mitte des Kreises, atmete tief und spürte mein Herz im Hals schlagen.

"Vorsicht", sagte ich leichthin und schaute Lili an, "Da, so fasst man sie am Nacken, drückt stark, da kann sie sich winden soviel sie will, man richtet ihren Kopf – schau her, so – genau in die Richtung die man will, schaut ihr direkt in die Augen, da kann sie es noch so sehr wollen, sie kann nicht beißen."

Während ich der Schlange in die Augen schaute, spürte ich auf einmal ihre glatten Schuppen sich an der Haut meiner Hand reiben, und aus meinem Magen stieg ein Gefühl von Übelkeit in den Hals, wie ein Echo, das vor dem Laut kommt.

"Man kann sie nicht lange so halten", sagte ich angestrengt, "sie hat starke Muskeln und ist glatt und biegsam und flink wie ein Teufelsmädel, manchmal windet sie sich plötzlich und stößt vor und beißt. Rückt bitte zur Seite, dass ich sie wegwerfen und mit der Hacke erschlagen kann."

Ich bog den Arm und schickte mich an... Aber die Schlange krümmte sich in der Luft und traf mit ihrem Schwanz meinen Unterarm, und noch bevor ich erfassen konnte was geschah und wie das geschehen konnte, gelang es ihr, ihn zu umwinden, eine Umwicklung und noch eine, eine Umklammerung nach der anderen, sie reichte mir von der Hand bis zur Schulter. Ich konnte sie nicht mehr wegwerfen. Sie entwickelte viel Kraft in ihrem Nacken, ich spürte die glatte Windung den ganzen Arm entlang, das Zusammenziehen ihrer Muskeln, ich drückte sie mit meiner ganzen Kraft, unterstützte mit der linken Hand die rechte, die sie krampfhaft hielt, fühlte eine weiche Schwäche in den Knien, dunkle Kreise begannen sich vor meinen Augen zu drehen, und ich wusste, gleich wird die Schlange ihren Kopf befreien können.

"*Chevreh*", stammelte ich mit zitternden Knien, "jemand muss mir helfen, die Schlange loszuwerden, sie wird sich gleich loswinden."

Ich dachte in diesem Moment nicht daran, wie entfernt wir von jeder Straße waren, dass wir keine Tragbahre und keine erste Hilfe hatten, kein Telefon und kein Verkehrsmittel, nicht einmal ein Fahrrad, dass diese Kreuzotter besonders groß und dieser Tag besonders heiß war, dass ich halb nackt dastand… Nein, ich dachte nichts, ich spürte nur, wie meine Finger sich um den schlüpfrigen Schlangennacken verkrampften, wie ihr schlüpfriger Körper sich um meinen Arm wand. Und bei all dem sah ich den Kopf, die kleinen, schwarzen, lidlosen Augen, etwas Uraltes, Uranfängliches überflutete mich, bis an den Hals. Ich konnte kaum atmen.

"Rasch!", rief ich erstickt. "*Chevreh, Dachilkum*, rasch!"

Die Mädchen schrien und bedeckten ihre Gesichter. Die Jungs standen in sicherer Entfernung und brachten mit halblauten Stimmen Ratschläge hervor: "Versuch mit der anderen Hand!" – "Vielleicht mit einem Stock?" – "Ja, Jungs, wer hat 'nen Stock?" – "Was steht ihr da, gebt rasch einen Stock!" – "Hat jemand einen Sack gesehen?" – "Bringt rasch einen Strick! Rasch!" Einige begannen tatsächlich Stöcke, Säcke und Stricke zu suchen. Ich versuchte mit der linken Hand die mich umschlingende Schlange von meinem Arm zu entfernen. Es war umsonst.

Noch lebe ich! – Ich packte einen Stein, lief zu einem Baumstamm

Ich behauptete, wer flink und kaltblütig sei, könne eine Kreuzotter mit bloßen Händen fangen.
"Wer flink und kaltblütig ist, kann das vielleicht", sagte Lili, "aber nicht wer nur ein großmäuliger Angeber ist."
Sie hatte freche blaue Augen und kastanienbraunes Haar und einige Sommersprössche[n] um [die] Näschen, sie trug eine kn[appe] Hose und ein ärmelloses T-Shirt, sie war [h]erausfordernder Somm[er]
"[Na] bitte" sagte ich, "find[e] nur eine Kreuzotter und ich zeig's di[r]."
"[E]in großer Klugscheißer u[nd Ang]eber [bist du]! Hier gibt es [keine] Kreuz[-]ottern. Und wie, zum Beispiel, häl[t]st du die ungefäh[r, d]iese Schlange die nicht da ist, wenn du nicht [anlügst, fest]?"
"Gleich zeig ich dir, wi[e." Dabei] sta[n]d ich und eland lang[sam a]uf, sch[on] lief sie davon, flink, biegsa[m] und wild, ich hinterher. [Obwoh]l ich barfuß war [konnte i]ch sie rasch einholen [können], aber i[ch] wollte, dass si[e s]i[ch weit]er entfern[e] und trug[,] [ich] immer nur [fast.] Ich dachte dab[ei], [vi]elle[ich]ts Klick[er] [... ] waren noch in dem B[eu]tel in [d]em man solche Sachen [... ] S[ch]ließl[ich s]ie in den Wald hi[nein]laufen, dann [pa]c[kte ich] sie. W[ir s]tanden [nun neben]ei[nan]der, atmete[n beide s]er und waren verwirrt.
"Da s[ie]hst [du, wie schnell i]st, die Schlang[e"], sagte ic[h]. "Ich hatte s[ie] so am [N]ac[ken, direkt] unter ihre[n] [H]aaren, ha[t]te sie ganz sa[ch]t gehalten, sie h[atte] sich winde[n k]önnen, soviel s[i]e [w]ollte, und [ich] hatte ihr[en K]ö[pf d]e[r] zu m[i]r gerichtet [und] g[e]rade[,] [hier,] die [A]ugen ge[-]scheut, o[h]ne dass sie z[ub]eiß[en k]onnte."
[L]ili wand sich und [ge]gen [m]ir, [u]mkl[a]mmerte mi[t ihren n]ackten Armen, [di]e meine[n], [r]iß [sie von mei]nen [N]acken zu [k]ü[s]sen und l[i]eß mich mit Hü[ften und K]nien st[ärker] [an] sich s[pü]ren, [ü]ber mei[nen] m[i]r erwa[cht]e [e]twas, [das ich neu und be]ka[nnt] doch nicht ganz n[e]u [gese]hen hatt[e], über ra[sch]t [ha]b[e i]ch s[ie] lo[s,] im selben [Mom]ent [schmiegt]e [ihr K]opf an mein Gesicht, traf meine Nase und d[ie] biß mich blitzartig in meinen rechten Mundwinkel, so

und zerschmetterte der Schlange den Kopf zwischen meinen Fingern.

Ich schlug zu und zerquetschte ihren Kopf, bis ich das Erschlaffen der Umwindungen spürte. Ich schüttelte den verkrampften Arm, drückte einen Stein auf den zerquetschten Kopf und zog meine Hand zurück. Die tote Schlange fiel herunter. Ich packte sie am Schwanz und warf sie auf einen Steinhaufen. Alle, die um mich standen, die Stock-, Sack- und Stricksucher, die noch vor einem Augenblick kopflos herumliefen, standen wie erstarrt. Ich zog ein Taschentuch hervor und verband mir die zerquetschten Finger. Einige Mädchen kamen blass und schweigend auf mich zu und wollten helfen. Ich wendete mich ab, entfernte mich in den Wald hinein, und hoffte, sie würden mir nicht nachkommen. Mir war übel. Ich hörte Stimmengewirr, konnte die Worte nicht aufnehmen, als ob in einer fremden Sprache, aus einer anderen Welt, gesprochen würden. Ich erbrach mich.

Als ich zurückkam, ging ich in mein Zelt, legte mich auf eine Decke, stellte mich schlafend und hoffte nur, man würde mich in Ruhe lassen. Den restlichen Tag aß ich nicht und sprach nicht.

Einige Tage später erfuhr ich, dass man einen Moment dachte, ich sei gebissen worden, weil sie die verwundeten Finger sahen, und entdeckten, dass ich am Mundwinkel verwundet war.

Später fühlte ich, wie schade es um Lili war. Sie hatte so funkelnde blaue Augen und kastanienbraunes Haar und war ein wahres Teufelsmädel. Schade, ich konnte sie nicht mehr anschauen.

# Alon und Irit

Im Kibbuz Meschech HaSera, einem der ältesten und bestsituierten Kibbuzim des Jesreel Tals, lebte vor einigen Jahren ein Junge, der auf den Namen Alon Zur hörte. Da "Alon" auf Hebräisch "Eiche" bedeutet und "Zur" mit "Granit" zu übersetzen ist, sei sogleich hinzugefügt, dass dieser Junge ein sehr warmes und empfindsames Gemüt hatte und mit einem angeborenen Herzleiden belastet war. Seine Eltern wohnten in einem Vorort von Tel Aviv, und obwohl er ihr einziges, spätgeborenes Kind war, schickten sie ihn, als er zwölf Jahre alt war, in unseren Kibbuz. Er war ein guter Schüler und ein stiller, gutgelaunter Bursche. Sein Vater verdiente den Unterhalt für seine Familie als Klavierlehrer und Klavierstimmer, aber er wohnte in einer Gegend, in der man keine Klaviere besaß und den Kindern keinen Klavierunterricht ermöglichen konnte. Er hatte kein Konservatorium besucht und war schon ein älterer Herr von sechzig Jahren, als Alon zwölf wurde.

Alon war einen Kopf größer als seine Altersgenossen, sein Haar war schwarz und glänzend, die Augenbrauen buschig. Er hatte dunkle freundliche Augen. Jeder hatte ihn gern. Er war, ohne besonderen Ehrgeiz, der beste Schüler in der Klasse. An Winterabenden versammelte man sich gern in seinem Zimmer, toastete Margarinebrote auf einem Petroleumofen und plauderte. Auch die Mädchen seiner Klasse mochten ihn und kamen oft, um bei ihm im Zimmer zu sitzen. Es wäre ihnen nie eingefallen, sich in ihn zu verlieben, sie fühlten sich einfach in seiner Gesellschaft wohl.

Natürlich konnte er keine körperliche Arbeit leisten, und nachmittags, während alle anderen draußen auf den Feldern waren, blieb er im Labor und half bei der Vorbereitung des Lehrstoffes. Er klagte nie, aber alle, die ihn kannten, erzählten, dass er, sooft er sich bücken musste, außer Atem kam. Tomer, sein Zimmergenosse, erinnerte sich, wenn er manchmal in der Nacht aufwachte, saß Alon auf seinem Bett, den Oberkörper an die kühle Wand gelehnt und schaute zum Fenster hinaus. Auf seine Frage, warum er nicht schlafe, antwortete Alon, dass er sitzend besser atmen könne. Aber daran erinnerte man sich erst später.

In seiner Freizeit spielte er Klavier. Seit er fünf war, gab sein Vater ihm Klavierunterricht und er hatte eine große Fingerfertigkeit erreicht, spielte mit Gefühl und Originalität. Am Ende der Schulzeit begann er, das Klavierspiel zu vernachlässigen und zog es vor, Musik zu hören.

Er verfolgte das wöchentliche Radioprogramm und versuchte, in den Zeiten, in denen die Wunschkonzerte für Kammer- und Barockmusik übertragen wurden, frei zu haben. Dann saß er in der Ecke des Lesesaals, wo eines der wenigen Radios stand, und genoss die Musik.

Als die Schulzeit beendet war, wurden alle Jungen seiner Klasse zum Militärdienst einberufen, nur Alon, der als untauglich galt, wurde vom Kibbuz an eine pädagogische Hochschule geschickt. Er war ein erfolgreicher Student. Sein Interesse galt der Mathematik, Biologie, Physik und Astronomie: Letzterer widmete er viel Zeit, obwohl es unwesentlich für seine künftige Lehrtätigkeit war. Zurück im Kibbuz unterrichtete er in den Schulräumen, in denen er drei Jahre zuvor als Schüler gesessen hatte. Er war mit 20 Jahren der jüngste Lehrer, seine Schüler waren 15 und 16. Man machte sich über den geringen Altersunterschied lustig, weil hübsche Mädchen in seiner Klasse waren:"Hör mal, Alon, die werden sich in dich vergaffen!" Ein anderer fügte hinzu: "Pass gut auf, du kannst etwas bei ihnen lernen!"

Alon zitierte dann mit einem breiten Lächeln ein Sprichwort der Schriftgelehrten:
"Alles ist möglich, aber leider ist nicht alles erlaubt!"
Seine Schüler schätzten ihn sehr, die Mädchen kamen zu zweit oder dritt um ihn in seinem Zimmer zu besuchen, genau wie früher seine Klassenkameradinnen. Sie fragten etwas über die Hausaufgaben und blieben, um zu plaudern: Sie fühlten sich in seiner Gesellschaft wohl.
Unter den Mädchen war Irit, mit Spitznamen "Samson". Sie hatte kurze Haare, spielte in der Basketballmannschaft, war eine gute Schwimmerin und Kunstspringerin und begeisterte sich für expressive und Volkstänze. Wo immer eine Party war, war sie dabei, auf jedem Ausflug hörte man sie lachen und singen. Sie zog die Spiele der Jungen dem Geplauder der Mädchen vor, deswegen nannte man sie "Samson", nach dem Namen des biblischen Helden. Sie galt als talentierte Schülerin, Alon hielt sie für die Beste. In Geschichte und Literatur konnten einige mit ihr mithalten, aber in Mathematik und den Naturwissenschaften war sie unumstritten die Erste. Sie hatte eine große und klare Handschrift mit leicht schräg geneigten Buchstaben. Wenn sie sich Notizen vom Lehrstoff oder von einem Vortrag machte, hatte ihre Mitschrift klare Überschriften, Unterstreichungen und Absätze. Sooft Alon sich erinnern wollte, was er bereits unterrichtet hatte, benützte er lieber ihre Aufzeichnungen als seine eigenen.
Im Kibbuz galt sie nicht als eine Schönheit, aber als attraktiv; für Alon war sie die Verkörperung aller Anmut. Sie hatte helles, braungoldenes Haar, ihre Augen waren lichtbraun mit grünlichem Schimmer, sie hatte eine kleine, sommersprossige Nase und einen kleinen Spalt zwischen den beiden Vorderzähnen.
In der Klasse saß sie gewöhnlich mit gelassener Aufmerksamkeit und überraschte ihn oft mit interessanten Fragen, für die ihr Alon

dankbar war, weil sie ihm ermöglichten, sein Thema besser auszubauen und zu klären. Oft sah er sie verstohlen an.

\*

Wenn Alon Mathematikhausaufgaben korigierte, nahm er zuerst ihr Heft. Er freute sich, ihre großen klaren Ziffern voll Schwung und Anmut zu sehen, ihre beeindruckende Art, viel Raum zwischen den einzelnen Aufgaben zu lassen und die Lösungen mit kraftvollen, doppelten Linien zu unterstreichen. Er fühlte Furcht, er würde einen Fehler entdecken, aber er entdeckte ihn nie, und mit jedem Haken spürte er etwas in sich aufwallen, vom Magen in die Brust: Er liebte es, sie loben zu können.
Und manchmal, nachdem er ihr Heft schon durchgeschaut hatte und keine Lust mehr hatte, sich mit einem anderen Heft zu befassen, glitten seine Blicke zum Fenster hinaus in die Gärten.
Er war einundzwanzig und sie fünfzehneinhalb. Alles war möglich, und der Tag würde kommen, wo es erlaubt sein würde. Schließlich hatte Jakob sieben lange Jahre auf seine Irit warten müssen.
Alon streckte die Hand nach dem Bücherregal aus. Zwischen "Moderne Wissenschaft", "Allgemeine Biologie", "Grundbegriffe der Chemie" und "Mathematik für eine Million", stand eine kleine Bibel. Er blätterte; es dauerte etwas Zeit, bis er die Stelle fand:
"Und Jakob diente sieben Jahre für Rahel und es schienen ihm wenige Tage, weil er sie liebte..." Natürlich, aber Jakob hatte ja ein starkes Herz. – Er blätterte weiter – "und er stand auf und rollte den Stein von der Öffnung des Brunnens..."
Manchmal wachte Alon nachts auf, fühlte sein Herz klopfen, das Atmen fiel ihm schwer. Er setzte sich im Bett auf, den Rücken an die kühle Wand gelehnt, schaute er aus dem Fenster. Der Vollmond goss milchiges Licht über den kleinen Garten.

"Und ein Mann rang mit ihm, bis die Dämmerung anbrach, und als er sah, dass er ihm nicht beikommen konnte..." Ja, auch er kämpfte in den Nächten, und der Widersacher in ihm würde auch unterliegen. Noch zweieinhalb Jahre würde er warten und ringen müssen. Aber mit jedem Jahr machte die Wissenschaft Fortschritte, mit jedem Monat, jedem Tag. Sogar jetzt schon vollbrachte man in Amerika chirurgische Wunder, und auch in Israel hatte man mit Herzoperationen begonnen. Bald, vielleicht schon in zwei bis drei Jahren, so hatten ihm die Ärzte gesagt, würde man ihn zweifellos operieren können. Dann würde er tanzen, schwimmen, springen und auf schnellen Pferden gegen den Wind galoppieren können... Dann, endlich, würde er seines Namens "Alon Zur" würdig sein, dann würde er den Stein von der Öffnung des Brunnen rollen, aber er würde nicht seine Stimme erheben und weinen, wie es Jakob getan hatte, nein, er würde lachend singen!

Würde sie dann noch frei sein? Alon dachte, dass er gute Aussichten habe: Die meisten Mädchen hatten keine festen Freunde, bis sie zum Militär gingen, aber auch dann dauerten solche Freundschaften nicht an. Alon hatte keine Rivalen: Alle Jungen der siebten und achten Klasse waren mädchenscheu und kindisch und suchten noch keine festen Freundinnen.

Zweieinhalb Jahre... Eigentlich nur zwei: Im letzten halben Jahr würde er ihr schon seine Zuneigung zeigen können. Das würde dann schon gegen Ende des Schuljahres sein, und wenn die anderen Schüler oder Lehrer sein Geheimnis entdeckten, wäre nichts mehr dabei: Irit wäre dann schon fast achtzehn, niemand würde dann noch das Recht haben, sie zu verurteilen. Und bei längerem Nachdenken fand er, dass es eigentlich nur noch eineinhalb Jahre seien: Er könnte doch um sie werben, ohne dass es die anderen wissen müssten; und was wäre denn dabei, wenn er sogar noch ein halbes Jahr früher begänne? Dann würde er nur noch ein Jahr zu warten haben, ein kurzes, langes Jahr!

\*

In unserem Kibbuz ist die Verantwortung eines Lehrers und Erziehers nie auf den Unterricht beschränkt; er ist Elternersatz. Er hilft Hausaufgaben vorzubereiten, besucht die Jugendlichen in ihren Zimmern, spricht mit denen, die Schwierigkeiten machen oder haben. Er achtet darauf, dass die Arbeit auf dem Feld oder in der Wirtschaft nicht vernachlässigt wird, dass niemand im Lehrstoff zurückbleibt, versucht zu klären und unterstützen, wenn zwei sich zerstritten haben oder ein Fenster beim Ballspiel zerbrochen wurde. Er berät den *Madrich* bei der Planung seiner Aktivitäten und seines Programms. Wenn eines der Mädchen Kummer hat, fragt er mitfühlend: "Was ist denn los, Dalia, was macht dir Sorgen?" Er empfiehlt Bücher, und nach einem Film spricht er über dessen Handlung und Hintergrund, über die Darstellung und die Idee. Zweimal in der Woche gibt es einen Diskussionsabend, an dem über Politik, über Klassenkampf und die Kibbuzbewegung oder über die Psychologie der Pubertät gesprochen wird. Zuletzt, um halb elf, löscht er die Lichter, und wünscht den Jungen und Mädchen eine gute Nacht.
Zuletzt? Aber nein! Denn, wenn er das Licht auslöscht und allen süße Träume wünscht, ist oft eines der Betten, beispielsweise Tamars oder Schoschanas Bett, noch leer. Dann kehrt er in sein Zimmer zurück, korrigiert Hefte und bereitet den Lehrstoff für den nächsten Tag vor; um Mitternacht kommt er dann nochmals, um in den Schlafräumen nachzuschauen. Und am nächsten Tag spricht er mit den Mädchen und versucht, sie zu überzeugen, dass sie nicht so spät schlafen gehen, und dann unterhält er sich mit dem

dafür verantwortlichen Jungen, gewöhnlich einem aus der achten Klasse, bei uns "Die älteste Gruppe" genannt, redet ihm ins Gewissen und appelliert an sein Verantwortungsbewusstsein.

Alon liebte diese erzieherischen Aufgaben. Er freute sich auf die Abendstunden, auf die Besuche in den Schlafräumen, dann kann er Irit sehen und mit ihr sprechen. Es war Sitte, dass immer zwei Jungen und zwei Mädchen einen gemeinsamen Schlafraum hatten. Die Mädchen pflegten sich zwar nicht im Zimmer auszuziehen, sie gingen dazu in die Duschräume, aber Alon klopfte trotzdem immer einige Male gewissenhaft an, bevor er das Zimmer betrat. Und erst, nachdem er schon mit allen anderen eine Weile geplaudert hatte und wusste, dass er seine Pflicht erfüllt hatte, ging er in Irits Zimmer. Dann war es gewöhnlich schon gegen zehn Uhr. Irit hatte schon ihren dunkelblauen Pyjama an und lag lesend auf ihrem Bett. Wenn Alon hereinkam und allen zulächelte, pflegten sie ihre Bücher wegzulegen, weil sie wussten, dass ihnen nun eine halbe Stunde angenehmen Plauderns bevorstand.

"Also, was gibt's Neues?", fragte Alon gewöhnlich und lehnte sich ans Fenster.

Das war seine Art, ein Gespräch zu beginnen. Er erwartete keine Antwort.

"Sag mal, Alon, was wird aus deinem Plan, uns mit den chemischen Düngern experimentieren zu lassen?", fragte Eres, ein dunkelhaariger Junge. Man nannte ihn "Malfuf", was auf Arabisch "Kraut" heißt, weil Eres-Malfuf weder Kraut aß noch Arabisch lernen mochte.

"Richtig, Alon", fiel Irit ins Gespräch, "du hast es uns versprochen!"

Alon lächelte.

"Nun, wenn Irit darauf besteht", sagte er, ohne sie anzuschauen, "dann müssen wir wirklich etwas in dieser Richtung tun."

"Da siehst du, Samson, was du für einen Einfluss hast", bemerkte Amir. Er war ein großer Junge und so blond, dass seine Freunde ihn "Stroh" nannten. "Nütze die Gelegenheit und bitte um einen Ausflug!"

"Um einen Ausflug braucht ihr nicht zu bitten", sagte Alon, "der steht euch zu. Aber wahrscheinlich werde ich ein Ferienlager statt eines Ausflugs vorschlagen, ich denke, am See Genezareth, während der *Pessach*-Ferien. Ich könnte an einem Ausflug nicht teilnehmen, wie ihr wisst."

Ja, sie wussten es. Und einen Augenblick herrschte Stille.

"Super!", rief Irit. "Dann können wir baden und rudern, und das passt gut zu Pessach: Da habe ich Geburtstag!"

"Ich kenne einen wunderschönen Platz neben dem Kibbuz Ginnossar", rief Eres. "Da gibt's einen Wald und einen Bach; dort kann man gut schwimmen, und am Abend gehen wir die Boote der Fischer von Migdal stibitzen."

So unterhielten sie sich über Ausflüge und Lager. Alon erzählte von seinen Erlebnissen, bis er schließlich auf seine Uhr schaute.

"Meine Damen und Herrn, es ist Zeit, schlafen zu gehen", seufzte er und streckte die Hand nach dem Schalter. "Und wo ist Tamar?"

Sie war nämlich die vierte im Zimmer. Eigentlich wusste er mehr oder weniger, wo sie sein könnte, aber vielleicht würde Irit etwas dazu sagen?

Eres und Amir hüstelten vielsagend.

Alon zuckte mit den Schultern

"Hm, wenn sie schon jetzt so spät schlafen geht, was wird dann sein, wenn sie erst richtig ins gefährliche Alter kommt?"

"Was für ein Alter ist das eigentlich?", fragte Amir. "Einundzwanzig?"

"Ja", gab Alon zu und errötete ein wenig, "oder auch einundvierzig oder einundachtzig. Manche Kinderkrankheiten vergehen nicht mit dem Alter."
Irit lächelte.
Alon schaltete das Licht aus, wünschte ihnen süße Träume über Prinzen und Prinzessinnen und verließ sie mit bewegtem Herzen.
Manchmal hatte er das Glück, Irit allein anzutreffen. Dann konnte er mit ihr über Dinge sprechen, die ihm am Herzen lagen.
"Hast du heute Abend das Wunschkonzert im Radio gehört? Es gab Mahlers 'Lied von der Erde'", sagte er.
"Nein, wirklich?", rief sie. "Schade, dass ich das nicht gewusst hab! Du hast oft davon erzählt, ich muss es wirklich einmal hören. Aber im Lesesaal macht es nicht viel Spaß, es ist laut, weil die Jungs dort Tischtennis spielen, und bei meinen Eltern geht es auch nicht gut, sie haben häufig Besuch."
Sein Herz hüpfte vor Freude. Aber er wagte nicht, ihr vorzuschlagen, in sein Zimmer zu kommen. So sagte er nur:
"Ich hab ein kleines Radio, aber es funktioniert wunderbar. Ich lasse kein Konzert aus. Und Mahler ist phantastisch, ein wirkliches Genie. Niemand hat so schön wie er die Harmonie von Leben und Erde, von Tod und Einsamkeit und den Durst nach Liebe zum Ausdruck gebracht."
Sie hörte ihm mit großen Augen zu.
"Und wie geht es dir beim Klavierspielen?", fragte er nach kurzem Schweigen.
Sie lernte jetzt das dritte Jahr. Oft ging er abends zum kleinen Musikzimmer, das sich in einer Baracke am Ende des Kibbuzhofes befand. Wenn jemand sich näherte, ging er rasch beiseite, als wäre er auf dem Weg zum nahen Labor. Irit erzählte ihm von den Stücken, die sie gerade übte, und über ihre Klavierlehrerin.
"Ich habe acht Jahre lang gespielt", seufzte Alon.

"Und warum hast du aufgehört?"
"Warum? Weil mir langsam klar geworden ist, dass ich mein Ziel nie erreichen werde."
"Schade", sagte sie aufrichtig.
"Ja, schade. Vieles im Leben könnte freudiger und sinnvoller sein, dann gäbe es nicht so viel Entfremdung, dann gäbe es mehr Liebe, mehr Harmonie und mehr Glück."
Liebe, und immer wieder Liebe und Harmonie – diese Worte tauchten oft auf, wenn er mit ihr sprach, obwohl er sie gerade zu vermeiden suchte. Er konnte sich nicht beherrschen: Sie war eine so gute Zuhörerin mit ihren großen, warmen Augen. Und manchmal, sogar nach einem halben Jahr, wenn er wieder auf etwas Ähnliches zu sprechen kam, sagte sie:
"Oh ja, du hast ja schon einmal gesagt, dass..." Und erinnerte ihn, was er damals gesagt hatte.
Dann stieg in ihm ein dunkles Gefühl trunkenen Glücks auf, von der Brust in den Hals. "Lass dein Brot über das Wasser fahren", kam ihm ein Satz aus der Bibel in den Sinn, "denn du wirst es finden nach langer Zeit." Ja, manchmal fand man es. Es gab also eine Erhaltung der Energie, auch der des Geistes. Pygmalion formte nur den Körper seiner Geliebten, während er, Alon, auch ihre Seele formte.
Und manchmal hielt er ihr einen Vortrag, wenn er wusste, dass irgendein Thema, das sie interessierte, nicht in der Klasse behandelt würde.
"Wirklich, es gibt so viel Sinnvolles in der Natur, manche Leute fanden das so wunderbar, dass..." Es fehlten ihm passende Worte. "Sie begannen an eine große lenkende Kraft zu glauben, Pythagoras, zum Beispiel. Sein ganzes Leben hindurch suchte er den Sinn und die Harmonie im Leben. Und er glaubte, sie in der Mathematik und der Musik gefunden zu haben. Er entdeckte, dass die reine

Mathematik, die ja vom warmen, pulsierenden Leben so weit entfernt zu sein scheint, dennoch die ewigen Gesetze dieses Lebens formuliert. Das flößte ihm solche Ehrfurcht ein, dass er glaubte, die Mathematik sei die Seele der Welt. Zuerst fiel ihm das Verhältnis zwischen der Saitenlänge und der Tonhöhe in der Musik auf. Er dachte, es kann kein Zufall sein, dass es genau sieben Planeten und sieben Töne auf der Tonleiter gibt. Sicher bewegt sich jeder Planet auf seiner Bahn in seiner Sphäre, seinen besonderen Ton spielend, und die sieben Töne der sieben Sphären ergeben zusammen die himmlische Harmonie. Und da der Mensch genau sieben Öffnungen in seinem Kopf hat, zeigt das, dass er die siebenfache Harmonie erfassen kann und ein Teil der kosmischen Liebe werden kann... Ich meine, des Kosmos, was doch eigentlich dasselbe ist, da ja die Mathematik und die Harmonie und die Liebe und die Sphären und die Musik und Gott für ihn eines waren... Sie alle waren für ihn ein... ein Ding, ich meine, Gefühl. Pythagoras muss sich im siebentem Himmel gefühlt haben, als ihm das alles aufgegangen ist. Später, nachdem er seinen berühmten 'Satz des Pythagoras' formuliert hatte, du kennst ihn – in einem rechtwinkligen Dreieck ist das Quadrat über der Hypotenuse gleich der Summe der Quadrate über den Katheten – stieß er auf etwas, für das er keine logische Erklärung fand, nämlich, das Problem der Wurzel aus der Zahl zwei. Er konnte beweisen, dass diese Zahl existierte, aber es stellte sich heraus, dass er sie nicht in Ziffern ausdrücken konnte. Da brach seine Welt der Harmonie auf einmal zusammen, und er versuchte, diese schreckliche Entdeckung vor seinen Schülern zu verbergen, er wollte sie vor der Enttäuschung bewahren... Nach einer Überlieferung sollen sie es dann doch erfahren und ihn aus lauter Zorn erschlagen haben."
Als er bemerkte, dass sie das Problem der irrationalen Zahlen nicht kannte, erklärte er es ihr ausführlich. Dann fügte er lächelnd hinzu:

"Weißt du, wenn ich an ihn denke, habe ich Mitgefühl mit ihm. Sein ganzes Leben glaubte er an Harmonie und Logik und am Ende starb er von Zweifel und Enttäuschung gequält. Er suchte die Harmonie, aber er griff daneben, er verstand nicht den wahren Sinn der Harmonie in der Natur, im Leben und in der..." Er unterbrach sich und hielt das Wort, das ihm auf der Zunge lag, zurück. "Er verstand nicht das Geheimnis der Dialektik, der Kontinuität, das heißt, der Stetigkeit, des ununterbrochenen Fortganges inmitten von Widersprüchen. Das Leben ist ein ununterbrochener Fortgang und daher ein Widerspruch, weil alles Bewegung ist, alles strömt, und die Bewegung ein logischer Widerspruch ist. Es erscheint logisch zu behaupten, dass jedes Ding gerade dort sei, wo es sei, und sei, was es ist, aber dann kannst du nicht erklären, wie die Dinge sich ändern, und wie sie sich bewegen. Wenn du einen Stein wirfst, so fliegt er nicht in einer Folge von winzig kleinen Sprüngen, sondern in einer kontinuierlichen, fließenden Flugbewegung. Aber in einer Zahlenreihe gibt es immer kleine Sprünge: Zwischen zwei aufeinander folgende Zahlen kann man immer noch eine unendliche Anzahl von Zahlen hineinzwängen. Die Zahlen korrespondieren eben nicht genau mit der Bewegung. Wenn man sie unendlich klein macht, wird auch die Ungenauigkeit unendlich klein, aber sie verschwindet nicht."
Er zögerte einen Moment und fügte lächelnd hinzu:
"Der arme Pythagoras! Schade, dass ich ihm das nicht erklären konnte, es hätte uns beiden große Freude gemacht."
Irit lachte. Dann wurde sie ernst und sagte:
"Ich hab nicht verstanden, warum die Bewegung ein logischer Widerspruch ist."
Wie aufrichtig und direkt sie war, und wie rein war ihre Seele!
Alon schöpfte tief Atem. Er war glücklich, mehr geben zu können, mehr erklären zu können.

"Die griechischen Sophisten", sagte er, "verstanden das Geheimnis der Dialektik, aber sie benützten es, um ihre Gegner, die es nicht kannten, zu verwirren. Sie fragten: 'Befindet sich jedes Ding genau an seinem Platz, nämlich dort, wo es sich befindet?' – 'Aber natürlich!' – 'Immer, jeden Moment?' – 'Sicher!' – 'Nun also, wenn du einen Stein wirfst, und er sich jeden kleinsten Teil einer Sekunde genau an seinem Platz befindet, wie kommt er dann von einem Platz zum anderen?"

Ihr Mund war leicht geöffnet, und zwischen ihren Lippen konnte man ihre gleichmäßigen Zähne und den kleinen Spalt zwischen ihren beiden Vorderzähnen sehen. Sie bemühte sich sehr, seiner Logik zu folgen. Er bemühte sich sehr, sie nicht auf ihre leicht geöffneten Lippen zu küssen.

Sie diskutierten das Thema so lange, bis sie es verstanden hatte.

Ein andermal hatte jemand in der Klasse gefragt, warum nur Männer Glatzen bekämen. Am selben Abend erinnerte sich Alon während seines Gesprächs mit Irit lächelnd an diese Frage, Irit wollte mehr darüber wissen, und er hielt ihr einen kleinen Vortrag über Vererbung und natürliche Auslese: Dass der Nachwuchs aller Lebewesen viel zu zahlreich sei, so dass nur ein kleiner Teil davon eine Chance hätte, am Leben zu bleiben und den Bestand der Art zu sichern. Und wie durch das Gesetz der Wahrscheinlichkeit die Besten und Fähigsten die meiste Aussicht hätten, am Leben zu bleiben. Er erklärte das Prinzip des Lebenskampfes und kam auf die Sexualwahl zu sprechen: Wie das schönste Individuum, mit dem stärksten 'Sex Appeal' ausgestattet, die beste Aussicht hätte, sich zu paaren und fortzupflanzen. Und dann seufzte er:

"Ja, so geht es also in der großen Welt der Natur und in der kleinen Welt der Menschen; alles fließt und verändert sich und verschwindet, und doch gibt es überall ein Weiterleben. Die Erscheinungen verändern sich und bleiben sich doch ähnlich, und das

Wesen der Dinge bleibt sich ähnlich und verändert sich im Leben, in der Liebe, immer und überall ist die Logik der Entwicklung am Werk."
Und Irit hörte ihm mit großen Augen und leicht geöffneten Lippen zu.

\*

Eines Tages traf er Irits Mutter im Speisesaal. Sie war eine selbstzufriedene Kibbuzgenossin in den Vierzigern, trug ihr Haar gewissenhaft gescheitelt und ein gefrorenes Lächeln im Gesicht. Sie hieß "Rakefet", was soviel bedeutet wie "Zyklame". Alon bemühte sich aufrichtig, sie zu achten.
"Hallo, Alon, gut, dass ich dich treffe. Ich hätte gerne von dir gehört, wie es meiner Tochter in der Schule geht."
"Ja", Alon blieb stehen, "also, was ist denn dein Eindruck?" – Er ließ gerne seinen Gesprächspartner reden.
"Sie ist in letzter Zeit direkt aufgeblüht. Du musst zugeben, sie war immer sehr talentiert, ganz objektiv, und nicht, weil sie meine Tochter ist. Macht sie sehr gute Fortschritte in der Schule?"
"Stimmt."
"So?" Rakefet hatte ein detaillierteres Lob erwartet. "Alon, du hättest hören sollen, wie sehr sie im Lernen aufgeht und wie begeistert sie gerade über deinen Unterricht spricht. 'Er gibt mir so viel, durch ihn entwickele ich mich wirklich', so spricht sie von dir. Vorigen Donnerstag wollte ich mit ihr nach Haifa fahren, um Einkäufe zu machen, aber sie wollte es auf einen anderen Tag verschieben, weil sie Donnerstag vier Stunden bei dir hat! 'Und was für ein wunderbarer Mensch er ist', sagt sie über dich. 'Noch nie ist er wütend geworden oder hat jemanden angeschrien. Er weiß immer, wann er hart bleiben muss und wann er nachgeben kann.'"

Alon war verwirrt und fühlte sich unbehaglich.
"Denkst du nicht, dass ihr Talent... gefördert werden sollte?"
"Ja", sagte Alon, "sie ist ein vielseitig talentiertes Mädchen."
"Sie hat verlangt, dieses Semester im Obstgarten zu arbeiten", kam Rakefet zur Sache. "Natürlich bin ich ganz zufrieden damit, dass sie die landwirtschaftliche Arbeit gern hat, aber... ist es nicht besser für sie, im Labor zu arbeiten? Da könnte sie die Experimente und den Lehrstoff vorbereiten. Sie wird bald sechzehn und sollte schon an ihre Zukunft denken. Es wäre ärgerlich, wenn so ein talentiertes Mädchen als gewöhnlicher Soldat zum Militär gehen müsste, um dann, nach dem Militärdienst, ohne Beruf zurückzukommen und in die Küche oder in den Obstgarten gesteckt zu werden. Der Kibbuz könnte sie vorher schon auf eine pädagogische Hochschule schicken. Und wenn du sie im Labor arbeiten lässt, würde ihr das den Weg ebnen, der Kibbuz würde sich an den Gedanken gewöhnen, sie als... ich meine..."
Die Aussicht mit ihr täglich drei ganze Stunden zusammenzuarbeiten, ließ sein Herz etwas schneller klopfen.
Er holte tief Luft:
"Du hast doch sicher schon mit Irit darüber gesprochen; was sagt sie?"
"Sie sagt, sie würde wirklich sehr gern im Labor arbeiten. Aber sie weiß, was es für eine lange Wartereihe gibt, und da sie erst voriges Jahr dort gearbeitet hat, meint sie, es steht ihr jetzt noch nicht zu, sie wäre noch nicht an der Reihe. Außerdem, sagt sie, du versuchst alle zu überzeugen, dass man im Leben nicht immer die leichteste und angenehmste Arbeit wählen darf, und Mädchen sich besonders bemühen sollten, nicht nur in typische Frauenberufe, sondern auch in landwirtschaftliche Berufe zu kommen. Und im Obstgarten, sagt sie, herrscht ein Durcheinander, die Jungen bewerfen sich oft mit Äpfeln und Pflaumen, statt zu arbeiten, und da-

her fühlt sie sich gewissermaßen verpflichtet, gerade dort gewissenhaft zu arbeiten. Aber ich will, dass sie..."
"Ich hätte sie gerne im Labor. Sie hat recht, was die Reihenfolge anbelangt."
Rakefet versuchte zu lächeln.
"Und was wird aus ihrem besonderen Talent!"
"Das Talent wird sich nicht verlieren", sagte Alon, "und so wird sie zudem ein starkes Herz... ich meine, einen starken Charakter entwickeln können."
"Übrigens wollte ich mich mit dir noch über etwas beraten", sagte Rakefet. "In den Pessach-Ferien hat sie Geburtstag, und da würde ich gerne..."
"Oh, da sind wir in einem Ferienlager am See Genezareth."
"Ja, Irit erzählte davon. Das macht nichts. Wir feiern den Geburtstag später, wenn ihr zurückkommt. Ich wollte mich nur mit dir beraten, ob du mir nicht ein Buch empfehlen kannst, das ich ihr schenken könnte?"
Alon diktierte ihr geistesabwesend einige seiner Lieblingswerke – "Moderne Wissenschaft", "Mathematik für eine Million", "Allgemeine Biologie" – Bücher, die er als Bausteine seiner Weltanschauung betrachtete. Aber unterdessen dachte er fieberhaft nach, was für ein Geschenk er selbst ihr machen könnte, ein Geschenk, das von Herzen kommt und seinen Weg zu ihrem Herzen finden würde.

\*

Einige Tage später bat der Kibbuzsekretär Alon, einen neuen Schüler in die Gruppe aufzunehmen. Die *Jugend-Alija* wolle einen Jungen namens Ilan Glückmann unserem Kibbuz zuweisen, einen sechzehnjährigen Immigranten aus Russland.

"Man kann so eine Bitte nicht abschlagen", erklärte der Sekretär. "Sie haben mir zwar angedeutet, dass er irgendwo in Ramla eine Mutter und eine Schwester hat, die ihn vielleicht früher oder später aus dem Kibbuz herausholen werden, nun ja... So eine Wohnung in Ramla ist doch nicht das Richtige. Diese Kinder haben doch schrecklich viel mitgemacht, weißt du, sein Vater ist im Krieg gefallen, na ja und so weiter, und so weiter. Seine Mutter musste aus Polen nach Russland fliehen, und so weiter, und so weiter, du siehst, da müssen wir unser Scherflein zur Integration der Immigranten beitragen. Gut, ich weiß, du wirst mir gleich vorhalten, dass es nicht so einfach ist, einen neuen Jungen mitten im Jahr aufzunehmen und so weiter, aber da du doch ein so glänzender junger Pädagoge bist, bin ich sicher, dass du dieser erzieherischen Herausforderung, oder wie man so sagt, gewachsen bist."
Alon schwieg.
"Außerdem hat ja diese Gruppe ohnehin zu viele Mädchen, da brauchen wir ein paar junge Hähne im Hühnerstall, nicht wahr? Dazu kommt noch, dass wir besonders jetzt gute Beziehungen mit der Jugend-Alija brauchen, verstehst du, sie zahlen uns für jedes Kind zwar wenig und sind immer im Rückstand, aber heutzutage ist es so schwer, Stadtkinder zum Füllen unserer Klassen zu bekommen, und da haben wir uns gerade jetzt an die Jugend-Alija gewandt mit der Bitte, uns eine ganze Gruppe zu überweisen..."
"Du bist ein glücklicher Mensch, Se'ew", sagte Alon. "Das richtige und das Nützliche gehen bei dir immer so schön Hand in Hand; ich kann das nicht so glatt zusammenbringen. Nun ja – also, wann soll dein Glückmann ankommen?"
"Weißt du, da beeilen wir uns nicht zu sehr. Zuerst schreiben wir ihnen, dass sie ihn mal schön zu einer Art Prüfung herüberschicken sollen und so weiter, und so weiter. Und dann finden wir, dass uns der Junge eigentlich nicht so entspricht, weil, wie man weiß, das

Niveau bei uns viel höher ist. Andererseits, weil wir natürlich in Rechnung stellen müssen, was so ein Junge alles erlitten hat, wollen wir ihn nicht ablehnen, aber einen Versuchsmonat müssen wir uns auf jeden Fall ausbedingen. Auf diese Weise werden wir ihnen zu verstehen geben, dass wir wirklich auf unser pädagogisches Niveau halten und nicht jede Katze im Sack kaufen, und so weiter, und so weiter. So verpflichten wir uns nicht so leicht und so rasch... Das schaut ja auch ein bisschen verdächtig aus, wenn sie einen Jungen mitten im Schuljahr auf einmal... Aber da du ja, wie gesagt, ein so glänzender junger Erzieher mit viel pädagogischer Initiative und so weiter, und so weiter bist..."
Ilan war fast so groß wie Alon, sein längliches Gesicht war mit Sommersprossen gesprenkelt, obwohl er dunkles Haar hatte, das in einer beeindruckenden Mähne auf seine Stirn fiel. Er schüttelte Alon energisch die Hand und antwortete mit tiefer Stimme: Ja, er freue sich sehr... Als Alon sich vorstellte, wie er in einer Reihe mit den anderen Jungen der Gruppe stehen würde – einen Kopf größer als alle – erinnerte er sich an Se'ews Worte über junge Hähne im Hühnerstall und verkniff sich ein Lachen.
Sie saßen auf einer Bank im Park hinter dem Kulturzentrum des Kibbuz. Alon zeigte dem Burschen eine quadratische Gleichung. Nein, so was hätte er leider noch nie gesehen, wie heißt das? Gleichung? Nun, er könne raten. Also, wenn so etwas eine Gleichung ist, dann müsse es doch irgendwie gleich sein, oder?
Alon war nicht überrascht.
"Um bei der Mathematik zu bleiben", sagte er, "also, in deiner neuen Gruppe gibt es vierzehn Mädchen und acht Jungen." Er schrieb die Zahlen auf ein Blatt Papier. "Wie viel Prozent sind Mädchen?"
"Gibt's da wirklich so viele Mädchen?"
"Ja! Also?"

Der Junge kämpfte einige Zeit mit dem Problem, er addierte, subtrahierte, multiplizierte und dividierte eifrig.

"Hundertundzwölf Prozent", erklärte er am Ende und sah forschend in Alons Gesicht.

Alon schwieg einen Moment, dann fragte er:

"Und wie viel Prozent sind Jungen?"

Ilan begann von neuem zu rechnen, aber dann unterbrach er sich: "Ah, aber das ist selbstverständlich: auch hundertundzwölf Prozent."

Alon schaute ihn einen Moment verdutzt an und sagte dann:

"Gut, reden wir über Geographie."

Da veränderte sich das Bild wesentlich. Die Hauptstädte der europäischen Staaten? Ilan wusste sie alle, sogar von Albanien. Die wichtigsten Ströme und Flüsse der fünf Kontinente? Die Antworten kamen glatt und fließend. Alon wurde neugierig und begann nach Meeren und Meerbusen, nach größeren und kleineren Inseln zu fragen, und der Junge irrte sich kein einziges Mal. Dann kamen die Hauptstädte aller afrikanischen Länder an die Reihe, die Ilan ebenso gut kannte. Während sie sich noch bei Südamerika aufhielten, fragte Ilan plötzlich:

"Apropos, wer ist zurzeit der Ministerpräsident von Venezuela? Ist es noch immer Romulo Betancourt?"

Alon wusste es nicht.

"Kennst du denn alle anderen Ministerpräsidenten von Mittel- und Südamerika, dass du dich gerade nach ihm erkundigst?", fragte er in einem Anflug von Ironie.

"Sicher. Du meinst die Präsidenten." Und sofort sprudelte er heraus:

"Velaz Estensoro, Diaz Valparaiso, Joao Goulart, Janio Quadros, Pedro Cruzeiros, Jose Guido..."

"Schon gut, schon gut, das genügt", murmelte Alon. "Gehen wir weiter, zu Chemie. Was sind Säuren?"

"Säuren?", lächelte Ilan ungläubig. "Meinst du Eingelegtes, wie, sagen wir, saure Gurken?"

"Wir sprechen über Chemie, Ilan. Weißt du vielleicht zufällig etwas über Salzsäure?"

"Ist das nicht diese Flüssigkeit, die alle möglichen Sachen angreift, und die darum den Leuten ins Gesicht geschüttet wird, aus Eifersucht, wie im Film 'Phantom der Oper'? Mensch, was sie dort angerichtet hat... Hast du den Film gesehen?"

"Und was sind Basen?", unterbrach Alon.

"Basen... Ach ja, das nimmt man, wenn man einen nervösen Magen hat. Dazu gibt es die Werbung: 'Versuch es, es schmeckt dir!'"

"Schön", seufzte Alon, "also, wenden wir uns der Physik zu. Was gibt's da? Hast du irgendwann etwas über einen gewissen Isaac Newton gehört?"

Das Gesicht des Jungen erhellte sich.

"Klar, das ist doch der Kerl, der unterm Apfelbaum saß und die drei Fallgesetze, oder wie sie heißen, erfunden hat. War ein ziemlich geistreicher Kopf. Das erste Gesetz: Fall lieber nicht! Das zweite: Aber wenn du fallen musst, fall lieber langsam, das verlängert dein Vergnügen. Und dann das dritte... Nein, das hab ich vergessen. Aber ich erinnere mich, dass es irgendwie zu Mädchen passt."

"Nachdem du gefallen bist, komm zu mir, damit ich dich aufhebe", erinnerte ihn Alon. "Das sind ja ganz alte Albernheiten. Aber jetzt im Ernst, weißt du etwas über – sagen wir – Gase? Avogadro?"

"Aber sicher! Wart mal, Gas... Also, man kocht damit, und manchmal explodiert es, und wenn man Selbstmord begehen will... Aber dieser, wie heißt er noch mal, Avocado, von dem hab ich sicher schon mal gehört."

Alon räusperte sich.

"Sag mal, Ilan, mit welchem naturwissenschaftlichen Gebiet bist du am besten vertraut?"

"Mit der Elektrizität natürlich", antwortete der Junge sofort.

"Gut. So erzähl mir etwas über Widerstand."

Wieder erhellte sich Ilans Gesicht.

"Oh je, wenn du einen elektrischen Schlag kriegst, Menschenskind, da kannst du einfach nicht loslassen, du klebst daran fest, und wenn du los willst, dann widersteht dir der Strom und hält dich." Ilan sah selbstzufrieden aus.

Darauf unterhielt sich Alon noch ein bisschen mit ihm, ohne weitere Fragen zu stellen.

Am Abend kam Se'ew, um sich nach dem Ergebnis der Prüfung zu erkundigen. Alon schilderte ihm den Vorgang, ohne seine Meinung zu äußern.

"Nun", sagte Se'ew, "so gibt es also die Möglichkeit der Verbesserung. Der Junge ist offensichtlich ganz intelligent, nicht wahr? Er hat eben nie eine systematische Erziehung gehabt, das ist das Problem. So ein Fall sollte nicht streng beurteilt werden. Die Einzelheiten sind unwichtig. Was zählt, ist der allgemeine Eindruck und die Persönlichkeit und so weiter, und so weiter. Und da du ja ein so glänzender junger Pädagoge bist, so wirst du ihm helfen, sich der Gruppe anzupassen. Und außerdem, ich meine, nur so unter uns, ist es wirklich so tragisch, wenn er sich ein wenig mit dem elektrischen Widerstand geirrt hat? Dann wird eben kein Elektriker aus ihm. Und wer kann sich schon an alle diese Newtonschen Gesetze erinnern? Was mich interessiert ist das Problem der Integration der neuen Einwanderer. Siehst du, da müssen wir mithelfen. Und vergiss nicht, dass wir eine ganze Klasse zu füllen haben, und dass nur die Jugend-Alija uns die dafür nötigen Kinder schicken kann, auch wenn sie wenig und immer zu spät zahlen, und wenn

du dann noch daran denkst, was dieser arme Junge alles mitgemacht haben muss..."
"Schon gut, Se'ew, schon gut", sagte Alon und lächelte. "Du hast natürlich recht, wie immer."


*

Der Junge kam drei Wochen vor Pessach an. Alon berief eine Sitzung des Schülerkomitees ein – Irit war ein Mitglied – um die nötigen Schritte für Ilans Aufnahme zu besprechen. Man musste ihm einen Platz in einem Schlafraum zuteilen, jemand sollte ihm Nachhilfeunterricht geben und deswegen im Klassenzimmer neben ihm sitzen, und ein Kibbuzschüler sollte ihn gewissermaßen adoptieren, das heißt, ihn an Samstagen regelmäßig zu seinen Eltern einladen. Alles war rasch geregelt: Schoschana war sofort einverstanden, ihm beim Lernen zu helfen, Tamar bot sich an, ihn zu ihren Eltern einzuladen, Irit schlug vor, er solle statt Eres in ihrem Zimmer schlafen.
Ilan lebte sich in der Gruppe überraschend gut ein. Während des Unterrichts war er sehr still, als ob er sich konzentrieren würde. In der Pause gab er den Ton an, alle versammelten sich um ihn. Zu allem hatte er etwas zu sagen, er war der Stärkste und Geschickteste wenn es zu einem Wettringen auf dem Rasen kam, und beim Basketball war er ein wilder Spieler und guter Werfer.
Eines Abends war Alon gerade dabei, seinen gewohnten Abendbesuch in den Schlafräumen abzustatten. Er hatte ein neues Buch über Astronomie gelesen und wollte es nun Irit empfehlen. "Hier steht der Mensch vor dem Unendlichen, dem Ewigen, vor seiner eigenen Vergänglichkeit und Nichtigkeit, und gerade hier ist die große Harmonie der Natur am greifbarsten."

Damit wollte er ihre Neugierde wecken – Einsteins Theorien zum Beispiel. Warum kann keine Geschwindigkeit die des Lichts übertreffen? Und warum sollte man annehmen, dass sich die Masse mit steigender Geschwindigkeit vergrößert, während die Zeit sich verlangsamt? Wie kam Einstein zur Annahme, dass sich die Länge eines Lineals zum Beispiel mit steigender Geschwindigkeit verändern würde? Dann würde er ihr erzählen, wie Einstein einmal von einem frechen Journalisten aufgefordert wurde, alle seine Theorien in einem einfachen und allen verständlichen Satz zusammenzufassen. Er antwortete: "Einmal dachte man, dass, wenn die ganze Materie irgendwie verschwinden würde, Raum und Zeit blieben; ich nehme an, dass dann auch sie verschwinden würden." Dann würde er ihr erklären, warum diese Antwort so genial war, und von da an auch über die Struktur des Weltalls sprechen: Die Nebelspiralen und Galaxien, das Geheimnis ihrer immer größer werdenden Geschwindigkeit, mit der sie sich von uns entfernen... Und wie sollte man sich eigentlich die vierte Dimension vorstellen, und wie sollte man Einsteins These verstehen, dass der Raum sich dauernd ausdehne und so unser Universum wachse? Sollte man daraus entnehmen, dass die ganze Materie auf einem Platz versammelt war und dass, sagen wir, vor rund viereinhalb Milliarden Jahren durch eine kosmische Urexplosion unser Universum entstanden ist? Könnte man alles seitdem Geschehende nur als einen riesigen Prozess der Verwandlung von Energie in Materie auffassen? Und wenn es so war, wie würde das enden? In einer toten, kalten, schwarzen und bewegungslosen Welt energieloser Materie? Oder könnte man einen Kreislauf annehmen, wodurch der Stoff sich wieder zusammenziehen und erwärmen würde, um in Energie zurückverwandelt zu werden und so eine gute, optimistische Unendlichkeit zu schaffen, ein Weltall, das sich in ständigem Rhythmus von

soundso vielen Milliarden Jahren ausdehnt und zusammenzieht wie ein riesiges Herz?
Und er sah schon ihre großen, erwartungsvollen Augen, er konnte schon fühlen, wie ihm die Freude von der Brust in den Hals stieg.
Schon von ferne bemerkte er, dass die Lichter in allen Schlafräumen ausgeschaltet waren außer im letzten, in Irits Zimmer. Als er sich der Tür näherte, hörte er Stimmen. Schade, sie war also nicht allein. Der Sprecher hatte eine raue Stimme, tiefer als die Stimmen der Knaben der Gruppe. Sie kam Alon bekannt vor, aber im ersten Moment konnte er sich nicht erinnern, wo er sie schon gehört hatte.
"Und schwups – da flog es hinauf, pfeilschnell, mit einem leuchtenden Feuerschweif, und hoch oben gab's auf einmal einen Krach und Bums! Da explodierte es mit einem blendenden Blitz..."
Alon klopfte an die Tür, und sofort verstummte die Stimme, und andere Stimmen riefen:
"Ja, bitte!"
"Nur herein!"
Und Schoschana fragte:
"Wer ist es denn?"
Und Irit sagte:
"Das ist Alon. Ich kenne seine Schritte."
Sie saßen alle auf ihren Betten, und Ilan Glücksmann unterhielt sie augenscheinlich mit seiner Erzählung.
"Was erzählst du denn, Ilan?", fragte Alon und fühlte einen Klumpen in seinem Magen.
"Oh, nichts Besonderes. Ich habe bloß von Feuerwerken erzählt. Wir haben kleine Flugzeuge gebaut, sie mit Sprengstoff beladen und sie oben in der Luft explodieren lassen."
"Wo war das?"
Ilan nannte den Kibbuz, aus dem er kam.

"Eigentlich hast du nie nachgeforscht, warum sie ihn überhaupt versetzt haben", kam Alon ein plötzlicher Gedanke. "Mitten im Schuljahr, das ist doch merkwürdig."
Und laut fragte er:
"Und wie seid ihr an den Sprengstoff gekommen?"
Ilan kicherte vertraulich:
"Wir haben Gewehrpatronen geöffnet."
"Ich rate dringend vom Spiel mit Sprengstoff ab", sagte Alon. "Erst vor einigen Tagen stand in der Zeitung, dass ein Junge auf diese Weise drei Finger verloren hat."
"Sag, Alon, wie stellt man Sprengstoff her?", fragte Eres.
"Das hängt davon ab... Im Labor stellt man ihn am besten aus Kalium her. Zum Beispiel, du nimmst, was die Alchemisten 'Bartholethisches Salz' nannten, $KCLO_3$, und mischst es mit Holzkohle und Schwefel oder sogar mit Pulverzucker und Schwefel, aber natürlich erst, nachdem jeder Stoff gründlich pulverisiert wurde. Das Kalisalz liefert den Sauerstoff, der Schwefel hilft, es zu entzünden. Ich habe mir leider nicht gemerkt, was für Mengen genau vorgeschrieben sind, aber das ist unwichtig: Auch wenn man es nicht genau dosiert, funktioniert es."
Dann unterhielten sie sich noch eine Weile über Bomben, Handgranaten und Waffen. Alon führte das Gespräch und alle hörten ihm zu, Irit lächelte ihn einige Male an, und Alon war besänftigt.
Am nächsten Morgen, vor der ersten Unterrichtsstunde, ging Alon ins Labor, um ein paar Geräte zu holen. Er bemerkte, dass jemand die Tür aufgebrochen und dann offensichtlich versucht hatte, das Schloss wieder anzuschrauben, es aber nur einhängen konnte. Zunächst schien es als fehle nichts. Dann aber sah Alon, dass der große Mörser auf dem Tisch stand, der Stößel darin und Staubreste darum verstreut waren. Alon schaute sich alles näher an und stieß einen kurzen Pfiff aus. Den Schwefel- und den Kohlenstaub

erkannte er leicht an der Farbe. Was aber das weiße Pulver anbelangte, so brauchte er nicht erst das leere Gefäß im Schrank zu prüfen, um zu wissen, um was es sich handelte.

"Ich werde mit ihm gleich nach dem Unterricht ein Wörtchen reden", beschloss er. "Unterdessen heißt es Ruhe bewahren."

Gewöhnlich bewahrte Alon die Ruhe, wenn sich herausstellte, dass einige seiner Zöglinge etwas angestellt hatten; er hatte sogar eine Art Sympathie dafür, als ob er sagen wollte: "Na tollt euch nur aus, solang ihr Kraft und Lust dazu habt, nur übertreibt es bitte nicht zu sehr."

Und wenn jemand es trotzdem übertrieb, zitierte ihn Alon zu einem Gespräch, in dem er die Gründe zu verstehen suchte und sich bemühte, denjenigen zu überzeugen, von dem Unfug abzulassen. Wenn aber der Betreffende rückfällig wurde, dann brachte Alon die Angelegenheit vor das Gruppenkomitee, in das immer die gewissenhaftesten Jungen und Mädchen gewählt wurden. Alon mischte sich nicht in die Wahlen ein, auch wenn jemand gewählt werden sollte, den er unangemessen fand. Auf den Sitzungen des Komitees stellte Alon das Problem zur Diskussion, ohne dazu Stellung zu nehmen, und ließ zuerst die Mitglieder mit ihren Meinungen zu Wort kommen. Manchmal, wenn er mit ihrem Standpunkt nicht einverstanden war, versuchte er sie zu überzeugen. Aber wenn er sie nicht überzeugen konnte und es zu einer Abstimmung kam, in der er überstimmt wurde, nahm er den Beschluss an. Die Kollegen kritisierten seine Haltung, aber Alon fühlte, dass seine Schüler ihm vertrauten.

Nach Ende des Unterrichts ging man zum Mittagessen. Auf dem Weg zum Speisesaal rief Alon Ilan beiseite und sagte:

"Hör mal, Ilan, gestern Abend bist du ins Labor eingebrochen und hast dort Kalisalpeter, Schwefel und Kohle stibitzt, um damit Schießpulver zu machen."

Der Junge senkte den Kopf und sagte nichts.
"Richtig?" fragte Alon.
"Ja."
"Nun also, du bist neu und weißt vielleicht nicht, dass man so etwas einfach nicht macht. Die Tür des Labors war nur verschlossen, damit die Kleinen, die immer da herumspielen, nicht gefährdet werden. Sonst schließen wir im Kibbuz nichts ab, wir vertrauen einander. Ich möchte nicht, dass du neue Bräuche einführst. Außerdem tut es deinem Ruf nicht gut. Ich hoffe, dass es das letzte Mal war, dass wir so eine Sache besprechen mussten."
Der Junge hielt den Kopf gesenkt.
"In Ordnung", murmelte er.
Alon war zufrieden. Er fühlte, dass er mit Nachsicht gehandelt hatte. Aber später erinnerte er sich, dass es am Tag vorher im Labor einen Kurzschluss gegeben hatte, der noch nicht behoben war.
"Das heißt, dass er das alles im Dunklen vollbracht hat. Wirklich, ein toller Kerl. Er muss eine Taschenlampe gehabt haben, aber sogar damit... unter den hunderten Gefäßen in den Schränken... er konnte sie ja unmöglich alle überprüft haben."
Mit einem Mal wurde es ihm klar, dass jemand, der sich im Labor gut auskannte, ihm gezeigt haben musste, in welchem Schrank, auf welchem Regal er welches Gefäß zu suchen hatte. Hinzu kam, dass er sein Feuerwerk sicher gleich ausprobiert hat, und die ganze Gruppe schaute zu. Warum also hatte das Gruppenkomitee sich nicht eingemischt und seinem Tun Einhalt geboten?
Die Erkenntnis verstimmte ihn. Nach dem Mittagessen wartete er am Ausgang des Speisesaals auf Ilan.
"Hör mal, Ilan, ich habe ganz vergessen, dich zu fragen: Was hast du denn danach mit dem Kaliumchlorat gemacht? Hast du alles aufgebraucht?"
"Ja", sagte der Junge und senkte den Kopf.

"Nun, und wie gelang es? Explodierte es schön hoch?"
Die Augen des Jungen leuchteten auf:
"Es war herrlich! Ich hatte nämlich ein kleines Flugzeugmodell mit einem Gummipropeller zum Aufziehen, das kann sich länger als eine Minute abspulen, und mit einem guten Start kann es an die zweihundert Meter fliegen. Also haben wir es beladen und einen Papierschwanz angeklebt, mit brennbarem Klebstoff bestrichen und mit Sprengstoff bestreut – wie Zucker auf dem Kuchen. Und als alles fertig war, da zündeten wir ein Streichholz an, und looos ging's hinauf mit einem feurigen Schweif, und droben – Peng!! da explodierte es mit Blitz und Knall, das war echt Dynamit, sag ich dir."
"Du sagst 'wir klebten, wir zündeten' – wer hat dir denn bei deinem Projekt geholfen?"
Die Begeisterung des Knaben verschwand im Nu. Er senkte den Kopf, als ob er jemanden niederstoßen wollte. Nach einer Weile sagte er:
"Die haben nicht mitgemacht, die haben nur zugeschaut."
"Wer hat zugeschaut? Die ganze Gruppe?"
"Einige. Ich hab nicht genau Acht gegeben, wer."
"Gut", sagte Alon und holte tief Luft, "aber wie konntest du all die Materialien im Dunkeln finden? Wer hat dir gezeigt, wo das Labor ist? Wer hat dir gesagt, wo die Kastenschlüssel hängen und wo die Salze aufbewahrt werden? Du hättest dich ja nie allein zurechtgefunden."
Ilan schwieg.
"Nun?", drängte ihn Alon.
"Das kann ich nicht sagen."
"In Ordnung", sagte Alon, "dann geh und sag deinem Komplizen, dass ich ihn bitte, zu mir zu kommen und es mir selbst zu erzählen."

Und als Ilan nicht antwortete, fügte er knapp hinzu:
"Das ist alles!"
Also hatten es alle gesehen, und niemand hielt es für angebracht, ihm etwas davon mitzuteilen. Und wer konnte ihm schon im Labor geholfen haben? Nur eines der Mädchen, die einmal dort gearbeitet hatten, Schoschana, Tamar, Dalia oder Irit.
Der Gedanke bedrückte ihn ein, zwei Tage. Wenn eines der Mädchen zu ihm gekommen wäre und ihm gestanden hätte, dass sie Ilans Komplizin gewesen war, wäre Alons Wunde rasch geheilt. Aber nichts geschah, und die Sache nagte weiter an ihm.
Dann, eines Abends, erschien Tomer, Alons bester Freund, der Verantwortliche für die Schulfarm, und erzählte ihm eine Angelegenheit, die ihm noch mehr Verdruss bereitete: Er hatte zwei Säcke speziellen Sorte von Erdnüssen gekauft, um sie zu säen.
"Die Erdnüsse kamen gestern Nachmittag an", sagte er, "und ich dachte, heute würden wir sie schälen, aber in der Nacht wurde fast die Hälfte gestohlen."
Alon schaute ihn forschend an. Tomer ging leicht gebeugt, sein gekräuseltes Haar und sein besorgtes Gesicht machten einen müden Eindruck.
"Nun also?" fragte Alon, "wer war es?"
"Die Bengel aus deiner Gruppe."
"Woher weißt du das? Hast du sie erwischt?"
"Das nicht, aber sie waren die einzigen, die gesehen haben, wie die Säcke angeliefert wurden."
"Wer, zum Beispiel?"
"Malfuf, zum Beispiel, und Stroh, und der neue Junge da, wie heißt er, Ilan."
"In Ordnung", sagte Alon, "ich werde der Sache nachgehen."

Noch am selben Tag berief er das Gruppenkomitee ein.

"Ihr müsst herausfinden, wer die Beteiligten waren", sagte er. "Und dann müsst ihr ganz eindeutig erklären, dass das ein starkes Stück ist. Ich war auch mal ein Junge, und ich weiß, dass man manchmal stibitzt. Aber das geht zu weit, das waren besondere Erdnüsse für die Saat, für eure Farm bestimmt. Dieser Vorfall wird der ganzen Gruppe einen miesen Ruf einbringen und besonders den Neunmalklugen, die dabei waren."

Die Komiteemitglieder zuckten die Achseln. Sie wüssten nichts, behaupteten sie, aber natürlich würden sie Erkundigungen einziehen.

Alon war mit sich zufrieden. Er war nicht wütend geworden, er hatte keine Moralpredigt gehalten, nein, er hatte die Sache als eine prinzipielle Frage behandelt, ohne dabei nachzuforschen, wer es eigentlich getan hatte. Er hatte mit keiner Strafe gedroht und hatte lediglich von ihnen gefordert, mit den Betreffenden zu sprechen. Das Komitee – und damit auch Irit – würden seine Haltung zu schätzen wissen.

Nach dem Abendessen kam die *Metapelet* der Gruppe und beschwerte sich bei Alon, dass die Kleiderschränke der Jungen voll Erdnussschalen seien. So oft hatte sie ihnen das schon verboten, weil es die Mäuse anlocken würde. Es sei sowieso schon schlimm genug, dass sie Erdnüsse in ihren Zimmern essen, aber die Bengels ließen dann noch die Schalen herumliegen. Es sei für sie so selbstverständlich, dass jemand aufräumen würde. Und dabei hatte sie doch einen Papierkorb in jedes Zimmer gestellt und sie wiederholt gebeten...

Alon hörte ihr ruhig zu und fragte dann, wo eigentlich diese Schalen herumgelegen hätten.

"In fast allen Schränken", sagte sie, "bei Ilan und Eres und Amir und sogar in einigen Fächern der Mädels, bei Schoschana, Tamar, Dalia, Irit und Amira und..."

Oh ja, sicher, er würde der Sache nachgehen, sagte Alon geistesabwesend.

Er ging auf sein Zimmer, setzte sich aufs Bett, zog sein Hemd aus und lehnte sich an die kühle Wand.

"Reg dich nur nicht so auf", sagte er sich. "Was ist schon passiert? Sie haben Erdnüsse genascht und dir nichts davon erzählt. Nun stell dir vor, dass ein anderer Lehrer dir so eine Geschichte erzählt hätte und hätte dabei erwähnt, dass er vor lauter Ärger kaum atmen konnte – du hättest dich doch über ihn lustig gemacht, nicht war? Und nun ist dir so etwas passiert, nun gut also, du brauchst nur darüber zu lachen, und weg ist's. Die Welt ist so groß, das Leben ist so kurz, sie sind Kinder, und du bist ein Esel. Was gibt's sich da aufzuregen?"

Umsonst. Sein Herz rebellierte. Ein dumpfer Schmerz drückte ihn in der Brust, im Magen und im Hals. Ein kleiner, erbärmlicher, nagender Schmerz.

Er schaltete das Radio ein und suchte Musik. Als er Mendelsohns Hochzeitsmarsch fand, musste er unwillkürlich lächeln. Später spielte man die Italienische Symphonie, und als er den bekannten und geliebten Tönen lauschte, begann er sich allmählich zu entspannen. Er würde das Gruppenkomitee zu einer weiteren Sitzung einberufen, noch heute, vor dem Schlafengehen, und würde es mit dem Erdnussschalenfund konfrontieren. Da werden wir sehen, was sie sagen werden. Er würde keine Kommentare abgeben, nein, aber sie sollten den stummen Vorwurf spüren: So lohnt ihr mir also mein Vertrauen!

Das Schulgebäude war völlig dunkel, niemand war da, weder in der Klasse noch in den Schlafräumen. Alon nahm an, dass die Gruppe irgendein Treffen hatte, vielleicht mit ihren Gruppenleiter der Jugendbewegung, oder eine nächtliche Pfadfinderübung. Also setzte er sich auf die Stiege, die zum offenen Korridor führte, und wartete.

Eine entfernte Grille zirpte, verstummte und begann von neuem, und eine andere, nahe, stimmte ein. Alon fühlte weiche, traurige Müdigkeit.

Nach einer Weile hörte er Stimmen, die sich von der anderen Seite näherten. Ilans Worte klangen lauter und tiefer als die anderen Stimmen.

"...weil ihr alle ja nur einen Dreck davon versteht. Aber diesmal geh ich vor und nehm eines der Mädel mit, so dass, wenn uns jemand sieht, er sich denken wird, dass wir eben..." Er gluckste. "Und ich werde unterdessen das Gelände erforschen..."

Stroh unterbrach ihn:

"Welches?"

Beide kicherten und Ilan fuhr fort:

"Aber diesmal lasst keine Schalen herumliegen. Bringt sie überhaupt nicht in die Schlafräume, versteckt sie lieber in den Büschen."

Alon stand auf und drehte das Licht im Korridor an. Sofort verstummten die Stimmen, und jemand flüsterte:

"...hat alles gehört."

Von allen Seiten zischelte man, zu schweigen.

Alon trat ihnen entgegen und sagte:

"Ja, ich habe es gehört. Aber ihr habt euch nicht zugehört."

Sie schweigen verwirrt.

"Was ihr wirklich gesagt habt, heißt, dass ihr alles zerstören wollt, was wir zusammen in der Gruppe aufgebaut haben, ihr und ich. Von jetzt an werde ich euch misstrauen müssen, und ihr müsst versuchen, mich zu überlisten. Ich spreche nicht über Ilan. Er handelt, wie er es gewöhnt ist. Aber ihr, mit eurem Mittun, habt viel mehr als er gesagt."

Jetzt erst sah er ihre Gesichter. Neben Ilan standen Malfuf und Stroh, und einige Schritte hinter ihnen Schoschana und Dalia, Tamar, Irit und Amira.

"Bitte geht jetzt gleich schlafen. In zwanzig Minuten will ich alle Lichter ausgelöscht sehen", sagte er streng und ging.

Am nächsten Tag sprach er mit Ilan:

"Du hast da einige Sitten mitgebracht, Ilan, die wir hier früher nie gekannt haben. Ich hoffe, dass das alles nur ein vorübergehender Teil deines Anpassungsprozesses ist. Du wirst jetzt ganz und gar damit aufhören müssen, denn, vergiss nicht, dass du bei uns noch im Probemonat bist."

Er dachte, das wäre scharf genug für den Jungen, aber zum Gruppenkomitee sprach er noch offener: Wenn er das hier so weitertreibt, sagte er, werde ich nicht dulden, dass er in der Gruppe bleibt. Nie zuvor hatte er so über ein Gruppenmitglied gesprochen.

Nach einigen Tagen verebbte sein Zorn, und das Stehlen der Erdnüsse hatte aufgehört.

Eines Morgens hörte Alon die Sieben-Uhr-Nachrichten im Radio. "Gestern Abend". hieß es da, "um neun Uhr dreißig, wurde ein einzelner Schuss auf einen Lastwagen, der sich auf der Hauptstraße des Jesreel Tals, neben Kibbuz Meschech HaSera, befand, abgefeuert. Der Schuss durchschlug die Windschutzscheibe, der Fahrer blieb unverletzt. Die Polizei hat eine Untersuchung eingeleitet."

Alon war betroffen. Es mussten arabische Terroristen gewesen sein. Mitten in der Jesreel Ebene! Und dabei waren die Jungen zur selben Zeit gerade dort draußen, nicht weit von der Straße, in irgendeinem nächtlichen Pfadfinderspiel mit ihrem Gruppenleiter.

Als er später in die Klasse kam, fragte er:

"Sagt mal, wart ihr nicht gestern Abend draußen bei einem Nachtspiel? War das nicht nahe der Hauptstraße? Habt ihr vielleicht zufällig einen Schuss gehört?"

Die Jungen und Mädchen schauten überrascht drein.
"Man hat im Radio gemeldet, dass gleich neben uns ein Lastwagen beschossen wurde." Und er erzählte ihnen, dass die Windschutzscheibe zerschossen wurde und der Fahrer wie durch ein Wunder unversehrt blieb, und dass die Polizei der Sache nachgehe. Sie würden sicher mit Polizeihunden den Spuren folgen.
"Zweifellos", fügte er hinzu, "waren das arabische Eindringlinge. Ihr hattet großes Glück, das muss man sagen. Ihr seid in großer Gefahr gewesen, ohne es zu wissen."
Die Jugendlichen lauschten in eisiger Stille. Alon hatte einige Fragen oder Bemerkungen von ihrer Seite erwartet, aber niemand sagte ein Wort. Er bereute schon, es ihnen erzählt zu haben, da sie es sich offensichtlich sehr zu Herzen nahmen. Es wäre ja genug gewesen, mit ihrem Gruppenleiter zu sprechen. Man müsste nun sofort alle anderen Gruppenleiter informieren. Sie werden jetzt Nachtspiele außerhalb des Kibbuz für einige Zeit einstellen müssen. Er konnte sich schon die Gesichter der erschrockenen Eltern vorstellen, wenn sie von diesem Vorfall hörten.
In der ersten kurzen Pause ging er zur zwölften Klasse hinüber, um mit Nezer, einem achtzehn Jahre alten Burschen mit blondem Haar und schwarzer Brille, der dieses Jahr ihr Gruppenleiter war, zu sprechen. Nezer schlug sich ein paar Mal auf die Schenkel und sagte, dass die ganze Geschichte irgendwie nicht zusammenpasse. Zwar hätten sie wirklich neben der Straße ihre Pfadfinder-Übung abgehalten, und einige Jungen, die früher als die anderen fertig waren, hätten am Straßenrand gesessen, aber niemand hätte einen Schuss gehört, sie hätten ihn sicher sofort gerufen, wenn sie etwas gehört hätten, andererseits könne man nur schwerlich annehmen, dass sie so einen Schuss in der stillen Nacht überhört hätten... Aber auf jeden Fall, natürlich, würden sie von jetzt ab

abends den Kibbuz nicht verlassen ohne die Erlaubnis des Kreissicherheitsoffiziers.

Während der zweiten Pause gingen gewöhnlich alle frühstücken. Auf dem Weg zum Speisesaal gingen alle zusammen und sprachen aufgeregt miteinander. Als Alon sich näherte, verstummten sie. Er beschleunigte seine Schritte, obwohl es ihn anstrengte und ging an ihnen vorbei. Sobald er sich wieder entfernte, flammte die Diskussion wieder auf. Er ging langsamer, und richtig, als sie näher kamen, unterbrachen sie wieder das Gespräch. Alons Neugier war erwacht, aber mit ihr öffnete sich seine Wunde, ihnen misstrauen zu müssen.

Wäre nicht dieses Misstrauen, wäre er geradewegs zu ihnen gegangen und hätte leichthin gefragt: "Na was gibt's, Kinder? Ich sehe, dass ihr da ganz eifrig diskutiert. Könnt ihr mich vielleicht einweihen?" Aber er wusste, dass sie ihn ausschließen würden: "Nichts Besonderes, wirklich..." Und dann hätte er gewusst, dass sie nicht aufrichtig waren, und sie hätten gespürt, dass er ihnen keinen Glauben schenkte, sie hätten sogar gefühlt, dass er wusste, was sie fühlten... Dann wäre der Bruch zwischen ihnen und ihm vollständig gewesen. Er schaute sie von der Ferne an, wie sie da zusammen gingen – unter ihnen waren seine besten Freunde: Malfuf-Eres, Stroh-Amir, Schoschana, Tamar und Dalia, Amira, und auch Irit.

Es hatte keinen Zweck zu versuchen, sie zu belauschen. Sie hätten es sofort bemerkt. Und selbst wenn es möglich gewesen wäre, er hätte es nicht getan. Der Gedanke daran war ihm widerlich. Er hätte ja Nezer, den Gruppenleiter, bitten können, der Sache nachzugehen, aber das hätte auch einen bitteren Beigeschmack gehabt.

So gab es noch einen schlimmen Tag voll Spannung in der Brust und im Hals. Das Leben ist doch so kurz, sagte er sich, und wir machen es uns so schwer. Er versuchte, seinen Schmerz wegzulächeln – vergebens.

Spät nachmittags erschienen zwei Polizeioffiziere im Kibbuz und sprachen mit Se'ew, dem Sekretär. Der Schuss wurde gerade, als der Lastwagen euren Kibbuz passierte, abgefeuert. Und ein Mitfahrender, der hinten saß, hat gesehen, dass sich dort einige Kinder herumtrieben, ein großer mit einer Brille. Vielleicht wüssten die etwas über die Geschichte? Vielleicht hätten die den Schuss gehört?

Se'ew war völlig verstört und erklärte sofort, dass im ganzen Kibbuz auf niemanden so eine Beschreibung passe, dass es außerdem den Kindern nie erlaubt wäre, in der Dunkelheit zur Hauptstraße zu gehen, dass er aber sofort gewissenhaft Nachforschungen anstellen würde.

Sobald die Polizei weg war, eilte er zu Alon. Nach allem scheint klar, dass es sich um Nezer und um Alons Gruppe handelt, sagte er. Sie setzen sich mit Nezer in Alons Zimmer, und Se'ew wiederholte den Polizeibericht.

Ja, sagte Nezer und schlug sich auf die Schenkel, sicher sei er dort gewesen, genau wie die Polizei es geschildert hätte. Aber er habe keinen Schuss gehört, und er könne ihn auch schwerlich überhört haben.

Da erinnerte sich Alon an die eisige Stille im Klassenzimmer.

"Da steckt etwas dahinter", sagte er, und erzählte, wie die Jugendlichen in der Früh die Nachricht aufgenommen hätten.

Nezer sprang auf und ging auf und ab. Ja, ja, es kann sein, dass da etwas dahinter stecke. Er würde es schon herausbekommen.

Und richtig, noch vor dem Nachtmahl erschien er wieder in Alons Zimmer und lächelte glücklich. Die Sache sei jetzt sonnenklar, sagte er. Einige Jungen saßen am Straßenrand, um auf die anderen zu warten, und zum Zeitvertreib warfen sie Steine auf die Bäume. Da erzählte Ilan, wie in Russland während des Kriegs Partisanen deutsche Lastwagen mit Handgranaten angegriffen hätten, und er zeigte ihnen, wie man so etwas am besten macht. Der Stein zerbrach die Windschutzscheibe, und der erschrockene Fahrer musste es für einen Schuss gehalten haben. So verhielt sich die Sache. Und er schlug sich auf die Schenkel.

\*

Am Abend saß Alon in seinem Zimmer, im Dunkeln, und hörte "Orpheus in der Unterwelt". Die Wand war kühl, und er spürte, wie die Kühle ihm langsam durch die Schultern drang.
Ilan musste weg. Das war klar und endgültig. Aber warum war Offenbachs Unterwelt so fröhlich? Wie kann man den Taumel trunkener Freude deuten? War das ein Frohlocken über Orpheus' Misserfolg und Eurydikes Rückkehr ins Totenreich? Wir werden den Probemonat abwarten und dann der Jugend-Alija erklären, dass wir zu unserem großen Bedauern und trotz intensivster pädagogischer Bemühungen den Jungen nicht aufnehmen können und so weiter – Se'ew wird schon die richtige Formulierung finden... Es ist schade, denn der Junge hat auch einen gewissen Charme. Die ganze Gruppe fühlt sich zu ihm hingezogen. Nur Nezer kann ihn nicht leiden. Es war augenscheinlich, mit welcher Freude er über Ilans Steinwurf berichtete. Nach dem Ende von Orpheus und Euridike wird "Hoffmanns Erzählungen" gespielt, das passt zu Ilan: Beide verlieben sie sich einige Male und treffen auf denselben Widersacher. Allerdings ist es bei Ilan mehr als drei Mal und in "Hoffmanns Erzählungen" erscheint der Böse verkleidet in drei Personen, doch man durchschaut es. Vielleicht sieht mich Ilan als so einen Widersacherdämon, der neidisch ist. Armer Ilan Unglücksmann! Und wie konnte

Nezer das so rasch herausfinden? Jemand aus der Gruppe muss es ihm erzählt haben, aber mir hat niemand was gesagt.
Als sich die Stunde des Lichtauslöschens näherte, seufzte er und ging zu den Schlafräumen. Was sollte er dem Jungen sagen, und was dem Gruppenkomitee?
Die Mitglieder des Komitees lagen schon in ihren Betten. Er versammelte sie dennoch im offenen Korridor auf der Rückseite des Schulgebäudes. Der Abend war warm, und ein trockener Wind blies.
Zuerst plante er, sie zu prüfen. Er würde sie in bestimmten Ton eindringlich fragen, was sie über den mysteriösen Schuss wüssten, und wenn sie wieder alles leugnen würden, dann... Ja, was dann? Gut, dann würde er ihnen und dem Kibbuz erklären, dass er als Erzieher zurücktrete. Natürlich würde er weiter unterrichten müssen, aber er würde nicht mehr als ihr Erzieher wirken. Dann würden sicher alle ihn bitten, seinen Beschluss zu ändern. Aber er würde dabei bleiben. Dann erst würde es ihnen aufgehen, und sie würden fühlen, was sie verloren hatten. Ja, aber was, wenn sie nicht kämen? Ginge es nicht um Irit, wäre er tatsächlich zurückgetreten. Aber wenn auch sie...? Es war eine Vogel-Strauß-Politik, er wusste es. Als er zu sprechen begann, hatte er diesen Plan schon vollkommen verworfen.
"Schaut", sagte er ruhig, "ich weiß alles über diesen Schuss. Einige von euch haben Steine auf Autos geworfen, und Ilan hat eines getroffen. Das ist eine sehr schlimme Geschichte. Er hat ja, wie ihr wisst, die Windschutzscheibe getroffen. Stellt euch vor, was geschehen wäre, wenn ein Splitter den Fahrer im Auge verletzt hätte. Er hätte einen Unfall haben können. Er hätte sein Auge und vielleicht sogar sein Leben verlieren können. Die Polizei war heute da, um Nachforschungen anzustellen. Ilan hätte verhaftet und vor Gericht gestellt werden können. Aber die Sache hat noch eine zweite

Seite, die sehr ernst ist: Ihr wolltet das Ganze vertuschen und vor mir verheimlichen. Vielleicht um Ilan zu helfen. Aber in Wirklichkeit habt ihr ihm damit sehr geschadet. Wenn ihr ihn nicht gedeckt hättet, hätte ich nichts dagegen gehabt, dass er in unserer Gruppe bleibt. Ich hätte geglaubt, dass ihr ihn ändern könnt. Da ihr aber alle hinter ihm steht, werde ich ihn wegschicken müssen."
Die Jungen und Mädchen schwiegen. Er versuchte vergeblich, ihre Meinung zu hören. So schickte er sie schlafen. Nach einer Minute rief er Irit zurück. Sie hatte ihren blauen Schlafanzug an. Sie wandte sich ihm zu und lehnte sich an eine der Stahlträger, die die Decke des offenen Korridors stützten.
"Weißt du, Irit", begann er nach kurzem Schweigen, "ich hatte immer vollkommenes Vertrauen zu dir. Mehr als zu jedem anderen in der Gruppe. Und ich war sehr betroffen, dass ihr die Sache vor mir verheimlicht habt."
"Ich weiß, Alon, dass es nicht schön von mir war, aber Ilan hat so gebettelt und uns beschworen, nichts zu sagen. Er hat richtig geheult. Er behauptet, dass die Lehrer immer gegen ihn sind. Und unser Kibbuz, sagt er, ist seine letzte Chance. Er wurde schon so oft hinausgeworfen, dass er nächstes Mal auf der Straße landet, weil die Jugend-Alija sich seiner nicht mehr annehmen wird. Da haben wir's ihm alle versprochen."
Alon versuchte, zu erklären: Nicht nur, dass er nicht gegen Ilan sei, im Gegenteil, er täte sein Bestes, ihm zu helfen. Sie sagte nichts dazu. So standen sie einander schweigend gegenüber. Plötzlich, sagte er:
"Deine Mutter sagte mir, dass du bald Geburtstag hast."
Er hätte es nicht erwähnen sollen, er wusste es. Aber er konnte sich einfach nicht zurückhalten.
Irit lächelte.

"Sie hat dich sicher gefragt, was für ein Buch sie mir kaufen soll, nicht wahr?"

Das konnte er nicht leugnen, und fügte hinzu:

"Und ich hab auch schon begonnen, über ein Geschenk für dich nachzudenken."

Wenn sie nun ein überraschtes Gesicht gemacht hätte – für mich, wieso auf einmal für mich? – dann hätte er vielleicht... Aber sie sagte nichts und lächelte nur. Ganz ruhig stand sie da, ihr Gesicht ihm zugewandt, ihren Arm erhoben und an den Pfeiler gelehnt. Nach langem Schweigen zuckte Alon mit den Achseln:

"Also, Irit, nun mal marsch ins Bett!"

Bevor er seine letzte Runde machte, ging er noch zum Schulgebäude der zwölften Klasse und fand Nezer im Klassenzimmer bei der Vorbereitung seiner Aufgaben.

"Nezer", rief er ihm zu, "ich würde gerne mit dir ein bisschen reden, könntest du eine Minute zu mir herauskommen? Ich vergaß, dich zu fragen: Wie hast du die Sache mit Ilan und dem Stein so rasch herausgefunden?"

Nezer strahlte von einem Ohr zum anderen.

"Ach, Alon", sagte er, "da musst du nur wissen, wie man die richtigen Fäden zieht. Malfuf hat neulich versucht, sich ein bisschen an Schoschana zu kuscheln, was ihm leider misslang, weil Schoschana ja bekanntlich jetzt mit Ilan herumkuschelt. Und da ich einen kleinen, leisen Verdacht hegte, hab ich logischerweise angenommen, dass Malfuf nicht gerade begeistert von Ilan ist und es eigentlich nicht bedauern wird, wenn man Ilan rausschmeißt. So hab ich ihm ganz unschuldig vorgeschlagen, die Sache mit mir zu untersuchen. Und er gab mir einen unschuldigen Wink, wie man so sagt."

"Was heißt dieses 'Ankuscheln'? Ist das ein neuer Ausdruck?"

"Aber, aber, Alon, du lebst hinterm Mond – das ist doch eine uralte Geschichte. Da gibt's zwei Stadien: Zuerst, wenn sie noch ein bisschen schüchtern sind, dann kuscheln sie umeinander herum, aber dann, wenn sie schon, wie man so sagt, auf freiem Wasser sind, dann kuscheln sie miteinander."

"Ah, ich verstehe. Also, was tut Schoschana jetzt? Tut sie... Ich meine: Geht sie... mit Ilan?" Es fiel ihm schwer, den neuen Ausdruck zu benutzen. "Ich dachte, dass sie an jemand anderem Gefallen gefunden hätte."

Nezer zuckte mit keiner Wimper.

"Geh, Alon. das ist doch schon längst vorbei, da bist du wirklich nicht auf dem Laufenden. Es war Schoschana, die damals Ilan ins Labor geführt und ihm dort geholfen hat, sich im Dunkeln zurechtzufinden. Da hat es wahrscheinlich begonnen. Na, die Mädchen sind alle recht neidisch, macht nichts, macht gar nichts, wird schon vergehen."

Das war etwas Neues und nicht gerade Erfreuliches. Schoschana war eine gute Schülerin, ein ernstes und reifes Mädchen, das in der Gruppe gesellschaftlich den Ton angab.

"Wie steht's mit unserem Ilan?", fragte Nezer. "Ist er denn sein Geld wert?"

Alon lächelte traurig. Vor vier Jahren war er Schüler der zwölften Klasse gewesen wie Nezer jetzt, aber heute herrschte ein anderer, ihm fremder Stil.

"Ich sehe, dass er schon ein Schätzchen hat, also muss er wahrscheinlich was wert sein", versuchte er zu spaßen, obwohl ihm nicht danach zumute war.

"Nun, werdet ihr ihn rausschmeißen? Wie geht's ihm in der Schule? Hat er ein bisschen Grips im Schädel?"

Alon seufzte.

"In Mathematik ist er drei Jahre zurück, in Aufsatz und Grammatik fünf Jahre. Während der Pessachferien fahren wir für eine Woche zelten. Anschließend geht sein Probemonat zu Ende. Dann werden wir ihn wohl zurückschicken. Er lässt uns keine andere Wahl."
Nezer schlug sich einige Male auf die Schenkel und lachte:
"Gräm dich nicht, Alon, wir werden den Verlust schon verschmerzen, nicht wahr?"
Dann ging Alon durch die Schlafräume, um das Licht auszulöschen. Er wollte noch ein Wort mit Ilan reden, doch der Junge war nicht in seinem Zimmer.
"Ah, wahrscheinlich ist er irgendwo mit Schoschana", dachte sich Alon. "So werd ich morgen auch darüber mit ihr reden müssen!"
Aber als er in Schoschanas Zimmer kam, war sie da. Ihre Zimmergenossen lasen, sie starrte an die Decke. Alon plauderte ein paar Minuten mit ihnen, wünschte ihnen angenehme Träume und ging weiter zum nächsten Zimmer. Dort war Dalias Bett leer.
"Wo ist Dalia?", fragte er.
Irit schaute nicht auf, aber Stroh räusperte sich vielsagend:
"Sie ist wahrscheinlich Veilchen pflücken gegangen."
Und als Alon ihn fragend ansah, fügte er hinzu:
"Ich bitte dich, wohin soll denn ein sechzehnjähriges Mädchen in einer warmen Frühlingsnacht gehen? In die Bibliothek natürlich, um rasch noch etwas über Plato nachzulesen."
"Warum gerade über den?", forschte Alon lachend. Man wusste nie, wie man Stroh nehmen sollte.
"Tja, da muss Glück man haben, im Leben wie in der Philosophie."
Einen Moment war Alon ob der sonderbaren Wortstellung erstaunt, dann lächelte er.
"Man sagt mir in letzter Zeit immer, dass ich nicht mit der Zeit schritthalte", sagte er. "Also müsst ihr mich aufklären – wer ist Dalias glückmännlicher Freund?"

Irit hob die Augen nicht von ihrem Buch.

"'Freund'?" fragte Amir. "Dazu braucht er doch nicht ihr 'Freund' zu sein."

"Aber, aber, Kinder", sagte Alon und schaute Irit an, "ihr seid noch so jung und schon so zynisch. Als ich in eurem Alter war... Ich glaubte damals noch an romantische Liebe." Eigentlich wollte er noch etwas hinzufügen.

"Nun, und was hattest du davon?", fragte Stroh.

Alon schüttelte wage den Kopf und lächelte:

"Viele schöne Erinnerungen... Aber sagt mir wirklich, was geht hier vor? Wollt ihr wirklich andeuten, dass Dalia mit Ilan geht? Und ich dachte doch, dass..." Aber da unterbrach er sich.

"Tja-ja, wir dachten das selbe 'dass'", sagte Stroh, "aber dann tauchte eben ein anderes 'dass' auf."

Alon lachte. Irit blieb bei ihrem Buch.

Nachdem er das Licht ausgelöscht hatte und ihnen süße Träume über Prinzen und die Pessachferien gewünscht hatte, kehrte er in sein Zimmer zurück. Also waren sowohl Schoschana als auch Dalia Ilan ins Netz gegangen. Beides ernste, reizende Mädchen, die Charakter und Selbstachtung hatten. Es konnte ihnen doch nicht entgangen sein – jeder wusste es doch – dass dieser Bursche ein absoluter Taugenichts war, was sein Studium und seine Arbeit auf der Farm anbelangte, und trotzdem...

Aus dem Radio klang leise Beethovens "Für Elise". Die Wand war kühl.

"Es ist sonderbar", sagte er sich, "es ist wirklich sonderbar. Aber was verstehe ich schon davon? Es ist eine sonderbare Welt, in der wir leben."

\*

Auf der Lehrerkonferenz, die vor den Pessachferien tagte, beschwerte sich der Werklehrer, Ilan würde durch das rückwärtige Fenster in die Tischlerei steigen, um Holz und Werkzeuge zu entwenden. Tomer, der Verantwortliche der Schulfarm, bemerkte, der Junge käme oft zu spät zur Arbeit, würde dann aber zu früh verschwinden und manchmal überhaupt nicht zur Arbeit kommen: Es gab nämlich immer irgendwelche Missverständnisse – der arme Junge irrte sich und war auf den falschen Arbeitsplatz, wo er gar nicht hingehörte. Dann, auch wenn niemand ihn auf den Irrtum aufmerksam machte, erinnerte er sich sogleich daran und begann eifrig, seinen richtigen Arbeitsplatz zu suchen, und bis ihm das gelang, stellte sich heraus, dass eigentlich schon keine Zeit mehr zur Arbeit blieb. Die Englischlehrerin hatte viele "Unbekannte Flugobjekte" um Ilans Pult herumschweben sehen, und die Metapelet sprach energisch ihr Missfallen über Ilans Mausefallen aus, die er in den Betten der anderen versteckte – manchmal mit Hilfe von Drähten an das elektrische Stromnetz angeschlossen.

Nur Se'ew verteidigte ihn:

"Ich kenne zwar den Jungen persönlich nur wenig", begann er, "aber lasst uns bitte nicht vergessen, dass er ein Neueinwanderer ist und dass wir unser Scherflein zur Aufnahme der Immigranten beisteuern müssen. Und wir haben glücklicherweise einen jungen glänzenden Pädagogen, der mit Freude die erzieherische Herausforderung annehmen wird. Er weiß, wie wichtig uns gerade jetzt die guten Beziehungen mit der Jugend-Alija sind, wie ihr ja alle versteht, obwohl diese guten Leute viel zu wenig und immer zu spät für ihre Zöglinge zahlen. Da es aber neuerdings so schwer wird, Stadtkinder zum Füllen unserer Klassen zu bekommen, und wir verhandeln gerade jetzt mit ihnen über eine Gruppe, die wir drin-

gend brauchen könnten, weil uns nach Alons Gruppe ein Jahrgang fehlt, und da wir ja, wie ich schon ausgeführt habe, einen pädagogisch so talentierten Erzieher haben, schlage ich vor, uns auf seine pädagogische Meinung zu verlassen, weil er sicher am besten beurteilen kann..."
"Schicken wir den Burschen weg, Se'ew, und zwar so rasch als möglich", unterbrach ihn Alon leise.
Es herrschte eine kurze Stille. Alle schauten Se'ew an. Jemand lächelte schadenfroh.
"Nun gut, wenn das euer einstimmiger Beschluss ist", sagte Se'ew. "Ich muss aber trotzdem darauf hinweisen, dass der Junge ein Neueinwanderer ist, welcher..."
Während er geduldig seine Argumente eines nach dem anderen wiederholte, kam ihm auf einmal eine neue Idee:
"Vielleicht braucht der Junge eine psychologische – ihr wisst, was ich meine – Beratung, oder wie man das nennt, nicht wahr? Die Jugend-Alija hat ein besonderes Budget dafür. Die zahlen dann prompt. Was sagst du dazu, Alon? Man solle doch kein pädagogisches Urteil ohne psychologische Beratung fällen, nicht?"
"Gut", sagte Alon. "Geben wir ihm also noch diese Chance. Ich werde mit ihm nach Haifa fahren, damit der Testpsychologe der Jugend-Alija ihn durchtestet. Da wird man seinen Intelligenzquotienten prüfen und ein bisschen in die Tiefe seiner Persönlichkeit leuchten. Vielleicht hat er wirklich einige verborgene, bisher unentdeckte Talente? Vielleicht ist da etwas Neurotisches, das behandelt werden kann? Vielleicht finden wir da wirklich heraus, was in diesem glücklichen Unglücksraben steckt. Ich muss gestehen, ich bin neugierig."
Se'ew klopfte ihm auf die Schulter.
"Siehst du, Alon, ich wusste, wir würden eine konstruktive Lösung finden. Da schreiben wir gleich der Jugend-Alija, dass wir unbe-

dingt einen psychologischen Test für die pädagogische Beurteilung und so weiter brauchen, und dass sie dafür zahlen müssen. Das wird Eindruck auf sie machen und ihnen zeigen, wie verantwortungsvoll und tiefgehend wir in pädagogischen Angelegenheiten, wie man so sagt, sind. Und wenn wir ihn dann loshaben wollen, haben wir nichts unversucht gelassen, nicht einmal die Psychologie."

Alon lächelte.

Er ging in sein Zimmer zurück, zog das Hemd aus und lehnte sich gegen die kühlende Wand. Es gab stille Cembalomusik im Radio, etwas Italienisches, wahrscheinlich aus dem sechzehnten oder siebzehnten Jahrhundert. Was fühlte er Ilan gegenüber? Und was würde der Psychologe wohl herausfinden?

Er rief das Büro der Jugend-Alija an, verlangte für Ilan einen kurzfristigen Termin beim Testpsychologen, und schon am nächsten Tag saßen die beiden zusammen im Autobus auf dem Weg nach Haifa.

Während der Fahrt sorgte Ilan für Unterhaltung. Er hatte "Anna Karenina" gelesen, nicht ganz, aber doch zum Teil, und wollte nun wissen, warum sie, Alons Meinung nach, Selbstmord begangen habe; und wie stand es mit dem amerikanischen Präsidenten, könnte er einen Krieg erklären, ohne zuerst die Zustimmung des Kongresses einzuholen? Oder sagen wir, man schießt ein Gewehr unter Wasser, wie beeinflusst das die Kugel? Ob wohl ein Chamäleon spürt. wenn es seine Farben wechselt?

Dabei stellte sich rasch heraus, dass er eigentlich schon Antworten auf alle diese Fragen hatte. Alon nahm geistesabwesend an der Unterhaltung teil. Er dachte nach, was er dem Psychologen über Ilans Persönlichkeit erzählen wollte. Er würde seine Beobachtungen klar, präzise und objektiv formulieren.

Eine Stunde später unterbrach ihn Dr. Scharfmann gleich beim ersten Satz, als Alon ihn fragte, ob er es nicht vorzöge, zuerst ihn, den Lehrer und Erzieher, anzuhören, bevor er den Jungen zu sich herein... Als Pädagoge müsse er, Genosse Alon, doch wissen, sagte er und hob eine Augenbraue, wie wichtig es wäre, den Jungen ohne pädagogische Vorurteile zu empfangen. Nach dem Test wird er gerne bereit sein, mit dem Genossen Alon über die Persönlichkeit des Jungen zu sprechen. Und als sich Alon schüchtern erkundigte, ob es vielleicht erlaubt wäre, bei dem Test dabei zu sein, hob Dr. Scharfmann beide Augenbrauen und betonte, dass der Genosse Alon als Pädagoge doch wissen müsse, dass seine Gegenwart den Test in negativer Weise beeinflussen könne. Er müsse gestehen, dass er mehr als überrascht sei, dass er, der Genosse Alon, überhaupt so etwas vorgeschlagen habe.
So blieb Alon im Warteraum, schluckte einige Male und war verärgert. Dann holte er tief Luft und lächelte. Der Mann hatte Recht, unsympathisch wie er war. Nun nehmen wir aber an, dass er, Alon, sich selbst so einem Test unterziehen würde? Sein Herz schlug ein wenig schneller, als ob er wirklich gleich in Dr. Scharfmanns Sprechzimmer eintreten sollte, um dort sein Schicksal zu erfahren. War denn nicht eines jeden Persönlichkeit sein Schicksal? Es war wie das Befragen eines Orakels. Jawohl, eines Tages würde er sich doch zu so einem Orakelpsychologen wagen. Sein Intelligenzquotient würde sicher ein bisschen über dem Durchschnitt liegen, schmeichelte er sich, sagen wir, um die hundertzwanzig. Die Persönlichkeit... Wirklich, was für eine Persönlichkeit hatte er eigentlich? "Er ist ein stiller, was wir 'introvertierter Charakter' nennen", hörte er eine entfernte, fremde Stimme, "nachdenklich und ein wenig melancholisch. Er hat eine breite Skala von Interessen, besonders Naturwissenschaften und Musik, aber dabei ist er ein wenig... ein bisschen... eh... gehemmt in seinen Beziehungen zu Männern

und Frauen..." – hier errötete er; glücklicherweise war er allein im Wartezimmer. "Und doch hat er den Willen... die Bereitschaft... den Durst..." Er experimentierte mit den Worten. "Die Fähigkeit, würde ich sagen, zu lieben und geliebt zu werden, sich zu verlieben, das heißt, sich gefühlsmäßig zu engagieren, und..." – er suchte nach ergänzenden Worten – "also im Großen und Ganzen doch eine dynamische und harmonische Persönlichkeit."
Er wiederholte die beiden letzten Worte einige Male leise. Harmonisch sein und anderen helfen, harmonisch zu werden.
Ilan kam nach mehr als einer Stunde heraus und der Psychologe rief nun Alon herein und fragte ihn ein wenig über das Verhalten des Jungen. Das gab Alon ein besseres Gefühl. Aber viel brachte er nicht heraus. Die Persönlichkeit des Jungen sei, nach seiner Meinung... wagte er ein schüchternes Urteil. Doch Dr. Scharfmann zog seine Augenbrauen zusammen, um damit zu unterstreichen, dass die Sache bei weitem nicht so einfach sei, und schaute seine Notizen durch. Die konkrete Denkfähigkeit des Knaben sei nicht schlecht, erklärte er, es sei seine abstrakte Vorstellungskraft, an der es mangelte, so dass sie unter dem Normalen bliebe. Aber sein fundamentales Perzeptionsvermögen und seine Konzeptionsfähigkeit des visualen Erkennens und Identifizierens familiärer Objekte seien doch im Rahmen des Normalen, wobei sein analytisches Urteilen allerdings begrenzt bleibe. Auch seine sozialen und kulturellen Bewertungen seien durchaus als gestört zu betrachten, wobei jedoch zu bemerken sei, dass sein allgemeiner Wissensstand für sein Alter beträchtlich variiere, das heißt... eben verschiedentlich zu beurteilen sei. Sein Konzentrationsvermögen sei beschränkt, die hyperkinetischen psychomotorischen Funktionen seien durch ihren stark tentativen Charakter gekennzeichnet, die egozentrischen Reaktionen jedoch, von Seiten seiner verbalen Fähigkeiten aus betrachtet...

Alon war nicht sicher, ob er Scharfmann mit "Herr" oder "Doktor"' oder "Genosse" anreden sollte, so schwieg er und erfuhr, dass der Junge lebhafte Zeichen einer kompensatorischen Aufmerksamkeitsverschiebung auf irrelevantes Informationsmaterial aufzeige, während seine inadäquaten intellektuellen Erwartungen...
Da holte Alon tief Luft und versuchte ein Lächeln.
"Nun schön, Doktor", sagte er, "aber Sie müssen doch so eine allgemeine Durchschnittsziffer für die Intelligenzbeurteilung haben, nicht?"
Es schien Alon, als ob ihn der Psychologe ironisch anschaute.
Allerdings, so etwas gäbe es schon, aber es würde längere Zeit beanspruchen, es genau herauszuarbeiten. Innerhalb einer Woche würde seine Sekretärin eine detaillierte psychologische Bewertung des Jungen an die Jugend-Alija absenden, damit sie dort zu Ilan Glückmanns Akten hinzugefügt werden kann. Die Leiter der Jugend-Alija könnten dann unter Umständen das Ergebnis den pädagogischen Autoritäten des Kibbuz vorlegen, obwohl wegen augenscheinlicher erzieherischer Gründe natürlich keine exakten Abschriften der Ergebnisse ausgehändigt würden.
Alon forschte nicht nach den Gründen. Es war also doch wie ein Orakel.
"Aber was ist Ihr allgemeiner Eindruck, Doktor?", ließ er nicht nach.
Der allgemeine Eindruck war der einer leicht unter dem Durchschnitt liegenden Intelligenz mit breiter Variation der einzelnen Faktoren. Dem Jungen fehlte innere Konsistenz. Er zeige Anflüge reger Phantasie, könne aber nicht systematisch arbeiten.
"Kann er Ihrer Meinung nach mit so einer Intelligenz unsere Mittelschule im Kibbuz schaffen, Doktor?"
Neue Falten erschienen auf Dr. Scharfmanns Stirn. Es sei schwer, das definitiv zu beurteilen, aber auf jeden Fall würde er nur ungern die allerdings fragliche Möglichkeit bestreiten.

"Der muss aus Deutschland kommen", dachte sich Alon und laut fragte er:
"Und die Persönlichkeit, Doktor, in einfachen Worten?"
Dr. Scharfmann befand: ein schwaches Ego, nicht kräftig genug, um seine aggressiven sexuellen Impulse zu beherrschen. Seine Mutterbeziehung sei höchst ambivalent, und viele ungebundene schwebende Ängste seien in tiefen, prä-ödipalen Beziehungsstörungen verankert.
Alon hüstelte höflich.
"Schauen sie, Doktor, ich verstehe nicht allzu viel von Ihrer Psychologie. Könnten Sie nicht das alles in ein paar einfachen Worten für mich zusammenfassen, damit ich morgen den anderen Lehrern etwas Klares vorlegen kann?"
Er schämte sich selbst des Tons und der Rolle, die er spielte, aber er hoffte, so die Prozedur zu verkürzen.
Und es wirkte. Dr. Scharfmann schaute ihn an und begann, seine Papiere zu ordnen.
Charakterstörung, das war das Schlüsselwort, und... na gut, nennen wir es eine Disharmonie... und...
Alon stand rasch auf und schüttelte Dr. Scharfmanns Hand.
"Ich bin Ihnen äußerst dankbar, Doktor", sagte er in einer plötzlichen Gefühlsaufwallung, "und ich denke, dass Sie wirklich Recht haben, besonders was diese Disharmonie betrifft. Das haben Sie schön formuliert: Das Problem ist, harmonisch mit sich und der Welt zu sein."
Diesmal bemerkte er den ironischen Blick des Psychologen nicht.
Er war gut gelaunt, als er die Praxis verließ. Aber später, im Autobus, schien es ihm, als ob er eigentlich nichts Neues erfahren hätte. Doch, auf jeden Fall, es war gut, ein fachliches Urteil gehört zu haben, auch wenn man nicht wüsste, was man damit anfangen sollte.

Auf dem Rückweg fragte er den Jungen über den Test aus. Ilan erzählte ihm, wie der Psychologe begonnen hätte, mit ihm über das Leben im Kibbuz zu sprechen, über seine Gruppe und seine Kameraden, seine Familie, Bücher, die er gelesen, und Filme die er gesehen hatte. Dann habe er ihn vor ein paar mathematische Probleme gestellt und plötzlich versucht, ihn mit komischen Fragen zu überraschen, wie zum Beispiel: "Was machst du, wenn ein Junge, der kleiner ist als du, dich schlägt?"

"Nun, und was hast du geantwortet?", wollte Alon wissen.

"Ich hab ihm gesagt, dass ich glatt zurückgehauen hätte. Gut, wenn er sehr klein gewesen wäre, hätte ich vielleicht nicht so stark zugehauen, aber doch immer noch genug, dass er kapiert hätte, dass es sich nicht lohnt, sich mit mir anzulegen. Und was hättest du gemacht?"

Alon errötete. Was hätte er gemacht?

"Ich hätte gelächelt", sagte er nach einer Weile. Aber Ilan war schon mitten in seiner eifrigen Beschreibung, wie er mehrstellige Zahlen vorwärts und rückwärts wiederholen musste. Alon hörte zu, konnte aber nicht herausfinden, wie der Psychologe über die innere Harmonie urteilen konnte. Man müsste wirklich einmal etwas Grundständiges über Psychologie lesen, das ließ sich nicht umgehen. Er seufzte. Dann wandte er sich an Ilan:

"Schau, Ilan, nächste Woche gehen wir in unser Ferienlager, und dann ist dein Probemonat vorüber. Ilan, bitte, bemühe dich, bis dahin keinen neuen Unfug anzustellen, ja?"

\*

In den letzten Tagen bevor sie ins Ferienlager fahren wollten, fühlte sich Alon müder als gewöhnlich. Nach langem Zögern ging er in die Klinik. Der Arzt untersuchte seine Lunge und sein Herz, prüfte den

Blutdruck und veranlasste eine Blutsenkung. Am nächsten Tag sagte er ihm:

"Mein lieber Freund, offen gesagt, mir gefällt dein Blut ganz und gar nicht. Du musst unbedingt mehr ruhen und Aspirin schlucken. Und ich will nicht hören, dass du es wagst, mehr als zwei Stunden am Tag zu unterrichten. Und ich hoffe, dass ich dich dann nicht irgendwo auf dem Weg zum Speisesaal oder zur Schule herumstrolchen sehe, sondern nach dem Unterricht wirst du dich bitte immer gleich brav ins Bett legen und ausruhen."

Er war wirklich ein liebenswürdiger alter Herr.

"Schau, Doktor", sagte Alon und lächelte. Er hätte fast "Schau, Onkel Doktor" gesagt, obwohl er erschrocken war. "Ich meine, da es sich um mein Blut handelt, solltest du mir doch etwas Näheres darüber erzählen, was missfällt dir so daran."

Nun wurde das Gesicht des Arztes ernst.

"Bei Männern betrachten wir einen Senkungswert von bis zu zwölf Millimetern in der ersten Stunde als normal", erklärte er. "Wenn aber..."

"Einen Moment, Doktor. Warum 'bei Männern'? Haben denn Frauen einen anderen Blutsenkungswert?"

"Ja, das ist wirklich ein interessantes Phänomen. Frauen haben eine raschere Senkung. Die kommen auf bis zwanzig Millimeter."

"Und wo stehe ich?"

"Nun... Du hast viel mehr. Also verschreiben wir dir sechs Aspirin am Tag, für den Anfang. Und wenn du es ertragen kannst, dann fügen wir eben noch ein paar hinzu. Aber schluck immer nur zwei auf einmal, bitte."

"Aber Doktor..."

Da kam die Schwester herein, um den Arzt zur Visite zu rufen.

Es war ein heißer Frühlingstag. Die Erde war noch ein bisschen feucht, aber die meisten Kinder, die Alon auf seinem Weg traf, liefen schon barfuß. Sechs Aspirin. Für den Anfang. Nein, das Ferienlager konnte man nicht verschieben. Die Pessachferien waren die letzte Gelegenheit dazu. Später wäre es dem Ende des Schuljahrs schon zu nahe. So müsste ihn also ein anderer Lehrer vertreten? Nein, das war undenkbar! So ein Zeltlager war eine so besondere pädagogische Gelegenheit, ja, so würde er es auf der Lehrerkonferenz erklären, eine sich nicht wieder bietende Chance, die Jugendlichen in ihren elementarsten Aktivitäten, beim Aufwachen und Einschlafen, beim Essen und beim Plaudern und Spielen kennen zu lernen, dass... Wenn er diesmal nicht mitkäme, würde er sie nie wieder schwimmen, laufen, tollen, am Lagerfeuer sitzen sehen und singen hören. Ja, das würde er ihnen auf der Konferenz sagen. Aber natürlich war all das nicht die Hauptsache. Es ging ja um Irit. Wann sonst würde er nochmals Gelegenheit haben, am Abend neben ihr am Strand des Sees Genezareth zu sitzen? Wann sonst könnte er in einem Zelt nahe dem ihren schlafen?

Er hatte schon ein paar ernste und amüsante Geschichten vorbereitet, um sie an den Abenden am Lagerfeuer zu erzählen, und mehrere neue Lieder, um sie in den Mondnächten zu singen, wenn die kleinen Wellen leise den Strand kosen würden, mit viel Mondsilber und Sterneglitzern darauf gleitend, Hirtenlieder, Liebeslieder…

Am nächsten Tag erklärte er der Krankenschwester, dass er doch zum Ferienlager fahren würde, trotz der Warnung des Doktors.

"Die sind ja alle schon sechzehn Jahre alt und können schon selbst für sich sorgen", sagte er. "Das sind erstklassige Schwimmer, auf die braucht man nicht Acht zu geben. Ich werde den ganzen Tag ruhig sitzen und ihnen zuschauen können. Nur am Abend würde ich mich ein wenig am Programm beteiligen, das wäre alles. Wirklich, ich komme dort mehr zum Ausruhen als hier."

Die Krankenschwester war nicht davon überzeugt und sagte, dass sie das alles "wahrscheinlichst" – das war ihr Lieblingswort – dem

Doktor melden werde, welcher dann wahrscheinlichst einen großen Krawall schlagen würde. Alon dagegen behauptete, schon groß genug zu sein, um selbst zu bestimmen, was gut für ihn wäre. Worauf die Schwester antwortete, dass er sich wahrscheinlichst wie ein kleines Kind benehme. Alon ging und schlug die Tür zu und war wütend, aber dann, auf dem Weg zu seinem Zimmer, schaute er die Blumenbeete und die Bäume an, atmete die Luft tief ein und lächelte.

Später, in der Nachmittagshitze, saß er an seine kühle Wand gelehnt, schaute in den Garten hinaus, und lauschte Gounods Faust. Man spielte den fünften Akt, zweite Szene: Faust war gerade in den Kerker eingedrungen, um das arme, wahnsinnige Gretchen zu retten. Alon wartet schon auf sein Lieblingsmotiv, und richtig, da kam es, der fröhliche, helle Walzer ihres ersten Zusammentreffens. Er fühlte, wie ein süßer Klumpen sich in seinem Hals bildete, er schluckte einige Mal, versuchte zu lächeln, und seufzte. So geschah es oft, in der Musik, in der Literatur, vielleicht sogar auch im Leben selbst. Vielleicht bestätigte die Natur selbst dieses Motiv, und jedes Ende enthielt Elemente des Anfangs, seines Anfangs oder nur eines Anfangs, wer weiß?

Plötzlich sah er durch das Fenster, dass man eine Tragbahre zur Klinik trug. Zwei Burschen der ältesten Gruppe, der zwölften Klasse, trugen sie. Er sah ihre breiten Rücken beim Gehen leicht schwanken. Und auf der Tragbahre... Er sprang auf, um einen Blick darauf zu werfen, bevor die Gruppe hinter der Allee verschwand. In diesem kurzen Augenblick schien es ihm, als ob er Irit auf der Tragbahre gesehen habe.

Rasch zog er sein Hemd an und rannte hinaus. Er atmete schwer, doch er eilte, so rasch er konnte. Als er die Klinik erreichte und durch das Fenster in den Warteraum hineinschaute, sah er die Tragbahre in der Ecke – sie war schon leer. Er lief um das Gebäu-

de herum, um durch den Vorhang des hinteren Fensters hineinzuschauen. Aber von dort aus konnte er nur die Beine eines Mädchens sehen. Sie lag auf dem Behandlungstisch, aber ihr Körper war durch den Vorhang verdeckt. War es Irit? Er kannte das grünliche Hellbraun ihrer Augen, er erinnerte sich an jede Sommersprosse auf ihrer Stupsnase, an den schmalen Spalt zwischen ihren Vorderzähnen. Aber ihre Beine... Warum hatte er ihre Beine nie genauer betrachtet?
War sie es?
Er fühlte sein Herz klopfen, sich schmerzhaft langsam ausdehnend und zusammenziehend. Der Arzt stand über das Mädchen gebeugt, und die Schwester stand neben ihm. Die Beine des Mädchens waren lang und schlank, glatt und sonnengebräunt. Sie war barfuß und hatte kurze Hosen an. Plötzlich war er sicher, sie war es.
Er ging ins Wartezimmer und klopfte.
"Einen Moment! Bitte warten! Was ist denn los?", fragte die Stimme der Schwester ungeduldig.
"Ich bin's, Alon. Was ist passiert?"
"Oh, Alon! Sicher, komm nur herein!"
Also war sie es. Die ganze Zeit war er in Sorge gewesen, es könnte ihr etwas zugestoßen sein, und hatte gleichzeitig gehofft, dass sich alles als Missverständnis herausstellen würde. Er fühlte schon im Voraus, wie er erleichtert aufatmen würde. Und doch erwartete er tief in seinem Herzen, sie in irgendeiner Not zu finden. Dann könnte er für sie Blut spenden, an ihrem Bett sitzen und ihre Hand halten.
Alon näherte sich dem Untersuchungstisch, es war wirklich Irit. Ihr Gesicht war zur Wand gewendet, der Mund fest zusammengepresst, die Augen waren geöffnet.
"Was ist denn passiert?", flüsterte er atemlos.

"Ich weiß nicht", flüsterte die Krankenschwester zurück. "Man sagt, dass sie gefallen ist. Wahrscheinlichst hat sie sich eine Rippe gebrochen."
"Ist sie in Gefahr?"
"Nein, wahrscheinlichst nicht, aber es tut sehr weh."
Alon fühlte sich erleichtert und ein klein wenig enttäuscht.
Das Mädchen war halb nackt. Um sie besser untersuchen zu können, hatte der Arzt ihre Bluse und ihren BH aufgeschnitten. Die Fetzen lagen noch am Boden.
"Vielleicht soll ich lieber gehen?", fragte Alon halblaut. Er war verwirrt und genierte sich, aber er sagte es laut genug, damit auch Irit es hören könnte.
Die Schwester bedeutete ihm zu bleiben.
"Wart lieber, bis wir sicher wissen, um was es sich handelt. Dann wirst du es wahrscheinlichst ihren Eltern sagen müssen."
Das war eigentlich ihre Sache, nicht seine. Aber dann erinnerte er sich, dass sie sich mit Rakefet noch vor einem Jahr zerstritten hatte, und dass sie augenscheinlich seitdem nicht miteinander sprachen. Also seufzte er und nickte.
Der Arzt richtete sich auf und wandte sich zur Schwester:
"Hör mal, Rachel, wir müssen die junge Dame ins Spital schicken, damit man sie mal röntgt, und vielleicht schicken sie sie uns dann in Gips zurück. Meiner Meinung nach hat sie sich das Schlüsselbein gebrochen oder gesplittert. Es wird sicher ordentlich weh tun, aber in einem Monat wird Fräulein Leichtfuß wieder springen und fallen können."
Er wusch sich die Hände und verließ das Zimmer, die Schwester folgte ihm. Alon hörte seine sich entfernende Stimme:
"Und es wäre ratsam, einen Krankenwagen zu bestellen, Rachel. Ein Taxi würde sie viel zu viel..."
Die Stimme verstummte.

Alon schaute Irit an. Schämte sie sich vor ihm? Das Unglück gab der Lage poetischen Ernst. Er wollte etwas Gefühlvolles sagen.
"Irit", begann er, und seine Stimme klang bewegt, "darf ich neben dir sitzen, oder... oder willst du dich anziehen?"
Sie lächelte schwach.
"Ich kann mich nicht rühren", sagte sie.
"Soll ich gehen?"
"Nein, du kannst bleiben. Aber... deck mich bitte ein bisschen zu."
Alon bückte sich, hob die zerschnittene Bluse auf, und deckte sie damit zu. Ihre Brüste sahen, komischerweise, weich und fest zugleich aus. Die Schultern und der Bauch waren sonnengebräunt, aber die Brüste waren weiß. Man konnte klar sehen, bis wohin der obere Teil ihres Badeanzuges gereicht hatte. Er würde es sich merken. Alles.
Er setzte sich zu ihr.
"Also sag mir, Irit, um Gottes willen, wie ist das passiert?"
Irit lächelte schwach. Er glaubte natürlich nicht an Gott, und sie wusste es. Auch hatte er bis jetzt noch nie "um Gottes willen" gesagt. Oder vielleicht lächelte sie über das Zittern seiner Stimme, über seine Sorge?
"Ich bin irgendwie ausgerutscht und gefallen. So geschah es."
Damit konnte er sich nicht zufrieden geben.
"Wo ist das geschehen?"
"Im Schlafraum." Sie versuchte wieder zu lächeln.
"Im Schlafraum? Wie ist das denn dort möglich?" Er dachte zuerst, es müsse im Baderaum, unter der Dusche, geschehen sein: Wo sonst konnte man denn ausrutschen?!
"Also, weißt du... Ich wollte zur Tür gehen, und auf dem Weg bin ich plötzlich..."
"Mitten im Zimmer?"
"Ja."

"War der Fußboden nass? Oder bist du über etwas gestolpert?"
"Ja, wahrscheinlich, eben. Eigentlich erinnere ich mich nicht genau."
"An was erinnerst du dich nicht?", fragte er, schon ein bisschen ungeduldig. "Ob der Boden nass war oder nicht?"
"Ja, ich denke, da war etwas ausgeschüttet. Die Blumenvase ist wahrscheinlich vom Wind umgeworfen worden."
"Und bist du selbst aufgestanden?"
"Ja, nach einer Weile."
"Du warst allein im Zimmer?"
"Tamar und Ilan kamen mir zu Hilfe."
"Du meinst, sie kamen später dazu?"
"Ja, sie kamen danach herein."
Wie konnte so was nur passieren? Es war so dumm, so ärgerlich.
"Ich kann es einfach nicht verstehen", sagte er. "Ich weiß, wie talentiert du in verschiedenen Fächern bist; aber in diesem Fall... Wie gelang dir das so gut? Mitten im Zimmer, so just beim Gehen? Und nun wirst du nicht mit uns ins Ferienlager kommen können. Und ich hab mich schon so darauf gefreut."
Hatte er nicht das "so" zu stark betont?
"Auf was hast du dich schon so gefreut?", fragte sie leise. "Auf das Lager?"
Er schaute sie groß an. Aber sie hatte es wahrscheinlich nur des Gesprächs wegen gefragt.
"Ich hab mich gefreut. Punkt.", sagte er. Und herausfordernd fügte er hinzu: "Ich wollte eben auch einmal außerhalb der Klasse dabei sein, beim Essen und Schlafen, beim Lachen und Singen und Spielen. Ich habe es satt, immer nur den Lehrer zu spielen. Ich bin jung."
Es klang alles ein wenig doppeldeutig, er war sich dessen bewusst.

"Aber ihr werdet doch nicht wegen mir den ganzen Plan fallen lassen."

"Nein", musste er zugeben, "das können wir wirklich nicht, obwohl ich eigentlich Lust dazu hätte. Weil du ja so sehr fehlen wirst, ich meine allen und mir auch, natürlich, ja, mir besonders. Du bist immer so gut aufgelegt, so voll Energie, du bringst Frische und Freude wo immer du bist. Ohne dich... Und mit wem werde ich mich unterhalten können? Nein, ohne dich wird es direkt... ich meine..."

Er lachte scheu, um sein Gefühl zu verbergen. Sie lächelte schwach und antwortete nicht. Da fragte er:

"Tut's weh?"

"Na, eigentlich nicht so", sagte sie. "Wenn ich still liege, spüre ich es fast nicht."

Unterdessen hatte er schon, was das Lager betraf, beschlossen: Er würde auch nicht hinfahren. Seine Blutsenkung war ja beschleunigt. Er brauchte Ruhe und sollte Aspirin schlucken. Nein, er konnte unmöglich mitmachen, und warum sollte er auch? Ein anderer Lehrer konnte ihn vertreten.

Die Schwester kam mit zwei Burschen zurück, um Irit auf der Tragbahre zum Krankenwagen zu bringen.

Schade, dass sie so rasch erschienen. Er hätte ihr gerne noch einiges gesagt, aber jetzt, in der Gegenwart Fremder, war es...

"Ich denke, dass es sich gar nicht lohnt, dir eine Bluse anzuziehen", sagte die Schwester, "weil sie sie im Spital sowieso wieder runter schneiden müssen, und das war ja kein Spaß, nicht?"

Irit nickte nur.

Die beiden Burschen brachten die Tragbahre nahe zum Untersuchungstisch und einer von ihnen sagte:

"Hallo, Samson, na wie geht's denn? Ich meine, wie liegt's sich?"

Und als Irit nur lächelte, fuhr er fort:

"Na komm, Samson, roll dich brav rüber."

Worauf der zweite bemerkte:
"Weißt ja, sonst werden wir dich schieben müssen."
"Ihr solltet sie wahrscheinlichst heben!", sagte die Schwester.
Also stellten sie die Tragbahre auf zwei Stühle und die Schwester hielt sie, damit sie sich nicht verschob. Ein Bursche fasste Irit an den Füßen, der andere bückte sich, um ihre Schultern zu heben. Ihr Mund war fest zusammengepresst, die Augen halb geschlossen. Da verschob sich die zerschnittene Bluse und fiel auf den Boden. Alon fühlte einen scharfen Stich heißer Eifersucht und Neid.
Irit stieß mit zusammengepressten Zähnen ein "Auu... wartet ein Momentchen" heraus. Und schon schob Alon den einen Burschen, der neben Irits Kopf stand, beiseite und sagte:
"Schau, nicht so. Lass mich."
Er schob einen Arm unter ihren Rücken, mit dem anderen stützte er ihren Kopf und sagte:
"Die rechte Hand tut dir ja nicht so weh, nicht? Also umarme mich damit, da, fass mich um den Hals und halte dich, das dauert nur eine Sekunde. Fertig?"
Ein ritterliches Gefühl wallte in ihm auf, eine Welle von Kraft und Wärme. Er stand über sie gebeugt, seine Hand unter ihrem Rücken, während sie ihren Arm um seinen Hals geschlungen hielt. Seine Augen schauten in ihre, seine Lippen berührten ihr Haar, er atmete ihren Atem ein. "Wenn sie es bis jetzt nicht gespürt hat, so wird sie es eben jetzt spüren", kam ihm ein trotziger Gedanke. Und wirklich, es schien ihm, als ob ihn das Mädchen irgendwie mit anderen Augen anschaute.
"Nun heben wir zusammen", wiederholte er laut für den Burschen, der ihre Füße hielt. Er versuchte sie zu heben, brachte es aber nicht zustande.
"Vorsichtig!" keuchte er. Er hätte jetzt seinen Platz für die ganze Welt nicht aufgegeben. Mit äußerster Anstrengung gelang es ihm,

sie auf die Tragbahre zu heben. Die beiden Burschen fassten die Griffe der Tragbahre an, die Schwester bedeckte Irit rasch wieder mit der zerschnittenen Bluse, dann wurde sie hinausgetragen.
Er konnte ihr nicht einmal mehr zum Abschied zulächeln. Er lehnte sich an die Wand. Sein Herz schlug bis hinauf zum Hals, sehr langsam, einmal und noch einmal, sich zusammenziehend und wieder erweiternd. Obwohl er eigentlich wusste, dass es gerade jetzt viel schneller denn je schlug, schien es ihm wie eine Ewigkeit zwischen einem Puls und dem anderen. Er fühlte sich elend und schwindlig. Eine noch nie gefühlte Kälte bemächtigte sich seiner Fingerspitzen und von da kletterte sie seine Arme hinauf und von den Zehen in die Beine. Er fiel in seinen Armsessel und krümmte und wand sich. Seine Finger zitterten, als er versuchte, die Knöpfe seines Hemdes zu öffnen. Er rang nach Atem.
"Das hätte ich nicht... Gerade für sie hätte ich nicht..."
Er schloss die Augen, und nur seine Lippen bewegten sich leicht, während die Gedanken wie große, flinke, aber schattenhafte Eichhörnchen um ihn her huschten.
"Und wenn das nun das Ende ist? Dann hätte ich ja vorhin ihre Brüste küssen können... Was hätte sie dazu gesagt?"
Eine halbe Stunde später, als er wieder regelmäßig atmen konnte, ging er langsam in sein Zimmer.
Gibt es im Radio sanfte Musik, etwas Beruhigendes? Er fand einen Sender, der meistens Klassik brachte, diesmal war es "Der Rosenkavalier". Er versuchte sich auf die Musik zu konzentrieren, es gelang ihm nicht. Sollte er versuchen, etwas zu lesen? Sein Blick glitt über die Bücher auf dem Regal. Aber immer wieder sah er Irits bloße Brust vor sich, über die er sich gebeugt hatte. Er hätte sie leicht küssen können. Nein, er konnte jetzt auch nicht lesen.

Natürlich konnte er keine körperliche Arbeit leisten, und nachmittags, während alle anderen draußen auf den Feldern waren, blieb er im Labor und half bei der Vorbereitung des Lehrstoffes. Er klagte nie, aber alle, die ihn kannten, erzählten, dass er, sooft er sich bücken musste, außer Atem kam. Tomer, sein Zimmergenosse, erinnerte sich, wenn er manchmal in der Nacht aufwachte, saß Alon auf seinem Bett, den Oberkörper an die kühle Wand gelehnt und schaute zum Fenster hinaus. Auf seine Frage, warum er nicht schlafe, antwortete Alon, dass er sitzend besser atmen könne. Aber daran erinnerte man sich erst später.

In seiner Freizeit spielte er Klavier. Seit er fünf war, gab sein Vater ihm Klavierunterricht und er hatte eine große Fingerfertigkeit erreicht, spielte mit Gefühl und Originalität. Am Ende der Schulzeit begann er, das Klavierspiel zu vernachlässigen, und zog es vor, Musik zu hören.

Er verfolgte das wöchentliche Radioprogramm und versuchte, in den Zeiten, in denen die Wunschkonzerte für Kammer- und Barockmusik übertragen wurden, frei zu haben. Dann saß er in der Ecke des Saales, wo eines der wenigen Radios stand, und genoss die Musik. Als die Schule beendet war, wurden alle Jungen seiner Klasse zum Militär einberufen, nur Alon, der als untauglich galt, wurde vom Kibbuz in eine pädagogische Hochschule geschickt. Er war ein erfolgreicher Student. Sein Interesse galt der Mathematik, Biologie, Physik und Astronomie. Letzterer widmete er viel Zeit, obwohl es unwesentlich für seine künftige Lehrtätigkeit war. Zurück im Kibbuz unterrichtete er in den Schulräumen, in denen er nur Jahre zuvor als Schüler gesessen hatte. Er war mit 20 Jahren der jüngste Lehrer, seine Schüler waren 15 und 16. Man machte sich über den geringen Altersunterschied lustig, weil hübsche Mädchen in seiner Klasse waren: "Hör mal, Alon, die werden sich in dich vergaffen!" Und ein anderer fügte hinzu "Und dann kan

\*

Am Abend machte er seine gewohnte Runde. In Irits Zimmer fand er nur Tamar, die auf ihrem Bett lag und las. Ilans Bett war wieder leer.
"Wahrscheinlich ist er wieder mit Dalia zusammen", dachte Alon. "So ist er also nicht ganz so glücklos, wie es schien."
"Guten Abend", sagte Alon und setzte sich auf Irits leeres Bett.
Tamar rührte sich nicht.
"Sag mal, Tamar, wie ist das mit Irit eigentlich passiert?"
"Wie soll ich das denn wissen?", zuckte sie die Achseln.
"Wo warst du zu der Zeit?"
"Ich war hier, im Zimmer, aber ich sah gerade nicht hin. Sie muss irgendwie ausgerutscht sein."
"Wo ist das geschehen? Mitten im Zimmer?"
"Da", sagte sie und hob die Hand unbestimmt.
"Wo genau?"
"Was macht das für einen Unterschied? Da drüben, bei Ilans Bett."
"War der Fußboden nass?"
"Nein."
"Vielleicht war es rutschig auf dem Boden?"
"Vielleicht."
"Und du bist sicher, dass der Boden nicht nass war?"
"Ich hab dir doch gesagt, dass ich nichts gesehen habe und nichts weiß."
"Vielleicht hat jemand die Blumenvase umgeworfen und dabei ist sie ausgelaufen?"

"Wir haben keine Blumenvase. Aber das ist doch alles egal. Sie fiel. Punkt und Schluss."
"Ging sie wie gewöhnlich, oder lief sie und stolperte?"
"Ich weiß nicht. Ich habe dir doch schon mehrmals gesagt: Ich habe nicht hingeschaut. Vielleicht ist sie gestolpert."
"Ist sie gleich aufgestanden?"
"Nein, das konnte sie nicht."
"Hast du versucht, ihr zu helfen?"
"Ja, Ilan hat ihr geholfen."
"Na, und du?"
"Ich nicht. Das heißt, später habe ich auch mitgeholfen."
Alon schlug die Hände zusammen:
"Ich begreife das Ganze einfach nicht. Hast du schon mal gehört, dass jemand mitten im Zimmer auf den Boden fällt und sich ein Schlüsselbein bricht? Wie ist sie denn gegangen?"
"Wie soll ich das wissen? Sicher ist sie gegangen, wie sie immer geht."
Alon fühlte, wie ihm langsam der Ärger im Hals hinaufstieg.
"Also bitte, Tamar", sagte er leise, "bemühe dich gütigst, aufzustehen, um es mir zu zeigen."
Tamar schaute ihn unschlüssig an, dann stand sie auf und setzte sich auf Ilans Bett.
"Da ist sie gesessen. Und dann stand sie auf und wollte wahrscheinlich zum Fenster gehen, und gerade da, zwischen dem Bett und dem Tisch, ist sie ausgerutscht und gefallen."
"Du sagst, dass sie auf Ilans Bett gesessen hat?"
"Hmm... ja, vielleicht. Ich habe auf meinem Bett gelegen und gelesen, so habe ich's nicht gesehen."
Sie zögerte einen Moment, und fragte dann:
"Warum die ganze Befragung, Alon?"
Alon schaute sie an und sagte:

"Tamar, ich weiß."
Eigentlich wollte er sagen: Tamar, ich fühle, dass du mir etwas verheimlichst. Schau, bitte, im Namen unserer Freundschaft und unseres gegenseitigen Vertrauens, für Ilan und für uns alle – bitte, sag mir die Wahrheit, was ist wirklich passiert?"
Er war eigentlich selbst überrascht von seinen Worten. Nie zuvor hatte er diesen Trick benützt. Überhaupt log er nur sehr selten und nur, wenn es unbedingt nötig war, um jemanden nicht in Verlegenheit zu bringen.
"Nun, wenn du es weißt, brauchst du ja nicht so viel zu fragen", sagte sie trotzig.
"Ich wollte eben deine Version hören."
"Ich habe keine 'Version'."
Alon fühlte, dass er sie im nächsten Moment wie ein kleines Kätzchen am Nacken packen und schütteln würde. Also sprach er sehr leise, aber seine Stimme zitterte ein wenig und verriet ihn.
"Gut, ohne Versionen. Erzähl mir genau, was vorgefallen ist."
Sie bemerkte, dass er seine Fäuste geballt hielt.
"Also gut", sagte sie langsam und zog die Worte in die Länge, "Ilan und Irit stritten sich wieder einmal..."
"Worüber haben sie sich gestritten?"
"Das ist egal. Die streiten sich ja immer."
"Gut. Erzähl weiter!"
"Und sie hat auf seinem Bett gesessen, und..."
"Wenn sie gestritten haben, wieso saß sie auf seinem Bett?"
"Darüber war ja der ganze Streit. Er hat ihr gesagt, sie soll sich wegscheren, und sie hat gesagt, nein, sie tut's nicht."
"Du meinst, sie wollte auf seinem Bett sitzen bleiben, obwohl er ihr gesagt hat, dass sie dort... unerwünscht sei?"
Tamar verzog den Mund ein wenig, als ob sie seine Formulierung der Sachlage lustig fände.

"Genau so."
"Also... warum saß sie denn überhaupt dort?"
"Das müsstest du sie fragen. Wahrscheinlich, um ihn zu provozieren."
"Gut." Alon schöpfte Atem. "Erzähl weiter."
"Das wäre eigentlich alles. Als sie nicht weg wollte, hat er sie gepackt und wollte sie gerade auf ihr eigenes Bett werfen, aber da hat sie ihn irgendwie gezwickt, und er hat sie fallen gelassen."
"Wie meinst du, 'hat er sie gepackt'?"
"Ich meine, dass er sie gepackt hat."
"Wie?"
"Wie man halt jemanden packt. Er hat sie in die Hände genommen und aufgehoben."
"Nimm dieses Kissen da, bitte, und zeig es mir!"
Sie schaute ihn überrascht an, nahm aber das Kissen.
"So wie man ein Baby hält... so."
"Ich verstehe."
Dann herrschte eine längere Stille.
"Und nachher hat Ilan sicher gebettelt, ihr sollt mir nichts davon sagen?"
"Er war schrecklich erschrocken; er war sicher, du würdest ihn sofort wegschicken, wenn du's erfahren würdest. Daher haben wir alle zusammen beschlossen, dir zu sagen, dass sie gefallen sei."
"Und wessen Idee war das?"
"Irits."
Wieder herrschte Stille, Dann fragte er:
"Und wie... hmm... reagierte sie, nachdem sie gefallen war? Konnte sie selbst aufstehen? Hat sie geweint oder geschrien?"
"Nein, sie konnte nicht allein aufstehen. Sie krümmte sich und stöhnte. Wir halfen ihr, sich aufzurichten."
"Hat sie geweint?"

"Fast."
"Hat sie gewusst, dass sie sich etwas gebrochen hat?"
"Ja. Sie sagte: 'Ich kann mich nicht rühren. Ich muss mir was gebrochen haben'."
"Hat sie das genau so gesagt? War es 'ich muss mir was gebrochen haben' oder 'du musst mir was gebrochen haben'?"
Wieder schaute sie ihn an, dann runzelte sie die Stirn:
"Vielleicht hat sie gesagt: 'Da muss etwas gebrochen sein!'"
"Und nachher?"
"Nachher hat sie gesagt, wir sollen jemanden rufen."
"Wen hat sie gebeten zu rufen?", fragte er, zu eifrig.
"Sie hat gesagt, wir sollten die Krankenschwester rufen."
"Ah, die Krankenschwester, sicher. Ich verstehe. Nun, ihr habt sie geholt?"
"Noch vorher hat Ilan begonnen zu sagen, wie leid es ihm tut und dass er Angst hat."
"Na und dann?"
"Da hat sie gesagt, dass sie ihm schon verziehen hat, und dass wir sagen sollten, dass sie gefallen sei."
"Ich verstehe."
Dann, nach einer langen Pause, seufzte er:
"Das ist alles sehr traurig, Tamar."
"Traurig? Warum? Ist sie in irgendwelcher Gefahr?"
"Nein, Traurig ist, dass ihr alle beschlossen habt, dass Ilan weg muss."
"Wir? Wieso? Aber im Gegenteil!", brach es aus ihr heraus. "Wer hat dir das erzählt? Die Irit?"
"Nein, nicht Irit. Niemand hat mir was gesagt, das ist ja eben das Traurige an der Geschichte, dass niemand mir ein Wörtchen gesagt hat. Wenn ihr alle gegen ihn gewesen wärt, damit er sähe, dass das bei uns ganz einfach nicht geht, wenn ihr nur..."

"Das heißt, dass du beschlossen hast, ihn wegzuschicken?"
Alon hörte deutlich ihren feindseligen Ton.
"Das hängt nicht von mir ab", sagte er, ohne sie anzuschauen. "Das beschließt der pädagogische Rat in der Lehrerkonferenz."
"Und wenn wir, sagen wir, diesem pädagogischen Rat eine Bittschrift überreichen?"
Alon war überrascht.
"Was für eine Bittschrift?"
"Auf der alle unterschreiben, dass wir fordern, ihn hier zu behalten."
"Nun, natürlich... Ihr habt das Recht zu fordern. Aber... Die Ratsmitglieder werden mich über Ilans Lage in der Gruppe fragen und wissen wollen, wer wen mehr beeinflusst – ihr ihn, oder er euch. Und dann werde ich die Wahrheit sagen müssen."
"So bist du also gegen ihn?"
"Schau, Tamar, ich bin nicht gegen ihn und niemand ist gegen ihn. Ich bin für die Zukunft der Gruppe verantwortlich."
"Und wenn die ganze Gruppe fordert, dass er bleiben soll? Wenn wir dem Rat erklären, dass wir es nicht dulden werden, dass man ihn wegschickt?"
"Was meinst du mit 'nicht dulden werden'?"
"Wir sind schon groß genug, um zu beschließen, wer unsere Genossen sein sollen. Wir können sogar streiken."
Alon holte tief Atem.
"Du weißt nicht, was du sagst", brachte er angestrengt heraus.
Einen Moment später hatte er sich wieder unter Kontrolle und fügte ruhig hinzu:
"Ich weiß es wirklich zu schätzen, dass ihr so viel für euren Kameraden tun wollt. Aber ihr müsst doch verstehen, dass bei uns alles auf Verständnis und auf Zusammenarbeit zwischen Erwachsenen und Jugendlichen aufgebaut ist. Trotzdem gibt es Dinge, die nur ihr beschließt, und in die wir uns nicht einmischen. Und es gibt

andere Dinge, die wir beschließen, und in die ihr euch nicht einmischen sollt. Lassen wir das jetzt, da wir beide wütend sind, und reden wir ein anderes Mal darüber, dann wirst du sehen, dass ich Recht habe. Nebenbei, wo ist unser Ilan jetzt? Weißt du vielleicht zufällig, wohin er gegangen ist?"
Tamar zögerte:
"N...nein."
"Schade, denn ich hätte mich wirklich gerne mit ihm unterhalten. Also, gute Nacht."
Diesmal sagte er nichts von süßen Träumen von Prinzen.


\*

Ungefähr eine Stunde später klopfte jemand an Alons Tür. Es war schon nach elf Uhr. Alon knipste überrascht das Licht an – wie gewöhnlich hatte er im Dunkeln Musik gehört – öffnete die Tür und sah Ilan auf der Schwelle stehen.
"Alon", begann der Junge niedergeschlagen, "ich kam, um dir zu sagen, dass Irit gar nicht ausgerutscht ist. Eigentlich hab ich sie fallen lassen."
"Wart mal einen Moment", sagte Alon, zog rasch sein Hemd an, drehte das Radio aus und bedeutete ihm durch eine Handbewegung, er solle eintreten.
"Setz dich. Wann hast du beschlossen, zu mir zu kommen und mir das zu erzählen?"
"Ich habe mir schon die ganze Zeit so viele Gedanken darüber gemacht. Ich wollte es dir eigentlich sofort erzählen, aber ich hab so Angst gehabt, dass du mich rausschmeißen würdest...", er schluckte, "aber dann hab ich mir gedacht, dass ich trotzdem lieber die Wahrheit gestehe."
Alon schaute ihn mit kalter Verachtung an.

"Du kommst jetzt gerade von den Schlafräumen", sagte er. "Und Tamar hat dir von meinem Gespräch mit ihr erzählt."
Der Junge antwortete nicht.
"Richtig?" fragte Alon und hob dabei ein wenig seine Stimme.
"Ja."
"So kamst du also gestehen, nachdem du erfahren hast, dass ich sowieso schon alles weiß. Richtig?"
"Ja", sagte der Junge und senkte seine Augen.
Er stand noch immer, groß, mit einem dunklen Haarschopf, den Kopf gesenkt. Alon schaute ihn eine Weile schweigend an.
"Setz dich", sagte er dann wieder.
Der Junge setzte sich.
"Wo warst du jetzt?"
Es war angenehm, einmal den Tyrannen zu spielen.
"Ich... habe mit jemandem gesprochen."
"Mit Dalia?"
Ilan senkte den Kopf noch mehr.
"Ja."
"Sie ist deine Freundin, ja?"
"Nein."
"Ich dachte, dass du letzte Woche jeden Abend mit ihr zusammen warst?"
"Ja."
"Und trotzdem ist sie nicht deine Freundin?"
"Nein."
Und nach einer kurzen Pause fügte er hinzu:
"Sie wollte zwar, aber... Und eigentlich war sie's auch eine Weile, aber heute Abend haben wir beschlossen, es zu beenden."
"Warum?"
"Wegen Tamar, weil die jetzt meine Freundin ist."
"Tamar?"

"Ja."
"Seit wann gehst du mit ihr?"
"Seit ein paar Tagen."
"Aber Dalia hat du's erst heute gesagt?"
"Ja."
"Hat sie denn früher nichts bemerkt?"
"Sicher, eine Ahnung hat sie schon gehabt."
"War sie nicht eifersüchtig?"
"Na klar. Deswegen hab ich ihr's ja gesagt, dass ich mit ihr Schluss mache."
"Ich verstehe. Und was gibt's mit Schoschana?"
"Mit Schoschana? Gar nichts."
"Bist du nicht auch mit ihr gegangen?"
"Sicher."
"Wann?"
"Damals, nach... Wir gingen einige Tage zusammen."
"Wann 'damals'? Nachdem sie dir im Labor geholfen hat?"
"Ja."
"Und warum hast du mit ihr Schluss gemacht?"
"Weil's dann mit Dalia begonnen hat."
"Und außer Tamar, Dalia und Schoschana – haben sich noch andere Mädchen in dich gegafft?"
"Na klar. Amira, zum Beispiel, und..."
"Ja? Und wer noch?"
"Alle."
Alon schaute ihn an. Der Junge hatte ganz einfach Tatsachen berichtet.
"Schau, Ilan", sagte Alon verlegen, "ich forsche dich nämlich nicht aus purer Neugierde aus; ich will mich auch nicht in dein Privatleben einmischen. Aber als Erzieher soll ich dich und die Lage

der Gruppe verstehen. Denn bis jetzt hatten wir hier immer diesen Geist der Zusammenarbeit. Niemand hatte was zu verstecken..."
Alon hielt inne. Er war aufrichtig genug, um zu wissen, dass das nicht die absolute Wahrheit war. Er machte eine Pause, um dem Jungen Zeit für eine Antwort zu lassen, doch als dieser schwieg, fuhr er fort:
"Also sag mir, Ilan, woher weißt du, dass alle in dich verliebt sind?"
"Ich spür's halt, weißt du, so was spürt man ja."
Alon fühlte sein Herz bis zum Hals hinauf pulsieren. Er wartete ein Weilchen und fragte dann mit Mühe:
"Und dein Urteil stammt nur von diesem... eh... Gefühl?"
"Ja, und eine erzählt über die andere... Zuerst beichten sie's eine der andern, die plappern ja immer über solche Sachen, und dann, am Ende, sagen sie's mir. Und außerdem schicken sie mir alle möglichen Zettel und Briefe mit oder ohne Unterschrift, ich soll raten, von wem sie kommen, manchmal im Spaß und halb ernst, du weißt ja, wie das geht."
"Ja, ich verstehe."
Sie schwiegen einige Zeit.
"Sag mir, Ilan, wie hat das eigentlich damals im Labor mit Schoschana begonnen? Hast du sie gebeten, deine Freundin zu werden oder hast du sie gleich geküsst?"
"Ah... Ja."
"Aber wie hat es begonnen? So ganz plötzlich?"
"Also, ich hab gesehen, dass sie so besonders erpicht ist, mir zu helfen, da hab ich sie mal angeschaut... Na und dann, im Dunkeln, als wir dort so tasten mussten..."
"Und mit Dalia?"
"Die hat mich immer aufgezogen und geneckt."
"Wie?"

"Sagen wir, dass Schoschana mir einen Zettel geschickt hat, dann hat die Dalia immer versucht, ihn abzufangen, um damit davonzulaufen, dass ich ihr nachrennen soll, verstehst du, na und dann bin ich eben ihr nachgerannt. Oder sie hat plötzlich mein Tagebuch geschnappt und ist damit weggerannt."
Alon fühlte seine Stimme rau werden und räusperte sich:
"Damit... damit du ihr nachrennst?"
"Klar."
"Also wie hat es begonnen? Eines schönen Tages bist du ihr wieder nachgerannt, und..."
"Genau so. Sie hat mir mein Tagebuch aus der Hand gerissen und ist raus gerannt und ich hinter ihr her. Und da begannen wir zu ringen."
"Na und...?"
"Und während wir uns so gebalgt haben, hab ich ihr gesagt: 'Schau', hab ich gesagt, 'ich weiß ja, dass du mit mir anbandeln willst'."
"Na und sie?"
"Sie hat behauptet, dass das nicht wahr ist."
"Wie hat sie das gesagt?"
"Sie hat gesagt: 'Das hast du geträumt. Und trau dich nur, mich anzurühren'."
"Und da hast du dich getraut?"
"Na klar. Sie hat's ja bestellt."
"Nun, und wie hast du's gemacht? Hast du sie geküsst?"
"Ich hab sie so ins Gras gedrückt."
"Sag, Ilan... Du hast mir eben erzählt, dass alles damit begann, dass sie dich geneckt hat, nicht? Hat sie nicht gewusst, dass du mit Schoschana gehst?"
"Na klar."
"Und trotzdem hat sie mit dir... angefangen?"

"Warum nicht?"

"So ganz plötzlich, eines schönen Morgens, nahm sie dir dein Tagebuch weg?"

Ilan lächelte ein wenig:

"Eines schönen Abends kam sie in meinen Schlafraum, um sich in ihrem neuen Pyjama zu zeigen. Da sag ich: 'Schaut, welch heiße Frau!' Und sie sagt: 'Na schaut, was für'n starker Typ!' Und seitdem rief ich sie immer 'heiße Frau' und sie rief mich 'starker Typ'."

"Was meinst du mit 'seitdem'? Geschah das nicht alles am selben Abend?"

"Sicher am selben Abend. Sie saß ja fast eine Stunde bei uns."

"Woher wusste sie denn, dass du ein Tagebuch führst? Hast du ihr das erzählt?"

"Ja."

"Wie? Hast du vielleicht gesagt: 'Weißt du, ich hab da ein Tagebuch, aber ich werd es dir nicht zeigen'?"

"Nein, nicht so. Sie hat zu mir gesagt: 'Sag mal, starker Typ, wie viele Liebesabenteuer hast du eigentlich schon gehabt?'"

"So hat sie das gesagt – 'Liebesabenteuer'?"

"Eigentlich hat sie gefragt: 'Sag mal, mit wie vielen Mädchen hast du dich schon herumgetrieben?'"

"Und was hast du geantwortet?"

"Ich hab ihr gesagt: 'Da steht das alles drinnen!'"

"Und hast ihr dabei das Tagebuch gezeigt?"

"Ja, ich hab's ihr sogar unter die Nase gehalten und ihr gesagt, dass auch über sie schon was drin steht."

"War das wahr?"

"Na sicher."

"Und was hat über sie drin gestanden?"

"Dass ich spür, dass sie ganz erpicht drauf ist, dass ich mit ihr anbandeln soll, und dass ich ihr höchstwahrscheinlich den Gefallen tun werde."

"Und sie hat gesagt, dass sie dir nicht glaubt, solange du es ihr nicht zeigst, und da hast du's ihr eben gezeigt?"

"Klar, aber natürlich hab ich ihr nur die erste Zeile gezeigt, die hat begonnen mit den Worten: 'Und was die Dalia betrifft...' Aber das Weitere hab ich gleich mit der Hand verdeckt."

"Und da hat sie es dir aus der Hand gerissen?"

"Klar."

"Aber später, nachdem ihr schon... eh... Freunde wart, hast du ihr dann den ganzen Abschnitt gezeigt? Was hat sie dazu gesagt, wie sie's gelesen hat?"

"Nichts hat sie gesagt. Sie hat nur gelächelt."

"Ich verstehe. Und wie hat es mit Tamar begonnen?"

"Tamar war ja Schoschanas beste Freundin."

"Na und...?"

"Wie ich also mit der Dalia begann, war die Schoschana natürlich wütend, und die Tamar kam zu mir, um über sie zu sprechen."

"Und über was habt ihr da gesprochen?"

"Na so, über zusammen Gehen oder nur so Herumschmusen und solches Zeug. Und was für ein Gefühl das ist, wenn man schmust ohne richtig verliebt zu sein, und wie es mit mir und der Schoschana war und mit mir und der Dalia."

"Und da seid ihr zu dem Resultat gekommen, dass sie eigentlich beide nicht zu dir gepasst haben, nicht?"

Der Junge schaute ihn erstaunt an.

"Ja, genau."

"Na und dann?"

"Dann begann ich halt mit Tamar zu gehen."

"Ja, aber wie kam das zustande?"

Der Junge schwieg.

"Schämst du dich, das zu erzählen?"

"Ja, ein wenig."

"Schau, Ilan, eigentlich brauchst du mir nichts zu erzählen. Schließlich sind das ja deine ganz privaten und intimen Angelegenheiten. Ich frage ja auch nur, um... dich besser zu verstehen."

Alon wusste, dass das nicht die erste Lüge an diesem Abend war.

"Warte einen Moment", sagte er, "ich stecke mir nur eine Zigarette an."

Für gewöhnlich rauchte er nicht. Dennoch inhalierte er den Rauch tief.

"Also", fuhr er fort, nachdem er sich wieder gesetzt hatte, "wenn es dir peinlich ist, brauchst du es mir nicht zu erzählen. Ich habe gefragt, wie es mit Tamar begann."

Der Junge blickte auf den Boden.

"Ich kann's dir schon sagen", begann er langsam. "Ich fragte sie zuerst, ob sie schon einen festen Freund gehabt hätte."

"Und sie hat Nein gesagt?"

"Richtig."

"Und was weiter?"

"Dann hab ich sie gefragt, ob sie schon jemanden geküsst hätte."

"Und es kam heraus, dass sie noch nicht..."

"Stimmt."

"Warte mal. Wie hast du sie das gefragt – 'Hast du schon einmal jemanden geküsst, Tamar?'"

"Ungefähr. Ich hab sie gefragt, ob sie sich schon mal mit jemandem nur so zum Spaß abgegeben hat, ohne richtig in ihn verliebt zu sein und das ganze Zeug. Und weil ich gewusst hab, was sie antworten wird, so sagte ich gleich: 'Komm, versuchen wir's mal!'"

"Und da du ja wieder wusstest, dass sie nicht antworten würde, hast du nicht lange gewartet und hast begonnen, nicht?"

"Na klar."

"Wie... ich meine, womit hast du begonnen?" Alon musste sich wieder räuspern.

"So... du weißt ja, wie das geht."

"Hast du sie, wie man so sagt, 'abgetastet'?"

"Sicher."

"Und sie hat sich nicht gerührt?"

"Richtig, nur sie hat nicht gesessen. Aber später, als sie mir zu ruhig war, hab ich ihre Hand ein wenig geführt."

"Ah, so...", sagte Alon leise und nahm einen so tiefen Zug aus der Zigarette, dass ihm leicht schwindlig wurde.

"Sag mal, Ilan", begann er nach einer Weile, "hast du jemals über die Bedeutung deines Familiennamens 'Glückmann' nachgedacht?"

"Was gibt's da nachzudenken?"

"Was das Glück für einen Mann bedeutet, zum Beispiel."

"Nein, darüber hab ich nie nachgedacht. Hätte ich das tun sollen?" Er schaute Alon ängstlich und misstrauisch an. "Warum fragst du?"

"Nur so", sagte Alon verlegen. "Das ist mir gerade eingefallen. Komm, schauen wir mal im Lexikon nach, was da steht. Ah, da haben wir es: 'Glück – Guter Erfolg, der jemandem scheinbar durch Zufall zukommt.' Tja-ja, das ist wirklich eine schlaue Formulierung – 'scheinbar durch Zufall'."

Ilan schaute ihn überrascht an, aber Alon merkte es gar nicht. Er seufzte und schwieg lange.

Endlich kam er zu sich zurück, drückte seine Zigarette aus und wandte sich wieder an Ilan.

"Nebenbei, Ilan", sagte er leichthin, "da war etwas, was ich vergessen habe, dich zu fragen. Erinnerst du dich, du hast mir erzählt, dass alle Mädchen sich in dich vergafft hätten, nicht wahr?"

"Stimmt."

"Auch Irit?"
Ilan schwieg einen Moment. Dann sagte er langsam:
"Irit? Nein, die nicht."
"Woher weißt du das?"
"Na, weil sie mich immer hänselt."
"Ja, aber das hast du auch von Dalia gesagt."
"Richtig. Aber mit Irit ist das anders."
"Hat sie nicht auf deinem Bett gesessen?"
"Wann? Ah, ja, das schon."
"Und du hast ihr gesagt, sie soll sich wegscheren?"
"Stimmt."
"Und sie blieb trotzdem?"
"Genau."
"Und was dann?"
"Dann hab ich ihr gesagt, dass, wenn sie nicht sofort ihren... Ich meine, wenn sie nicht gleich von selbst weg ist, dann werd ich sie zwingen. Aber sie hat sich nicht gerührt. Da hab ich sie eben gepackt, und sie hat mich gekitzelt, und wir haben so herumgebalgt. Da hab ich zu ihr gesagt: 'Du, hör auf mit deinem Kitzeln, oder ich lass dich fallen!' Und dann, weil sie nicht aufgehört hat, hab ich sie halt fallen lassen. Und so ist's passiert."
"Hat sie dich gekitzelt oder gezwickt?"
Der Junge schaute ihn erstaunt an.
"Gekitzelt. Deswegen hab ich sie ja fallen lassen. Wenn sie nur gezwickt hätte, dann hätte ich halt zurückgezwickt. Aber man kann doch nicht tragen und gekitzelt werden."
Alon schaute ihn eine Weile schweigend an. Dann fragte er:
"Sag mir, Ilan, hast du mal mit Tamar über Irit gesprochen?"
"Natürlich."
"Hast du ihr auch gesagt, dass du nicht glaubst, dass Irit in dich verliebt sei?"

"Ja, das stimmt."
"Wie kamt ihr auf dieses Thema zu sprechen?"
"Weil Tamar immer eifersüchtig ist."
"Auf alle Mädchen, oder nur auf Irit?"
"Auf alle, aber auf Irit und Amira besonders."
"Was gab denn Tamar Grund, eifersüchtig zu sein?"
"Irit hat ihr einmal gesagt, dass ich ziemlich stark aussehe."
"Und hast du auch mit Irit über Tamar gesprochen?"
"Klar."
"Weiß Irit, dass Tamar auf sie eifersüchtig ist?"
"Natürlich."
"Wieso hast du mit Irit über Tamar gesprochen?"
"Sie hat damit angefangen."
"Wie?"
"Sie hänselt mich immer gerade dann, wenn Tamar dabei ist."
"Ah, ich verstehe: Und einmal, als Tamar zufällig nicht da war, hast du Irit danach gefragt."
"Ja, das stimmt."
"Und was hat sie geantwortet?"
"Sie hat nicht geantwortet."
"Und dann hast du vermutlich den Gedanken ausgesprochen, dass sie das nur tut, weil sie auf Tamar eifersüchtig ist?"
"Nein, ich sagte ihr nur, dass Tamar glaubt, dass sie mit mir einen Flirt beginnen will."
"Und was sagte sie darauf?"
"Dass Tamar glauben kann, was sie will."
Alon zündete sich eine neue Zigarette an. Eine Zeitlang rauchte er schweigend.
"Wie alt bist du eigentlich, Ilan?"
"Ich werd' bald siebzehn."

"Sag mal, Ilan, wie alt warst du, als du begonnen hast, dich mit Mädchen abzugeben?"
"Ich war damals vierzehn, aber ich sah schon älter aus."
"Und wie alt war sie?"
"Wer? Ach so, die... Also, sie muss ungefähr... Ich weiß nicht. Die war schon ein wenig älter als ich. Es gab nämlich damals keine Männer im Kolchos, die waren alle weg – ein Teil in der Roten Armee, ein Teil bei irgendeiner Arbeit. Ihr Mann auch. Nur die alten und die ganz kleinen blieben im Kolchos zurück. Und ich half ihr auch mit den Kühen und dem Pferd."
Alon seufzte.
"Gut, Ilan. Ich muss dich sicher ganz ermüdet haben. Aber das wäre alles für heute. Du kannst jetzt schlafen gehen."
"Alon", platzte der Junge heraus, "ich bitt' dich, erzähl nur nichts davon dem Pädagogischen Rat."
"Schon gut, Ilan. Ich werde sehen, was ich für dich tun kann. Gute Nacht."
Auf einmal wollte er allein sein. Es war schon Mitternacht.
"Alon", begann der Junge von neuem, "du wirst doch niemandem von unserem Gespräch erzählen?"
"Natürlich nicht, Ilan."
"Alon, sag, denkst du, dass ich mit allen diesen... herum... mit diesen ganzen Mädchengeschichten aufhören soll? Wenn ja, dann sag's mir nur."
Alon lächelte müde.
"Geh schlafen, Ilan. Niemand hat das Recht, dir in diesen Angelegenheiten zu sagen, was du tun oder lassen sollst. Du bist noch so jung – da kannst du dir noch erlauben, dich auszuleben. Vielleicht unterhalten wir uns noch ein anderes Mal über das ganze Problem. Gute Nacht."

Er führte Ilan zur Tür. Da er aber das Gefühl hatte, der Junge wolle noch weiter bitten, so tat er, als ob er hinausgehen müsse. Erst nachdem Ilan gegangen war, kam er ins Zimmer zurück und drehte das Radio an. Er schaute auf die Uhr – wo könnte er um diese Zeit noch Musik finden? Schließlich stieß er auf Beethovens drittes Klavierkonzert. Es hatte eben erst begonnen. Alon zog sein Hemd und seine Schuhe aus und lehnte sich an die kühle Wand. Ganz leise pfiff er das Thema des ersten Satzes. Auf einmal erinnerte er sich, irgendwo gelesen zu haben, was Newton vor seinem Tode gesagt hatte: Dass er sich wie ein kleiner Junge fühle, der die Tiefen des Ozeans ausforschen wollte, sich aber mit dem Spielen mit Muscheln am Meeresstrand begnügen müsste. Die Wand fühlte sich kühl an auf seinem Rücken. Sein Herz pochte langsam und noch lang-sa-mer. Er hatte dieses Gefühl früher schon gehabt. Nicht nur in diesem Leben, sondern auch in anderen Existenzformen, in einer fernen und fremden Vergangenheit. Und je langsamer sein Herz pochte, desto voller und schwerer fühlte es sich an. Als ob es aus seiner Brust herauswachsen würde, aus dem Zimmer heraus, aus der Welt heraus.
Er fuhr mit den Fingern durch seinen Haarschopf und lächelte im Dunkeln:
"Da versuche ich, den großen Pädagogen zu spielen und bin doch nur ein kleiner, dummer Junge, der sich mit Tagträumen über Harmonie im Herzen und der Welt abgibt und nur mit Muscheln am Strand spielt. Aber jetzt bin ich bei meiner Reifeprüfung durchgefallen und habe offensichtlich Lernschwierigkeiten, jetzt bekomme ich Nachhilfe vom weisen Ilan Unglücksmann, um zu lernen, wie man mit Mädchen umgeht. Wirklich, die Welt ist groß und eigenartig!"
Automatisch pfiff er das Motiv des Concertos.
"Die erste Methode: Man tastet im Dunkeln nach Kaliumsalz und grapscht Schoschana. Das ist die 'Tast-und Faß-Methode'. Die

zweite, sie eine heiße Frau zu nennen, und wenn sie dich darauf einen starken Typ nennt, daraus zu schließen, dass sie darauf eingeht. Dann provoziert man sie, das Tagebuch zu schnappen, rennt ihr nach und traut sich, sie abzutasten. Das ist die 'Biblische Methode': 'Ich will nachjagen und erhaschen und die Beute... umarmen'. Die dritte Methode aber wäre, mit dem einen Mädchen anzufangen, um ihre Freundin eifersüchtig zu machen. Dann bespricht man das Problem mit beiden, geht zum Thema 'Freundschaft' im Allgemeinen über und zu ihrer Erfahrung im Schmusen im Besonderen. Das ist die 'Einführende-Verführende Methode', auch 'Vom Allgemeinem zum Besonderen', man könnte sie auch die 'Zwei-sind-besser-als-Eine Methode' nennen. Dann kommt die letzte und die beste: Du brichst ihr das Schlüsselbein, damit sie fühlt, wie stark und männlich du wirklich bist. Der Spruch im Buch der Sprüche hat recht: Drei waren ihm wundersam und vier verstand er nicht, und besonders nicht die Wege eines Mannes bei einer jungen Frau. Wer war der Weise, der sprach: 'Wirklich ist, was wirksam ist!'?"
Aus dem Radio erklang noch immer die kraftvolle Melodie des ersten Satzes, und Alon Zur war den Tränen nahe, obwohl er einundzwanzig Jahre alt war und dabei lächelte.

\*

Alon meldete dem Lehrerkollegium und der Krankenschwester, dass er wegen seiner beschleunigten Blutsenkung leider nicht am Ferienlager seiner Gruppe werde teilnehmen können. Ein anderer Lehrer sollte daher mit der Gruppe ins Lager fahren.
Irit kam vom Spital zurück. Der Röntgenbefund bestätigte den Bruch des Schlüsselbeines. Doch stellte sich heraus, dass sie keinen Gips brauchte – eine elastische Binde genügte.

Nachdem die Gruppe ins Lager abgefahren war, beschloss Alon, Irit zu besuchen. Doch wollte er den Besuch für den Abend aufheben. So war er den ganzen Tag aufgeregt. Doch als er dann abends in ihr Zimmer kam, fand er es dunkel und leer. Er suchte sie auch in der Klinik und im Zimmer ihrer Eltern, fand sie jedoch nicht. Er versuchte, in seinem Zimmer zu arbeiten – er sollte sich für das nächste Trimester vorbereiten und hatte auch *Reportkarten* auszufüllen. Aber er konnte sich nicht auf seine Arbeit konzentrieren. So war der ganze Abend vergeudet. Sogar als er etwas von Haydn im Radio fand, bereitete es ihm kein Vergnügen.

Am nächsten Tag fragte er die Krankenschwester, wo Irit denn liege. Rachel antwortete, dass es ihr erlaubt worden sei herumzugehen. Also begann er, sie im Speisesaal, bei ihren Eltern und in den Schlafräumen zu suchen, aber ohne Erfolg.

Dann fragte er Rakefet, wo ihre Tochter wäre.

"Weißt du nicht?", rief sie ganz aufgeregt. "Stell dir vor – sie ist ins Ferienlager gefahren! 'Wenn ich zu Hause frei herumgehen darf', sagt sie, 'dann kann ich ja dasselbe auch dort tun.' Ich habe alles versucht, es ihr auszureden, aber weg war sie, und hat uns nur einen kurzen Abschiedszettel hingelegt. Ich habe schon fast beschlossen, ihr nachzufahren, um sie zurückzuholen. Wo ist dieses Ferienlager eigentlich?"

"Am See Genezareth", sagte Alon geistesabwesend.

"Denkst du, dass es eine gute Idee von mir wäre, hinzufahren?"

"Nein, das wäre ihr sicher unangenehm. Und zufällig fahre ich selbst hin. Da werde ich schon besonders auf sie Acht geben, und wenn sie irgendwelche Schmerzen hat, bringe ich sie gleich nach Hause zurück."

"Ich dachte, du bist krank?"

"Das stimmt. Aber ich fühle mich schon wesentlich besser. Und ich muss unbedingt wenigstens ein bis zwei Tage dort sein."

"Da du hinfährst, gebe ich dir ein Päckchen mit Süßigkeiten mit. Sie hat morgen Geburtstag. Das Buch, das du uns vorgeschlagen hast, haben wir leider noch nicht kaufen können, das bekommt sie später. Wenn das Paket fertig ist, bring ich es."
Am nächsten Tag, frühmorgens, ließ Alon einen kurzen Brief für die Krankenschwester zurück, in dem er sie verständigte, dass er sich bedeutend besser fühle und daher beschlossen habe, doch noch zwei Tage im Ferienlager zu verbringen. Dann packte er seine Badehose ein, obwohl er nicht schwimmen durfte, nahm Rakefets Paket und das Buch "Moderne Wissenschaft" und fuhr los.
Er kam gegen Mittag an. Die Fahrt war ermüdend, und er schritt langsam von der Landstraße zum Eukalyptuswäldchen hinunter. Er fand die Zelte im Halbkreis aufgestellt, einige Hängematten an die Bäume gebunden und die Asche eines schon lange erloschenen Lagerfeuer.
Alon schaute in alle Zelte hinein und rief laut:
"Hej, ist niemand da?"
Da antwortete eine Stimme hinter einem Baum:
"Was ist denn los? **Ich** bin ja da."
Es war die Stimme Schimeon Levis, Alons Stellvertreter.
Er war ein erfahrener Lehrer, doppelt so alt wie Alon, sprach langsam und bedächtig, gab immer einigen Worten besondere **Betonung** und nickte dazu, als ob er damit sagen wollte: "**Du** verstehst ja, was ich **meine**."
Sein Kopf erschien aus einer Hängematte und sagte:
"Ah, Alon, du bist es. Das war ein **guter** Einfall von dir!"
Nach diesen Worten entpuppte sich auch der Rest Schimeons aus der Hängematte.
"Ich kam für die letzten zwei Tage", sagte Alon und lächelte. "Ich fühle mich nämlich viel besser und ich hatte keine Geduld mehr, nur so herumzuliegen. Wo ist die ganze Bande?"

"Schwimmen gegangen. Den lieben langen Tag stecken sie im Wasser, sogar in der Nacht. Oder sie rudern in irgendeinem Boot, das sie sich Gott weiß wo ausgeborgt haben. Ich dachte, wir würden auch irgendeine **geistige Betätigung** haben, kurze Vorträge und Diskussionen oder eine Vorlesung... Ich meine, wozu sind denn Ferien da? Aber sie scheinen keine **Lust** dazu zu haben. Den ganzen Tag tollen sie herum wie kleine Kinder und nicht wie junge, **intelligente** Menschen. In einer halben Stunde werden sie **sicher** zum Mittagessen zurückkommen."
Er dachte ein wenig nach und fügte hinzu:
"Es ist **äußerst** interessant und lehrreich, sie zu beobachten. Der **Spieltrieb** ist bei ihnen besonders stark ausgeprägt und mit ihm der **Drang,** sich von allen **geistigen** Werten loszusagen."
Sie plauderten eine Weile über das Ferienlager, über das Programm und über einige der Jungen, und während dieser ganzen Zeit dachte Alon:
"Wie werde ich ihn nur am besten und am schnellsten los, damit ich allein mit ihnen bleiben kann? Ich würde sie neue Lieder lehren und ihnen alles Mögliche erzählen. Aber wenn dieser Fadian dableibt, auf seine **bedächtige** Art spricht und mit dem Kopf dazu **wackelt**, dann... vielleicht bitte ich ihn ganz einfach, er **möge** nach Hause fahren?"
Gerade als er dies dachte, sagte Schimeon zu ihm:
"Hör mal, Alon, wenn du **sowieso** bis zum Ende des Lagers zu bleiben gedenkst, könnte ich doch eigentlich nach Hause fahren, nicht? Die haben doch **Verantwortungsbewusstsein** und werden es dir hier sicher nicht **zu** schwer machen, meinst du nicht **auch**?"
Und nach dem Mittagessen fuhr er ab.
Alon hatte den Eindruck, dass die Jungen und Mädchen sich wirklich über sein Kommen freuten. Sie versammelten sich alle in einem Kreis um ihn und redeten auf ihn ein. Sie wollten wissen, was

es Neues zu Hause gäbe, und erzählten ihm begeistert, wie sehr sie sich amüsierten: Wie sie eine Wasserolympiade arrangiert hätten, und wer die Sieger waren. Und wie sie Bananen von den Plantagen der nächsten Siedlung klauten, natürlich ohne, dass Schimeon etwas davon wusste. Ja, und wie sie dieses winzige, angekettete Ruderboot gefunden hatten, mit einem Kettenglied, das man öffnen konnte; spät in der Nacht ruderten sie darin einzeln oder sogar zu zweit, wobei sie immer peinlichst aufpassten, es pünktlich zurückzubringen und die Kette genau an den Platz zu legen, so dass man es nächste Nacht wieder "borgen" konnte. Schimeon hatte nicht die **blasseste** Ahnung von der ganzen Geschichte...
Irit war auch unter ihnen, sie schien sich auch über sein Kommen zu freuen, man sah es in ihrem Gesicht. Alon kam es vor, als würde er ihre Stimme im allgemeinen Lärm heraushören, wie sie sagte: "Oh, schalom Alon, das ist schön, dass du gekommen bist!"
Sie trug eine dunkelblaue kurze Hose und eine leichte, ärmellose Bluse. Den Verband sah man fast nicht. Sie war barfuß. Alon schaute sie an, wie sie so unter den anderen stand, und sein Herz füllte sich mit Zärtlichkeit. Während alle eifrig auf ihn einredeten, suchte er in Gedanken nach Worten, um sie zu beschreiben:
"Schön? Natürlich ist sie schön, aber es ist viel mehr. Sie hat etwas, das weit über Schönheit hinaus geht. Gut, sie ist zart, obwohl sie auch stark und gesund ist. Sie hat Charme und Vitalität. Und doch hat sie auch etwas Edles an sich, etwas Stolzes, richtig, aber dabei ist sie auch schüchtern. Anmutig, ja, das ist sie, aber ach man sagt das von so vielen Mädchen."
Er runzelte die Stirn. Wie heißt es doch im Hohelied? "Schön wie der Mond, leuchtend wie die Sonne"? Oder: "Hell wie der Mond, klar wie die Sonne"?
Er konnte sich an den genauen Wortlaut nicht erinnern und gerade deshalb schien ihm diese Bibelstelle Irits Anmut auszudrücken.

"Ja", dachte er, "das ist das richtige Wort für sie: Sie ist **klar**."
Und dann, plötzlich, lächelte er.
"Nun, wie geht's, Irit?", wandte er sich an sie. "Tut's noch weh?"
"Aber nein", lachte sie, "ich fühle mich ausgezeichnet."

\*

Am Nachmittag gingen sie nochmal schwimmen. Sie waren gute Schwimmer und entfernten sich weit vom Strand, bis ihre Köpfe nur noch kleine, schwarze, auf dem glitzernden See verstreute Pünktchen waren.
Zuerst schämte sich Alon, seine Badehose anzuziehen: Die Jungen hatten alle schlanke, sonnengebräunte und muskulöse Körper. Er war einen Kopf größer, und sein Körper war weiß und weichlich. Er lag allein am Strand und genoss die kühle Brise und die wärmende Sonne.
Der Sand war dunkelgrau, viel dunkler als der Sand, mit dem er als kleiner Junge in der Sandkiste gespielt hatte. Er nahm eine Hand voll und ließ die heißen Körner langsam durch seine Finger rinnen. Der dünne, warme Strom kitzelte ihn. Alon verfolgte den Fluss der winzigen Körnchen und beobachtete einige Ameisen, die sich mühten, die soeben von ihm erschaffenen Gebirgsketten zu erklimmen.
Die Jungen und Mädchen waren weit entfernt. Einige spielten Wasserball und von Zeit zu Zeit trug ihm der Wind ihr Lachen und ihre Stimmen zu. Nahe dem Strand gab Ilan Amira Schwimmunterricht. Zwei Mädchen standen daneben und unterstützten ihn mit Ratschlägen. Zwei andere spielten am Strand Ball, und Irit saß da und schaute ihnen zu. Vorher, auf dem Weg zum Strand, hatte Alon ihr das Paket mit den Süßigkeiten und einen Brief ihrer Mutter übergeben, aber er hatte das Buch "Die Moderne Wissenschaft" noch nicht erwähnt. Er wollte eine bessere Gelegenheit abwarten.

Irit dankte ihm und sagte:
"Oh, was Süßes, da wird's heute Abend am Lagerfeuer was zum Verteilen geben!"
Sie legte das Paket in ihr Zelt und lief den anderen nach. Nun saß sie da, weit entfernt, wandte ihm den Rücken zu und verfolgte das Ballspiel. Alon hatte gehofft, wenn sie ihn so allein im Sand sitzen sehen würden, würden alle zu ihm herüber kommen, um mit ihm zu plaudern. Sie spielten unbekümmert weiter. Mücken summten herum. Ein leichter Wind wehte. Dann und wann flatterte und raschelte ein einsames Blatt an einem der Eukalyptusbäume und verstummte wieder.
"Dem Kalender nach haben wir Frühling", dachte Alon. "Aber dem Gefühl nach ist es schon später: Die Stille und der Friede sind wie Mitte oder Ende des Sommers. Er fühlt sich wie ein flatterndes Eukalyptusblatt, wie eine langsam reifende Frucht. Das ist wahrscheinlich das erste Vorgefühl der Herbstes. Würde ich mich fürchten, jetzt zu sterben?"
Sein Herz schlug langsam und ruhig. Er sah, wie Irit manchmal leicht den Kopf bewegte, um mit den Augen dem Ball zu folgen. Er spürte ein dumpfes Drängen in der Brust, fast so, als ob etwas dort eingeschlossen wäre, das nun heraus wollte, als ob er ein großes Gefäß wäre, das langsam überfüllt ist, als ob ein breiter Strom von ihm zu ihr fließen würde, auch sie auszufüllen, um dann weiterzuströmen, wie eine hohe, friedliche Welle, nur stärker, um diese schlanke und sonnengebräunte Jugend mit ihrem Gelächter zu umfangen. Er schaufelte wieder und wieder dunklen, warmen Sand in seine Hände, ließ ihn durch die Finger rinnen und häufte dabei immer höhere Berge vor den erschrockenen Ameisen auf. Sehr leise pfiff er die ersten Takte von Beethovens "Für Elise", und eine friedliche Traurigkeit füllte ihm die Brust und stieg in den Hals und in die Augen.

\*

Nach dem Nachtmahl versammelten sich alle singend um das Lagerfeuer. Sie kannten viele Lieder, ein Lied erinnerte an ein anderes: Die Hirtenlieder, die Wanderlieder, die russischen Gesänge, die alten Lieder der ersten Einwanderer und die neuesten Schlager. Nach einer langen Weile begannen einige Mädchen, Irit aufzufordern: "He, Samson, wann gibt's was Süßes?"
Irit lächelte und stand auf. Einen Moment später kehrte sie mit dem Paket aus ihrem Zelt zurück. Sie reichte es herum, und jeder nahm sich etwas heraus. Das Lagerfeuer beleuchtete ihr kurzes Haar, ihre Wangen und die Brust. Alon nahm in sich das Spiel des Lichtes und der Schatten auf, die sich um sie bewegten, sooft sie sich bückte und wieder aufrichtete.
Zeilen eines längst vergessenen Gedichtes kamen ihm in den Sinn, in denen ein Dichter beschrieb, wie er in einem dunklen Hausgang inmitten eines nächtlichen Gewittersturmes stand, und als es blitzte, sah er im fahlen Licht ein erschrecktes Mädchen im Regen laufen:

> Und an jenem wunderstürmischen Abend,
> Der auflodernd erlöscht und verfolgend flieht,
> Da wünsch ich nur eines: Dich immer zu sehen,
> Von wo man nicht mehr sieht

Wie hieß nur das Gedicht? Dich immer zu sehen, von wo man nicht mehr sieht. Und wie ging es weiter? Der verfolgend flieht. Da wünsch ich nur eines. Von wo man nicht mehr sieht.
Alon schüttelte den Kopf, verwundert über sich selbst, und klatschte laut in die Hände:

"Hört mal zu, Kinder, wartet einen Moment! Lasst uns eine kleine Zeremonie daraus machen, damit die Süßigkeiten nicht nur weggefressen werden. Ich schlage vor, dass jeder von uns Irit etwas wünscht, und der, dessen Wunsch sie am meisten freut, bekommt eine zusätzliche Süßigkeit."
"Du meinst einen Kuss?", fragte Stroh.
"Nein", sagte Alon bestimmt. "Ich bin ein großer Anhänger von Küssen, aber nicht öffentlich. Ich will Irit nicht in Verlegenheit bringen…"
"Bringt sie nicht!" rief Stroh dazwischen.
"…ich will am Wettwünschen teilnehmen..."
"Um so mehr Grund zum Küssen!", schrie Stroh wieder.
Alon war kurz verwirrt.
"Nein", sagte er lächelnd, "den Kuss lassen wir für den nächsten Geburtstag. Für diesmal begnügen wir uns mit der Schokolade. Malfuf, du beginnst. Und dann der Reihe nach."
Sein Herz tanzte freudig. Jeder würde ihr nun etwas Schönes wünschen. Absichtlich hatte er Malfuf beginnen lassen. So hatte er den letzten Wunsch, wie die gute Fee im Märchen. Er würde ihr Worte sagen, die aus seinem Herzen kommend, in ihr Herz dringen würden. Irit, ich wünsche dir vor allem...
Aber da sprang Malfuf auf und schrie:
"Fein, also ich beginne: Irit, ich wünsch dir noch ein gebrochenes Schlüsselbein."
"Und ich wünsch dir einen rothaarigen, fetten, glatzköpfigen Bräutigam, der schielt und stottert!", schrie der nächste Junge.
"Ich wünsche dir eine Küche voll fettiger, angebrannter Töpfe und große blaue Venen auf den Schenkeln vor lauter Stehen beim Geschirrabwaschen", zirpte eines der Mädchen ihren Beitrag dazu.
"Ich wünsch dir eine nette Gelenkentzündung und ein anschmiegsames Magengeschwürchen."

"Ich wünsch dir, dass du immer an Spinat denken sollst, sooft du jemanden küssen willst, und dabei immer Knoblauchgeschmack im Mund spürst, und wer dich küsst, soll nach Zwiebel riechen", spendete Stroh sein Scherflein.
Und so ging es weiter. Einer nach dem anderen schrie sie begeistert seine Wünsche. Alon wusste, dass es keinen Sinn hatte, ihnen jetzt Einhalt zu gebieten.
Dann hörte er Ilans Stimme, alle anderen überschreiend:
"Und ich wünsch dir falsche Zähne und ein Glasauge, falsches Haar und ein hölzernes Bein, und wenn du es mal nicht gut anschraubst, wirst du darüber stolpern und ausrutschen und dir den Arsch brechen, den man durch einen Plastikarsch ersetzen wird, aus Versehen wirst du drei verkrüppelte, debile Bastarde gebären, bis du nochmals ausrutscht und auch deine..." Seine Augen leuchteten verklärt, man fühlte, dass seine Phantasie noch lange nicht erschöpft war. Aber alle brachen in ein schallendes Gelächter aus.
"Fantastisch!", brüllte Malfuf.
"Einmalig!", riefen die Mädchen.
"Du kriegst den Preis, Ilan!", krähte Stroh. "Hej, Samson, komm und gib ihm den Knoblauch- und Zwiebelkuss, der ihm gebührt!"
Man lärmte und lachte. Irit lächelte verwirrt. Dann stürzten sich alle auf die Süßigkeiten und verschlangen sie, obwohl viele ihren Wunsch noch nicht geäußert hatten.
Jemand schrie:
"Kommt schwimmen!"
Und alle sprangen auf.
"Wird es nicht zu kalt sein?", fragte Alon schüchtern.
"Unsinn! Wer schert sich drum? Wir gehen jede Nacht. Das ist fantastisch. Die Luft ist kühl, aber das Wasser warm."
Sie nahmen ihre Badesachen und rannten hinunter zum Strand. Irit ging ihnen langsam nach. Alon folgte ihr.

Die Nacht war dunkel, klar und warm. Ein leichter Wind wehte am Strand. Eine Weile konnte man noch die Jungen sehen, wie sie sich im glatten, glitzernden Wasserspiegel vom Strande entfernten, aber bald waren sie in der Finsternis verschwunden. Alon und Irit blieben allein zurück.

"Können wir für eine Weile dieses Ruderboot... eh... borgen?", schlug Alon vor. "Weißt du vielleicht, wo es liegt?" Und um seiner Einladung einen leichteren Ton zu geben, fügte er spielerisch hinzu: "Damit wir uns nicht verlassen und traurig fühlen."

"Gut", sagte sie.

Alon schaute sie an, wie sie geschmeidig und leicht einen halben Schritt voraus neben ihm den dunklen, stillen Strand entlang schritt. Eigentlich hatte er sie nie richtig gekannt. Er hatte nie gewußt und würde auch nie wissen, was sie wirklich dachte und wie sie fühlte. Sie immer zu sehen, von wo man nicht mehr sieht. Was für ein Wunsch.

Am Rande des Eukalyptuswäldchens führte ein Pfad vom Dorf zum See. Im Wasser waren Pfähle in den Boden gerammt, an einem der Pfähle lag das kleine Boot.

"Ziehen wir die Sandalen aus", schlug Alon vor. Sie mussten einige Schritte durchs Wasser waten.

"Natürlich", sagte sie, zog die Sandalen aus und warf sie nachlässig auf den Strand, zog an der Kette und löste das Boot.

Das Wasser war wärmer, als Alon erwartet hatte. Er kletterte zuerst ins Boot. Es schaukelte ein wenig und senkte sich tiefer ins Wasser. Irit stieg ein, und das Boot senkte sich noch tiefer.

"Wir werden vorsichtig rudern müssen", sagte sie, "es ist nur für eine Person gedacht."

Alon saß auf dem schmalen Brett in der Mitte, Irit kauerte am Bootsende. Er versuchte, das Boot mit dem Ruder vorwärts zu bewegen, dabei bespritzte er Irit mit Wasser. Es lag auf Grund und rührte sich nicht.

"Nicht so", lachte sie. "Lass mich mal!"

Sie nahm das Ruder mit ihrer gesunden Hand, stemmte es in den Grund und schob das Boot langsam vom Grund weg. Das Wasser wurde allmählich tiefer und das Boot bewegte sich glatter. Dann legte sie das Ruder beiseite, lehnte sich am Bootsende zurück und sagte:

"Das genügt."

"Natürlich", sagte er. "Warum sollten wir uns anstrengen?"

Sie schwiegen eine Weile. Das Boot schaukelte leise.

"Es ist eine schöne Nacht", sagte sie. Sie lehnte sich auf ihren gesunden Arm und schaute zu den Sternen hinauf. Der Mond schien noch nicht, um den See herum flackerten die fernen Lichter der Siedlungen. Die Sterne schienen besonders hell und klar.

Sie saß ihm gegenüber, nur einen Schritt von ihm entfernt, in der Dunkelheit konnte er in ihrem Gesicht nur die Augen und ihre weißen Zähne sehen, als sie lächelte.

"Weißt du, Irit", begann er, "es tut mir wirklich leid, was sich heute Abend abgespielt hat. Du solltest eine schöne Erinnerung an diesen Abend haben. Ich hoffte, dass dir jeder etwas Herzliches wünschen würde. Und ich habe absichtlich Malfuf gebeten zu beginnen, ich wollte den letzten Wunsch haben. Ich hätte nie gedacht, dass die Jungs einen so hässlichen Spaß daraus machen würden."

Er hoffte, sie würde nach seinem Wunsch fragen, aber sie antwortete:

"Ach, Alon, das ist nicht wichtig. Ich hab so was erwartet. Was hast du gedacht – dass sie sentimental werden würden? Sie machten einen Spaß daraus, und so hab ich's aufgenommen."

"Nein", sagte er, "es war nicht richtig. Wir sind viel zusammen, und nie sprechen wir über unsere Gefühle füreinander."

Es schien ihm, als sei nicht klar, was er gemeint hatte, so fügte er hinzu:
"Und heute Abend, als ich die Gelegenheit dazu hatte, haben sie sie mir verdorben. Das war ungerecht."
Wieder fragte sie nichts. Er wartete ein wenig.
"Weißt du, was ich dir wünschen wollte?"
Sie blieb still.
"Es gibt eine Fabel, über einen Mann, der sich in der Wüste verirrte. Endlich fand er neben einer Quelle eine Dattelpalme. Also aß und trank er, und bevor er weiterwanderte, wollte er der Palme danken und ihr Gutes wünschen. Liebe Palme, sagte er, soll ich dir Schönheit und Kraft wünschen? Die hast du ja. Süße? Du bist schon so süß. Dass du klares Wasser bei dir haben sollst? Deine Quelle gibt es dir. Dass alle dich lieben und achten sollen? Das tun sie sowieso. So kann ich dir eigentlich nur wünschen, dass du bleiben sollst, was du bist, sagte der Wanderer zur Palme."
"Aber so vollkommen bin ich nicht!", lachte sie.
"Irit", sagte er, "du bist heute sechzehn Jahre alt. Wer weiß, wann ich wieder so eine wunderbare Gelegenheit habe. Ich will dir etwas sagen, nicht als dein Lehrer, sondern so, als... als Mensch und Freund. Du sagst, dass ich übertreibe. Also gut, prüfen wir das. Glaubst du wirklich, dass ich dir Schönheit und Anmut wünschen sollte? Oder Talent? Oder dass alle dich lieb haben sollen, oder dass du immer gesund sein mögest, und frisch, und voll Leben und Freude?"
"Aber Gesundheit ist nicht beständig", wandte sie ein.
"Nein, Irit. Dass du gesund bist, gehört zu deinem Charakter und deinem Schicksal. Gesundheit ist nie zufällig, genauso wenig wie Schönheit oder Anmut oder Talent. Die Religion will uns glauben machen, dass Körper und Seele trennbar seien, dass Gott meine Seele in einen anderen Körper gesteckt haben könnte, zum Bei-

spiel in – Ilans, oder dass er deine Seele in einen Körper ohne Anmut gepflanzt haben könnte."
Irit schwieg.
"Und du hast noch eine gute Eigenschaft", begann er wieder. "Manche fleißigen Schüler können wiederholen, was im Buch steht oder was der Lehrer gesagt hat. Das macht es so langweilig. Es kann ihnen bis zu einem gewissen Grad in ihrer Karriere helfen, aber es ist unwesentlich fürs Leben. Alles Wesentliche und Wichtige fürs Leben wird nie in der Schule gelehrt."
"Ja? Und was ist das?"
Alon seufzte.
"Das ist eine gute Frage. Was ist das? Ich denke, wie man in Harmonie mit sich selbst, mit der Natur und mit... mit den Menschen, die einem nahe stehen, lebt. Oder etwas so Einfaches und Unmittelbares wie zu lieben."
"Muss man das lernen?"
"Vielleicht gibt es Begnadete, die das von Natur aus können. Und in manchen primitiven Stämmen lehrt es der Medizinmann allen jungen Frauen, und die jungen Männer lernen es von dieser oder jener Zauberin. Glückliche Stämme!"
Sie antwortete nicht, und er war verwirrt und sagte rasch:
"Die Schule ist eine Presse, die den armen Kindern alle möglichen Tatsachen ins Hirn presst. Sie verdirbt ihnen den letzten Rest von Fantasie und Kreativität. Später vergessen sie sowieso alle diese totwichtigen Tatsachen, die sie so brav eingepaukt haben. Was für eine schreckliche Verschwendung das alles ist, was für eine tödliche Langeweile! Die zwölf schönsten Jahre des Lebens..."
"Ich dachte, zu unterrichten macht dir Freude?"
"Natürlich macht es mir Freude. Es gibt die große, wunderbare Welt der Biologie, der Astronomie, der Mathematik und der Musik. Ich

gäbe mein Leben, um zusammen mit jemandem, der diese Welt so liebt wie ich, mehr zu entdecken, zu lernen und zu lehren... aber..."
Er beendete den Satz nicht. Nach erneutem kurzem Schweigen sagte er:
"Weißt du, Irit, deswegen unterhalte ich mich so gerne mit dir. Unsere Gespräche sind mein Trost in der Wüste."
"Also, vielleicht interessierst du dich mehr für Erziehung?", schlug sie vor.
"Erziehung!", rief er aus. "So etwas gibt es eigentlich gar nicht. Versuch mal, ein paar Bücher über das, was man 'Erziehung' nennt zu lesen, und bald wirst du entdecken, dass ihr Hauptthema ist, wie ein Erzieher den Schaden, den ein voriger Erzieher angerichtet hat, zu vermindern sucht. Die einzige wichtige Regel in der Erziehung ist: Richte keinen Schaden an! Die wirkliche Kunst der Erziehung ist zu wissen, was man nicht tun darf. Ich hoffe, ein leidlich guter Erzieher zu sein, weil ich weniger Schaden verursache als die anderen."
Dann lachte er in sich hinein:
"Aber ich halte da einen Vortrag darüber, dass man nicht vortragen soll, und langweile dich mit Gedanken über die Langeweile."
Irit schaute stumm auf den See.
"Wie kamen wir eigentlich auf dieses unpassende Thema?", suchte er sich zu erinnern. "Ah, richtig, wir sprachen über dich. Ich wollte sagen, dass es fleißige Schüler gibt, die, je fleißiger sie werden, umso langweiliger werden sie auch. Aber du – du bist das Gegenteil."
Er schaute sie innig an, wie sie so im Dunkeln saß, zum Greifen nahe, er konnte ihren Gesichtsausdruck nicht sehen. Nein, er kannte sie wirklich nicht. Wie konnte er wissen, was sie wirklich dachte oder fühlte?

"Ich wollte", sagte er, "dass du eine schöne Erinnerung an diesen Abend behältst, und ich hatte mir schon viele gute Wünsche für dich zurechtgelegt. Aber die Hauptsache war, du sollst bleiben, wie du bist. Keine Erziehung und keine Schule soll dich verderben und langweilig machen. Und ich wollte... ich wollte..."
In diesem Augenblick hob sie den Kopf:
"Hör mal, Alon, sagen wir, ich bitte dich, mir als Geburtstagsgeschenk einen Gefallen zu tun."
Alon war sprachlos. Nur mit Mühe brachte er hervor:
"Einen Gefallen?"
Er hatte die "Moderne Wissenschaft" in seinem Rucksack im Lager zurückgelassen. Wie schade!
"Ich will, dass du etwas für mich tust."
"Und das wäre?"
"Versprich mir, dass du's tust!"
"Natürlich werde ich es tun, wenn ich kann."
"Ich bin sicher, dass du's mit Leichtigkeit tun kannst, also versprich es mir!"
"Du kannst ganz sicher sein, Irit, dass, wenn ich's nur tun kann, ich es auch ohne Versprechen tun werde."
"Nein, wirklich, ich will, dass du's mir versprichst. Oh, Alon, wirklich, du musst es versprechen!"
Sie lehnte sich vor und lächelte.
Es gefiel ihm irgendwie nicht. Und viel fester und entschlossener, als er eigentlich wollte, sagte er:
"Du weißt doch, Irit, dass ich bereit bin, alles für dich zu tun, was ich kann, und noch mehr, aber ich werde dir nichts versprechen. Ich werde alles für dich tun – unter der Bedingung, dass niemand anderer dadurch geschädigt wird. Wenn es jemandem schadet, dann kann ich es nicht tun, soviel du auch bittest, und wenn es niemandem schadet, dann, glaube mir nur, Irit..."

"Hast du denn nie jemandem wehgetan?"
"Vielleicht als Kind. Aber auch damals schon konnte ich keiner Fliege was zuleide tun, außer, wenn sie mich vorher gestochen hatte, da habe ich zugeschlagen und bekam Gewissensbisse."
"Bist du Vegetarier?"
"Ich sollte es sein", gab er zu, "aber du weißt ja, dass ich es nicht bin. Ich bin eben nicht konsequent, ich weiß es. Ich lebe nicht nach Prinzipien, ich lebe nach meinem Herzen."
"Und dabei sagst du doch immer, dass du ein schwaches Herz hast."
"Ja, augenscheinlich ist das so."
Sie schwiegen beide, und Alon wartete, dass sie wieder über den erbetenen Gefallen sprechen würde. Nachdem die Stille zäh zu werden drohte, sagte er:
"In den acht Monaten, in denen ich euer Lehrer war, habe ich niemals jemanden aus der Klasse geschickt und nicht einmal einen Verweis habe ich erteilt. Ich sage immer: Das Leben ist so kurz und man braucht so wenig, um glücklich zu sein. Wir sollten dieses Wenige nicht verderben. 'Mutter Natur' ist grausam genug, wir sollten es einander nicht noch schwerer zu machen."
"Warum ist die Natur grausam?"
"Weil für sie Millionen Jahre nur ein Moment sind. Die Erde existiert schon an die fünf Milliarden Jahre, und wir bekommen sie nur für... für so kurze Zeit zu sehen."
"Es gibt ja auch Eintagsfliegen."
"Stimmt. Aber die wissen wahrscheinlich nichts über ein Gestern und ein Morgen. Wir, dagegen, können in unserer Fantasie durch die Vergangenheit und die Zukunft wandern, aber die Natur lässt uns auch die Gegenwart nicht recht genießen. Sie plagt uns mit Krankheiten, Unfällen, Kriegen, unglücklichen Lieben... Unsere Augen sehen immer viel mehr und viel weiter als unsere Hände grei-

fen können: So viele schöne Mädchen sitzen uns manchmal gegenüber, und es ist so schwer, die Liebe von nur einer von ihnen zu gewinnen."
Sie schwieg. Das Boot schaukelte sanft. Der warme Wind bewegte die Wellen. Ein unsichtbarer Strom trieb das Boot langsam über den See, und die Lichter der Dörfer, die um ihn lagen, glitzerten in der dunklen Ferne.
"Also, Irit, ich sag dir wie der König im Märchen: 'Was ist deine Bitte – sag es, und was ist dein Begehren – sprich es aus, bis zum halben Königtum – und es sei dir gewährt!'"
"Bitte, Alon, lass Ilan da, wirf ihn nicht raus!"
Die Wellen plätscherten leise um das Boot.
"Du weißt gar nicht, Alon, was er alles in Europa durchgemacht hat."
"Hat er dir davon erzählt?", fragte Alon leise.
"Ja, und du hast keine Ahnung, was für ein talentierter Junge er eigentlich ist und wie viel Energie er hat. Ich bin sicher, dass was Gutes aus ihm wird, wenn er nur die richtige Führung hat."
Alon schaute zu den Sternen hinauf und lächelte.
"Ja, das ist wahr", sagte er. "Er hat wirklich viel Energie. Was aber die Talente betrifft, so ist das schwer zu sagen, er verbirgt sie gut. In welchem Fach oder Feld glaubst du, dass wir sie suchen sollen? Ist es die Wissenschaft oder die praktische Arbeit oder die Kunst?" Er holte tief Luft. "Und du hast vollkommen recht, dass er Führung braucht, aber leider kann ich nie herausfinden, wer seine gegenwärtige Freundin ist, denn ich hätte gerne mit ihr ein bisschen über diese Führung gesprochen. Weißt du vielleicht, wer jetzt dran ist? Zuerst dachte ich, dass er mit Schoschana geht, und dann – mit Dalia. Vor einer Woche jedoch stellte sich heraus, dass es sich um Tamar handelt, aber heute bemerkte ich, dass er Amira schwimmen lehrt. Also, wer ist jetzt das glückliche Mädchen?"

"Ich."
"Was?"
"Ich sagte, dass ich es bin."
"Du?"
"Ja."
"Seit wann?"
"Seit vorgestern."
"Und was sagen Schoschana, Dalia und Tamar dazu?"
"Was sollen sie schon sagen?" Sie lachte und war gar nicht verwirrt. "Ich stelle mir vor, dass sie ziemlich eifersüchtig sind."
"Und Amira?"
"Wieso Amira?"
"Er gab ihr heute Schwimmunterricht."
"Was ist denn dabei? Er kann sich doch ruhig mit anderen Mädchen unterhalten, genauso wie ich jetzt mit dir spreche."
"Ja, das stimmt", sagte Alon und seufzte.
Er war ganz ruhig. Ihm schien, sein Herz pochte langsamer denn je. Er konnte jeden Pulsschlag fühlen, und die langen Pausen dazwischen.
"Alon", bettelte sie, "du wirst ihn doch da lassen, nicht wahr?"
"Nein", sagte er sanft, "Ich werde ihn so rasch wie möglich wegschicken."
"Aber du hast doch gesagt, dass du keinem je geschadet hast?"
"Stimmt. Aber wenn ich Ilan hier lasse, werde ich viel größeren Schaden anrichten, für dich und die Gruppe und für mich natürlich auch. Es ist meine Pflicht, ihn wegzuschicken. Wenn ich ihn hier lasse, wirst du sagen, dass ich nett bin und wirst mir zulächeln, aber ich würde wissen, dass ich dir großen Schaden zugefügt habe. Wenn ich ihn aber weg schicke, wirst du mich gemein nennen, aber es wird dich vielleicht retten. Da wähle ich lieber die zweite, die undankbare Möglichkeit."

"Du bist eifersüchtig auf ihn, das ist alles!", schleuderte sie ihm entgegen.

Alon blieb ruhig. Sein Herz erweiterte sich und zog sich zusammen, langsam und noch langsamer... Einmal, als Kind, fragte er seine Mutter, wie das Herz klopfe. Sie antwortete, dass es "Tuck-Tuck" mache. Er konnte jetzt ihre Worte im Pochen seines Herzens hören: "Tuck-Tuck-Tuck".

"Ja", sagte er mühsam. "Natürlich bin ich eifersüchtig. Wie viel würde ich geben, um an seiner Stelle zu sein, ohne er zu sein. Ich dachte, Irit, dass ich dich kenne, aber ich kannte dich nicht. Erst jetzt sehe ich, wie ganz und gar unbekannt du mir bist. Aber wenn du glauben konntest, dass ich ihn wegen meiner Eifersucht wegschicken will, liebe Irit, dann hast du mich noch weniger gekannt als ich dich."

"Du... Alles was du kannst, ist schön reden... Niemandem schaden... Ein schwaches Herz... Aber..."

Sie konnte nicht weiter. Alon hörte schon die Tränen in ihrer Stimme.

"Gut", sagte er auf einmal entschlossen. "Ich werde der Jugend-Alija schreiben, dass wir bereit sind, ihn für einen zweiten Probemonat bei uns zu lassen, wenn es von ihrer Seite genehmigt wird."

"Warum musst du sie überhaupt fragen und um ihre Genehmigung bitten?"

"Gewöhnlich gibt es nur einen Probemonat, und danach müssen wir entscheiden, ob wir ihn wegschicken oder behalten. Diesmal werden wir ihnen erklären, dass wir ihn noch einen Monat bei uns lassen können, wenn sie uns das Recht einräumen, ihn am Ende des zweiten Monats wegzuschicken."

"Werden sie damit einverstanden sein?"

"Sicher. Sie haben ja nichts zu verlieren."

"Also kann er bleiben?"
"Ja, noch einen Monat."
"Und dann?"
"Dann werde ich ihn natürlich wegschicken müssen."
"Wenn aber am Ende dieses zweiten Monats die anderen Lehrer beschließen werden, dass er bleiben kann?"
"Dann kann er natürlich bleiben."
"Kann sich ihre Einstellung ihm gegenüber ändern?"
"Vielleicht."
"Du sagst 'vielleicht', aber du glaubst nicht daran."
"Stimmt."
"Ihr habt alle ein Vorurteil gegen ihn!", empörte sie sich.
"Richtig. Aber ich bin überzeugt, dass er in diesem Monat soviel Unheil anrichten wird, dass du mit uns einverstanden sein wirst."
"Und wenn während dieses Monats alles glatt und gut geht, kann er dann bleiben?"
"Natürlich."
"Das heißt, dass er bloß von jetzt an kein neues Unheil anzurichten braucht, damit er hier bleiben kann?"
"Klar."
"Warum hast du also gesagt, dass du ihn am Ende des zweiten Monats wegschicken wirst?"
"Weil es ihm nicht gelingen wird, kein Unheil zu stiften."
"Woher weißt du das so genau?"
"Ich weiß es eben. Weil Charakter Schicksal ist."
"Und was für einen Charakter hat er? Du hast ihn doch zu einem Psychologen gebracht, nicht wahr? Was hat der denn gesagt?"
"Das kann ich dir leider nicht sagen. Irit."
"Warum nicht?"
"Schweigepflicht."

"Schau, Alon", bettelte sie, "stell dir vor, dass du so eine Gelegenheit hättest, etwas über den Charakter derjenigen, die du lieb hast, zu erfahren, hättest du die Gelegenheit nicht ausgenützt?"
"Es gibt Sachen, die man besser nicht weiß. Aber auf jeden Fall kann ich dir leider nichts darüber sagen."
"Also gut, Alon, du arrangierst einen zweiten Probemonat für ihn, und ich pass auf, dass er kein neues Unheil anrichtet, wie du sagst, und dann kann er bleiben."
"Schön."
"Aber du glaubst nicht daran, dass es gelingt?"
"Nein."
"Und du willst auch nicht, dass es gelingen soll."
"Stimmt."
"Du hasst ihn."
"Nein, Irit. Aber ich liebe dich."
Jetzt herrschte eine lange und tiefe Stille, und nur die kleinen Wellen plätscherten sanft gegen das Boot. Die Sterne leuchteten weit, weit entfernt. Jetzt würde er nichts mehr sagen, bis sie am Strand wären.
Auf einmal fragte sie:
"An was denkst du jetzt, Alon?"
Alon seufzte.
"Es gibt auf der Welt vier Milliarden Menschen, und wer weiß, wie viele hunderte und tausende Milliarden es schon gegeben hat und noch geben wird. Und alle zusammen sind doch nur eine komplizierte Proteinverbindung, eine der veränderlichsten und unbeständigsten in der organischen Chemie. Diese winzigen Organismen erschienen auf der Erdkruste wie eine Art Schimmel für ein paar kurze Millionen Jahre. Sie vollziehen da ihren Stoffwechsel und werden früher oder später vom Antlitz dieses Planeten, der ja nur ein Sandkörnchen im Vergleich zu unserer Sonne ist, verschwinden.

Aber was ist schon die Sonne? Doch nur ein Staubteilchen verglichen mit den Riesensternen, von denen es so viele winzige Pünktchen in der Milchstraße gibt. Aber auch die Milchstraße ist nur eine der Millionen Galaxien im Universum, und das Dasein dieser Galaxien ist nur ein Augenblick der Ewigkeit. Und doch kümmern wir uns ums Universum ungefähr so, wie es sich um uns kümmert, und stattdessen wollen wir lieben und geliebt werden und sind überglücklich oder todtraurig, wenn es uns gelingt oder misslingt. Daran habe ich gedacht. Und du?"
"Weißt du, Alon, dass du mir schrecklich Leid tust?"
"So wie du mir Leid tust, Irit."
"Wieso?"
Er konnte die Überraschung in ihrer Stimme hören.
"Weil du so jung und tapfer und vertrauensvoll bist. Und weil du einen verlorenen Krieg führst, und weil ich hoffte, dass du glücklich wirst, und jetzt sehe, dass du es wahrscheinlich nicht sein wirst."
"Du wirst sehen, dass es mir mit ihm gelingen wird."
Er antwortete nicht. Da sagte sie:
"Weißt du, Alon, du hast mir das schönste Geburtstagsgeschenk gegeben."
Er nickte nur.
"Sag, Alon", fragte sie, "wann hast du eigentlich Geburtstag?"
"Warum willst du das wissen?"
"Vielleicht habe ich ein Geschenk für dich."
Alon lächelte traurig.
"Es ist schon vorüber für mich mit den Geschenken."
"Wer weiß? Vielleicht finde ich etwas für dich, das dir wirklich Freude macht. Ich muss dir sagen, Alon, dass ich dich wirklich sehr, sehr gerne habe."
Er schaute sie verloren an und lächelte:

"Also gut. Auf deiner Hochzeit würde ich dir gerne einen Kuss auf die Stirn geben."
"Bei dir kommt man billig davon, Alon. Das könntest du doch sofort bekommen, weil ich so glücklich bin, dass Ilan bleibt."
Aber Alon schüttelte den Kopf:
"Nein, jetzt nicht."
Die Wellen schaukelten das Boot rhythmisch, wie eine Wiege.
"Alon, schau", rief sie auf einmal, "wir haben uns schon zu weit vom Strand entfernt!"
Im Dunkeln konnte man die Entfernung nicht abschätzen, aber die Lichter schienen jetzt viel näher beieinander zu liegen, und die Konturen der Berge niedriger als früher.
"Der Wind oder irgendeine Strömung hat uns wahrscheinlich abgetrieben", sagte Alon. "Wir müssen etwas tun."
Er ergriff das Ruder und versuchte, das Boot in Bewegung zu bringen, aber er spritzte nur neuerlich Wasser auf Irit. Das Boot drehte sich ein wenig, und die Wellen trafen es jetzt von der Seite und drohten es umzukippen. Alon versuchte das Ruder noch einmal zu benützen und spritzte noch mehr Wasser, aber jetzt bekam das Boot wieder den Wind von vorne.
"Ich glaube, dass der Wind immer stärker wird", sagte sie. "Was machen wir nur mit dem Wasser, das sich da am Boden angesammelt hat? Da ist wahrscheinlich irgendein Spalt, den wir nicht bemerkt haben, durch den das Wasser einsickert."
"Außerdem sind wir zu schwer für das kleine Boot", sagte er. "Aber versuchen wir es irgendwie auszuschöpfen."
Er bückte sich und begann, mit beiden Händen Wasser zu schöpfen. Nach einer Weile sagte er:
"Vielleicht geht es mit meinem Hemd besser."

Er zog es aus, tauchte es in das Wasser und wrang es über dem See aus. Unterdessen versuchte Irit, mit dem einzigen Ruder das Boot zu bewegen.

"Du wirst es wieder umdrehen", warnte er sie. "Versuch es abwechselnd, einmal links, einmal rechts, und ganz leicht. Der Mond muss jetzt bald herauskommen, dann können wir uns besser orientieren."

Sie ruderte schwerfällig mit ihrer linken Hand. Das Boot schaukelte.

"Alon, wir werden gleich umkippen."

Er konnte heraushören, dass sie wirklich Angst hatte.

"Schau, Irit", sagte er beruhigend, "wir können uns ja nicht viel vom Strand entfernt haben, und du bist eine gute Schwimmerin. Wenn uns etwas passiert, dann spring ins Wasser und schwimm zum Ufer."

"Und du?"

"Ich werde mich am Boot festhalten, bis ihr mich herausfischt", lächelte er.

"Aber ich kann mit diesem Verband nicht schwimmen. Ich würde mich nicht einmal am Boot festhalten können. Ich kann die rechte Hand fast gar nicht bewegen."

Das hatte er vergessen! Wieder versuchte er zu lächeln:

"Also, dann versuchen wir lieber, nicht zu kentern."

Nun kämpften sie schweigend mit den Wellen, mit Hilfe des Ruders und des Hemdes. Alon verlor den Sinn für die Zeit. Der Mond ging noch immer nicht auf – wahrscheinlich verdeckten ihn die hohen, steilen Berge im Osten. Auch wusste Alon nicht, ob sie sich dem Ufer näherten oder sich davon entfernten. Jedes Mal wenn eine Welle das Boot traf, es hob und Wasser hineinspritzte, um es dann ins Wellental hinabgleiten zu lassen, stockte Alons Herz. In dem Moment, wo das Boot umkippen würde, würde Irit sicher ihre

Schmerzen unterdrücken können und zum Ufer schwimmen. Sie ist ja eine gute Schwimmerin. Sie kann auch mit einer Hand, auf der Seite, schwimmen. Dann bleibt er allein. Fünf Minuten, zehn Minuten... Langsam werden seine Arme schwach und schwächer. Und immer langsamer pocht sein Herz, sich zusammenziehend und wieder erweiternd, dann schluckt er Wasser, er hustet, verschluckt sich noch einmal, ringt nach Atem... Kalte Angst klettert aus seinen Fingerspitzen zur Brust. Das Schlimmste von allem war das Alleinsein, das Alleinsterben im Dunkeln und in der nassen Kälte. Keine weiche Hand würde sein Haar glätten. Er spürte die Tränen in seinem Hals aufsteigen. Und wenn Irit wirklich nicht schwimmen könnte? Dann wird sie vor seinen Augen ertrinken, um sich schlagend, sich verschluckend, erstickend um Hilfe rufend – und er neben ihr, aber unfähig, ihr zu helfen... Oder, sagen wir, sie erreicht den Strand und bringt Hilfe... aber zu spät. Dann küsst sie seine kalte Stirn und sogar seine Lippen, seine armen, kalten, einsamen Lippen und alle sehen es und verstehen... Oder vielleicht schwimmen sie beide, Seite an Seite, und sie flüstert ihm zu, dass sie nicht weiter könne. Er kann ihr zwar nicht helfen, aber auch allein lassen wird er sie nicht – nein, er bleibt bei ihr, um mit ihr den Tod zu teilen... Und später findet man ihre kalten Körper in kalter Umarmung, und alle sehen es und nicken verständnisvoll mit dem Kopf... Dann wieder beginnt Irit zu ertrinken, diesmal rettet er sie und bringt sie mit seinem letzten Atem zum Ufer. Dann bricht sein Herz, er sinkt in ihre Arme, sie küsst seine Stirn und seine Lippen und schwört, dass, wenn er nur weiterleben würde... Oder ein anderes Mal bleibt er bei ihr, um zusammen mit ihr zu ertrinken, und sie sagt ihm, dass sie ihn immer geliebt hat und auch immer lieben wird, nicht nur aus Dankbarkeit, sondern mit wirklicher, echter, heißer Liebe... und dann werden sie plötzlich irgendwie gerettet, oder sie sind dem Ufer viel näher als sie dachten... Oder noch besser: Sie sind zu-

sammen im Boot, jede Welle spült ein wenig Wasser über den Bootsrand, sein Hemd reicht nicht mehr, um alles aufzusaugen. Da zieht auch sie ihr Hemd aus, um beim Wasserschöpfen zu helfen, und später,
als das Boot kentert, müssen sie auch die anderen Kleider ausziehen, um besser schwimmen zu können, und dann... ja, dann wiederholt sich alles: Er ertrinkt, und sie küsst seine kalten, einsamen Lippen, oder sie ertrinkt und er rettet sie und wird mit Küssen und heißer, echter Liebe belohnt, oder beide ertrinken nackt und umarmt oder werden umarmt gerettet...
Er fühlte, wie er im Dunkeln errötete. Und holte Luft und lächelte.
"Am Ende wird sich herausstellen, dass wir eigentlich die ganze Zeit nahe dem Ufer waren und uns umsonst geängstigt haben, weil das Wasser so seicht war, dass wir leicht hätten stehen können, wenn das Boot umgekippt wäre. In der Dunkelheit kann man die Entfernung nicht abschätzen. So wird unsere Erzählung zu keinem tragischen und keinem romantischen Ende kommen, niemand wird ertrinken, weder werde ich sie, noch wird sie mich retten, und es wird auch keine heißen oder kalten Umarmungen geben. Wir werden patschnass ans Ufer kommen und ganz wütend auf einander sein, Irit wird sich erkälten und eine Grippe bekommen, während ich mir einen kleinen Herzanfall werde leisten müssen... Dann werde ich gerade lange genug im Bett stecken müssen, damit unser Freund, Ilan Glücksmann, das Glück hat, durch seinen zweiten Probemonat, den ich dumm genug war, ihm zu gewähren, durchzuschlüpfen..."
Und doch fühlte er in sich den dumpfen Wunsch, dass am Ende etwas von der tragisch-romantischen Sorte geschehe. Hatte nicht Freud etwas über den Todeswunsch im Menschen geschrieben? Alon glaubte, ihn jetzt in sich zu fühlen.

Und dabei fragte er Irit von Zeit zu Zeit, ob sie noch Kraft hätte, weiterzurudern und ob ihr die Schulter nicht zu sehr wehtue, ob er ihr nicht helfen könne, ob sie sich nicht ein wenig ausruhen wolle? Sicher müssten sie dem Ufer ganz nahe sein... Bald wird der Mond aufgehen... Und während all dem schöpfte er unaufhörlich mit seinem Hemd das Wasser aus dem Boot, vertiefte sich in seine Träume und kehrte mit einem Lächeln zu Irit zurück: Was für eine abenteuerliche Geschichte wird sie noch einmal ihren Enkelkindern erzählen, über diese romantische Nacht auf dem Wasser, die sie damals mit ihrem jungen Lehrer verbracht... "Die Nacht auf dem Wasser" - was für ein Titel für eine Erzählung!
Und die ganze Zeit fühlte er das langsame und bange Pochen seines Herzens.


\*

Wie gewöhnlich trug das Prosaische den Sieg davon. Nach einer halben Stunde ging der Mond auf und sie sahen sich dem Ufer ziemlich nahe. Bald darauf fühlte Irit mit ihrem Ruder Grund. Von da an gelang es, das Boot rasch zu dem kleinen Eukalyptuswäldchen zu bringen, von dem sie mehr als zwei Stunden zuvor abgefahren waren.
Ilan blieb einen zweiten Monat, in dessen Verlauf er ein paar Fenster und Amira die Nase einschlug. Während er mit Kurzschlüssen experimentierte, verursachte er einen kleinen Brand in einer der Baracken. Dann brach er in die Tischlerei ein, weil er Werkzeuge brauchte, und aus der Vorratskammer klaute er Süßigkeiten, die er allerdings freigiebig teilte. Nachts traf er sich mit Irit, Ilana, Dikla, Netta, und natürlich vor allem mit Amira. Aber nur, um am Ende zu Schoschana, Tamar und Dalia zurückzukommen. Alon, so pädagogisch interessiert er auch an Ilans Persönlichkeit war, wie er zugab,

bestand auf der Ausschließung. So wurde er einige Tage vor dem Ende des zweiten Probemonats zur Jugend-Alija zurückgeschickt. Am letzten Abend weinte sich Irit fast die Augen aus, weil sie nach Schoschana wieder Ilans Freundin wurde. Sie hatte sich verändert: Sie war schlanker, schöner, beweglicher in den Hüften. Ihre Brüste schienen höher und ihre Stimme – dunkler. Sie vernachlässigte ihr Studium.

Alon erkrankte kurz nach der Rückkehr aus dem Ferienlager. Er war einige Monate ans Bett gefesselt, aber die Blutsenkung verbesserte sich nicht. Er verließ sein Zimmer nur einmal, zu der besonderen Sitzung des Pädagogischen Rates, der über Ilans Aufenthalt im Kibbuz zu entscheiden hatte. Später versuchte er noch mal, für wenige Wochen zu unterrichten, erkältete sich und bekam eine Lungenentzündung, die dann seinen Tod beschleunigte.

Als sein bester Freund Tomer Alons Bücher und Hefte durchsah, fand er einige Notizen über Theorien eines sich erweiternden Universums und den Beginn einer Abhandlung über das Erleben von Naturwissenschaft, Liebe und Todeswunsch. Zudem fand man einen versiegelten Brief vor, "An I. am Tage, an dem der Kuss fällig wird". Einer von Alons Kollegen wollte das Kuvert öffnen, aber Tomer entschied es zu vernichten. Den Beginn einer Klaviersonate, "Nacht auf dem Wasser" zeigte Tomer einem Komponisten. Der spielte das Fragment und hielt es für "ganz interessant", allerdings ungeschliffen, es sei eine eigetümliche Mischung aus Weichheit und Sturm, Erstaunen und Verwirrung, sogar ein wenig... – hier zögerte er – Ironie. Im Ganzen... – obwohl es natürlich ein Fragment ist – etwas eher Beunruhigendes. Ein anderer Musiksachverständiger bemerkte dazu, dass Musik auf diese Weise nicht gedeutet werden solle. Ja, der junge, leider so früh verschiedene Komponist, hätte entschieden Talent gehabt, das leider unentwickelt blieb. Die Noten und anderen Papiere Alons sind bei seinem besten Freund Tomer aufbewahrt. Der erwähnt sie nie. Man spricht immer seltener über Alon. Die Jungen und Mädchen seiner Gruppe sind nun vom Militärdienst zurück, und bald wird es die ersten Hochzeiten geben: die der Dalia, Schoschana, Tamar, Irit, Ilana, Iris, der Netta und der Amira.

## Mein Kirschgarten

In meinem Kirschgarten gibt es noch keinen Kirschbaum. Man behauptet, dass sie nur im Norden unseres Landes gedeihen können, weil sie die Winterkälte brauchen. Wenn ich Kirschsetzlinge finde, werde ich's trotzdem versuchen. Vielleicht bekomme ich einmal die Gelegenheit. Ich bin jetzt schon über fünfzig, und das Pflanzen von neuen Setzlingen ist nicht mehr so einfach, ich rechne mit höchstens einem oder zwei im Jahr, aber zwei Kirschsetzlinge hätte ich gern noch, um den Namen meines Gartens zu rechtfertigen, einen süßen und einen sauren, weil es in meinem Garten keine zwei gleichen Bäume geben darf – natürlich nicht – wo bliebe sonst die Einmaligkeit?

Bis jetzt hatte ich mit meiner Wahl Glück: Zum Beispiel behaupten die Experten, Walnüsse gedeihen nur in Obergaliläa, in der Jesre'el Ebene hätten sie keine Chance, aber schaut euch *Rami* an, der hat mit seinen zehn Jahren schon eine Krone mit einem Durchmesser von sechs Metern. So war das auch mit allen subtropischen Obstbäumen, da behauptete man, sie würden nur in der Küstenregion wachsen können. Die schwere Erde unserer Ebene wäre nichts für sie. Ich nahm das Risiko auf mich. Sie sollen sich einleben und mir von Zeit zu Zeit eine Kostprobe schenken, als Erinnerungen.

Anfangs wollte ich kein Risiko eingehen und pflanzte nur Arten, die ich in unserer Gegend schon gesehen hatte, und gab denen den Vorzug, die keine professionelle Veredelung brauchten. Der erste war Ohad, ein Feigenbaum, ich zog ihn aus einem kleinen Ableger. Das ging so leicht, dass ich ihn gar nicht im Gewächshaus vorzog. An *Tu bischwat* steckte ich ihn mitten auf unserem Grundstück in die Erde, ich verließ mich auf unsere Vorfahren, die wussten die richtige. Danach kam *Froike,* der Maulbeerbaum, der wuchs allein aus einem der winzigen Samenkörnchen, die die Vögel in meinen Garten getragen haben. Die Früchte hatten sie bei einem Nachbar verzehrt. Ich erkannte ihn sofort und versetzte ihn etwas – zehn Schritte neben Rami – so dass jeder von ihnen genug Platz für seine Krone hat. Fünf Jahre dauerte es, bis ich sehen konnte, ob er weiße oder schwarz-rote Maulbeeren hat. Erst nachdem klar war, dass er weiß ist – die weißen haben einen süßlichen, aber langweiligen Geschmack, an dem die Vögel offensichtlich mehr Gefallen finden – erwarb ich *Schaike*, und man versicherte mir, er würde rot werden. Diesmal wollte ich mich schon nicht mehr auf den Zufall verlassen.

Auch er bekam für seinen Lebensraum einen Radius von fünf Schritten. Nach einigen Jahren wurde mir klar, wie viel Platz ich auf diese verschwenderische Weise verbrauchen werde. Ich wusste nicht, wie viele Bäume sich noch den Platz teilen müssen. Ich konnte es nicht voraussahen, denn wer weiß schon – wenn er jung ist – wie sein Leben verlaufen wird? Wir hatten zwei *Dunam*, das hätte genügen sollen, auch wenn fast ein halber Dunam für das Haus, den Geräteschuppen, ein kleines Rasenstück und ein paar Blumen genutzt wurde. Es blieb mir für meinen Obstgarten ein Stück von zwanzig auf achtzig Metern.

Se'evik wollte darauf eine Grapefruit Plantage anlegen, er behauptete, die schwere Erde würde sich dafür besonders eignen, aber er war zu selten zu Hause, um seinen Plan durchsetzen zu können. Die Baugesellschaft, für die er arbeitete, beauftragte ihn mit großen Projekten im Iran und in Uganda oder in Kolumbien und Panama. Ich wollte nie mitfahren, um nicht jedes Mal Idit und Illit, meine Zwillingsblumen, umpflanzen zu müssen. Es wäre auch schade gewesen, meinen Garten verlassen zu müssen, mit allem was damit verbunden war, obwohl ich damals – am Anfang – kaum fünf hatte: Zu Rami und Froike kamen die Guave Joasch – auch Guaven wachsen leicht aus Sprösslingen – und Alex der Apfel. Als ich den anschaffte, vergaß ich, mich zu vergewissern, dass es die Sorte Grand Alexander ist und man verkaufte mir stattdessen die Sorte Jonatan, das führte zu einer Komplikation, als ich später den Namen Jonatan für den Avocadobaum brauchte. Damals hatte ich erst den fünften, Se'evik die Pflaume.

Se'eviks Vorschlag, ich solle ihn zu seinen Projekten begleiten, lehnte ich ab. Auch sein Argument, ich könnte viele exotische Bäume finden und nach Hause bringen, konnte mich nicht umstimmen. Bis er wieder zurückkam, hatte ich schon zehn neue Setzlinge gepflanzt.

Se'evik ist auf Verdienst aus, deswegen macht er gerne Projekte im Ausland. Auch wenn er in Israel ist, steckt er immer in irgendeinem Großprojekt in Arad oder in Eilat. Da dauerte es einige Zeit und bedurfte einiger Ausdauer, ihn zu überzeugen dass mir nicht der Sinn nach Rentabilität steht. Er wollte Grapefruits und das Äußerste was ich da für ihn tun wollte, war, zwei Grapefruitbäume zu pflanzen, einen – von der rosa Sorte und einen von der gelben Sorte. So bin ich zu *Gidi* und Dani gekommen. Eldad der Pomelobaum kam viel später, als ich aufgehört hatte, die Bäume zu zählen und versuchte, mich zu bescheiden.

Se'evik gab erst nach, als ich ihm alle Sorgen, die eine Plantage mit sich bringt, aufzählte: Er müsse dafür einen Antrag auf eine Wasserquote stellen und brauche eine Plantagezulassung vom Landwirtschaftsministerium, Abteilung Vermarktung von Zitrusfrüchten. Er wäre von Saisonarbeitern abhängig, die zur entsprechenden Zeit pflügen und Unkraut jäten, spritzen und bestäuben und beschneiden müssen – man glaubt irrtümlich, dass Grapefruits keine Arbeit machen, aber da sollte man sich mal anschauen, wie eine Grapefruitplantage, die nicht regelmäßig gepflegt wird, ausschaut. Die trockenen Äste und das verfaulende Obst müssen beseitigt werden, sogar Ausdünnen muss man, wenn die Blüten zu dicht sind, und dazu kommt natürlich das regelmäßige Begießen, Düngen und das rechtzeitige Pflücken, wobei eine Verspätung von wenigen Tagen den Preis zunichte machen kann... Und dann die ganzen Verträge und Abrechnungen mit der Verpackungsfirma... Man muss dazu einen Buchhalter haben, um nicht allein im Labyrinth der Einkommensteuer verloren zu gehen, denn diese kleine, armselige Grapefruit-Plantage würde natürlich ihn, Se'evik, von der Steuerklasse der Angestellten in die Steuerklasse der Selbstständigen bringen, mit allen Billanzen und Eigentumserklärungen.

Mehr wollte er schon nicht mehr hören. Das Erwähnen der Einkommensteuer und der Eigentumserklärung gaben den Ausschlag. Mein Wunsch, nein, mein Traum von einem Obstgarten, in dem jeder Baum seinen Namen hat und es keine zwei von der gleichen Art gibt, hätte ihn natürlich nicht veranlasst, von seinem eigenen Wunsch zu lassen. Ich konnte ihm nichts über die Obstbäume aus dem Hohelied erzählen, die Feigen- und Granatapfel-, Walnuss- und Apfel- und vielleicht auch Dattelpflaumenbäume – da bin ich nicht sicher. "Wie ein Apfelbaum unter den wilden Bäumen, so ist mein Freund unter den Jünglingen", heißt es dort bei der schönen Hirtin.

Im ersten Jahr, als Se'evik zum ersten Mal in den Iran fuhr, sah mein zukünftiger Kirschgarten groß, kahl und einsam aus. Es war eine große Leere, mit fünf armseligen Setzlingen in der Mitte. Ich hatte sie ohne System gepflanzt, damit sich nur keine geordnete Reihe ergeben sollte. Ich wollte kein System! Ich hab nur beachtet, dass die, die einmal eine breite Krone haben würden, wie Rami und Froike oder Jonatan der Avocadobaum, einen Abstand von fünf großen Schritten bekommen, das ist ja nicht viel, für einen Baum mit mächtiger Krone! Das ist fast gar nichts, weniger geht nicht, stimmt's? Nach dieser Berechnung hätten in meinem Kirschgarten nur vierundsechzig Bäume Platz. Aber wer dachte damals an solche Zahlen.

Als Idit und Illit ihren *Bat-Mizvah* Geburtstag feierten, luden sie ihre ganze Klasse ein. Es sollte eine große Party werden, ich sollte nicht zu Hause sein, damit man unbeschwert feiern könne. Ich ging etwas außerhalb des Dorfes spazieren, es war kalt und feucht, ich wickelte mich in einen dünnen Regenmantel, und ganz unerwartet kam es dazu, dass ich am nächsten Tag noch einen Baum pflanzen konnte, einen *Afarsemon*, der exotische gelb-rötliche Früchte tragen wird, aber zum ersten Mal wusste ich nicht, wie ich ihn nennen muss, das war verwirrend. Ich beschloss, ihn *Almoni*, Unbekannter, zu nennen. Also pflanzte ich Almoni den Afarsemon, in eine Ecke neben Elischa den Granatapfel und Nimrod den Mandelbaum. Sollte der Unbekannte eines Tages wie ein Komet wieder erscheinen, dann würde auch mein Afarsemonbaum zu seinem Namen kommen und auf seine romatische Unbekanntheit verzichten müssen.

Im Sommer wässere ich meine Bäume mit einem Rasensprenger, ich habe einen Küchenwecker, den lasse ich jede Stunde läuten und dann trage ich den Sprenger zum nächsten Baum, natürlich gibt es dabei Ungerechtigkeiten, es gibt immer solche, die etwas mehr bekommen, und das hängt auch vom Bedarf des Baumes ab und nicht nur von den Erinnerungen. Eine Wässerungsrunde dauert ungefähr vier Tage, nachts stelle ich das Wasser ab, ich will nicht extra aufstehen, um den Sprenger an den nächsten Baum zu stellen. Anderthalb Wochen später ist alles so trocken,.dass die nächste Runde beginnen muss. Das Wichtigste wäre eigentlich, zwei, drei Tage nach jedem Begießen, um den Baum herum zu jäten, aber manchmal hab ich keine Zeit und keine Kraft dazu. Ich dachte schon daran, Stroh um die Bäume zu streuen, damit die Erde nicht austrocknet und Risse bekommt, aber Stroh zieht Mäuse und Schlangen an. Nun gut, da sollen meine lieben Bäume schon irgendwie zurecht kommen. Es ist kein Paradies, aber sie müssen mir ja keine beeindruckenden Ernten bringen, was erwarte ich denn schon von ihnen? Von Zeit zu Zeit, eine kleine Kostprobe und die Gelegenheit, mich zu erinnern.

Die Erinnerungen kommen, wenn ich den Rasensprenger von einem Baum zum anderen bringe und wenn ich das sprühende Wasser betrachte. Manchmal auch nachts, wenn ich still liege, tasten meine Augen die Zimmerdecke entlang, in die dunklen Ecken, dahin wo der Raum zu Ende geht oder beginnt, und ich fühle auf einmal, dass ich atme, das Herz klopft und die Zeit vergeht. Und ich denke dann… oder fühle… aber über solche Sachen kann man ja nicht sprechen.

Das Leben zog vorbei und ich habe einen Garten voller wunderschöner Bäume. Ja, ich habe schon das mittlere Alter erreicht, es ist klar, dass nicht mehr viele Bäume dazu kommen werden. Vielleicht auch nicht die beiden Kirscharten, die saure und die süße, die ich schon immer versuchen wollte, wenn sich die Gelegenheit bietet. Ich erwarte, dass noch ein oder zwei, hier und da, plötzlich und unerwartet hinzukommen werden.

Manchmal habe ich den Wunsch, eine Art, die ich noch nicht habe, zu finden. Wie viel Raum braucht schon ein Pitango-Strauch oder ein Fijoya-Setzling?

Pitango- oder Fijoya-Sträuche, flüstere ich nachdenklich, welche von Männern würden wohl zu denen passen, dieser rötlich behaarten Rinde? Manchmal ziehen dann vor meinem inneren Auge die Bilder einiger derer vorbei, die sich kurz in mein Leben pflanzten und mit deren Erinnerung ich dann je einen Baum in meinem Garten veredelte. Pitango und Fijoya… Wie exotisch müssten sie sein?

ner der winzigen Samenkörnchen, die die Vögel in meinen Garten getragen haben. Die Früchte hatten sie bei einem Nachbar verzehrt. Ich erkannte ihn sofort und versetzte ihn etwas – zehn Schritte neben Rami – so dass jeder von ihnen genug Platz für seine Krone hat. Fünf Jahre dauerte es, bis ich sehen konnte, ob er weiße oder schwarz-rote Maulbeeren hat. Erst nachdem klar war, dass er weiß ist – die weißen haben einen süßlichen aber langweiligen Geschmack – an denen die Vögel offensichtlich mehr Gefallen finden – erwarb ich Schale und man versprach mir, es werde rot werden. Diesmal wollte ich mich schon nicht mehr auf das Wort verlassen. Auch er bekam für seinen Lebensraum einen Radius von fünf Schritten. Nach einigen Jahren wurde mir klar, wie viel Platz ich auf diese verschwenderische Weise verbrauchen werde. Ich wusste nicht, wie viele Bäume sich noch den Platz teilen müssen. Ich konnte es nicht voraussehen, denn wer weiß schon – wenn er jung ist – wie sein Leben verlaufen wird? Wir hatten zwei *Dunam*, das hätte genügen sollen, auch wenn fast ein halber Dunam für das Haus, den Geräteschuppen, ein kleines Rasenstück und ein paar Blumen genutzt wurde. Es blieb mir für meinen Obstgarten ein Stück von zwanzig auf achtzig Metern.

Se'evik wollte darauf eine geplante Plantage anlegen. Er behauptete, die schwarze Erde eigne sich dafür besonders gut, aber er war zu selten zu Hause, um seinen Plan durchsetzen zu können. Die Baugesellschaft, für die er arbeitete, beauftragte ihn mit großen Projekten im Ausland, in Uganda oder in Kolumbien und Panama. Ich wollte nie mitfahren, um nicht jedes Mal mit ihm mit, meine Zwillingsblumen umpflanzen zu müssen. Es wäre auch schade gewesen, meinen Garten verlassen zu müssen, mit allem was damit verbunden war, obwohl ich damals – am Anfang – kaum fünf hatte: Zu Rami und Aike kamen die Guave Joasch – auch Guaven wachsen leicht aus Setzlingen – und Alex der Apfel.

Nur für einen Baum lasse ich viel Platz frei, nicht weit vom Zentrum, ungefähr *dritte Reihe links*. Für diesen Platz erhoffe ich mir etwas Exotisches, etwas, das Sehnsucht weckt und Sehnsucht stillt, etwas, das mich immer bezaubert hat, und wenn einmal meine ganze Kraft, meine Zeit und Fantasie zu Ende gehen, wenn ich mich schon an die Arten und Namen nicht mehr erinnern werde, und ich die Sicherheit fühle, es ist soweit, das ist das letzte Mal und mein Letzter, pflanze ich einen Mangobaum. Schließlich gebührt auch mir ein Baum der nur der meine ist und der meinen Namen trägt. Mein Baum des Lebens und der Erkenntnis.

# Ofer wartet auf die historische Welle

Man hatte mich gebeten, über den "Araber in der hebräischen Literatur" zu sprechen. Ich war ein überarbeiteter und unterbezahlter Dozent, war wieder einmal nicht vorbereitet, konnte mir jedoch, bevor die junge Frau, die den Literaturkreis organisiert hatte, mich vorstellte, noch zwei Stichworte notieren: Abschluss – Ofer!

Ich erzählte den jungen Leuten – assoziativ – über die guten und die bösen Araber in der hebräischen Literatur: Ziegenhirten, als Accessoire einer malerischen Landschaft, Bandenführer, die ihre armen Bauern zwingen, ihnen Tribut zu zahlen, und sie aufhetzen, ihre jüdischen Nachbarn zu überfallen, wobei sie ihnen versprechen, deren Frauen und Kühe miteinander zu teilen. Ein friedlicher Araber namens Butrus warnt seine Freunde im Kibbuz vor einem bevorstehenden Angriff böser Araberbanden und wird darum von den Banden ermordet.

Als ein Teilnehmer mich verwirrt fragte, warum die Angegriffenen sich nicht an die Polizei wandten, erklärte ich, dass die Erzählung in der Zeit des englischen Mandats spielt: Anfang der zwanziger Jahre des vorigen Jahrhunderts bis zum Befreiungskrieg und der Gründung des Staates Israel im Jahre '48. In dieser Zeit pflegte sich die englische Polizei so wenig wie möglich in Streitigkeiten einzumischen.

In einem Roman, der gegenseitige Angriffe beschreibt – wieder wird die englische Polizei nicht verständigt – kehrt eine arabische Bande von einem nächtlichen Mordanschlag in einem jüdischen Nachbardorf zurück. Sie bleiben stehen um zu pinkeln, und bemerken nicht, dass dort, zwischen den Disteln, sich einige junge Männer versteckt halten – sie wollten sich rächen, was ihnen später auch gelingt, aber erst nachdem die arabische Bande auf sie gepinkelt hat.

Von literarischen Morden kam ich zu literarischen Vergewaltigungen. Ich begann allerdings mit einer tatsächlichen Begebenheit: Eine Kibbuzgenossin wurde auf dem Weg nach Hause von einem Araber vergewaltigt, der mit seiner Tat prahlte. Die *Haganah* machte ihn ausfindig, sie beauftragte einen ihrer arabisch sprechenden Ärzte, den Vergewaltiger zu kastrieren. Die Geschichte sprach sich wie ein Lauffeuer herum, und ein rechter Autor schrieb einen Roman darüber, in dem die Kibbuzgenossin eine traumatisierte Holocaust Überlebende ist und am Ende von den Arabern ermordet wird. Mitglieder der nationalen rechten Organisation schicken ihre Leute, um die Tat zu rächen.

Ich schilderte auch die in einigen Romanen beschriebenen gegenseitigen Besuche: Arabische Nachbarn besuchen einen Kibbuz, um sich am Anblick der Kibbuzgenossinnen in kurzen Hosen zu erfreuen; ein Liebespaar aus einem Kibbuz verbringt eine Nacht in den Feldern, bei Sonnenaufgang kommen sie in ein arabisches Dorf, werden dort von den Einwohnern staunend umringt, die jungen Frauen berühren vorsichtig und bewundernd die blonden Haare der Kibbuzgenossin. Weniger glücklich verläuft der Besuch eines jüdischen Jungen, der sich aus einem Internat wegstiehlt und allein die nächste arabische Stadt besucht, die arabischen Jugendlichen scharen sich um ihn, er bekommt Angst, flieht in einen Friseurladen und bittet, ihm die Haare zu schneiden. Der Friseur zückt sein Rasiermesser und macht sich am Hals seines Kunden zu schaffen, dem Jungen wird angst und bange, aber am Ende gelingt es ihm doch, heil ins Internat zurückzukommen.

Ich erwähnte auch Romane aus der Zeit nach der Gründung des Staates Israel, in denen es zu erotischen Beziehungen zwischen Arabern und Jüdinnen kommt: In einem der Romane schickt der jüdische Besitzer einer Autowerkstatt seinen arabischen Auszubildenden Naim in seine Wohnung, um etwas zu holen. Dort trifft der Junge Dafi, die Tochter seines Meisters, zwischen den beiden kommt es zu einem kurzen erotischen Kontakt. Eine erotische Beziehung zwischen einem Araber und einer Jüdin wird auch im Roman 'Schutz' beschrieben: Ein jüdisch-kommunistisches Paar versteckt einen arabischen Genossen und der junge Mann muss seine attraktive Frau mit dem Araber allein zurücklassen, weil er zum Militär muss.

Ich erinnerte mich an 'Arabesken', einen äußerst verwickelten Roman, den ein arabischer Schriftsteller auf Hebräisch schrieb. Darin gibt es Verwechselungen der Identitäten: Einige Protagonisten sind Schriftsteller, die über einander schreiben, ein hebräischer, der über einen arabischen schreibt, und umgekehrt. Ein Araber wird für einen jüdischen Offizier gehalten, der leichten Erfolg bei jüdischen und arabischen Frauen hat und mit einem jüdischen Offizier befreundet ist, der irrtümlich für einen Araber gehalten wird und seinen erfolgreicheren Freund beneidet.

Ich kam zu einem weiteren Roman, der von einem arabischen Autor auf Hebräisch geschrieben wurde: Darin wird ein arabischer Junge von einer jüdischen Familie großgezogen, er tritt einem Kibbuz bei und verliebt sich in eine verheiratete jüdische Amerikanerin. Obwohl er als Nichtjude entlarvt wird, schließt der Kibbuz ihn nicht aus: Man will nämlich für die bevorstehenden Wahlen unter den arabischen Nachbarn für die Kibbuzpartei werben.

Auch auf der Theaterbühne gibt es in politischen Verstrickungen Erotik: in 'Die Palästinenserin' mit einem hebräischen Offizier, der als Besatzer kommt.

Wie eine Parodie mutet die Geschichte einer sexuell frustrierten Kibbuzgenossin an: Sie bildet sich ein, von einem Beduinen, einem

Hirten, vergewaltigt worden zu sein. Gegen Ende der Erzählung wird sie von einer Schlange gebissen und ist glücklich, als das Gift sich in ihrem Körper verbreitet. Der Autor hat sie Ge'ula genannt, was auf Hebräisch "Erlösung" bedeutet.

Einige Autoren haben ihren arabischen Protagonisten besondere Gedanken und Gefühle gegeben. Da wird der Gedankenstrom eines arabischen Bauern beschrieben, der sich zurück in sein von Israelis erobertes Dorf stiehlt. Er glaubt, dass ein Freund einen versteckten Schatz zurücklassen musste, den er sich nun holen will. Dabei entdeckt er, dass in seinem ehemaligen Haus eine attraktive jüdische Neueinwanderin lebt. Er fantasiert einerseits, wie er sie vergewaltigen und ermorden würde, andererseits stellt er sich vor, für sie und ihren Mann zu arbeiten.

Dann schilderte ich eine Erzählung, in der ein jüdischer Waldwächter einen stummen arabischen Helfer hat, angeblich wurde ihm in seiner Jugend die Zunge herausgeschnitten. Der Wald, der bewacht werden soll, wächst auf den Ruinen seines Dorfes. Der Helfer sammelt Petroleumreste. Es bricht ein Waldbrand aus, der sich rasch verbreitet. Unter dem abgebrannten Wald kommen die Ruinen des arabischen Dorfes zum Vorschein.

Ich schaute auf die Uhr: Die vereinbarte Zeit war abgelaufen. Das Thema beschäftigt uns, sagte ich, aber reale persönliche Kontakte zu Arabern haben wir fast nicht. Unsere Schriftsteller schreiben über jüdisch-arabische Begegnungen und Beziehungen – frei erfundene Begebenheiten. Ich fragte in die Runde, wann jemand von den Teilnehmern mit einem Araber gesprochen hat oder z. B. auch einen eingeladen hat – vielleicht auch besucht. Man schwieg!

"Dann möchte ich euch zum Abschluss kurz über die Freundschaft einer jüdischen mit einer arabischen Familie berichten. Mein Freund Ofer – er ist leider schon gestorben – hat mir das erzählt." Während

ich seine Erlebnisse wiederholte, stand seine Gestalt vor mir, ich hatte viele – zu viele! – Jahre nicht an ihn gedacht.
Ich verabschiedete mich von dem Literaturkreis.
Aber nicht von meinen Gedanken an Ofer.

\*

Ofer! Er hat in meinem Leben eine wichtige Rolle gespielt. Wie viele Töne hat ein Akkord? Ofer hatte drei: Leichte Erfolge bei Frauen, fröhlichen politischen Aktivismus und liebevolle Zugewandtheit zu Arabern. Er war der Sprecher unserer politischen Bewegung und natürlich in der Leitung, zusammen waren wir 11.
"Wo seid ihr 11 Genossen, in der Leitung oder in der Bewegung?"
Ofer reagierte auf solche Sticheleien mit entwaffnendem Lächeln.
"Eine gute Frage. Wir haben unsere Genossen nie gezählt. Was für uns zählt, ist die persönliche Beziehung zu jedem, da spürt man, man kann den Lauf der Dinge beeinflussen, zum Beispiel, kann man in den Umgang untereinander eingreifen." Dabei klopfte er seinem Gesprächspartner auf die Schulter. Wenn es eine Gesprächspartnerin war, tätschelte er leichthin ihre Wange.
"Aber ungefähr – wie viele Genossen seid ihr?"
"Genossen! Die Zeiten, in denen eine Partei eingeschriebene Mitglieder hatte, sind vorbei, das waren politische Dinosaurier aus der Steinzeit! Damals klebten der Genosse Schraga Hirsch und die Genossin Bronka Salmanowitz Mitgliedsmarken in ihre Parteibüchlein. Unsere Bewegung wird von den Sympathiewellen getragen."
"Hmm. Und mit wie vielen Sympathisanten könnt ihr rechnen – schätzungsweise?"
Ofer lächelte wieder.
"Wir sind keine organisierte Sache. Wir sind spontan. Man sagt, und

ich glaube, das ist nicht übertrieben, wir seien ein paar Hundert. Aber nicht die Quantität ist das Entscheidende, sondern die Qualität, die kann natürlich dialektisch zur Quantität werden: Was ich damit meine? Die Hauptsache, wir sind freie, denkende Menschen, wir werden zur rechten Zeit am rechten Ort sein: Wenn das Establishment in die Krise gerät, dann wird die richtige historische Welle da sein und tausende mit sich reißen. Bis dahin, sind die meisten von uns Latente. Lasst uns bis zu den Wahlen in Ruh, sagen sie, wenn ihr uns wirklich braucht, kommen wir in Scharen."
"Und wie entstand die Leitung?"
"Sie kristallisierte sich während der lokalen Treffen der aktiven Sympathiesanten heraus. Wer mich zum Sprecher der Bewegung ernannt hat? Ich bin total unernannt. Falls ich zurücktreten will, kann ich nicht. Punkt. Ich wachse mit dem Amt und den Aufgaben und das Amt mit mir. Sobald jemand bereit sein wird, mich abzulösen... Alle Ämter die eine breite Bewegung braucht, werden selbstverständlich in der nächsten allgemeinen Landeskonferenz, die noch vor den Wahlen stattfinden wird, gewählt. Dann wird unsere Bewegung etabliert sein."


\*

Am besten versucht man, unsere Bewegung vor dem historischen Hintergrund der neuen fortschrittlichen Israelischen Linken zu sehen. Zwischen der Kommunistischen Partei, die es sogar einmal auf sechs Knesset Abgeordnete brachte, und der sozialdemokratischen Arbeiterpartei, die auf ihrem Gipfel 46 stellte, tummelten sich und fummelten in den sechziger Jahren zwischen zehn und zwanzig Parteichen, Bewegungchen, politische Geschöpfe? Sie wurden gegründet, lösten sich auf, vereinten und spalteten sich, wie Amöben, die sich eifrig teilen und paaren. Diejenigen, die sich in dieser politischen Landschaft auskennen, erinnern sich sicher noch einige Parteinamen: Brennpunkt, Hellblau-Rot, Die Junge Linke, Die Sozialistische Linke, Die Hebräischen Kommunisten, Das Israelische Radikale Zentrum, Frieden und Gleichheit, Die Bewegung zur Kristallisierung des Friedens, Die Neue Israelische Linke, Diese Welt, Neue Kraft, Kompass A, Kompass B, Die Schwarzen Panter, die Vorstadtjungs, Bewegung für Demokratie und Frieden, die Semitische Aktive, Die Neue Sozialistische Linke... Sie kürzten sich mit den Anfangsbuchstaben ihrer Namen ab: IRZ für Israelisches Radikales Zentrum, BDF – Bewegung für Demokratie und Frieden. Manchmal fügte man kreativ Vokale hinzu, weil sich dadurch hebräische Wörter bildeten, wie Tigasch! ("Geh ran!") Tassiach! ("Sprich was!") und Tadusch! ("Dresche!"). Andere – wie Meri und Scheli – klangen wie weibliche Vornamen.

Wir Leitungsmitglieder benutzten besondere Worte: Wir analysierten "das elektorale Reservoir" unserer winzigen Konkurrenten und behaupteten, dass – laut Statistik – das "Stimmen-Potential" von allen Parteichen zusammen im besten Fall zweieinhalb Prozente erreichen könnte. Das bedeutete, drei Knesset-Abgeordnete für zwanzig Parteichen. Also mussten wir entscheiden, was das kleinere Übel ist: Mit anderen Zusammengehen – da droht Verlust der Eigenart – es allein wagen – da lauert die Gefahr des totalen Verschwindens. Nach dem Israelischen Wahlgesetz, bekommt nur eine Partei, die mindestens ein Prozent der Stimmen erhält, einen Sitz in der Knesset und finanzielle Unterstützung. Wir kritisierten diese finanzielle Unterstützung scharf, schworen, für die Abschaffung zu sorgen, falls wir gewählt würden, obwohl sie das war, das uns vor dem finanziellen Ruin retten konnte. Nach der Spaltung der "Neuen Kraft" – so nannten wir uns – befürchteten wir beim nächsten Wahlkampf jäm-

merlich unterzugehen. In diesem Fall würde uns nur der finanzielle Zuschuss der Gewerkschaft bleiben. Der wurde nicht blockiert, wenn ein Parteichen weniger als 1% der Stimmen erreichte. Wir wetterten auch gegen diese Art der Unterstützung, aber sie diente uns dazu, wenigstens zweimal in der Woche halbtags eine Sekretärin zu beschäftigen. Für eine Partei von unserer Größe war das mehr als genug Sekräterin!
Ofer war optimistisch.
"Was tun?", fragte Lenin, "was ist der Ausweg? – Zu kämpfen! Zwei Schritte vorwärts und einen zurück! Wir müssen die Kinderkrankheiten des Sozialismus überwinden, dürfen aber keine übertriebenen Wahlhoffnungen im Falle einer Vereinigung haben. Alle Statistiken zeigen: Wenn sich Splitterparteien zu einer Bewegung vereinen, schrumpfen die Stimmen. Deswegen riet Lenin: 'Getrennt gehen, gemeinsam zuschlagen!'"
Für mich dagegen war die wichtigste Frage: "Schaffen wir die 1% Hürde?" Ofer machte eine herablassende Handbewegung:
"Das Wichtigste ist: Wir sind die einzigen, die Antworten auf Israels großen und kleinen Probleme haben. Wir streben einen hebräisch-palästinensischen Frieden an und fordern saubere Klos am Strand, wenigstens für die Badesaison."

\*

Ich betrachtete ihn kameradschaftlich und neidvoll, nicht nur wegen seiner Erfolge bei Frauen, sondern auch wegen seiner Fähigkeit, mit unseren Parolen derart selbstsicher und gewandt umzugehen. Unsere politische Terminologie forderte dauernde Wachsamkeit. Ofer beherrschte sie mit Leichtigkeit. Wenn ich von Frauen sprach, nannte ich sie häufig noch das zweite Geschlecht, was natürlich chauvinistisch war. Und ich irrte mich oft und sagte "Araber" statt "Palästinenser" oder "Juden" statt "Hebräer", eine Fehlleistung, die Ariel, dem unumstrittenen Führer unserer Bewegung, und Rafi, unserem Schatzmeister und juristischem Berater, nie geschah, und selbstverständlich auch Ofer nicht.

Israel hat sich leider keine Verfassung gegeben, Staat und Religion sind unselig verquickt. Wir, "Die neue Kraft", ärgerten uns, dass Nationalität und Religion dasselbe waren. Wir wollten keine Nation der Juden, wir wollten Hebräer sein. Wir wollten ebenso zwischen dem arabischen Volk und der palästinensischen Nation unterscheiden, wie zwischen dem jüdischen Volk und der hebräischen Nation. Jeder, der beschlossen hatte, ein Hebräer zu sein und am Schicksal und Kulturgut der hebräisch Sprechenden in unserem Land teilhaben wollte, war unser Bruder. Wir hielten uns für die Söhne der jungen hebräischen Nation, die sich jetzt in unserem Land bildete.

Das Innenministerium – natürlich von einem religiösen, chauvinistischen Minister geleitet – behauptete hartnäckig, wir seien Juden und ignorierte unsere Proteste. Niemand fragte uns, wie wir uns definieren, aber wenn ich gefragt worden wäre, ich hätte stolz geantwortet: "Ich bin ein israelischer Staatsbürger, ein ungläubiger Hebräer!"

Schabtai Schukri, der 2. Vorsitzende der Leitung, forderte darüber hinaus auch die Herkunft anzugeben, um die Orientalen nicht zu diskriminieren. Dann hätte ich hinzufügen müssen:
"Und ein aschkenasischer Sabre."

\*

Einmal fuhren Ofer und ich nach Haifa, wir sollten dort über unser Parteiprogramm sprechen. Auf dem Weg dorthin plauderten wir. Ich war überrascht, dass Ofer auch ein Privatleben hatte, sein Familien-

name war Sarig, sein Beruf war Ingenieur. Er erzählte, dass er zwei kleine Firmen leitet. Eine konzentriert sich auf Autozubehör und hätte großen Erfolg mit dem Verkauf von magnetischen Verschlüssen für Sicherheitsgurte, die andere verlegt Telefonleitungen. Beide Firmen seien so winzig, dass er sie, bei all ihrer Verschiedenheit, aus einem Büro mit einer Sekretärin leiten könne. Beide Firmen klein und namenlos zu halten, sei gut für die Einkommensteuer, meinte Ofer.
Ora sei ein süßes Mädel, er hätte sie einmal zu einem Treffen in Ariels Penthauswohnung mitgebracht. Ariel hätte sofort ein Auge auf sie geworfen und ihn gebeten, sie für einen halben Tag in der Woche der Bewegung auszuleihen. Es wäre gut, eine Kartei der Sympathisanten anzufertigen, damit könne er Ora betreuen.
Auf dieser Fahrt erfuhr ich auch, dass er verheiratet ist und zwei Töchter hat. Im Prinzip war er immer für "easy going" – "Was leicht geht – geht". Beim letzten Reservedienst auf der Golanhöhe, hätte er die Bekanntschaft einer kleinen Kindergärtnerin gemacht, einem besonders süßen Mädel, aber nach dem zweiten Abend hätte er bemerkt, dass sie eine mit Prinzipien gewesen sei. Da habe er sich herzlichst von ihr verabschiedet, später habe er diese Soldatin aus einem Kibbuz getroffen… Sein Erfolg bei Frauen war nicht überraschend: Er hatte etwas Naives, etwas von einem begeisterungsfähigen Jungen, amüsant und voller Charme.

Nach den Sitzungen der Leitung – Rafi und Schabtai stritten sich noch über eine Formulierung – hatte Ofer schon die Presseerklärung auf ein Blatt gekritzelt und unterbreitete sie Ariel zur Bestätigung. Der warf einen Blick darauf, korrigierte hier und da ein Wort, betonte eine Formulierung und schon eilte Ofer zum Telefon und rief nacheinander sieben oder acht Journalistinnen an, mit allen war er gut bekannt. Jeder widmete er einige Minuten small talk, erkundigte sich nach der kranken Mutter oder dem Hund und man hörte förmlich, wie sie dahinschmolzen. Sie notierten seine Presse-Erklärung und versicherten, sie würde auf jeden Fall auf dem Schreibtisch des Redakteurs gelangen. Aber unsere Sitzungen – mit all ihrer Wichtigkeit für die Zukunft der Bewegung – wurden dennoch nie von der Presse erwähnt.

"Die berichten nur, wenn ein Mann einen Hund gebissen hat, ein Mann, der von einem Hund gebissen wird, interessiert schon nicht mehr", kommentierte Ofer und manchmal begann er seine Telefonate mit den Journalistinnen, indem er sie lachend warnte: "Leider haben wir wieder keinen Hund gebissen und erst recht keine Hündin." Und doch war es wichtig, dass wir die Schreibtische der Redakteure erreichten und im Bewusstsein der politischen Korrespondenten blieben, es hielt die Kommunikationslinien offen, bis der eigentliche Kampf, der Wahlkampf, begann.

\*

Ofer und ich besprachen auf dem Weg nach Haifa, was wir dort sagen wollten: Wir wollten schildern, wie die nationalen Bewegungen, die hebräische und die arabisch-palästinensische, ihre Wege am Anfang des vorigen Jahrhunderts begonnen haben und wie sie sich dabei gegenseitig ignorierten. Aus Ignoranz wurde Feindschaft und Kampf. In dem Kampf gab es schon viele "Runden": Die blutigen Ereignisse von 1921 und 1929, die Jahre des "arabischen Aufstands" von 1936 bis 1939, der "Befreiungskrieg" von 1948, der "Sinai Krieg" von 1956, der "Sechstage Krieg" von 1967, der "Zermürbungskrieg" von 1970, der "Jom Kippur Krieg" von 1973…Heute müsste ich noch die beiden Libanon- und Golf-Kriege, die zwei Intifadas und die kurze Besetzung des Gazastreifens hinzufügen, Ofer

erlebte das alles nicht mehr. Die Lieblinge der Götter sterben jung.
Aus diesem Überblick, den wir damals den Zuhörern geben wollten, ergab sich für uns ganz selbstverständlich, dass der Konflikt der beiden Völker keine militärische Lösung finden könne, wir waren überzeugt, es gelingt keinem der beiden Rivalen, dem Gegner seinen Willen aufzuzwingen. Daher bestehe nur die Alternative periodischer Zusammenstöße oder das Streben nach einem Kompromiss, der die grundlegenden Bedürfnisse der beiden Seiten berücksichtigt.
"Gibt es Fragen?"
Bei dieser Gelegenheit erzählte ich Ofer meine Gedanken über den Palästinenser in der hebräischen Literatur: "Die realen Beziehungen zwischen Hebräern und Palästinensern sind äußerst karg. Unsere Schriftsteller – für die das Problem ein inneres Anliegen ist – schaffen sich das fehlende Material aus ihrer Fantasie."
"Stimmt", sagte Ofer, "diejenigen, die schreiben, haben keine passenden Erlebnisse, und die, die welche haben – schreiben nicht. Noch nicht!"
"Meinst du …"
"Ja", er nickte.
Und er erzählte mir über seine Kindheit in Jerusalem, in einem gemischten Wohnviertel, an der Grenzlinie, wo sich die Stadt später geteilt hat. Im Nachbarhaus wohnte eine moslemische Familie. Ofer brachte Selim und Chadidscha das Huckekästchen Spiel bei, sie lehrten ihn *Scheschbesch*. Gemeinsam pflegten sie ein krankes Kätzchen und als es starb, berieten sie, ob man es nach jüdischem Brauch, mit drei Steinen auf dem Grab und später einem Grabstein, der am Kopfende steht, begraben soll, oder nach moslemischen Brauch: Beim Begräbnis laut heulen und auch am Fußende einen Grabstein aufstellen.
Unter der Treppe rauchten Selim und er im Geheimen ihre ersten

Zigaretten, während Chadidschah, für die das Rauchen natürlich strenger verboten war, Schmiere stand. Für den Fall, dass jemand sie doch sehen würde, hielten sie die Zigaretten in der hohlen Hand versteckt, zwischen Daumen und Zeigefinger, nach innen gerichtet.
Nachdem die Vereinten Nationen beschlossen hatten, das Land zu teilen, nahm die Spannung in den gemischten Nachbarschaften zu. In einer *Chanukka*-Nacht klopfte es leise, vor der Tür stand Selims Mutter, um im Geheimen Abschied zu nehmen: Sie würden in der Nacht ihr Haus verlassen. Als Abschiedsgeschenk brachte sie einen Kanister mit Petroleum, damals, im belagerten Jerusalem, nicht mit Gold aufzuwiegen. Sie werden von nun an auf der anderen Seite des Wadi wohnen, man sieht sogar das Haus hier von diesem Fenster aus, ja, dort, bei jenem Licht. Wir können uns, von Zeit zu Zeit, ein Freundschaftszeichen senden. Wenn ihr zum Beispiel zu Chanukka bei uns Kerzen seht, oder eine Petroleumlampe in der Nacht von Ofers Geburtstag, dann werdet ihr wissen: Wir denken an euch.
Und auch an Selims Geburtstag, fiel ihr Ofers Mutter ins Wort. Und so war es. Zweimal im Jahr, an beiden Geburtstagen leuchteten Petroleumlampen in den Fenstern.
Es vergingen der Befreiungskrieg und die fünfziger Jahre mit den "Vergeltungsmaßnahmen" und dem Sinai Krieg. Als Ofer erwachsen war, verließ er das Haus seiner Mutter, aber zweimal im Jahr erinnerte er sie, die Petroleumlampe anzuzünden. Nachdem Ofers Vater gestorben war, zog seine Mutter zu seiner Schwester, um bei ihren Enkelkindern sein zu können. Als sie die Wohnung verkaufte, vereinbarte sie mit den neuen Besitzern... Sie kontrollierten sogar, ob die Vereinbarung eingehalten wurde, und tatsächlich, zweimal im Jahr... und auch auf der anderen Seite das Tals...
Als Ofer nach dem Sechstage Krieg seinen ersten kurzen Urlaub vom Reservedienst bekam, war es wieder möglich, den arabischen

Teil Jerusalems zu besuchen, er rannte sofort in die Altstadt, zu dem Haus, in dessen Fenster die Lampe so oft geleuchtet hatte.
"Wo ist Selim?", fragte er auf Arabisch, vom Rennen schwer atmend.
"Welcher Selim?", wunderten sich die Fremden die dort wohnten.
"Bei uns gibt es keinen Selim."
"Aber euer Fenster, zweimal im Jahr, die Petroleumlampe..."
"Ah!", und sie erzählten, als sie diese Wohnung erwarben, schon vor vielen Jahren, wurde mit ihnen vereinbart, zweimal im Jahr müssten sie... und man kam auch, es nachzuprüfen... Nein, sie wissen nicht, wo diese Leute jetzt wohnen.
Nachdem er, Ofer, zum Reservedienst zurückgekehrt war, wurde es seine Aufgabe, die Arbeit der Kriegsgefangenen zu überwachen. Sie sollten Pfeiler für Zäune setzen. In den Pausen saßen sie geduckt und rauchten. Ofer ging die Reihe entlang, seine Augen fielen auf eine Hand, die die Zigarette zwischen Daumen und Zeigefinger, nach innen gewendet, hielt. Er blieb hinter der geduckten Gestalt stehen und fragte halblaut:
"Wie geht es Chadidschah, Oh Selim?"
Der Gefragte sprang auf. "Ofer!"
Sie beherrschten mühsam ihren Wunsch, sich zu umarmen: Zu viele misstrauische Augen verfolgten sie.
Selim erzählte, er hätte in Rumänien studiert, sei Ingenieur geworden, habe in Kuwait gearbeitet, seine Familie übersiedelte dorthin, Chadidschah heiratete... Dann ging er nach Ägypten, meldete sich als Ingenieur zur ägyptischen Armee...
Sie konnten nicht viel mit einander sprechen.
Ofer tat sein Bestes um eine rasche Entlassung Selims aus der Kriegsgefangenschaft zu bewirken; den Kontakt verloren sie wieder. Er, Ofer, wartete vergeblich, Selim würde sich bei ihm melden.

*

Auch ich verlor den Kontakt zu Ofer. Zum letzten Mal sprachen wir auf unserem Rückweg von Haifa über die aktuellen Ereignisse in unserer Bewegung.

Die Leitung spaltete sich wegen der Liste der Wahlkandidaten. Wir erwarteten zwei Sitze in der Knesset. Der erste war zweifellos für Ariel, dem Begründer und Vorstand. Der Streit entbrannte um den zweiten Kandidaten. Ich war nicht involviert, der elfte Platz war mir sicher. Ofer behauptete, der vierte sei ihm versprochen, er hätte ihn aber abgelehnt: Er werde seinen Ehrgeiz in Zaum halten und nicht seinen Namen in großen Buchstaben an den Wänden prangen sehen wollen, erklärte er, lachend.

Schon lange wussten wir über die Konkurrenz zwischen Schabtai, dem 2. Vorsitzenden und Rafi, dem Schatzmeister und juristischen Berater. Eigentlich gebührte der zweite Sitz Schabtai – auch er war einer der Begründer. Er wurde in Alexandrien geboren, war von orientalischer Abstammung, sprach arabisch und französisch und konnte für unsere Bewegung leibhaftig die Gleichheit der orientalischen und europäischen Mitglieder demonstrieren. Schabtai beschuldigte Ariel, Rafi, den europäischen Sabre zu bevorzugen.

Dazu kamen Frauenangelegenheiten, auch darüber erzählte mir Ofer auf jener Rückfahrt. Letzten Sommer nahm sich Ariel aus der Kasse unserer Bewegung eine Anleihe, natürlich mit Rafis Wissen. Er wollte ins Ausland fahren, um wichtige Begegnungen mit bekannten Medienpersönlichkeiten zu Stande zu bringen. Ofer hatte ihm dazu Ora, die Sekretärin seiner Firmen, geborgt, ein sehr süßes Mädel, damit Ariel jemanden habe, der die Termine und Gespräche koordiniert und notiert, für das süße Kind eine Gelegenheit, ein wenig von der Welt zu sehen. Nach seiner Rückkehr stotterte Ariel die Anleihe in Raten ab. Die Ausgaben für die Sekretärin wurden mit der

Zeit von den Gewerkschafts-Zuschüssen gedeckt. Diesen Sommer wollte auch Schabtai ins Ausland fahren, auch er hatte Chancen sich mit bekannten Journalisten zu treffen, darunter wichtige moderate Leute aus der arabischen Welt, Journalisten, Redakteure und andere Kapazitäten. Auch Schabtai hatte eine Sekretärin, die ihn begleiten sollte. Die Ironie des Zufalls wollte es, dass auch ihr Name Ora war, nebenbei bemerkt hieß auch seine Frau Ora. Weil Ariel und Rafi sich schon im Ausland befanden, nahm sich Schabtai das Geld vom Bankkonto der Bewegung und hinterließ im Postfach unserer Bewegung eine Information für Rafi und Ariel, die vor ihm zurückkommen sollten. Das alles war eigentlich in Ordnung, auf Grund des Präzedenzfalls von Ariel.

Als Schabtai zurückkam, empfing ihn seine Frau düster. Durch einen anonymen Telefonanruf war ihre Aufmerksamkeit auf die Sekretärin gelenkt worden, die ihren Gatten begleitete. Das Lustige an jenem Telefongespräch – lustig für Ofer, der davon vom wütenden Schabtai erfuhr, der seinerseits den Verlauf aus dem Geschrei von Schabtais Frau entnahm – war, dass der anonyme Anrufer "mit Ora" sprechen wollte, sich aber angeblich zwischen den doppelten und den dreifachen Oras verirrt hatte: Er hatte die Absicht Ofers Ora über Schabteis doppelte Ora zu erzählen und, als er seinen Irrtum bemerkte, fragte er unschuldig, mit welcher Ora er eigentlich die Ehre habe. Die Erzählung verbreitete sich wie ein Lauffeuer, sie wurde so populär, wie Erich Kästners 'Das doppelte Lottchen', das in der hebräischen Übersetzung 'Die doppelte Ora' heißt.

\*

Ich erkundigte mich bei Ofer, ob er Schabtais Anschuldigung Glauben schenke. War jenes Telefongespräch wirklich das Resultat einer

Intrige von Ariel und Rafi, um ihn, Schabtai, in einen Scheidungsprozess zu verwickeln, und ihn dadurch von weiterer politischer Aktivität abzuhalten? Halte er Ariel wirklich für den Intriganten und Schürzenjäger, für den Schabtai ihn hielt?

Ofer antwortete belustigt, wahrscheinlich habe etwas hinter dem Busch geraschelt. Er sah meinem Gesicht an, dass ich seine Anspielung nicht verstand, und erzählte mir das Gleichnis über jenen Mann, der von hundert Wölfen überfallen wurde. Sie erschreckten ihn so sehr, dass er blass und zitternd erzählte, er sei eben durch ein Wunder gerettet worden, als hundert Wölfe… Man fand, er übertreibe ein wenig. Das gab er zu, es waren wohl keine hundert, aber mindestens fünfzig. Man distanzierte sich weiterhin, darauf begnügte er sich mit zehn, die sich blutrünstig um ihn geschart hätten, als ob sie fünfzig gewesen wären. Nach weiteren Zweifeln ging er von fünf auf drei zurück, verschanzte sich schließlich hartnäckig hinter der Behauptung, ein schrecklicher gieriger Wolf hätte ihn zweifellos angegriffen.

"Aber es gibt hier keine Wölfe!", wandte man ein.

"Überhaupt keine?", staunte der Mann. "Also was war es dann, was hinter dem Busch geraschelt hat?"

"Und so ist es auch bei unserem Ariel, da hat etwas hinter dem Busch geraschelt", beendete Ofer seine Erklärung. Ariel sei seiner Meinung nach eine große Persönlichkeit, nicht noch irgendein Politiker, sondern ein Staatsmann, der unsere politische, ökonomische und gesellschaftliche Realität durchdringend analysiert. Seine These, dass das Establishment von einer Krise geschüttelt werden wird, hat hohen Wahrscheinlichkeitsgehalt – es wird sicher hinter dem Busch rascheln. Das gilt auch für die Frage, ob Ariel ein Intrigant und Schürzenjäger ist – Tja, auch da raschelt etwas hinter den Büschen. Er, Ofer, sympathisiere mit menschlichen Schwächen. Wenn Ariels

historische Analyse stimmt, wenn wirklich einmal die Krise fürs Establishment kommt und eine historische Tsunami Welle uns trifft...
"Ich weiß nicht, wie das bei euch Literaturmenschen ist", fuhr er fort. "Bei mir, in der Politik haben vergangene Wahrheiten keine Bedeutung. Da beachtet man nur das letzte Resultat. Und was einmal hinter dem Busch geraschelt hat, wird zu historischem Klatsch."

\*

Doch gerade das war es, was mich zu unserer Bewegung zog: Das Gefühl, dass es mir vergönnt war, den Puls des historischen Klatsches zu berühren. Das war der Vorteil unserer winzigen Bewegung: Alle waren involviert.
"Das letzte Resultat", wie Ofer es nannte, war die Spaltung: Die Mehrheit – sechs von elf – blieben mit Ariel und Rafi, und die Minderheit, vier von elf, gingen mit Schabtai, der die LFG (Lager für Frieden und Gleichheit) gründete, die sich besonders für die Gleichberechtigung der orientalischen Juden einsetzte.
Nun begann ein großer Streit über das Vermögen unserer Bewegung, jenes Bankkonto, das zwar in den roten Zahlen stand, aber auf das jeden Monat eine kleine Zahlung der Gewerkschaft einging, die für eine halbe Ora zweimal in der Woche genügt hatte.
Ofer blieb mit der Mehrheit. Ich entfernte mich von beiden Gruppen, nachdem ich unterschrieben hatte, dass ich meinen Splitteranteil am Vermögen unserer Bewegung Ariels Gruppe vermache. Nachdem Ariels Anhänger sich mit Scheli vereinten und Schabtais Gruppe sich mit den Vorstadtjungs zusammentat, bildeten sich neue Leitungen, die breiter waren als die unsere. Vor den Wahlen brach ein scharfer Konflikt über die Zuteilung der Buchstaben für den Wahlzettel aus: Alle wollten den Buchstaben Schin, wegen der drei Schlüsselworte

Schalom, Schiwyon und Schichrur (Frieden, Gleichheit und Befreiung). Die Vorstadtjungs hatten sich unterdessen mit einer Gruppe der Panther vereinigt und waren aggressiv gestimmt. Als ihnen klar wurde, dass sie von der Wahlkommission das erwünschte Schin nicht bekommen werden, wählten sie den Buchstaben *Sayin*, was auch Penis bedeutet. Das war ein schlimmes Vorzeichen für den Stil ihrer Propaganda im kommenden Wahlkampf. Ihre Spezialisten für das "Wahlpotenzial" beschlossen offensichtlich eine für alle Vorstadtjungs verständliche Sprache zu wählen. Sie behaupteten, die Schin-Leute hätten einen passenden Buchstaben gewählt, weil bei ihnen der schlaffe Schwanz in der Scheiße steckt.

Dann veränderten sich die Lager und die Situationen. Alle Splittergruppen scheiterten an der 1% Grenze und verschwanden von der politischen Bühne. Ariel, Rafi und Schabtai verließen ebenfalls die Politik. Einige unserer Genossen gelangten in FB (die Fortschrittliche Bewegung), andere traten RAZ bei und es wurden ihnen sogar fern liegende Plätze für die Knesset in Aussicht gestellt. Acht winzige Splitterparteien, die, wenn sie sich zusammen geschlossen hätten, einen Abgeordneten hätten stellen können, wischten sich von der politischen Landkarte. Ich habe die Details vergessen, ich hatte mich, wie gesagt, entfernt. Als ich einmal zufällig Rafi traf, erzählte er, Ofer sei gestorben.

\*

Es vergingen einige Jahre. Da beschloss ich über das, was Ofer mir damals erzählte – seine Freundschaft mit Selim – zu schreiben.

Mein Material war zu karg. Ob man die gemeinsame Katze als Moslemin oder als Jüdin begraben sollte, war ein gutes Motiv, auch die Zigarette zwischen Daumen und Zeigefinger, in der hohlen Hand.

nachdem eine arabische Bande auf sie gepinkelt hat. Von literarischen Momenten [...] zu literarischen Vergewaltigungen [...] dann allerdings [...] tatsächlichen Begebenheit. Eine [...] wurde auf dem Weg nach Hause von einem Araber vergewaltigt, der sie [...] Die *Haganah* machte ihn ausfindig, sie beauftragte einen ihrer arabisch sprechenden Ärzte, den [...] zu kastrieren. Die Geschichte sprach sich wie ein Lauffeuer herum, und ein [...] Autor schrieb einen Roman darüber, in dem eine Kibbuzgenossin, eine traumatisierte Holocaust-Überlebende ist, [...] Ende von [...] Arabern ermordet wird. Mitglieder der national[...]en Organisation schicken ihre Leute, um die Tat zu rächen.
Interessant sind auch die in einigen Romanen beschriebenen gegenseitigen Besuche: Arabische Nachbarn besuchen einen Kibbuz, um sich am Anblick der Kibbuzgenossinnen in kurzen Hosen zu erfreuen. Ein Liebespaar aus einem Kibbuz verbringt eine Nacht in den Feldern, bei Sonnenaufgang kommen sie in ein arabisches Dorf, werden dort von den Bewohnern staunend umringt, die jungen Frauen berühren vorsichtig und bewundernd die blonden Haare der Kibbuzgenossin. Weniger glücklich verläuft der Besuch eines jüdischen Jungen, der sich aus einem Internat wegstiehlt und in die nächste arabische Stadt begibt; die arabischen Jugendlichen scharen sich um ihn, er bekommt Angst, flieht in einen Friseurladen und bittet ihm die Haare zu schneiden. Der Friseur zückt sein Rasiermesser und macht sich am Hals seines Kunden zu schaffen, dem Jungen wird angst und bange, aber am Ende gelingt es ihm noch hell ins Internat zurückzukommen.
Ich erinnere mich an Romane aus der Zeit nach der Gründung des Staates Israel, in denen es zu erotischen Beziehungen zwischen Arabern und Jüdinnen kommt. In einem der Romane schickt der jüdische Besitzer einer Autowerkstatt seinen arabischen Auszubildete

Die Petroleumlampe am Fenster, die uns mit dem Petroleumkanister, Um-Selim in der Abschiedsnacht, die eine Chanukka-Nacht war, brachte, war gut. Man könnte damit andeuten, dass diesem Petroleum eine Art Chanukka Wunder widerfuhr, die Flamme der Freundschaft brannte lange. Aber alle drei Motive genügten nicht, die Last der Erzählung zu tragen.

Ich begann zu recherchieren, zuerst die Adresse und Telefonnummer seiner Witwe, um mit ihrer Hilfe auf die Spuren seiner Vergangenheit zu kommen. Aber sein Name war nicht im Telefonbuch, auch nicht in den Kartotheken der Nachfolgerinnen jener doppelten Ora. Im Ingenieursverein behauptete man, sie hätten nie ein Mitglied namens Ofer Sarig gehabt. Auch unter den Verkäufern von Autozubehör erinnerte sich niemand an ihn, der Verkauf eines magnetischen Verschlusses für Sicherheitsgurte schrieben sie anderen Firmen zu. Ich suchte auch vergeblich unter den Firmen die sich mit der Verlegung von Telefonkabeln befassten. Auch die Spuren der süßen Ora waren verschwunden. Ariel behauptete, sie habe nach Amerika geheiratet. "Wozu brauchst du sie?", fragte er. "Wenn du eine Sekretärin für einen halben Tag in der Woche suchst…"

Über Ofer sprach er mit viel Sympathie. Schade, schade sei es um ihn, er war so lebensfroh… Als ich ihm über meine Recherchen erzählte, wie alle Fäden lose Enden hatten, erklärte er, das liege am Namen. Er selbst habe das entdeckt, als er ihn auf die Kandidatenliste zur Knesset schreiben wollte, auf den vierten Sitz, nach Schabtai und Rafi: Ofer hieß Schraga Hirsch, er wollte seinen Namen ins Hebräische übersetzen lassen, aber vor Wahlen ist das nicht erlaubt, um den Wähler nicht zu verwirren und Ofer hatte es abgelehnt, als Schraga Hirsch in der Liste zu stehen. Aber für sich selbst hat er seinen Namen auf Hebräisch übersetzt und benutzt: Hirsch bedeutet Ofer, Schraga hat ähnliche Buchstaben wie Sarig und Vor- und

Nachnamen hat er einfach vertauscht, der Klang gefiel ihm besser.
Er war auch nicht gerade ein Diplom-Ingenieur und auch kein Ingenieur, sondern ein Techniker.
Seinerzeit gelang es ihm nicht, sein Studium in Rumänien abzuschließen und in Israel wurde sein rumänisches Teilstudium nicht anerkannt. Ora war seine Freundin, manchmal half sie ihm, wenn er sich als Geschäftsführer einer Firma, die ein Büro und eine Sekretärin hatte, ausgab.
Die Erzählung über Ofer wurde nie geschrieben, ich habe auch meinen Vortrag über den Araber in der hebräischen Literatur nie ausgearbeitet. Als Ariel mich fragte, wo ich heute politisch stehe, antwortete ich:
"Wenn die große Krise des Establishments ausbrechen wird und die historische revolutionäre Welle kommt, werde ich mich zweifellos stellen. Aber bis dahin lasst mich bitte in Ruh."

## Halb und halb

"Und was erzähle ich meiner Prinzessin, meiner Kriemhild?"
"Etwas übers Glücklichsein!"
Ich seufze. Das Gefühl glücklich zu sein kommt selten, schaut einen Moment herein, streichelt uns flüchtig, und schon ist es verflogen. Es liebt die Lyrik mehr als die Prosa. Ein Dichter schreibt irgendwo, dass uns "ein uralter Mond aus dunklem Brunnen leuchtet", er meint sicher den Brunnen der Erinnerung, ja, aus dem könnte ich schöpfen. Ich widme meine Erzählung ihr, Dalia. Es gebührt ihr, weil sie mir etwas schenkte, das sich vermehrte. Wie mit einer empfindsamen Zimmerpflanze, man stellt sie ins Fenster, sie blüht, bekommt Ableger, die pflanzt man in kleine Töpfchen und verschenkt sie. Auch Lächeln vermehrt sich so und manchmal auch die Liebe.
"Spannend, aber versprich, dass die nächste Erzählung mir gewidmet sein wird!"
"Wirst du sie hegen und pflegen und die Ableger verschenken, in kleinen Blumentöpfchen?"
"Gut, aber nun erzähl schon endlich!"
Es war im Sommer nach meinem Abi, ich war seit ein paar Monaten in Israel und im Militärdienst, mein Hebräisch klappte schon gut, aber ich fühlte mich fremd und einsam und stemmte meinen trotzigen Stolz dagegen. Ich war in einem verwahrlosten Camp stationiert, dass das englische Militär während des zweiten Weltkrieges errichtet hatte. Wir – vier Burschen und drei Mädchen – sollten übers Wochenende im Camp bleiben, man hatte uns mit Konserven versorgt und uns beauftragt, das Camp zu reinigen.
Alles begann Freitag nachmittags. Ich kam ich in die Baracke, die als Kantine diente, um zu helfen, das Abendessen vorzubereiten und fand dort eines der Mädchen, die mit mir Dienst hatten, Dalia. Einige flüchtige Worte hatte ich mit ihr schon gewechselt.

Sie schälte Kartoffeln, und ich setzte mich dazu.
"Du heißt doch Gardner? Das ist einer mit einer Gärtnerei, oder?"
Ich nickte befangen.
"Und...? Wie steht's? Hast du eine? Nein? Dann stimmt es also, was man über dich sagt?"
Mir wurde heiß. Ich hätte fragen sollen, was sie meint, aber ich schwieg und schälte.
"Und du bist ein Deutscher, oder?"
"Ja, so halb. Ich bin in Jerusalem geboren, weil meine Mutter gerade zu Besuch bei ihren Eltern war."
"Und dein Vater, was ist der?"
"Der ist... ein Mensch. Was ist deiner?"
"Ich meine, wo er geboren ist. Meiner – in Jerusalem."
"Meiner in Heidelberg. Ist das wichtig?"
"Mir nicht. Er ist ein Deutscher, stimmt's? Und was machst du bei uns im Militär?"
"Ich bin Freiwilliger mit verkürzter Dienstzeit."
"Aha! Stimmt es, was man über dich erzählt, du spielst Flöte und liest Gedichte?"
Ich hätte fragen können, ob sie nie Gedichte liest, aber ich nickte nur.
"Und dein Großvater, war der ein Nazi?", fragte sie, wie man nach etwas Exotischem fragt.
Abrupt stand ich auf und schickte mich an zu gehen. Solche Fragen machen mich ärgerlich, hilflos und trotzig. Sie brennen mir auf der Haut. So war es auch in Deutschland, dort war es die Fragerei, warum lebst du hier und nicht in Israel.
"Bleib doch, Gardner, schau, du bist der einzige, der mir hilft. Die Lieder, die du auf deiner Flöte spielst, sind das Kinderlieder, oder?"

Nach dem Nachtmahl erzählten sich die Burschen Witze, die ich nicht verstand. Ich kehrte in meine Baracke zurück. Es war Abend und noch warm. Ich legte mich auf mein Feldbett und spielte Flöte.

Es klopfte leise und Dalia trat ein. Sie setzte sich auf mein Bett und wollte Flöte spielen lernen, ich sollte es ihr zeigen, welcher Finger wohin gehört. Sie glitten immer ab, besonders der kleine Finger, der das tiefe Do bedecken sollte, und Dalia bat mich, ihr zu helfen: Nein, leg doch deinen Arm auf diese Seite! Sie kicherte ein wenig, nein so geht das nicht, sie sei zu erregt und verwirrt, ihr Herz klopfe ganz wild. Weißt du, wo man den Puls fühlt, komm, zeig es mir, dann vergleichen wir den Rhythmus unserer Herzen, siehst du, meines klopft schneller und wilder. Leg deine Hand auf mein Herz, Gardner – dort – fühlst du es? Weißt du nicht, wo das Herz ist? Gib mir die Hand, ich zeig es dir. Dabei schmiegte sie sich an mich und flüsterte: Komm, Gardner, lass das Flötespiel. Was, hast du noch nie ein Mädchen gehabt, bist du so ein Tollpatsch? Dann stimmt es also, was man von dir erzählt, du bist noch Jungfrau?
Sie fragte es neugierig und verwundert, so als würde sie Unglaubliches vermuten.
Eine Frau zu "erkennen" – wie sehr hatte ich mir das gewünscht. Ich hatte viel in Büchern herumgestöbert und eine Frau erkennen – das hatte ich im Buch Genesis gelesen. Ich suchte Beschreibungen und stellte mir vor, wie es werden würde. Mannhaft und freiwillig hatte ich mich zum Militärdienst gemeldet, jetzt hätte ich freudig erregt sein sollen, dass mir der Zufall nun auch diese Gelegenheit anbot. Aber ich war erschreckt. Ich glaubte, so etwas mache man nur im Dunkeln, hinter verschlossener Tür, meine ließ sich nicht verschließen.
Dalia lächelte, schmiegte sich an mich, und flüsterte:
"Wunderbar, wie schamhaft du bist! Sag, Gardner, hast du keine Lust es mit mir zu tun?"
Ich holte tief Luft und streichelte ihr Gesicht und ihr Haar, sie lachte: "So hat man mich getröstet, als ich klein war. Wenn ich einmal weinen werde, dann darfst du mich so streicheln, gut?"
Sie sagte es leise lächelnd. Trotzdem fühlte ich mich bedrückt, wie zurechtgewiesen. Es zog mich zu ihr hin, ich schämte mich, sie

gefiel mir und ich warf mir vor: "Wie kann dir eine gefallen, die mit einem Burschen, den sie kaum kennt, so schnell..." Und dann war da noch das andere.

Ich zog sie an mich, um sie zu küssen, sie wendete ihr Gesicht ab und sagte leise und verwöhnt:

"Geh, Gardner, ohne Küsse, gut? Ich hab's nicht gern, wenn man mich küsst!"

Verwirrt umarmte ich sie, sie versuchte, sich loszumachen und kicherte:

"Du tust mir weh!"

Ich ließ sie los, versuchte die Knöpfe ihrer Bluse zu finden. Sie lachte und wehrte ab:

"Geh, Gardner, lass die Bluse, gut?"

Als sie meine Enttäuschung bemerkte, tröstete sie mich:

"Ein anderes Mal, nächstes Mal, zieh ich sie aus."

Da holte ich tief Luft und stieß tapfer hervor:

"Weißt du, Dalia, du gefällst mir sehr, und ich hab Lust, es mit dir zu tun, aber..."

"Aber, aber! Welches neue 'Aber' gibt's nun?"

"Aber, wenn ich dich nicht streicheln, nicht küssen, nicht umarmen und nicht einmal ausziehen darf... dann... dann weiß ich wirklich nicht, wie..."

Genoss sie meine Verwirrung?

"Wie, wie! Welches 'Wie' willst du wissen?"

"Wie ich dir zeigen kann, dass ich dich gern habe."

Sie schaute mich an und sagte ernst:

"Du bist wunderbar. Komm, schauen wir, wie's ihm geht, ob er so nett ist, wie du."

Mit diesen Worten knöpfte sie mir die Hose auf, zog "ihn" heraus und liebkoste ihn.

"Schau, was für ein großer Bursch! Und wie er so stramm steht, als ob er salutiert! Schau, schau, es stimmt also, was man von dir erzählt, dass er seine Kopfbedeckung noch hat, das ist nett, das hab

ich noch nie gesehen, wie hat man ihm die in Jerusalem gelassen?"
Ich war rot geworden, mein Mund war trocken, mir stockte der Atem. Trotzig versuchte ich etwas zu stottern, etwas über meine Eltern.
Sie schien es nicht hören zu wollen.
"Und wie schaut er barhäuptig aus? Bei euch Deutschen nimmt man den Hut ab, wenn man jemanden besucht und ihm Ehre erweisen will", – sie kicherte. "Sicher besonders wenn man in die Kirche geht, oder? Also, Hut ab, lass ihn barhäuptig und ehrerbietig näher zu mir rücken!"
Sie hatte die wunde Stelle in mir berührt, aber es tat nicht weh. Ich war sogar ein wenig erleichtert.
Sie zog mich zu sich, streifte ihren Rock etwas höher und führte meine Hand zu ihrem dunklen Dreieck.
"Streichle sie ein bisschen, nicht so nervös, langsam, wir haben Zeit, ich brenn dir nicht durch, keine Angst!"
Ich ließ meine Finger über ihr gekräuseltes Haar gleiten, sie öffnete ihre Schenkel. Sollte ich was sagen? Vielleicht, dass ich sie liebe? Das wäre lächerlich. Oder, dass es so schön mit ihr ist? Das kam mir banal vor. Was soll ich ihr sagen? Dass ihr Haar so aromatisch duftet?
Da flüsterte sie:
"Befeuchte deinen Finger mit Speichel, Darling, bevor du ihn durch die Lippen ziehst, gut?"
Ich konnte zuerst nur ein schwaches "w...was?" hervorbringen.
"Wie kann ich mit dem Finger zum Speichel gelangen, bevor ich ihn durch die Lippen ziehe?"
Das amüsierte sie.
"Nicht deine Lippen, Darling, sondern meine, da unten, mit etwas Speichel."
Sie führte mir den Finger und flüsterte: "Sag, Darling, hast du schon mal vom versteckten Punkt gehört? Komm! Machen wir's wie im

Suchspiel: 'Kalt, jetzt wird's wärmer, noch wärmer…'"
Ich fand störend, dass sie immer 'Darling' sagte und mich 'Gardner' nannte, dennoch glaubte ich, sie hätte mich gern. Sie brachte mir etwas Süßes und Warmes in die Brust, etwas noch nie Gefühltes.
Sie schlug vor, "sie" 'Dafi' zu nennen, und "ihn" 'Gardi', sie habe auch an "Hänschen klein" gedacht, aber er sei nicht klein, wenn er so stramm salutiere. Ich hätte mich gerne an sie geschmiegt und ihr etwas zugeflüstert, dass ich etwas Süßes und Warmes in mir spüre… Aber ich schämte mich.
"Also, will dein Gardi meine Dafi schon sehr besuchen? Bitte, hör nicht auf, Dafi zu streicheln, streichle langsam und geduldig, und sag deinem Gardi, beim Liebes-ABC kommt das G vor dem F, G für Geduld und F für… du weißt schon."
Da holte ich Atem und versuchte es ihr nachzutun:
"Ja… ich meine, er will Dafi schon sehr besuchen, er… er zittert schon vor Ungeduld."
"Wenn Dafi bereit ist, werd ich ihn gleich einladen. Und wenn er vorzeitig niest, das macht nichts, er wird es lernen, geduldig zu sein, unser kleiner Gardi. Und der große Gardi wird lernen die richtigen Punkte zu finden."
Ich stammelte: "Die richtigen – was?"
"Den ersten kennst du schon ein wenig, der zweite ist tief im Brunnen, den musst du auskundschaften, und der dritte… der schwebt weich und hautlos zwischen dem Violinspieler und seiner Klavierbegleiterin. Mit diesen Dreien kann sie kommen."
Ich flüsterte: "Kommen – wohin?"
Sie lachte: "Ich meine nicht irgendwohin, Darling, ich meine, dass du siehst, wie ich komme. 'Finishen' ist eklig, aber 'Kommen' ist schön. Damit ich kommen kann, bei dir und zu dir, mit deiner Hilfe, mit deiner Zärtlichkeit und Geduld."
Sie flüsterte mir zu, es sei schön, wenn ich an ihrem Gesicht sähe und aus ihrem Stöhnen entnähme, wann sie kommt, auch ich sollte lernen zu stöhnen, sie will doch auch mich spüren und hören. Ge-

meinsam, das sei wunderbar, aber selten, und Manövrieren störe.
Ladies first, und dann laden wir den kleinen Gardi ein, den armen, der so lange stramm stehen musste und die Hoffnung verlor. Sie wird ihn verwöhnen und entschädigen.
Als nach geraumer Zeit mein Gardi ihre Dafi besuchen durfte, und wir ineinander verschlungen schwer atmeten, flüsterte sie:
"Spür doch, spürst du?"
Ich lauschte und fühlte ihren Puls und nach einem Moment meinen, zuerst von Herz zu Herz, dann in ihr. Unsere Herzen waren nicht gleich gestellt, jedes hatte seinen eigenen Rhythmus, ich konnte nicht feststellen, wessen Herz das schnellere oder das stärkere war, im zweiten Stock oder im Parterre? Die Pulse vermischten sich.
Da stammelte ich flüsternd:
"Ach, Dali, ja, ja, ich spüre ihn, unseren Puls, und etwas, was vielleicht die Geige fühlt, wenn die letzten Töne ihres Concertos mit dem Piano erklingen. Heute habe ich so viel gelernt, Dalia, und das Gefühl und das Wissen, dass du in meinen Armen liegst, dass von allen Burschen du mich erwählt hast, dich mir hingegeben hast, deinen Körper und deine Seele, wie ein kleines Vöglein. Einmal hab ich ein kleines Vöglein in der Hand gehalten, ich spürte wie sein Herz pochte, so hab ich unsere Herzen gespürt, unseren vierfachen Puls. Ich liebe dich, Dalia, ich hab dir eine Menge zu sagen, wie sehr du mir gefällst, wie dein Haar duftete, nach allem, was wir zusammen erlebt haben… Diese Fülle nie gekannter Gefühle, die namenlos bleiben und süß und warm in der Brust sind. Und Namen hab ich von dir gelernt, Dafi und Gardi, Kopfbedeckung, stramm stehen und salutieren, wärmer und kälter, wenn man den richtigen Punkt sucht, auf Besuch kommen und kommen, und niesen, und... und... ich bin dir dankbar, und verbunden, ich bin Dafi und Dalia verbunden, und mit ihnen, ich will mich nicht losbinden, und... ach, Dafi... ich meine natürlich Dalia, ich rede totalen Unsinn, wie wunderbar kann es sein, Unsinn zu reden."

flüchtige Worte haben wir nur gewechselt. Sie schälte Kartoffeln, und ich saß […]
"Du heißt doch Gärtner, doch […] eine mit einer Gärtnerei, oder?"
Ich nickte betreten.
"Und …? Wie zählst du […] Kategorie? Nein? Dann stimmt es also was man über dich gesagt […]"
Mir wurde heiß, ich hätte fragen sollen, was sie meint, aber ich schwieg und schälte […]
"Und du bist ein Deutscher, oder?"
"Ja, so halb. Ich bin in Jericho geboren, weil meine Mutter gerade zu Besuch bei ihren Eltern […]"
"Und dein Vater, woher ist er […]?"
"Der ist … ein Mensch. Was soll er sein?"
"Ich meine, wo er geboren ist. Meiner ist in Jerusalem."
"Meiner in Heidelberg. Ist das schlimm?"
"Mir nicht. Er ist ein Deutscher. Sag mal, und was machst du bei uns im Militär?"
"Ich bin Freiwilliger mit zwei […] Dienstzeit."
"Aha! Stimmt es, was man über dich erzählt, du spielst Flöte und liest Gedichte […]"
Ich hätte fragen können, ob sie […] Gedichte liest, aber ich nickte nur.
"Und dein Großvater war also ein Nazi?" fragte sie, wie man nach etwas Exotischem fragt […]
Abrupt stand ich auf, um Kicke-hack an zu gehen. Solche Fragen machen mich ärgerlich, gerade, und trotzdem. Sie kriechen mir auf der Haut. So war es auch in Deutschland, dort war es die Fragerei, warum lebst du hier und nicht in Israel.
"Bleib doch, Gärtner, schau, du bist der einzige, der mir hilft. Die Lieder, die du auf deiner Flöte spielst, sind das Kinderlieder, oder?"
Nach dem Nachtmahl saßen die Burschen zusammen und erzählten sich Witze, die ich nicht verstand. Also kehrte ich in meine Baracke zurück. Es war abend und noch hell. Ich legte mich auf mein

Dalia und ich schliefen noch zweimal miteinander, es brachte uns näher, ich erzählte ihr ein wenig über mich, wie ich in Heidelberg aufgewachsen bin, wie oft ich das Begehren verspürt hatte, Angst hatte, mich schämte, keine Freundin zu haben, mich fremd und einsam fühlte, auch über meinen trotzigen Stolz. Ich hatte Lust ihr mehr zu erzählen, aber sie wollte davon nichts hören. "Nein," sagte sie in ihrem verwöhnten Ton, "jetzt bin ich mit dir, Darling, das ist im Augenblick das Wichtigste."
Nach jenem wunderbaren Wochenende erfuhr ich, dass sie versetzt worden sei, sie wusste es schon seit Tagen. Sie hatte also Abschied von mir genommen, ohne sich zu verabschieden. In den folgenden Jahren hörte ich manchmal von ihr. Sie hatte geheiratet und lebt irgendwo in Afrika. Mir ist der Brunnen der Erinnerung geblieben.
Was habe ich über das Gefühl, glücklich zu sein, gesagt? Dass es selten kommt, flüchtig streichelt und wieder weg fliegt.

Meine Prinzessin ist verärgert:
"Was erzählst du mir da so Intimes von dir und dieser anderen Frau. Ist das dein trotziger Stolz? Du bist noch immer halb und halb, ja, das bist du!"

# Mein erster Kuss

Wie alt war ich, als ich es endeckte? Es gibt Entdeckungen, die einen nicht ganz überraschen, du merkst gar nicht, wie es dazu kommt, bis auf einmal... Was, wirklich? Seit wann? Nehmen wir das Wort 'Kuss'. Es war nicht das Wort, das einem Herzklopfen verursachte, bis man fast nicht mehr atmen konnte, oder vielleicht doch das Wort, wegen der Gedanken... Eigentlich, was gibt's da viel zu denken? Es gab ja immer Küsse – auf die Wangen von Oma-Opa und die der Tanten, denen man zeigen muss, wie gern man sie hat. Gib Tante Klara einen Kuss, mein Liebling, was, mir gibst du keinen? Aber der andere, neue, noch unversuchte Kuss, von dem man etwas gehört und etwas gesehen hat, so ein Kuss, der... wie und wann hat es mit dem begonnen?

Er ist wie der erste Stern, plötzlich da. In den Filmen, wenn er und sie einander gegenüber stehen, sich tief in die Augen schauen und sich langsam ihre Lippen suchen... Wir schauten rasch weg, blickten verstohlen auf unsere Freunde, ob auch sie wegschauten. Wir lachten verwirrt. Dann ertappten wir uns, wie wir die Mädchen beobachteten, auch sie senkten die Köpfe, das war erregend, und als wir sahen, wie sie auf den Leinwandkuss schauten, war auch das erregend, und als wir sahen, dass sie einander anschauten... und sogar uns, die Jungen, verstohlen angucken... war's atemberaubend.

Wie küsst man sich?

Muss man vorher über was Passendes sprechen? Aber über was? Als wir versuchten, uns daran zu erinnern, worüber sie vor dem Leinwandkuss sprachen, wussten wir es nicht mehr. Und die Nase? Was muss man tun, damit die Nasen nicht stören? Man muss den Kopf ein wenig neigen, was aber, wenn beide den Kopf zur selben Seite neigen? Verabreden sie sich? Nein, im Gegenteil, wir sahen, dass sie ganz still wurden, und ganz langsam, wie von unsichtbarer Hand gezogen, näherten sich ihre Gesichter. Nicht dass sie es beschlossen hätten, nein, ein verborgenes unbekanntes Es schien es beschlossen zu haben.

Und die Lippen? Man zeigte damals nicht so viele Küsse, und schon gar nicht close-up, ich traute mich nicht, haargenau hin zu schauen, ich wagte auch nicht zu fragen, nicht einmal mich selbst, was genau mit den Lippen gemacht wird. Wenn ich's fertig gebracht hätte, klar zu denken, hätte ich sicher gedacht, dass... dass sie die Lippen spitzen und dabei zusammendrücken, wie bei einem Wangenkuss.

Es war schwer, mit Mädchen zu sprechen. In der Schule, in den Pausen, sprachen Jungen mit Jungen und Mädchen mit Mädchen. Wir konnten nur wie zufällig neben ihnen stehen, heimlich lauschen, was sie einander sagten, aber mit ihnen selbst... nein, das ging nicht.

So war es auch in unserer Pfadfindergruppe "Frühling". Man traf sich an der Turnhalle, die neben dem Basketballplatz lag, der von Stufen umringt war, wie ein kleines Amphitheater. Dort stand ein einstöckiges Gebäude mit einer langen Reihe von verschlossenen Türen: Da wurden Zeltpfähle, Stricke, Zelttücher, Wind-Laternen, Konservenbüchsen aufbewahrt – alles was man brauchte, um ein Pfadfinderlager zu machen. Man müsse diese Räume endlich einmal entrümpeln, wurde oft betont, und dabei blieb es. In einigen Räumen deponierten die Gruppenführer Landkarten, Fahnen, Süßigkeiten, die Gruppenkasse und einige Bücher, wie: "Lagerleben", "Gesellschaftsspiele" und "Dafür und dagegen".

Bei "Frühling" gab es Jungen und Mädchen, aber die Aktivitäten wurden in getrennten Gruppen gemacht, die Jungen mit einem Gruppenführer, die Mädchen mit einer Gruppenführerin. Nur freitagabends gab es "Gemeinschafts-Aktivitäten", Gesellschaftsspiele und Tanz. Und am Ende eines solchen Abends, auf dem Heimweg … da war diese geheimnisvolle Erwartung, der wir die ganze Woche entgegen fieberten und regelmäßig enttäuscht wurden, nichts geschah und dennoch – das Gefühl der Erwartung blieb.

Einige Mädchen hatten Freunde, Gruppenführer oder gewöhnliche Jungen aus einer höheren Klasse. Es gab sogar einige Jungen, die Freundinnen in der gleichen Klasse hatten. Wir schämten uns, sie zu fragen: Wie hat es begonnen, knutscht ihr im Kino, wie knutscht man? Wenn man daran denkt, ist es etwas, das ein wenig an der Wirbelsäule kitzelt, sogar wenn man es leichthin und ganz gewöhnlich sagt. Man erwähnt es so oft, aber niemand erklärt es. Wir spöttelten ein wenig über die Paare, als ob sie eine "Schwäche" hätten, wie man über jemanden spöttelt, dem beim Rollschuhlaufen ein besonderer Sprung misslingt, wenn er vor dem Fallen noch ein wenig zappelt. Wir beneideten sie, denn sie zappelten nicht und fielen nicht. Wir versuchten sie zu ignorieren, das ging jedoch nicht. Unsere Gedanken wurden von ihnen angezogen.

Wir, die wir keine Freundinnen hatten, konnten höchstens Gelegenheiten suchen, die Mädchen an den Haaren zu ziehen, nicht zu stark, natürlich. Das war unsere Möglichkeit sie zu berühren.


\*

Und so verging die Zeit "zwischen Frühling und Wolken", zwischen Anziehung und dem Versuch, sich davor zu verschließen und sich dem Basketball, Fußball, Karate und den Gruppen Angelegenheiten zu widmen, und eines schönen Tages, waren wir fünfzehneinhalb. Es war Sommer, wir machten einen Pfadfinder Ausflug ins Westliche Galiläa, wir sollten in Kiryat-Chayim als Gäste der dortigen Gruppe übernachten. Jeder Junge nahm einen Jungen, jedes Mädchen ein Mädchen zu sich nach Hause und wenn sie einmal nach Givatayim kämen, würden wir uns revanchieren. Ihre Gruppe hatte ihren Sitz in zwei alten Häuschen, die einmal dem englischen Militär gehört hatten, in einem Eukalyptus Hain. Wir trafen uns dort und wurden gewählt.

Dummerweise musste ich plötzlich dringend... Ich schämte mich zu fragen, wo befindet sich bei euch der wichtige Ort, und bis ich ihn fand und zurückkehrte waren alle verschwunden. Ich hätte die Kinder, die dort Basketball spielten, fragen können, aber es war klar: Alle waren aufgeteilt worden, und die Gastgeber mit ihren Gästen hatten sich nach Hause, zum Abendessen begeben. Was jetzt tun? Ich stand dort mit dem dummen Gefühl, den Zug verpasst zu haben. In dem Augenblick kam ein Mädchen und fragte die Kinder, wo alle seien, und die antworteten ihr, alle hätten sich aufgeteilt und seien gegangen. Ich schaute sie an und sie – mich, sie fragte mich, bei wem ich eingeladen sei. Bei niemand, sagte ich, ich kam zu spät und hab es verpasst. Gut, sagte sie, dann bist du bei mir, auch ich war zu spät.

Auf dem Weg erfuhr ich, sie heiße Dvora und sie sei nicht schuld daran, dass sie so einen Namen hat, den sie nicht ausstehen kann, nenn mich Ora. Gut, Ora. Sie war ziemlich nett, mit Haaren bis an die Schultern. Das Gespräch verlief ein wenig schwerfällig, mit einigen "bei uns, in der Gruppe, ist das so...", mit der zu erwartenden Antwort: "Und bei uns..." Ich hatte Lust ein "Und bei dir...?" zu beginnen, vermutete aber, es sei besser, nichts über Eltern oder Familie zu fragen. Eigentlich hätte ich auch vorschlagen können, "Was hab ich gern und was kann ich nicht ausstehn" zu spielen, zum Beispiel: Sag mir die fünf Sachen, die du am liebsten hast, und die fünf, die du am meisten hasst. Aber das wäre peinlich geworden, weil sie zurück gefragt hätte, was meine fünf Liebsten und fünf

Verhasstesten wären. Dann würde ich ganz dumm da stehen, mit einer Antwort, wie: An die fünf Verhasstesten hab ich noch nie gedacht, und auch nicht, welche Farbe und welches Tier ich gern oder nicht gern habe.
Sie wohnte in einem kleinen Haus, wie man sie in alten Filmen unserer Moschav-Dörfer sieht, drei Zimmer mit Terrasse, einen halben *Dunam* Obstbäume und einen Zitronenbaum vor der Tür. Sie führte mich in ihr Zimmer, das sie mit ihrer kleinen Schwesters teilte. Yaelik ist so süß, ein kleiner Springinsfeld, immer läuft sie ihre Freundinnen besuchen, ich hab sie gern um mich, außer wenn sie mich ärgert, du kannst derweil hier sitzen, auf dem Bett, und ich… Da schaute ihre Mutter aus der Küche herein, Dvorah'le, du musst noch rasch zum Konsum springen und für euch was einkaufen.
Als ich "meine kleine Schwester" hörte, hatte ich ganz gemischte Gefühle. Schade, dass sie eine Schwester hat, jetzt werden wir schon nicht mehr in der Nacht allein, Bett neben Bett, miteinander reden können, was wir gern haben und was wir hassen.
Nachdem ich hörte, dass die Haustür ins Schloss fiel, schaute ich mich um. Ich war noch nie allein im Zimmer eines Mädchens, es war erregend. Natürlich kam es nicht in Frage, in den Schrank oder in eine der Schubladen zu schauen, ob dort vielleicht, zum Beispiel… Aber ich wagte nicht einmal zu denken, was dort sein könnte, Frauen haben ja solche Dinger, die den Busen halten… Und ihre Mutter kann jeden Augenblick herein kommen. Auf dem Bett neben mir lag ein Kissen, auf das ein Teddybär mit einem Ball gestickt war. Auf diesen Teddybären legt sie jeden Abend den Kopf! Und was, wenn ich ihr sage, dass ich ihn beneide?
Auf einmal bemerkte ich, dass unter dem Kissen die Ecke eines Heftes hervorlugte. Ich zog es heraus und öffnete es. Mein Tagebuch! Benzi ist so süß, seine Locken auf der Stirn, und sein

Lächeln, wenn er mit Mosche'li spricht. Gabriel ist eine andere Geschichte, der ist so entschlossen. Wenn er etwas sagt, ist's immer kurz und bündig, gestern, als ich in der großen Pause zufällig neben ihm stand, hab ich gehört, wie er zu Effi sagte: Zu Ostern sind die *Eskidinias* noch grün. Er sagt das, wie einer, der sich auskennt. Aber Mosche'li! Wir saßen auf seiner Bank und unterhielten uns, da hatte ich solche Sehnsucht, von ihm in den Arm genommen zu werden, ich erwähnte im Gespräch alle Mädels mit denen er am Freitagabend getanzt hatte, damit er weiß, dass ich ihn im Auge habe. Und Effi, ja, Effi! Den könnte ich stundenlang anschauen, wenn er es nicht merkt…
Da hörte ich Schritte. Dvora kam zurück.
Nach dem Nachtmahl gingen wir zur Gruppe. Zwischen den Eukalyptus Bäumen wurde ein Lagerfeuer angezündet, wir saßen im Kreis. Dabei gab es bei ihnen einen Brauch, den wir nicht kannten: Man saß Rücken an Rücken, manchmal sogar ein Junge mit einem Mädchen. Ich wagte nicht nachzuschauen, ob einer oder eine allein sitzt, ich setzte mich mit dem Gesicht zum Feuer und umarmte meine Knie. Nach einer Weile kam Dvora-Ora auf mich zu und sagte, rück ein wenig herum, und sie setzte sich mit dem Rücken zu mir. Ich spürte ihren Rücken. Ich wagte nicht, mich zu rühren, wagte nicht zu denken, wagte nicht zu fühlen. Es strömte etwas von Rücken zu Rücken. Plötzlich bog sie ihren Kopf zurück, und ihr langes Haar fiel auf meinen Nacken und Hals. Ich erstarrte. Man sang unsere Pfadfinder Lieder. Dann sprachen die Gruppenführer, ich erinnere mich nicht mehr, worüber. Es ist wie ausgelöscht. Ich dachte schon: Auf dem Weg zu ihr nach Hause, wenn sich eine Gelegenheit bietet…
Es war spät geworden, man stand auf, jemand rief, *Yalla*, vorwärts, nach Hause! Man ging in der Gruppe, die mit der Zeit immer kleiner wurde. In Kiryat-Chayim bestanden die Straßennamen aus Zahlen,

Dvora wohnte in Straße 8 oder 9, wir waren erst bei 15, da blieb noch ein wenig Zeit, bis... bis... Zuletzt, wenn wir allein bleiben werden, vor ihrem Haus, am Zitronenbaum... das wäre die letzte Möglichkeit, in ihrem Zimmer würde das nicht gehen, wegen ihrer kleinen Schwester, und in der Früh, im Tageslicht... Aber jetzt, draußen, im Dunklen, wenn wir einander vor dem Eingang gegenüberstehen, neben dem Baum... In einem Film sah ich einmal, dass er sie nach Hause begleitet, vor dem Eingang bleiben sie stehen, schauen sich an und küssen sich lange.

Seit ich das beschlossen hatte, war es schwer an etwas anderes zu denken, schwer zu atmen, schwer zu sprechen. Was soll ich ihr sagen: Komm küssen wir uns! Sie wird fragen: Wieso auf einmal? Und dann ich: Weil du mir so gefällst. Und sie: Aber das ist nicht genug, man muss Freunde sein. Da werde ich ihr Freundschaft anbieten, und sie wird sagen: Aber du bist dort und ich bin hier, und ich: Was ist dabei, wir können uns doch Briefe schreiben, und sie...

Da waren wir schon da.

Dvora, ich meine Ora, wart einen Moment.

Sie hatte das wahrscheinlich erwartet und blieb stehen.

Ich möchte dir etwas sagen.

Was?

Ein Geheimnis.

Warum ein Geheimnis?

Ich konnte ihr nicht sagen: Ich brauche einen Vorwand, um mein Gesicht nahe an deines zu bringen und meinen Mund nahe zu deinem, und wenn ich ihn an dein Ohr bringe, kann ich ihn leicht zum Mund wenden. Der Plan schien mir ganz plausibel. Ich antwortete nicht, näherte aber meinen Mund zu ihrem Ohr, bis ich eine Handbreite von ihm weg war, noch ein wenig, ziemlich langsam, schrecklich langsam, noch ein wenig, dann begann ich vom Ohr zum Mund abzuweichen, aber wahrscheinlich doch zu rasch, sie

stand einen Moment bewegungslos – und dann wich sie schnell zurück.
Was machst du da?
Sie stieß mich dabei von sich und gab mir eine Ohrfeige. Keine starke, es war eher als ob sie mich ein wenig an der Wange gepatscht hätte. Und sagte dabei:
Ich bin keine *Mesusah*, die man jedesmal küsst.
Ich schwieg. Was hätte ich antworten können? Etwas in meiner Brust zog sich zusammen und zog mich zurück. Nie wieder werde ich mit ihr sprechen, den ganzen Abend nicht, das ganze Leben, kein einziges Wort.
Einen Moment später sagte sie mit ganz alltäglicher Stimme:
*Yalla,* komm, gehen wir hinein.
In diesem Moment war der vorige Moment vorbei.
Ihre Eltern und zwei andere Paare saßen auf der Terrasse, die Männer in kurzen Hosen, sie spielten Karten.
Ihre Mutter rief, ohne aufzustehen: Dvora'li, ich hab deinem Gast ein Klappbett aufgestellt und zwei Decken bereit gelegt. Frag ihn, ob er einen Pyjama hat. Und Ora-Dvora zeigte mir: Da ist das Badezimmer. Du kannst dich dort ausziehn und Zähne putzen, ich lösch unterdessen schon das Licht aus.
Als ich aus dem Bad kam, war das Licht gelöscht, aber es war nicht ganz dunkel, durch die zwei großen Fenster und die offene Tür schien Licht, man hörte die Stimmen von der Terrasse. Ora-Dvora unterhielt sich mit Yaelik: Was hast du den ganzen Abend gemacht? Ihrer Stimme nach – so dachte ich – hätte niemand erraten können, dass ihr heute Abend etwas Besonderes widerfahren war, im Gegenteil. Wenn jemand eine etwas bewegtere Stimme hatte, war das Yaelik. Ich lag auf dem unbequemen Klappbett und hörte zu. Was für ein Glück, dass sie eine kleine Schwester hat. Was hätte ich getan, wenn sie keine gehabt hätte?

Ich war schrecklich müde. Wenn ich Kraft und Mut aufgebracht hätte, wäre ich aufgestanden und hätte gesagt: Ich geh noch hinaus, ein wenig in den fremden Straßen herumstreichen. 'Herumirren' wäre besser gewesen, aber zu poetisch. Bis zum End' der Trautigkeit / Bis zu den Quell'n der Dunkelheit / In Straßen eisern lang und leer – hätte ich nicht sagen können, aber gefühlt hab ich's, na ja, nicht genau so, aber ungefähr. Sie würde in der Dunkelheit allein bleiben und sich plötzlich um mich sorgen: Vielleicht, vor lauter Schmerz und Verzweiflung, hat er sich... Gott behüte... Ich war sicher, dass sie, obwohl sie so gleichgültig gesprochen hat, an mich denkt, dass ich einer bin... Aber was für einer? Wie wunderbar wäre es, wenn ich einen winzigen Moment in ihre Gedanken hinein könnte, nicht um mich dort einzunisten und zu zaubern, dass sie über mich etwas Besonderes denken solle oder sich unsterblich in mich verlieben... Nein, nur um zu wissen, was sie wirklich über mich denkt. Und wenn es umgekehrt ist, und sie gerade denkt, wie schön es wäre, in meine Gedanken und Gefühle zu gucken, um zu wissen... Es wäre atemberaubend. Das hätte mich ganz verwirrt, stell dir vor, du weißt auf einmal, dass sie eben jetzt in dich eingetreten ist und weiß, was du denkst. Ich würde fieberhaft zu denken beginnen, was ich denken soll, das hätte alles verdorben, auch wenn sie sich nicht eingenistet hätte. Im Ernst, was denkst du über... Tja, das ist es eben, dass du nichts gedacht hast, nicht an sie, sondern nur an dich selbst. Da hat sie Recht, sich nicht von dir küssen zu lassen, weil du eigentlich gar nicht sie küssen wolltest, sondern den Gedanken, ein Mädchen zu küssen. Ja, dafür gebührte dir die Ohrfeige!
Ich wälzte mich im Bett von einer Seite zur anderen, sie sollte wissen, dass ich nicht schlafe, und vielleicht, nachdem Yaelik endlich einschlafen wird, wird sie noch etwas sagen, und ich auch, vielleicht sag ich sogar, dass... Ich wachte auf – es war hell, ich war

verwirrt, Dvora-Ora sagte Guten Morgen, wie hast du geschlafen? Gehst du zuerst ins Bad? Um wie viel Uhr wollt ihr euch in der Gruppe treffen. Um acht? Da werden alle sich verspäten, wirst sehen, bis man aufsteht und frühstückt und fertig ist... Vor halb neun erscheint keiner, wirst ja sehen. Ja, was ich sah, war, dass das Leben einfach weiter geht. Das heißt – fast.

\*

Nach vier Jahren – ich stand mitten im Militärdienst – ergab es sich, dass ich durch Kiryat-Chayim zu fahren hatte, just an einem Samstagvormittag, zusammen mit einem Kameraden, mit Buki. Wir hatten Zeit, Buki behauptete, er hätte da eine Tante und hätte Lust, ihr einen Blitzbesuch abzustatten, vielleicht willst auch du zufällig jemanden besuchen. Ich solle ihn an dieser Kreuzung absetzen, und wir treffen uns dann in zweieinhalb Stunden wieder. Ist das in Ordnung für dich?
So nennst du sie, fragte ich, *Dodah*, Tante?, und betonte absichtlich die letzte Silbe, und wie nennt sie dich, *Dodi*, mein Liebster?
Er lachte unverbindlich, stieg aus, ich sah, er wartete, ich solle weiter fahren, damit ich nicht sehe, welches Haus und welche Tante er besucht, dieser Gauner.
Vielleicht hast auch du zufällig jemanden, ich meine, zum besuchen. Eine gute Frage. Warum nicht? Vielleicht sitzen sie wie damals auf der Terrasse, es ist ein sonniger Samstagvormittag, da könnten sie doch dort sitzen, oder? Sie ist sicher auch beim Militär und kommt am Wochenende nach Hause, und... ja, und... vielleicht hat sie einen festen Freund... Benzi ist so süß, seine Locken auf der Stirn, und sein Lächeln, wenn er mit Mosche'li spricht. Gabriel ist eine andere Geschichte, der ist so entschlossen, wenn

er etwas sagt, ist's immer kurz und bündig: Zu Ostern sind die Eskidinias noch grün. Er sagte das, wie einer der sich auskennt. Aber Mosche'li! Ich hatte solche Sehnsucht, er soll mich in seine Arme nehmen... Und Effi, ja, Effi! Den könnte ich stundenlang anschauen ... Ich werde fragen, wer der Glückliche ist. Und wenn sie sagt, dass es jetzt keinen Glücklichen gibt, dann lächle ich und frage, erinnerst du dich, damals, ich bitte dich, sag mir, was hast du damals gedacht?

Aber ich fand das Haus nicht. Um mich besser zu erinnern, suchte ich zuerst den Platz, wo damals ihre Gruppe war. Dann versuchte ich den Weg, den wir damals gegangen waren, zu finden. Ich erinnerte mich, dass man nachts in "Alibaba und die 40 Räuber" einen Schuster zu einem Haus führt, er soll dort einen zerstückelten Toten zusammenflicken, brrrr... Und damit er nicht weiß, wohin man ihn führt, bindet man ihm die Augen zu. Aber er überlistet sie und zählt die Schritte und merkt sie sich. Und als nach einiger Zeit einer der Räuber von ihm fordert, ihm den Weg zu zeigen, bittet der Schuster, ihm wieder die Augen zu verbinden, dann zeigt der Blinde dem Sehenden den Weg. Einer unserer Dichter zählte einmal die Schritte der Engel. Ich zählte damals nicht meines Engels Schritte, und es zeigt sich, dass ich mich an nichts erinnere: Nicht an den Weg, nicht an die Straßennummern. Vielleicht war es acht oder neun, aber vielleicht auch elf? Inzwischen hatten die Straßen richtige Namen bekommen, alle Straßen erschienen mir ähnlich, als ich eine fand, bei der ich dachte, die könnte es sein, war dort kein Haus, das nur im Entferntesten dem ihrigen glich. Es gab eine Menge Häuser, bei denen man einen zweiten Stock hinzu gebaut hatte, jetzt waren es echte Villen. Und was war ihr Familienname? Ich wusste nicht einmal, ob ich ihn gewusst und dann vergessen habe, oder ihn nie wusste.

Wenn ich einen geöffneten Konsum gesehn hätte, hätte ich fragen

können, wo wohnt da bei euch eine, die Dvora oder Ora heißt, so ungefähr neunzehn, mit einer kleinen Schwester Yaelik?
Wenn ich in allen Geschäften frage, sie musste doch damals noch rasch zum Konsum... Ich fragte jemanden, sag, wo ist bei euch der Konsum?
Den hat man geschlossen, sagte man mir voller Stolz, es gibt jetzt einen Supermarkt, aber heute, am Samstag...Sag, vielleicht kennst du zufällig...? Wie, Ora oder Dvora? Sie runzelte sogar die Stirn. Und wie schaut sie aus, so eine Blonde? Aber die ist über dreißg.

*

Buki, dieser Hurensohn, stellte sich fast eine Stunde zu spät ein, und entschuldigte sich nur kurz: Tut mir leid, aber sie ließ mich nicht gehen, bis wir zu Ende gegessen hatten. Ich schluckte das, was mir schon auf der Zunge lag, hinunter: Ah, so nennst du es, Essen? Und wie nennt sie es, trinken?
Wir fuhren weiter, Buki pfiff in bester Laune vor sich hin, was mir auf die Nerven ging. Da fragte ich: Sag mal, Buki, wie war das bei dir mit deinem ersten Kuss?
Er war überrascht und lachte.
Gerade der Kuss, ha? – und wieder lachte er.
Ja, gerade der Kuss, sagte ich, etwas gereizt.
Bei mir gab es keinen. Ich begann mit drei ersten Küssen.
Wieso? Mit drei auf eimal?
Ja, auf einmal, aber mit drei verschiedenen Mädels.
*Yalla*, mach schon und erzähl!
Er zögerte einen Moment und erzählte:
Hast du schon eimal ganz plötzlich Lust gehabt, etwas Verrücktes zu tun, das alle total verblüfft, sagen wir, auf einer besonders feier-

lichen Veranstaltung wie ein Hahn zu krähen, oder dich vor einen würdigen Direktor stellen und ihn in die Nase zwicken? Er, Buki, habe nämlich einen kleinen Teufel in sich, der ihm jedes Mal so einen Gedanken eingibt. Und an jenem Abend, als die Wahlen zum Gruppenrat abgehalten wurden... Wo? Natürlich in Be'er-Sheva, wo denn sonst?

Man warf Zettel in einen Hut, die Mädels waren aufgeregt und tuschelten, er, Buki, war sicher, niemand würde ihn wählen, keiner von den Jungs und keines von den Mädels. Weil er das ist, was wir *Ashkenasis* einen *Puscht* nennen. Kein Arschloch, aber ein kleiner Gauner. Und was passierte? Von allen Jungs hatte er die meisten Stimmen bekommen, und wurde – was für eine Überraschung! – mit Icka und Jackie und Monika, den drei wichtigsten Mädels – in den Gruppenrat gewählt. Und gleich setzten sie sich zusammen ins kleine Sitzungszimmer und sprachen über die bevorstehenden Aktivitäten und bestimmten sogar einen besonderen Pfiff für die Ratsmitglieder untereinander. Auf dem Weg nach Hause ging er ein Stück zusammen mit Monika, und bevor sich ihre Wege trennten, kamen sie durch einen kleinen unbeleuchteten Park, und plötzlich meldete sich sein kleiner Teufel: Yalla, komm, setzen wir uns da einen Moment. Oben, an ihrer Bluse, gab es eine Schleife, sein Teufelchen führte ihm die Hand, und die Hand öffnete ganz langsam die Bluse, während seine Augen die ganze Zeit in ihre schauten. Sie saß ganz still und atmete nur stockend, er legte ihr die Hand auf die Brust, unter die Bluse, auf den Busen, zuerst auf den rechten, dann führte er sie zum linken, einen Moment später zog er die Hand wieder heraus, schloss ihre Bluse und sagte: Yalla, mach schon, gib 'nen Kuss! Und dann sagte er: Yalla, vorwärts, wir gehen. Und sie gingen, ohne ein Wort. Und in dem Moment, als sich ihre Wege trennten, rannte er zurück zur Gruppe und überholte Jackie auf ihrem Weg nach Hause. Er führte sie in den Park, zur

selben Bank. Jackie hatte eine Bluse ohne Knöpfe, da zog er ihr die Bluse aus den Jeans, er riss sie nicht wild heraus, sondern zog ganz langsam, schob die Hand von unten herauf und legte sie auf die beiden Hügel, wie bei Monika. Yalla, mach schon, gib 'nen Kuss, Yalla, komm, wir gehen. Und sie gingen, wortlos. Eine viertel Stunde später, vor dem Haus von Icka, pfiff er den vereinbarten Pfiff und sie kam herunter. Yalla, komm in den Park... Yalla, mach schon, gib 'nen Kuss. Und dann noch ein Yalla... Buki schwieg einen Moment, dann fügte er leise hinzu, *wallah*, oh Gott.
Es lag mir auf der Zunge ihn zu fragen – ob er den Ausdruck *Buki Sriki* kennt. Sicher kennt er ihn nicht und wenn er fragt, sag ich, ich hätte es vergessen, er solle es bei *Even-Schoschan* nachschauen. Ich dachte, er gibt an, aber... ich war auch neidisch. Eigentlich, hätte ich die Stunden, in denen ich auf ihn gewartet habe, besser nützen können, im Städchen herumgehen und mich orientieren – zuerst jemanden fragen, welche Straßennamen früher welche Nummern hatten und dann in Straßen, die früher zwischen sieben und zwölf lagen, nach Ora-Dvora fragen. In meinen Gedanken treffe ich sie und lenke das Gespräch auf meinen damaligen Besuch. Ich höre von ihr, sie hätte mir schrecklich gern geschrieben, sie wollte mir andeuten, dass ich ihr eine Freundschaft vorschlagen soll, aber sie wusste meinen Familiennamen nicht, sie erkundigte sich zwar nach der Adresse der Gruppe in Givatayim, jemand nannte sie ihr, aber wer weiß, ob sie stimmte. Der Brief kam zwar nicht zurück, aber auch keine Antwort. Ich versicherte ihr erregt, dass ich nie so einen Brief erhalten hatte, und wenn ich ihn bekommen hätte...

\*

Zwanzig Jahre später traf ich Ora-Dvora zufällig während eines Auslandsausfluges. Ich kam mit ihr ins Gespräch, aber ich erkannte sie nicht, bis sie sagte, Ora, Kiryat-Chayim... Und ich, sofort... was?! Erinnerst du dich, damals, bei den Pfadfindern, im Sommer...?

Sie runzelte die Stirn. Ah, klar, natürlich erinnere ich mich! In diesem Ferienlager im Kibbuz Givat Brenner! Du warst damals frisch verheiratet, so ein Jahr, und ich hab mich gewundert, was kommt der denn, um bei unseren Zelten herumzuschnüffeln?

Nein, sagte ich, das war nicht ich. Ich hab dich in Kiryat-Chayim kennengelernt, ein oder zwei Jahre bevor du in Givat Brenner warst. Ich war dein Gast, erinnerst du dich? Am Abend saßen wir Rücken an Rücken am Lagerfeuer, und auf dem Weg zurück, vor dem Eingang zu eurem Haus, am Zitronenbaum, da versuchte ich... erinnerst du dich? Wer war am Ende der Glückliche, Benzi oder Gabriel?

Sie rümpfte die Nase, Pardon, ich verstehe nicht!

Als wir in deinem Zimmer waren, rief deine Mutter dich und schickte dich zum Konsum einkaufen. Ich blieb im Zimmer und sah ein Heft unter deinem Kopfkissen hevorlugen, dein Tagebuch. Benzi ist so süß – las ich – seine Locken und sein Lächeln, wenn er mit Mosche'li spricht. Gabriel ist eine andere Geschichte, der ist entschlossen, immer kurz und bündig: Zu Ostern sind die Eskidinias noch grün, hat er gesagt. Aber Mosche'li ist voller Gefühle. Ich hatte solche Sehnsucht, ich wollte, dass er mich umarmt. Und Effi, ja, den könnte ich stundenlang anschauen ... Na ja, und jetzt frage ich dich, wer am Ende der Glückliche war.

Sie lachte: Das kann nur das Tagebuch von Yaelik gewesen sein.

Es war gar nicht deines?

muss man tun, damit die Nasen nicht stören? Man muss den Kopf ein wenig neigen, was aber, wenn beide den Kopf zur selben Seite neigen? Verabreden sie sich? Nein, die Chose war die, dass sie ganz still wurden, und ganz langsam, wie von sich aus Hand gezogen, näherten sich ihre Gesichter. Nicht dass sie es beschlossen hätten, nein, ein verborgenes unbekanntes Es schien es beschlossen zu haben.

Und die Lippen? Man zeigte damals nicht viele Küsse, und schon gar kein close-up, ich traute mich nicht, so genau hin zu schauen. Ich wagte auch nicht zu fragen, nicht einmal mich selbst, was genau mit den Lippen gemacht wird. Wenn ich's fertig gebracht hätte, klar zu denken, hätte ich daher gedacht, dass... dass sie die Lippen spitzen und dabei zusammendrücken, wie bei einem Wangenkuss.

Es war schwer, mit Mädchen zu sprechen. In der Schule, in den Pausen, sprachen Jungen mit Jungen und Mädchen mit Mädchen. Wir konnten nur wie zufällig neben ihnen stehen, heimlich lauschen, was sie einander sagten, aber mit ihnen selbst... nein, das ging nicht.

So war es auch in unserer Pfadfindergruppe "Frühling". Man traf sich an der Turnhalle, die neben dem Basketballplatz lag, der von Stufen umringt war, wie ein kleines Amphitheater. Dort stand ein einstöckiges Gebäude mit einer langen Reihe von verschlossenen Türen: Da wurden Zeltpfähle, Stricke, Zelttücher, Wind-Laternen, Konservenbüchsen aufbewahrt – alles was man brauchte, um ein Pfadfinderlager zu machen. Man müsse diese Räume endlich einmal entrümpeln, wurde oft betont, und dabei blieb es. In einigen Räumen deponierten die Gruppenführer Landkarten, Fahnen, Süßigkeiten, die Gruppenkasse und einige Bücher, wie: "Lagerleben", "Gesellschaftsspiele" und "Dafür und dagegen".

Bei "Frühling" gab es Jungen und Mädchen, aber die Aktivitäten wurden in getrennten Gruppen gemacht, die Jungen mit einem Gru

Nein, ich hab nie ein Tagebuch geführt. Wozu auch?

Und wieso lag Yaeliks Tagebuch unter deinem Kissen?

Wieso meines? Ich hab dir damals gesagt, du sollst dich auf Yaeliks Bett setzen. Es war wirklich süß, das Tagebuch meiner kleinen Schwester, ich hab's auch gelesen. Vermutlich hat sie es absichtlich unter dem Kissen ein wenig hervorschauen lassen – sie wollte, dass ich es lese.

Und unter dem Zitronenbaum? Ich versuchte damals dich zu küssen, erinnerst du dich?

Oh, da gab's einige die das versuchten, meistens unter den Eukalyptusbäumen, beim zweiten oder dritten Mal habe ich es ihnen erlaubt, meistens jedenfalls.

Ich schwieg.

# Thomas Mann im Kibbuz

Rafi entdeckte Schritt für Schritt die Welt der Liebe. Ruti spielte ihm kleine Streiche, sie zog eine Bluse an, die im Nacken geknöpft wurde, und kicherte schadenfroh, wenn es ihm nicht gelang, sie im Dunkeln zu öffnen. Dann zahlte er es ihr mit einer festen Strafumarmung heim, bis sie um Gnade bat und ihm das Geheimnis der Knöpfe verriet. Die Nachbarn machten sich über das Paar schon lustig. Ruti lachte nachts ganz laut, wenn sie versuchte ihren Hals, an dem sie am kitzeligsten war, zu schützen, und stieß dabei erstickte Schreie aus: "Hör auf, hörst du, hör auf, oi, ich sterbe! Ich ersticke!" Rafi versuchte dann, sie mit Küssen zum Schweigen zu bringen und flüsterte: "Nicht so laut, die Nachbarn…" Dann machte Ruti das Radio an und bemerkte dazu: "Zerplatzen soll'n sie, wenn's ihnen nicht passt!"
"Findest du, wir sind zu unromantisch?"
"Ach, es gibt doch nichts Langweiligeres als romantisch sein. Hast du es mal versucht?"
Rafi gab zu, nein, noch nie.
"Eigentlich, auch ich nicht", sagte sie nachdenklich. "Wie hast du dir das vorgestellt? Dass man die Sterne anschaut?"
Sie lagen nackt beieinander. Es war schwül in Rafis kleiner Betonstellung. Sein Bett war zu schmal für zwei. Ruti hatte auf dem Boden eine Matte, eine Decke und ein Leintuch ausgebreitet, das magische Auge des Radios gab schwaches grünes Licht. Ruti nahm ein paar bedruckte Papierbögen vom Schemel neben dem Bett und fächelte sich damit kühle Luft zu.
"Ekelhaft, diese Hitze."
Rafi schaute wie hypnotisiert auf ihre Hand.

"Ist das eine neue Erzählung von dir?"
"Ja, so was ähnliches", gab er zu.
"Nun, dann kann sie stolz darauf sein, dass ich mit ihr fächele. Bialik hätte dich beneidet. Oder schrieb der keine Erzählungen? Dann soll's eben Tschernikhovski sein. Also, sag, wie hast du dir das Romantischsein vorgestellt?"
Rafi verschränkte seine Hände im Nacken. Er zögerte.
"Ich weiß nicht. Erinnerst du dich an die Geschichte aus der Bibel, wie Jakob seine Rachel am Brunnen traf, sie küsste und weinte? Das machte tiefen Eindruck auf mich."
"Ach, du Dummer, so hast du dir das also vorgestellt, dass man sich umarmt, küsst und dabei weint?"
"Ungefähr. Das man bewegt schweigt und über erhabene Sachen nachdenkt. Als ich sechzehn war und zu Pessach in die Stadt kam, ging ich am Abend in einen Park und schaute die sich umarmenden Paare an, manchmal hörte ich sie hinter einem Busch kichern. Das wunderte mich, was gibt's da zu kichern?"
"Und jetzt weißt du's?"
Er wollte ihr sagen, dass ihre einfache Selbstverständlichkeit, mit der sie sich auszieht, ihn zugleich abstößt und anzieht. Aber wie kann man das sagen?
"Weißt du was 'primitiv' bedeutet?", fragte er.
"Klar. Aber wenn du Lust hast, kannst du's mir erklären. Ich sehe, dass du ganz wild darauf bist, mir einen kleinen Vortrag zu halten."
"Dann sag mir, was das ist."
"Ach, das ist so wild, nicht?"
"Nicht immer. Wörtlich bedeutet es 'anfänglich', urwüchsig."
"Na und?"
"Ich dachte, dass du in diesem Sinn primitiv bist, du hast etwas ganz Urwüchsiges, das die Kultur noch nicht verdorben hat. Jeder von uns hat etwas davon, aber bei dir liegt es offen da."

"Und – ist das gut oder schlecht?", fragte sie misstrauisch.
"Natürlich ist's gut. Du hast eine urwüchsige Ursprünglichkeit."
"Genug", sagte sie unwillig. "Ich kann's nicht ausstehen, wenn man so über mich spricht."
"Ich spreche nicht nur über dich. Überhaupt, der Körper, in all seiner Komplexität, ist primitiv. Das ist das Bezaubernde an ihm. Wie in dem Gedicht, das ich dir gestern vorgelesen habe, erinnerst du dich? 'Weil unser wilder Körper, der Blut-Bräutigam / Noch in Verkleidung und Verrat des Lächelns erglüht...'"
"Ah, das ist über diese Wilden im Urwald?"
"Ja", er war überrascht, dass sie sich an etwas daraus erinnerte. "Stimmt: 'Seine Trauer trägt noch Nasen- und Ohrringe / Das Rauschen der Wälder feiert noch in seinen Augen'. Willst du, dass wir es nochmals lesen?"
"Ach nein, Rafik, du weißt doch, dass ich keine Gedichte mag."
Gespräche über Gedichte oder über Romane endeten gewöhnlich damit, dass Ruti ungeduldig wurde, und wenn Rafi eine Pause machte, fragte sie: "Nun, bist du fertig?" Worauf er düster antwortete: "Ja, das bin ich. Fertig." Diesmal fragte er plötzlich: "Sag, Ruti, jetzt, nachdem du weißt, dass auf den Blättern mit denen du fächelst, meine Erzählung steht – warum fragst du nicht, worüber ich geschrieben habe?"
"Ach, Dummer", antwortete sie und schmiegte sich an ihn, "das hast du mir doch schon eine ganze Stunde lang erzählt und wirst es mir sicher noch dreimal erzählen."
Danach schwiegen sie. Ruti versuchte aus dem Schweigen herauszukommen.
"Eigentlich würde ich jetzt gern Tee trinken."
Rafi betätigte die Teekanne. Aus dem Radio kam Musik, die Kanne summte leise. Als sie hörten, dass das Wasser kochte, machte Rafi die kleine Tischlampe an, um die Teetassen heraus zu holen, dabei

sah er sie im Lichtschein, vergaß seine Kränkung und umarmte sie. Sie stellte sich widerspenstig, kicherte, erstickt von seinen Küssen, und unterwarf sich.

\*

Nachdem Rafi und Ruti für alle sichtbar miteinander gingen, erwartete man, dass sie sich ans Komitee wenden und um ein gemeinsames Zimmer bitten würden. Jardena fragte, wann sie zusammen ziehen werden, es sei nicht so einfach, eine Feier vorzubereiten, deswegen lohne es sich erst, wenn einige Paare zusammen kommen. Amalia erinnerte daran, dass der Kibbuz wieder eine Gruppe von Einwanderern aufnehmen müsse, es gäbe keine Zimmer, und man muss – so unangenehm es auch sei – einige junge Chaverim aus Einzelzimmern nehmen und sie zusammenwohnen lassen. "Und du weißt ja", sagte sie zu Ruti, "wie jeder wie ein Löwe um sein Zimmer kämpft. Und wenn ihr endlich zusammenzieht, bekommen wir noch ein freies Zimmer."
Sogar Ofra übte auf Ruti Druck aus:
"Du hast mir ja selbst gesagt, dass das bei euch etwas Dauerhaftes ist", redete sie auf Ruti ein, "also, warum zögerst du es anzumelden? Jerucham und ich haben keine Lust, allein zu diesem Rabbi zu gehen. Wenn wir drei Paare sind, können wir einen *Tender* nehmen und alle Formalitäten gemeinsam erledigen, das macht alles leichter."
Schließlich sagte Ruti ihrem Vater, dass sie es satt habe. "Von mir aus kannst du es anmelden."
Judl war bewegt, küsste sie auf die Stirn, zum ersten Mal seit vielen Jahren, und erzählte es den Genossen während der Arbeit in der Garage. Rakefet lief zu Amalia, zu Bat-Schewa und Jardena, zu Chana A., Chana B. und Ester C. Judl lud seine Nachbarn und

Freunde auf ein Gläschen ein. Ruti wurde in die Kleiderabteilung gebeten – sie hatte jetzt Anspruch auf ein neues Kleid – und Amalia und Bat-Schewa besuchten Rafi, um zu schauen, was das Paar noch braucht.

\*

Der heiße Ostwind hatte noch nicht nachgelassen. In Rafis Wohnraum – einer ehemaligen Verteidigungsstellung – strahlten die Betonwände die Hitze des Tages aus. Rafi löschte das Licht, öffnete die Tür und die Fensterschlitze, ein leichter Luftzug kam herein. Ruti breitete die Matte, die Decke und das Leintuch aus, Rafi legte die Blätter seiner Erzählung sorgfältig weg.
"Was glaubst du, werden Ofra und Jerucham glücklich sein?"
"Keine Ahnung", sagte Rafi. "Was meinst du?"
Das war seine übliche Antwort. Ruti ignorierte das.
"Nein, ich glaube sie haben keine Chance. Sie schämen sich noch voreinander."
"Woher weißt du das?"
"Von Ofra. Sie ist so komisch. Ich glaube, sie will mich alles Mögliche fragen, aber weiß nicht wie. Die sind noch schrecklich gehemmt, sie reden zum Beispiel nicht über Sex. Wahrscheinlich versuchen sie romantisch zu sein, so wie du dachtest, dass man sein soll."
Ruti lachte leise gurrend. Rafi lag auf den Rücken und genoss den Luftzug.
"Und wie glaubst du steht's mit Ora und Uri?"
"Nun, wirklich, wie?"
"Die werden schon zurechtkommen. Uri ist schwerfällig und naiv, aber der wird Ora schon fest halten. Und sie wird ihm den Kopf verdrehen, sie sagt, sie wird ihn noch aus dem Kibbuz rausholen."

"Das wäre schrecklich für ihn."
"Warum 'schrecklich'?"
"Das ist sein Zuhause. Es gibt eine griechische Legende über einen Riesen, den man nicht bezwingen konnte, solange er die Erde berührte, sie war seine Mutter, die ihm Kraft gab. Uri ist so einer."
"Ach, geh, du mit deinen Legenden. Ora hat mir erzählt, sie haben sich gemeinsam einen freien Tag genommen, um nach Haifa zu fahren, Einkäufe machen. Nun rate mal, was Uri zur Fahrt angezogen hat. Eine feine Hose und geputzte Halbschuhe. Kannst du ihn dir in einer feinen Hose vorstellen? Damit das niemand sieht, hat er sich im alten Duschraum am Tor umgezogen. Da siehst du, wie sie ihn erzieht. Und weißt du, was sie gekauft haben? Einen Wandteppich fürs Bett, braun und grün gestreift, und eine bestickte Bluse für Ora für 32 Lirot! Eine hellgrüne, mit goldener Stickerei. Wunderschön! Zur Feier wird sie sie anziehen. Mit einem schwarzen Glockenrock."
"Ist das ein besonderer Rock?", fragte Rafi mit schwacher Stimme.
"Das kannst du bald sehen. So ein Rock ist oben eng und unten weit wie eine Glocke. Früher hat man gedacht, dass man nur ganz schmale Röcke tragen darf, in denen man sich fast nicht rühren kann. Wart nur, du wirst sehen, wie meiner sich heben wird, wenn ich tanze. Ich kaufe auch einen schwarzen."
"In Ordnung, ich meine wunderbar."
"Macht's dir was aus, wenn ich so viel über Kleider rede?"
"Ich sehe, dass ich das nun alles lernen muss."
"Stimmt". Sie streichelte ihn flüchtig. "Also, hör weiter. Sie haben auch – aber das errätst du nie – einen goldenen Ring gekauft!"
"Einen Ehering?"
"Klar. Einen geschliffenen. Auch ich kauf mir so einen."
"Was! Du willst dir einen Ehering kaufen?!"
"Nein, du wirst ihn mir kaufen."

"Und was werden deine Eltern dazu sagen, und überhaupt, was wird der Kibbuz denken?"
"Die sollen bei mir dasselbe denken wie bei Ora."
"Aber sie ist in Paris aufgewachsen und du – im Kibbuz. Wozu brauchst du einen Ehering?"
"Nur so. Es gefällt mir und weil die sagen, dass das kapitalistisch ist, wird es sie ärgern. Die sollen sich nicht die ganze Zeit in mein Leben einmischen. Hörst du, nächste Woche nehmen wir zusammen einen freien Tag und fahren nach Haifa, um einzukaufen, ich freue mich schon schrecklich, mal in der Stadt zu sein und in Geschäfte zu gehen."
"Aber dazu braucht man Geld."
"Wir nehmen unser Jahresbudget, meine Eltern werden ein wenig beisteuern, dein Vater wird sicher auch was spendieren… Ora sagt, sie hätten neunzig Lirot ausgegeben, aber ich bin sicher, es war mehr."
"Woher haben die soviel Geld?"
"Sie kommt aus einer reichen Familie, zwei Onkel in Frankreich und einer in Amerika."
"Auch Ofras Onkel sind reich, nicht? Und Jeruchams Vater fehlt es an nichts, er ist ein hoher Beamter."
"Klar, Rafi. Man sagt, er hat eine bezaubernde kleine Villa."
"Warum kaufen dann Ofra und Jerucham keine Ringe und bestickte Blusen?"
"Ach Rafi, die haben das blöde Prinzip, keine Geschenke anzunehmen. Willst du etwa auch bei solchen Prinzipien bleiben?"
"Das ist doch egal, wir haben nun einmal keine reichen Onkel."
"Stimmt! Leider! Aber wenn wir welche hätten – würden wir dann eines Tages den Kibbuz verlassen?"
"Was hat das mit reichen Onkeln zu tun?"
"Schau, Rafi, du hast keinen Beruf. Und wir haben keine Wohnung,

Wohnungen kosten eine Menge Geld. Aber wenn wir könnten, würde ich den Kibbuz schon gern verlassen. Nicht nur weil man die Kinder ins Kinderhaus geben muss, das schlimmste ist die Arbeit in der Küche, die BHs sind misslich und ganz unbequem, Bat Schewa kauft sie nicht nur nach ihrem Geschmack, sondern auch nur in drei Größen. Und das Essen schmeckt widerlich, weil Rochale es so kocht, wie sie es von ihrer polnischen Mutter gelernt hat. Ich hätte schrecklich gern irgendwo in einem Dorf ein kleines Haus, das nur uns gehört. Ich würde für dich kochen und wenn du am Abend von der Arbeit kommst, würden wir zusammen essen und dann würden wir unsere Kinder ins Bett bringen, sie schlafen bei uns und nicht im Kinderhaus."
Rafi meint, Tränen in ihrer Stimme zu hören.
"Ofra findet, dass die Frauen im Kibbuz frei sind und ihre Persönlichkeit entfalten können. Danke vielmals, hab ich ihr gesagt, darauf verzichte ich gern, ich will meine Persönlichkeit in meinem eigenen Haus entfalten." – Sie lachte verbittert. – "Aber was fang ich mit meinen Eltern an? Sogar wenn wir den Kibbuz verlassen könnten, hätte ich nicht das Herz es meinen Eltern zu sagen. Was sollen sie dann machen, meine armen Eltern, ohne mich? Sie sagen immer, sie hätten das alles für uns aufgebaut. Aber ich will hier nicht bleiben. Als ob das alles meine Schuld wäre."
Rafi schwieg.
"Was sagst du dazu?"
"Ich will den Kibbuz nicht verlassen, auch wenn ich die Gelegenheit dazu hätte, und dafür gibt es alle möglichen Gründe!"
"Welche denn?"
"Du würdest sie nicht verstehen."
"Vielleicht werde ich sie doch verstehen."
"Jedes Mal wenn wir über den Kibbuz oder über Literatur sprechen, streiten wir am Ende."

"Streiten? Wir haben noch nie gestritten. Ich sage dir nur manchmal, dass du Unsinn redest, das ist alles. So, und jetzt sag es."
"Nein. Komm, reden wir über die Einkäufe in Haifa. Vielleicht sollen wir auch eine Blumenvase kaufen?"
Ruti drehte ihm den Rücken zu.
"Was hältst du davon?"
"Ich rede nicht mit dir."
"Gut, ich erzähl's dir, sicher findest du es wieder Unsinn. Also, wenn man jemanden fragt, warum er im Kibbuz lebt, bekommt man alle möglichen Antworten: Das ist wichtig für den Aufbau des Landes; das ist die gerechteste und schönste Lebensform; da bin ich zu Hause und da fühle ich mich wohl; weil ich hier bin und nicht weg kann; im Kibbuz habe ich keine Sorgen; meine Existenz ist gesichert... So gibt es viele Antworten. Ich habe eine andere." Er zögerte und holte tief Luft. "Hast du schon von Thomas Mann gehört?"
"Nein. Ist das ein wichtiger Mensch?"
Das brachte ihn zum Lachen.
"Er ist ein Schriftsteller, einer der ganz großen. Aber ob er wichtig ist? Vielleicht sind Schriftsteller im Allgemeinen nicht wichtig. Du könntest zum Beispiel ohne sie leben, nicht wahr?"
"Sag das nicht. Manchmal lese ich schrecklich gern. Und ich brauche unbedingt den Schriftsteller hier, der zu viel von Literatur und zu wenig von Frauen versteht."
Rafi schwieg.
"Nun, red weiter. Ich sag schon nichts mehr. Du hast gesagt, er ist ein wichtiger Schriftsteller."
"Im Gegenteil. Ich sagte, dass er vielleicht nicht wichtig ist. Ich sagte, du könntest ohne Literatur auskommen, aber nicht die Literatur ohne dich. Du bist wichtig, aber nicht groß. Die Literatur ist manchmal groß, aber nicht wichtig."

"Hör auf damit, hörst du? Ich kann es nicht ausstehen, wenn du so über mich sprichst. Komm zum Ende mit deinem Thomas Mann und kehr zurück zum Kibbuz."
Wahrscheinlich hat sie doch von ihm gehört, dachte er. Und laut sagte er:
"Dieser Thomas Mann schrieb ein ewiges und unwichtiges Buch, 'Joseph und seine Brüder', und in diese große Erzählung hat er eine kleine eingebaut. In der gibt es eine junge Frau, die Tamar heißt, sie war mit einem Sohn Jehudas namens Er verheiratet, aber Er starb, ohne ihr ein Kind zu hinterlassen. Da heiratete sie – wie es damals der Brauch war – seinen Bruder Onan, aber auch der starb, ohne ihr ein Kind zu schenken. Jetzt blieb ihr nur noch der jüngste Bruder, aber der war noch klein, und zudem hatte die Familie Angst, alle ihre Männer starben, und sie wollten nicht, dass auch er stirbt. Also beschloss Tamar, sich als Hure zu verkleiden und Jehuda, den Stammesvater zu verführen und sie gebar ihm Zwillinge. Thomas Mann erzählt ganz bewegend, wie sie sich verkleidet, wie sie Jehuda verführt, wie sie geheim hält, von wem sie schwanger ist, und wie man sie als Ehebrecherin ansah und sie deshalb verbrennen wollte."
Er schwieg einen Moment.
"Am Ende stellt Thomas Mann die Frage, warum diese kleine Tamar eigentlich so stur war, sich gerade mit dieser Familie verheiraten zu wollen. Seine Antwort ist: Sie war eine kleine Kanaaniterin, als Kind spielte sie oft in Jakobs Zelt, hörte seine Erzählungen und spürte, das ist eine historische Familie, über sie wird man sprechen und es wird einmal Erzählungen über sie geben. Und da beschloss sie, auch ich will in diese große Erzählung hinein. Sie behielt Recht. Es wurden viele Erzählungen über die Familie Jakobs geschrieben und einige davon auch über die kleine Tamar."
Rafi sah, dass Ruti aufmerksam zugehört hatte.

"Ist das eine neue Erzählung von dir?"

"Ja, so was ähnliches", gab er zu.

"Nun, dann kann sie stolz darauf sein, dass ich mit ihr fächele. Bialik hätte dich beneidet. Oder liebst du keine Erzählungen? Dann soll's eben Tschernikhovski sein. Also sag, wie hast du dir das Romantischsein vorgestellt?"

Rafi verschränkte seine Hände im Nacken. Er zögerte.

"Ich weiß nicht. Erinnerst du dich an die Geschichte aus der Bibel, wie Jakob seine Rachel am Brunnen traf, sie küsste und weinte? Das machte tiefen Eindruck auf mich."

"Ach, du Dummer, so hast du dir das also vorgestellt, dass man sich umarmt, küsst und dabei weint?"

"Ungefähr. Das man bewegt sei, gleich und über erhabene Sachen nachdenkt. Als ich sechzehn war und zu Pessach in die Stadt kam, ging ich am Abend in einen Park und schaute die sich umarmenden Paare an, manchmal hörte ich sie hinter einem Busch kichern. Das wunderte mich, was gibt's da zu kichern?"

"Und jetzt weißt du's?"

Er wollte ihr sagen, dass ihre einfache Selbstverständlichkeit, mit der sie sich auszieht, ihn zugleich abstößt und anzieht. Aber wie kann man das sagen?

"Weißt du was 'primitiv' bedeutet?", fragte er.

"Klar. Aber wenn du Lust hast, kannst du's mir erklären. Ich sehe, dass du ganz wild darauf bist, mir einen kleinen Vortrag zu halten."

"Dann sag mir, was das ist."

"Ach, das ist so wild, nicht?"

"Nicht immer. Wörtlich bedeutet es 'anfänglich', urwüchsig."

"Na und?"

"Ich dachte, dass du in diesem Sinn primitiv bist, du hast etwas ganz Urwüchsiges, das die Kultur noch nicht verdorben hat. Jeder von uns hat etwas davon, aber bei dir liegt es offen da."

"Und so ist das auch bei mir", fuhr er fort.
"ich fühle, dass der Kibbuz etwas Historisches ist, ein bedeutender Versuch, die Probleme des Menschen und der Gesellschaft zu lösen. Da ist es unwichtig, ob im Einzelnen alles gut, bequem und schön ist. Was zählt, ist, dass man über diese Bewegung sprechen und schreiben wird. Immer und überall, wo man Wege suchen wird, um in Gerechtigkeit und Gleichheit leben zu können, wird man an dieses große Experiment denken. Und ich will ein Teil dieser großen Erzählung sein."
Seine Stimme zitterte. Vielleicht hatte er diesmal ihr Herz erreicht?
"Und das war's?", fragte sie. "Bist du fertig?"
"Ja", sagte er. "Ich bin fertig."
Es herrschte Stille. Ruti streichelte ihn und bat um Tee – aber umsonst. Dann fragte sie: "Hast du mich ein wenig gern, Rafik?"
Das stimmte ihn weicher. "Natürlich, Mädi."
"Aber du bist traurig?"
"Ja", gab er zu, "ein wenig."
"Warum? Hab ich dich geärgert?"
"Nein, Mädi."
"Warum sonst?"
"Ich weiß nicht, Mädi."
Schließlich schlief sie ein, ihr Kopf ein wenig zur Seite geneigt. Rafi betrachtete sie im Lichtschein des Radios. Auf ihrem Gesicht lag ein Ausdruck von naiver Sinnlichkeit und Gekränktheit.
Es macht nichts, wenn du meine Erzählungen als Fächer benutzt und meinen Gedanken über das Leben und die Poesie nicht folgen magst. Du hast die Weisheit deines Körpers und bist mit deinem Herzen und der Natur verbunden, dachte er, und fühlte eine friedliche Einsamkeit.

## Die Unvollendeten

Sie füllt die Keramikschalen mit Gebäck und sieht sich dabei im Spiegel zu, sie ist stolz auf ihr weißes Haar. Eti, ihre Enkelin, wird hoffentlich bemerken, was sie alles für sie tut. Naomi war die wichtigste Oma, in der Ahnenreihe von David und Jesus! Vielleicht denkt Eti, ihre Naomi ist die wichtigste Oma in... Sie hat auch eine Ahnenreihe gegründet: Naomi, Osnati, Eti. Drei Frauen. Kaum zu glauben, dass Eti das so sieht.

Die Keramikschalen hat Pnina ihren Freundinnen geschenkt, als sie den frisch erworbenen Brennofen feiern wollte – Pnina kauft nie, nein, das wäre banal, sie erwirbt. "Liebe Naomi, liebe Freundinnen", stand auf der Einladung, "zur Eröffnung meines Studios und Ateliers..." Was für eine Wichtigtuerei! Sie schenkte jeder eine Kleinigkeit und erwartete natürlich, dass jede noch etwas "erwerben" sollte. Die Kekse waren von der billigsten Sorte. Aber meine sehen in diesen grünen Schalen sehr lecker aus: Die braune Schokolade, der verführersiche Duft von Vanille und die mit dem roten Marmelade-Auge. Eti wird zufrieden sein. Etwas Zeit bleibt mir noch, da stelle ich Tassen und Gläser bereit. Wenn ich am Ende des Nachmittags Gebäck und Getränke anbiete, kann ich das mit den Bibelworten: "In Trübsal Brot und in Ängsten Wasser, hihihi!" begleiten. Wo steht das eigentlich – ach, du weißt ja auch nicht mehr genau wo es steht, "in Trübsal Brot und in Ängsten Wasser", ist nicht so wichtig. Und daran – was wirklich wichtig ist – will sie in diesem Moment nicht denken. Sie wird zwischen Telefon und Eingangstür sitzen um beim ersten Klingelton rasch den Hörer abheben oder die Tür öffnen zu können. Eti hat zwanzig Minuten gewartet, wenn sie den Beginn noch weiter verschoben hätte, hätte man vor ihrem Vortrag etwas anbieten müssen, aber damit war sie nicht einverstanden.

Naomi hörte die helle und klare Stimme ihrer Eti: "Er begann sie am dreißigsten Oktober 1822…"

"Und wann war er fertig und machte Schluss mit ihr?"

Das ist die Stimme Ramis – was für ein Klugscheißer!

Zuerst lachten zwei, drei, dann schwoll das Gelächter an.

"Frag lieber, wann er sie unfertig ließ!", rief Gidi Gil dazwischen.

Aber Eti lässt sich nicht verwirren.

"Das ist eine ganz berechtigte Bemerkung, diese Unterscheidung zwischen 'fertig mit etwas sein' und 'etwas fertig machen'. Auf dem Manuskript steht: 'Für Anselm mit Dank für das Diplom'. Das kann man als Hinweis deuten, dass er das Stück als beendet ansah, nicht war? Über diese Widmung gibt es viel Haarspaltereien."

"Sicher streiten sich die Spitzfindigen, wer Anslem war und welches Diplom er ihm gegeben hat."

"Da wirst du dich wundern, gerade das ist bekannt. Das Manuskript übergab er im September 1823, als er auf dem Weg ins Krankenhaus war, einem Freund, den er zufällig in der Nähe des Schottentores traf, mit der Bitte, es Anselm zu übergeben, aber der übergab es ihm erst vier Jahre später, als er zufällig an Beethovens Sterbebett auf Anselm traf."

"In welchem Jahr starb er eigentlich?"

"Ein Jahr nach Beethoven, 1828, da war er 31 und hatte Typhus."

Naomi fühlt in sich eine Welle von Stolz und Liebe aufsteigen. Wie gut sie sich auskennt, meine Eti! Sie lässt sich nicht aus der Fassung bringen.

"Und wieso nicht an der Syphillis?"

"Tja, so war es eben. Man behauptet, dass er den Typhus nicht besiegen konnte, weil er schon von… seiner chronischen Krankheit geschwächt war."

Es läutet, Naomi springt auf. Eti erzählt gerade, dass das Musikstück in Deutschland "Die Achte" genannt wurde, aber in England als die siebente galt, in H Moll, Allegro moderato und Andante con Motto. Man fand 9 Takte, die man einem dritten Teil zuordnete und außerdem 16 Takte, die vielleicht zu einem Trio gehören.

Rami unterbricht sie: "Vielleicht fand man, vielleicht waren es 16 oder vielleicht vom Trio?"

"Das ist ja das Problem", antwortet Eti, "ob er sie fertig gemacht hat oder Schluss mit ihr machte und sie unfertig ließ. Offenbar schätzte er sie nicht besonders, das kann man einer Bemerkung aus einem seiner Briefe entnehmen und aus der Widmung, denn Anslem hatte nichts Besonderes für ihn getan, er überbrachte ihm nur das Diplom für die Ehrenmitgliedschaft im 'Steiermärkischen Musikverein', die ihm, als professionellem Musiker, nicht einmal gebührte."

"hört sich nicht sehr romantisch an!"

Das ist vermutlich die Stimme von diesem wie-heißt-er-noch, ah-ja, Beni Bar.

"Der erste Teil ist traurig, man spürt das gebrochene Herz. Die Gräfin Carolina von Esterházi, eine seiner Schülerinnen, heiratete damals gerade. Das erwähne ich für die Romantik von Beni Bar."

"Etilein, bitte-bitte, auch für mich ein wenig Romantik!"

Wessen Stimme ist das? Vielleicht dieser große blasse Bursche, dieser Asket?

"Sie birgt in sich etwas Neues, diese Siebente oder Achte", fährt Eti unbeirrt fort. "Damit sind Grenzen erweitert worden, das wurde später nicht mehr erreicht."

"Bei wem? Bei ihm oder überhaupt?"

"Er hat damit etwas Besonderes geschaffen: Im ersten Teil dominiert der Ausdruck von Trauer und Schmerz, und im zweiten Teil fühlt man – ich zitiere – 'die Weiden der Gnade, das Vorgefühl des Todes und danach – die Wonne des Paradieses'."

"Weil er schon wusste, dass er an… an dem Typhus sterben wird?"
"Man nimmt an, das war seine Reaktion auf die Hochzeit von Caroline. Seine Krankheit zeigte sich erst Ende 1822, nachdem er schon seine Arbeit an ihr – an der Achten - beendet hatte."
"Und warum hat er sie so wenig geschätzt?"
"Es kommt vor, dass jemand selbst nicht weiß, worin seine Stärke liegt. Er schrieb fleißig an seinen Opernwerken, aber gerade seine kleinen Volkslieder machten ihn unsterblich, mehr als alle seine Opern."
"Und wann wurde sie berühmt?"
"Die Erstaufführung erfolgte erst 43 Jahre nachdem sie komponiert wurde, am 17 Dezember 1865, in der Wiener Hofburg, das Hofburgorchester bestand damals aus 109 Musikern. Ein Jahr später wurde sie gedruckt und auch in Deutschland und England gespielt. 43 Jahre lag sie in einer Schublade unter einem Berg von Papieren, im Haus jenes Anselm – dessen Nachname übrigens 'Hüttenbrenner' lautet. Ein Bote des Wiener Hofburgorchesters kam zu Anselm Hüttenbrenner und fragte nach unbekannten Manuskripten. Überraschend war, dass Anselm für das Manuskript kein Geld forderte, man sieht das als Zeichen, dass auch er dieses Musikstück nicht schätzte, wenn er es überhaupt kannte. Allerdings forderte Anselm für die Herausgabe des Manuskriptes, dass auch ein Werk von ihm gespielt werden soll."

Dreiundvierzig Jahre! Naomis Atem stockt einen Moment. Vor dreiundvierzig Jahren war sie zwanzig, ein Jahr verheiratet, ein halbes – verwitwet. Osnati war einen Monat alt, und fuchtelte mit ihren winzigen süßen Fingerchen in der Luft herum. Als sie ihr den kleinen Finger hinhielt, schlossen sich Osnatis Fingerchen um ihn und wollten ihn nicht mehr loslassen. Und eben diese winzigen Fingerchen – einer von ihnen trägt heute zwei Eheringe, sie wird bald das

Doktordiplom erhalten. In Philadelphia. Vielleicht hofft sie auch, einen Doktor dazu zu bekommen. Ihr Lebensschiff lief offenbar auf eine Sandbank. Sie hofft auf eine zweite Eherunde und eine erste akademische, ihre teure Osnat. Nein, sie beneidet sie nicht, sie wird ihr den Daumen halten.

"Nach hundert Jahren hatte sie die Welt erobert und war populärer als die Neunte von Beethoven. Es wurden schon einige Versuche gemacht, sie zu vollenden, aber alle misslangen."

"Wer hat das 'miss' beschlossen?"

Einen Moment herrschte Stille. Dann klang wieder die helle Stimme ihrer Eti:

"Das ist wie mit der Venus von Milo. Man versprach demjenigen Bildhauer, der ihr wieder Arme anfertigen kann, einen Preis. Da hat man ihr Arme in allen möglichen Posen angeklebt. Aber die Menschen haben sie alle missbilligt."

"Und was hat man der Siebenten oder Achten angeklebt?"

"Ach, da gab's eine Menge Versuche. In England gab's einen Wettbewerb zur Vervollständigung der Symphonie. Der Pianist Frank Merrick gewann den Wettbewerb und sein Scherzo und Finale wurden aufgeführt und aufgenommen, aber beide Sätze sind mittlerweile vergessen. In jüngerer Zeit haben ein bekannter britischer Schachspieler und ein britischer Musikwissenschaftler, sowie ein Tübinger Universitätsmusikdirektor weitere Vervollständigungenn der Symphonie vorgelegt."

"Warum verschweigst du uns ihre Namen?"

"Weil ich sie vergessen habe. Du kannst sie alle bei Wikipedia unter 'Versuche von Vervollständigung' bei 'Die 8. Symphonie in h-Moll' nachlesen."

Bravo! Noch eine Herausforderung, die sie mit Bravur bestanden hat, ihre Eti!

"Aber am Ende hast du uns noch nicht verraten, warum er nicht fertig gemacht hat. Wollte er und konnte nicht?"
Kichern begrüßte die vulgäre Frage. Oh, dieser Halbstarke mit seinen Provokationen!
"Vielleicht hielt er sie für vollendet. Vielleicht hat ihn etwas unterbrochen und er konnte später nicht mehr in das ursprüngliche Gefühl zurückfinden. Einige vermuten, er wollte eine neue Art Symphonie schreiben, eine, die nur drei Teile hat, andere versichern, sie sei gar nicht 'unvollendet', sie hätte eine Fortsetzung in der großen Symphonie in Do-Major."
"Wäre es nicht besser, die Musik für sich sprechen zu lassen? Wir haben schon genug gehört, diese ganze überkluge Information kann einem am... am Ohr vorbeigehen, sie ist nicht die Mühe wert."
Oh, diese freche, herausfordernde Stimme von Dafi, immer geht sie in Opposition. Wie zickig! Gut, dass meine Eti sich nicht so leicht unterbrechen lässt.
Die Achte in h-Moll erklingt, allegro moderato, geschwind und gemächlich. So wie das Leben vergeht, gemächlich, wenn man ihm zusieht, geschwind, wenn man zurückschaut.
Kann man leben ohne zurückzuschauen?
Jedes Jahr am Gedenktag der Kriegsopfer steht Naomi am Grab ihres verstorbenen Mannes. Unter den Büchern, die Eti neben ihrem Bett hat, steht ein kleiner Band mit *Alexander Pens* Gedichten mit der Widmung: "Für Eti, am Jahrestag unserer Freundschaft. Ehud." Also hat sie auch schon Jahrestage, meine Eti. Von Ehud habe ich schon lange nichts mehr gehört. Als Naomi neulich die Bücher abstaubte, öffnete sie das Büchlein, ihr Blick fiel auf die Zeile: "Jeden Morgen - ein neues Grab im Herzen". War es zufällig? Hat auch meine Eti schon Gräber in Herzen?
Naomi schloss die Augen, und das Angelbild vom Lunapark, in dem sie Freuke, ihren Freuke, zum ersten Mal sah, stand wieder vor ihr.

Sie hatte ihn eine halbe Stunde vorher an einem Schießstand kennengelernt, als er sie fragte ob sie eine fahrende Ente oder einen vorbeiwackelnden Bären erlegen wolle.
"Einen Bären, natürlich, wenn sich in ihm ein Prinz verbirgt."
"Das weiß man bei den Bären nicht. Das will versucht sein."
Von da an schlenderten sie zusammen von einer Bude zur anderen, bis Freuke auf einen Kasten wies, aus dem man mit einer Angel etwas herausfischen konnte, man musste Glück haben.
"Schau, Naomi", sagte Freuke – es war das erste Mal, dass er sie bei ihrem Namen nannte – "da gibt's eine goldene Kette mit einem Herzen und da ein kleines Auto! Komm, versuchen wir unser Glück!"
Gleich beim ersten Angelwurf fischte sie das kleine Auto und sagte zu Freuke: "Siehst du, so ist's bei mir: Entweder es gelingt mir gleich beim ersten Mal, oder es geht gar nicht." Und Freuke lachte und sagte: "Ah, wie schön, da hab ich Glück!"
Das hatte er aber nicht, schön ist nur sein Grab, für die Soldatenfriedhöfe wurden schöne Gräber gewählt, eine bescheidene Marmorplatte, die Raum lässt für eine Bepflanzung, die man pflegen kann. Der Friedhof schaut aus wie ein Garten, nicht wie diese Steinwüsten, die von den schwarzbehängten religiösen Leichenraben verwaltet werden. Was hatte sie sich damals in jenem Lunapark geangelt, außer Freuke selbst, dieses einzige Mal, an dem sie glaubte, Glück gehabt zu haben, war es das Herz oder das Autochen? Hätte sie anders entschieden, wenn sie damals gewusst hätte, was sie jetzt weiß? Es wäre herzzerreißend gewesen, neben Freuke zu stehen und zu wissen, er wird in schon einem halben Jahr von einer irrenden Kugel getötet werden. Hätte sie deswegen einen anderen Mann gewählt, wie man ein anderes Auto nimmt, wenn man weiß, dass der Wagen, den du eigentlich wählen wolltest, einen unsichtbaren Riss im Motor hat, der ihn unfehlbar in

einem halben Jahr zum Verstummen bringt? Und wenn sie ihn gewarnt hätte, am vierten April, um halb zehn in der Früh, nein, ein paar Minuten früher, einen Schritt weiter zu gehen? Sie ist irgendwie sicher, das listige Schicksal hätte einen anderen Weg gefunden, sie zu betrügen und ihr am Ende dasselbe Geschenk in einer anderen Verpackung gemacht.

So kam es dazu, dass Freuke jung, schön und romantisch blieb, wie der Dichter schrieb: "Und sein Lebenslied ward in der Mitte unterbrochen" – eine unvollendete Symphonie, oder war Freuke die vollendete und sie – die Unvollendete? Er fühlt keinen Schmerz mehr, ja, sicher, da war ein Moment von Schmerz und Angst, aber wie viele Ängste und wie viel Schmerz hatte sie seit damals zu ertragen?

Das ist sicher schon das Andante con Motto, die Zeit vergeht so schnell, dass man gar nicht weiß wie es vom ersten zum zweiten Satz gekommen ist, und plötzlich ist alles vollendet und unvollendet.

warum warum nur hat er sie nicht fertig gemacht wollte er und konnte es nicht die symphonie meine ich was denn sonst deine Gedanken vielleicht die du nie fertig denkst nichts wird bei dir fertig und du du freuke hast deinen teil fertig gemacht und mich im dunklen tunnel gelassen ach welch ein wunderbares gefühl muss das sein wenn man schon das licht am ende vom tunnel sieht wenn es überhaupt so was gibt aber die leute sagen man sieht einen wasserfall von unglaublichem licht so sagt man ja unglaublich wenn man etwas was schwer zu glauben ist erzählt wie auch manchmal die wissenschaft wenn sie nicht wissen schafft wie zum beispiel die schwarzen löcher die das licht verschlucken und die antimaterie die die materie verschluckt da fehlt nur noch dass es auch eine antizeit gibt die die vergangenheit in zukunft verwandelt und am ende von diesem antitunnel treffe ich dich am ende vom antitunnel voll von schwarzem licht gibt es eine weiße finsternis wenn schon alles verkehrt und vermischt ist dann soll es schon ganz vermischt und verkehrt sein wie viel zeit ist dir denn noch bis zum ende geblieben wenn du das alter deiner großmutter erreichst das goldene alter zu erreichen wo steht etwas über das goldene alter vergessen vergessen marie alles alles vergisst du an deinen vierten geburtstag erinnerst du dich oder war es der fünfte du bist mit papa in das galanteriegeschäft gegangen der mann dort nannte sich herr jowen bücher spielzeug schreibsachen immer tratet ihr in jowens geschäft wenn ihr spazieren gingt er nannte dich schöne gnädige von venedige und du sagtest immer aber ich bin gar nicht von venedige und herr jowen sagte vorige woche hat papa dir eine puppe gekauft und jetzt hat er dir einen ball gekauft und nächste woche wird er dir wieder etwas kaufen und warum weil du bav bist jawohl weil du ein braves Mädi bist und das war vor wie viel vor sechsundfünfzig jahren man sagt vierzig jahre wüste und siebzig jahre exil nein zweitausend jahre exil und du hast sechzig jahre leben hinter dir und vielleicht noch dreißig vor dir und dann kannst du sagen neunzig hinter mir und den dunklen tunnel vor mir wie ihr verstecken gespielt habt und du bis hundert zählen solltest da hast du immer ein wenig gemogelt und hast dann gerufen wer vor mir und hinter mir steht ist verbrannt so hast du statt verbannt gesagt aber die puppe und den puhbär hast du ihnen nicht zum verbrennen gegeben als du typhus hattest und sie dir die bücher in den ofen stecken wollten nicht zum verbrennen versprachen sie nur zum sterilisieren aber an den ecken waren sie doch versengt und du hast sie versengt für osnati aufbewahrt und gehofft sie würde sie für deine eti aufbewahren du wusstest damals noch nicht einmal und wusstest es doch das es eine eti deine eti geben wird sie war noch nicht da aber irgendwo muss sie doch da gewesen sein das geht ja nicht dass jemand der so süß ist plötzlich aus dem nichts heraus ins sein kommt und daher geht es auch nicht dass jemand so geliebt plötzlich vom da-sein ins nicht-sein verschwindet.

ja es ist ganz logisch von den gedanken und den gefühlen her dass es nur ein dasein gibt aber kein nicht sein das kann es nicht geben und daher gibt es auch nicht logisch ja aber doch nicht sicher weil freuke vom dasein ins nichtsein verschwunden ist verschwunden aber doch verblieben weil er manchmal neben dir steht und dir die goldene kette mit dem herzen dran und daneben ein kleines Auto zeigt und du hörst deutlich seine stimme wie er sagt schau naomi schau da gibt's auch ihn hat es so lebendig gegeben und dann hat es ihn so lebendig genommen versuchen wir unser glück hat er gesagt und du hast es versucht und du hast es geangelt und er hat gerufen das er glück hat aber es dauerte ein halbes jahr bis ihn die irrende kugel gefunden hat war sie wirklich irrend oder war sie wie vorbestimmt er hat dir doch gesagt du sollst dich nicht um ihn sorgen weil auf jeder kugel unsichtbar eine adresse steht und die für ihn sei noch nicht gegossen auch die marmortafel auf seinem grab war noch nicht gemeißelt oder vielleicht doch man sagt ja schicksal das schicksal schickt sich schickt sich schickt sich wie man einen eingeschriebenen brief schickt und deine mama hat an jener straßenecke zu dir gesagt weißt du naomi das schickt sich nicht wenn ein mädi wie du ihr kleidchen hebt wohin schickt sich das nicht hast du gefragt und mama hat gelacht und gesagt was sich nicht schickt ist das was man nicht tut es sich denn zu sagen da hab ich glück und dann keines zu haben und der arme franzl als er seine unvollendete komponierte wusste doch sicher nicht dass sie die unvollendete heißen wird stell dir vor ein jeder würde im voraus wissen was alles unvollendet in seinem leben bleiben wird wäre das wunderbar oder schrecklich dein freuke würden wissen dass du dich an worte die er dir gesagt hat erinnern wirst nachdem er schon im nichtsein sein wird

Es ist nicht lange her, zweiundvierzig Jahre, alles in Allem, alles im Wenigen, da kroch die kleine Osnati auf allen vieren im Laufgitter vor dem Babyhaus und schaukelte sich rhythmisch hin und her. Wer weiß, ob das nicht aus Verzweiflung geschah, oder aus Sehnsucht nach Mami, die einige Male am Tag am Babyhaus vorbeigehen musste, rasch vorbei eilte, in verzweifelter Hoffnung, die Kleine würde ihre Mami nicht sehen, weil sie noch nicht verstehen konnte, warum Mami nicht zu ihr kommen kann, sie in die Arme nimmt, ihr die kleinen süßen Finger küsst, die sie nur am späten Nachmittag, von fünf bis sieben, küssen darf, nach der Arbeit, Arbeit, Arbeit, die ja bekanntlich über alles geht.

Als dann ihre Eti vor zweiundzwanzig Jahren geboren wurde, stand das Laufgitter nicht vor dem Babyhaus, sondern auf der Terrasse einer Zwei-Zimmerwohnung. Osnati sagte dazu: "Mami, hier wird unser Babyhaus sein. Ich war deine einzige Tochter, aber ich werde mindestens fünf Kinder haben, nacheinander, wenn du mir hilfst sie großzuziehen." Ja, seitdem hilft sie ihr, obwohl ihre Eti ein Einzelkind blieb und ihre Osnati, in der Ferne, mit starker Hand, auf einem Finger zwei Eheringe tragend, jetzt versucht, ein Doktorat zu machen und einen Doktor einzufangen. Auch sie selbst, Naomi, hatte einmal einen Doktor, der ihr den Hof machte, aber sie presste damals ihre Finger nicht zu einer Faust, sie verzichtete auf den zweiten Ehering, sie wollte ihre *Rente* und ihre Freiheit nicht verlieren, sie wollte auch keine Vermögensverwicklungen, sollte ihr etwas Unerwartetes geschehen, wäre es jammerschade, wenn ihr Witwer Anspruch auf die schöne Villa, die sie für ihre Osnati und ihre Eti von ihrer Rente abzahlt, erhoben hätte. Und überhaupt, wie hätte sie plötzlich einen fremden Mann im Haus aushalten können? Ihren Freundinnen sagt sie, da bleibe ich lieber allein und werde damit fertig, und wenn sie kichern, fügt sie hinzu, mit dem Leben, natürlich. Und außerdem gibt es von Zeit zu Zeit Gelegenheiten.

Naomi hörte die helle und klare Stimme ihrer Eti: "Er begann sie am dreißigsten Oktober 1822…"
"Und wann war er fertig und machte Schluss mit ihr?"
Das ist die Stimme Somis – was für ein Klugscheißer!
Zuerst lachten zwei, drei, dann schwoll das Gelächter an.
"Frag lieber, wann er sie fertig ließ!", rief Gidi Gil dazwischen.
Aber Eti lässt sich nicht verwirren.
"Das ist eine ganz berechtigte Bemerkung, diese Unterscheidung zwischen 'fertig mit etwas sein' und 'etwas fertig machen'. Auf dem Manuskript schrieb er 'Anselm für das Diplom'. Das kann man als Hinweis werten, dass er das Stück als beendet ansah, nicht wahr? Über diese Widmung gibt es viel Haarspaltereien."
"Sicher streiten sich die Philologen, wer Anselm war und welches Diplom er ihm gegeben hat."
"Da wirst du dich wundern, auch das ist bekannt. Das Manuskript übergab er im September 1826, als er auf dem Weg ins Krankenhaus war, einem Freund, den er zufällig in der Nähe des Schottentores traf, mit der Bitte, es Anselm zu übergeben, aber der übergab es ihm erst vier Jahre später, als er zufällig auf Beethovens Sterbebett den Anselm traf."
"In welchem Jahr starb er eigentlich?"
"Ein Jahr nach Beethoven, 1828, da war er 31 und hatte Typhus."
Naomi fühlt in sich eine Welle von Stolz und Liebe aufsteigen. Wie gut sie sich auskennt, meine Eti. Sie lässt sich nicht aus der Fassung bringen.
"Und wieso nicht an der Syphilis?"
"Tja, so war es eben. Man behauptet, dass er dem Syphilis nicht besiegen konnte, weil er schon von … seiner chronischen Krankheit geschwächt war."
Es läutet. Naomi springt auf. Eti erklärt gerade, dass das Musikstück in Deutschland "Die Achte" genannt wurde, aber in England g

Die Hauptsache, dass die Zukunft vor Eti offen da liegt! Zweiundzwanzig! Eine weltberühmte Pianistin wird sie nicht, aber eine gute Klavierlehrerin, die Workshops leitet und Musikkritiken schreibt, so wird sie zufrieden sein können. Auch ohne doppelten Ehering und ohne die Rente einer Witwe eines im Militädienstgefallenen. Und wenn es ihr durch den Kopf oder den Bauch geht, als allein erziehende Mutter ein Kind zu bekommen – hoffentlich wird es eine Tochter! – natürlich von einem gescheiten und schönen Vater, wie zum Beispiel von diesem blassen Burschen mit dem asketischen Charakter.

Um Kinder großzuziehen muss man heutzutage nicht mehr heiraten, wenn man eine Oma in einer Villa hat! Wieso eine Oma – sie wird dann schon eine Urgroßmutter sein! Und sogar eine nicht zu alte, in ihren sechziger Jahren, sie kann sicher noch helfen und so ein kleines Geschöpf, mit so süßen Fingerchen, die sich um ihren kleinen Finger schließen werden, aufziehen.

Die Tür des Wohnzimmers öffnete sich.

"Wir sind fertig, Oma", rief Eti. "Du kannst jetzt das Gebäck und die Getränke bringen!"

# Bara

"Wie kamst du zu diesem außergewöhnlichen biblischen Namen?", fragte ich sie. Ich glaubte damals, Sticheleien seien die beste Möglichkeit, schöne überhebliche Mädchen zu fischen.
"Blödmann, das Biblische ist doch nicht das Außergewöhnliche!"
Ich schaute sie schweigend an und nickte.
Sie hieß Bara, was auf Hebräisch Reine oder Schöne bedeutet, ihr Nachname war Barak, was Blitz oder Glanz heißt. Mit der Zeit begann ich sie "Barrakude" zu nennen. Freud hätte das in seiner 'Traumdeutung' als Verdichtung bezeichnet, vielleicht lebte ich wie in einem Traum, na ja, auf jeden Fall in Tagträumen. Ich erzählte ihr, die Barrakude sei eine Art Seewolf, vermutlich die "pfeilgleiche Seewölfin". Die Akademie der Hebräischen Sprache hätte das noch nicht genau festgelegt, sie nimmt an – es ist verblüffend, wie sehr sich Akademien irren können – es gäbe im Roten Meer keine Barrakuden. Metaphern überlassen sie Dichtern. Das alles erzählte ich Bara und gestand ihr sogar, meine literarischen Anspielungen wären mit Poesie geladen, wie eine Wolke mit Elektrizität.
"Eine Wolke!", sagte sie schnippisch. "Da redest du über überhebliche Mädchen und stehst selbst mit dem Kopf in den Wolken."
"Wenn du Wolkenvergleiche nicht gern hast, die übrigens *Alterman* an weiße Hände und kluge Elefanten erinnerten, kann ich auch sagen: Mit Elektrizität geladen, wie ein elektrischer Fisch."
"Für deine Fischmetaphern gebührt dir ein Heringsschwanz!"
Fischvergleiche begleiteten unsere Beziehung. Ich sagte ihr, wenn jemand im trüben Wasser fischt, wird er am Ende selbst an der Angel zappeln.
 "Hör mal, Keller, wen meinst du, mich oder dich?"

Ich ignorierte die Frage, die sie so laut gestellt hatte, dass Schoschi und Dafi, Itzik, Meschulam und Arik, die neben uns am Strand lagen, es hören sollten. Die pfeilgleiche Seewölfin, erklärte ich, ist kleiner als ein Hai und größer als Piranhas, aber viel verlockender. Eine Barrakude lebt in tropischen Seen und ist mörderisch blutrünstig. Und das, kommentierte ich weiter, verursacht ihr und denen die sie begehren, schwierige Umstände. Ich schaute dabei auf ihren minimalen Badeanzug. In meinen Tagträumen sah ich sie vor mir, wie sie dieses minimale Ding auszog. Wahrscheinlich drückte mein Gesicht etwas von dem aus, jedenfalls schaute sie mich spöttisch an:
"Da du dich so gut in der Unterwasserwelt auskennst, weißt du sicher, dass es neben Seepferdchen und Seehunden auch See-Esel gibt."
"Natürlich", sagte ich, "auch Seekühe, Seelöwen und Seewölfe. Schau dich nur um! Und weißt du, dass der See-Esel die Seejungfrau begehrt?"
Sie antwortete nicht und nach kurzem Schweigen fragte ich:
"Haben dich deine Eltern Bara genannt, weil sie das alte Hebräisch wiederbeleben wollten?"
"Du Dummer! Die konnten doch damals noch kein Hebräisch!"
"Ach", sagte ich, "die Hauptsache ist die poetische Wahrheit. Sie nannten dich Bara, weil geschrieben steht: *Bara ka chama, ayuma...* Klar wie die Sonne, gewaltig, wie ein Heer'".
"Gewaltig?!"
"So steht's geschrieben, schau nach. Im Hohelied. Der Liebhaber fragt dort ganz unschuldig: Wer ist denn die, die mit der Morgenröte zurückkehrt, *Bara*, schön und gewaltig, ein *Blitz am Morgen*?"
"Wer ist dieser Unschuldige? Über was sprichst du, überhaupt?"
"Über *drei, die mir wundersam sind* und vier, die mir verborgen blieben. Eine davon ist die Seejungfrau."

Sie war einen Moment verwirrt, schüttelte verächtlich den Kopf und schaute hilfesuchend zu Schoschi und Dafi.

\*

Manchmal sehe ich mich in einer Kirche an einen Beichtstuhl treten, den schweren Vorhang hinter mir zuziehend knie ich vor dem Padre und sage leise, ich möchte beichten. Er erkundigt sich nach meiner Muttersprache. Hebräisch, sage ich. Er hat einige Jahre in einem Kloster in Jerusalem gelebt und an der Hebräischen Universität studiert. Zum ersten Mal in meinem Leben, habe ich die Gelegenheit, mein Herz auszugießen, obwohl ich an nichts glaube, und schon gar nicht an die Beichte. Aber wer sagt denn, dass man an etwas glauben muss, um sich dazu hingezogen zu fühlen.
Womit beginne ich? Manchmal zieht, stößt und treibt mich die Fantasie zu leichten Gedanken über Hurerei: Ich ziehe junge Frauen, die vor mir im Autobus stehen nackt aus und flüstere ihnen zu, was ich gern tun würde. Da gab es eine, die kurze Haare hatte und einen besonders langen Hals, in den jeder Henker oder Scharfrichter sich verliebt hätte. An einem Ohr baumelte ein langer Ohrring. Was hatte sie an? Was zog ich ihr in Gedanken aus? Ich war von ihrem Hals und dem Ohrring fasziniert. Ich erzählte dem Priester davon, wie ich in Gedanken meinen Regenmantel über meine Knie lege, ihn langsam nach rechts schiebe, über ihr Knie, meine Hand geht unter den Mantel auf Entdeckungsreise. Dann jedoch beschreibe ich flüsternd durch das Beichtgitter Fesselungen, die in Sado-Maso Spiele übergehen, ihre vorgespielte panische Angst und ihr verzweifeltes Flehen. Was wird er zu all dem sagen? Glaubt er mir?
Und manchmal, erzähle ich ihm in meiner Fantasie von Bara Barak der Barrakude, meiner Muse für solche Tagträume, während ich einsam am Strand von Eilat in der Hütte träumte.

\*

Wir waren jung, hatten unseren Militärdienst abgeschlossen. Wir trafen uns auf Strandparties, machten Ausflüge und gingen abends tanzen. Bara hatte einige Verehrer, die ihr vorsichtig tastend den Hof machten: Arik, Itzik, Meschulam... und ich. Ich bemühte mich, in ihrer Nähe sein zu können, versuchte, geistreich zu sein, um ihre Aufmerksamkeit zu erwecken und ihr zu zeigen, wie geringschätzig ich die Welt und die Literatur betrachtete.

Einmal, während wir tanzten, flüsterte ich ihr zu:

"Komm, Bara, gehen wir hinaus, in den nahen Park, da gibt's eine breitarmige Nacht und der Wind weht von den Hügeln, wie ein Dichter sagt, und hier ist's so schwül und langweilig!"

Sie antwortete provinziell:

"Ich hab keine Lust mit dir hinauszugehen, und es stimmt nicht, dass es hier langweilig ist."

Sie sagte es mit einer betont süßlichen und dabei lauten Stimme, damit es alle es hören konnten und lächelte mich dabei demonstrativ an. Tat sie das besonders für Arik? Ich tat, als sei ich gekränkt und fragte, warum sie mir das angetan hätte.

"Was denn?"

"Du weißt schon, du hast dich über mich lustig gemacht und alle sollten es bemerken."

"Was du nicht sagst! Ich habe so laut geantwortet, damit alle lachen sollten? Dann gab's vielleicht einen Grund, vielleicht warst du wirklich lächerlich. Weißt du was? Ich frag Schoschi und Dafi und die andern, wie die das fanden?"


\*

Einmal sah ich sie in Gedanken versunken.

"A penny for your thoughts!"

"Sie sind mehr wert als ein Penny."
"An was hast du gedacht? Hast du geträumt? Von wem?"
"Sicher nicht von dir!"
"Wer ist denn der Glückliche?"
"Bei mir wird's keinen Glücklichen geben. So einer würde den Tag, an dem er mich kennen gelernt hat, verfluchen."
"Warum?"
"Warum? Es gibt Sachen, die fragt man nicht."
"Zum Beispiel?"
"Zum Beispiel, warum du so geistreich bist."
"Wenn du als SS-Sturmbannführerin ein Gefangenen-Lager kommandiert hättest, so eine wie in den Pornoheftchen, in Stiefeln, mit Peitsche, eine blonde Bestie, auf welche Weise würdest du deine Opfer begehren und quälen?"
Sie schaute mich nachdenklich an.
"Du hast Talent zur Psychologie. Fällt dir in deiner Literatur keiner ein, der ein bisschen was von Psychologie versteht?"
"In Ungarn sagt man, auch ein blindes Huhn findet ein Körnchen."
"Bravo, bravo, Keller! Alle Ehre! Das passt genau zu dir: Du bist zwar nicht aus Ungarn, aber ein blindes und gerupftes Huhn."
"Und da gebührt mir kein Gedanken-Körnchen von dir?"
"Nichts gebührt dir! Aber ich werf dir ein Almosen zu: Du darfst einen meiner Tagträume erraten."
"Du - die Tochter des Häuptlings - sitzt vor deinem Wigwam gegenüber dem Marterpfahl. Mit lässiger Handbewegung gibst du den jungen Kriegern einen Wink. Sie beginnen, Messer und Äxte zu werfen, die pfeifend fliegen, und zitternd im Holz stecken bleiben."
"Das Bild gefällt mir, Keller, ich sehe es ganz klar vor mir."
"Gut, dann verrate mir: Wer ist am Marterpfahl gefesselt? Ich?"
"Wieso du? Wer denkt an dich? Ein gerupftes Huhn am Marterpfahl?!"

\*

Einmal, als einige Mädels bei ihr saßen und ihnen langweilig war – so erzählte man später – schlug eine vor, einen Burschen aufzuziehen und meschugge zu machen. Wer wird erwählt? Bara wollte keinen Schwächling, wie Keller, sie wollte einen Löwen wie *Arik*. Die Mädels scharten sich ums Telefon, Bara tippte seine Nummer. Hallo, Arik, wie steht's bei dir? Hungrig oder satt? Das hängt davon ab…? – Sie wiederholte seine Antworten für die Mädels. Das ist nicht gut, das hab ich nicht gern, wenn es abhängt, lass es hängen. Bist du geladen und lieferbar? Für was? Rate! Nein, nicht ins Kino und keine Party. Überhaupt, es geht nicht ums Ausgehn sondern ums Hineingehen. Gäste? Wieso, Gäste? Nein, da geht's um was ganz Fundamentales. Ich brauch einen Fick. Was ist mit dir los, ich hör keine Begeisterung. Du bist – was? Nicht sicher, ob du's richtig verstanden hast? Ich dachte, dass du so was richtig verstehst, aber ich kann's buchstabieren. F wie Frankenstein, I wie Impotent, C wie Cicero, K wie Krach. Einen guten Fick. Für was, mein Herzchen? Für die Seele, natürlich. Am Wochenende bin ich immer doppelt beseelt, da dachte ich gleich an dich, an den Löwen der Gruppe. Also zeig deine Freude mit Schwanzwedeln an. Ja, kommst du? Aber nur wenn du *über die Berge hüpfst* und über die Hügel springst, leicht wie ein Hirsch und mutig wie ein Löwchen.

Die Mädchen versteckten sich im Nebenzimmer. Bara befahl dem Löwen: Zieh dich hier aus, geh ins Badezimmer und warte auf mich, noch einen Moment, dann gesell ich mich zu dir, unter die Dusche.

Jetzt läutete sie selbst an der Haustür und sprach laut mit den Mädchen, sie wollte den Anschein erwecken, sie seien plötzlich zu Besuch gekommen. Sie sprachen über Burschen, über einige aus der Gruppe und am ausführlichsten und lautesten über Arik: Ein Strohlöwe und Papiertiger, ein lächerlicher Schürzenjäger, ein ziegen-

bockhafter Halbstarker. Arik saß nackt im Bad und musste alles mitanhören. Dann ging eine ins Bad und entdeckte ihn. Bara erklärte ihnen, er habe plötzlich bei ihr geläutet, hätte sie darum gebeten, bei ihr duschen zu können, hätte herumgestottert, sie solle mit ihm duschen, er wolle es einmal so versuchen. Arik versuchte verzweifelt zu widersprechen und sich zu verteidigen.
Alle erzählten es allen, verspotteten Arik und waren begeistert von Bara, sogar ich, ich dachte nicht darüber nach, was da eigentlich geschehen war. Was hätte ich ihr geantwortet, wenn sie mich, den schwachen Keller, angerufen hätte, um sich zu erkundigen, ob ich geladen und lieferbar sei. Ich hätte gleich die tückische Intrige verstanden und gefordert, sie solle sich mit mir ausziehen. Oder ich sage ihr, solange sie mir nicht etwas über sich erzählt, was die Herzen näher bringt, geht da nichts. Das beeindruckt sie und auch die versteckt lauschenden Mädels ungemein.


\*

Im Film "Goldrausch" kommt *Charlie*, schäbig und zerrissen, mit einem schuhlosen, sackumwickelten Fuß in eine Kneipe im Städtchen der Goldgräber. Zwischen den strahlenden Schönen und den forschen Männern, die von Nah und Fern vom Zaubermetall angezogen wurden, wirkt er wie eine armselige Vogelscheuche. Plötzlich tritt zu ihm die schönste der Frauen und läd ihn zum Tanz ein.
Ein Tagtraum?
Keinesfalls. Die reine Wahrheit, die für alle, außer Charlie, gut verständlich ist: Die junge Schöne will ihren Freund ärgern, und um ihn zu beschämen, schwört sie laut, den Hässlichsten und Lächerlichsten zum Tanzen aufzufordern und sich an ihn zu schmiegen.
Und genau das war es, was in jenen drei Tagen, die wir in Eilat verbrachten, geschah. Bara war die Häuptlingstochter und ich,

ohne es zu wissen, Charlie, See-Esel und gerupftes Huhn.
Es war um Chanukka, ein wenig kühl, aber wir konnten baden und es war angenehm, sich von der Sonne bräunen zu lassen. Man hatte uns ein paar Hütten zur Verfügung gestellt, in jeder zwei Betten, aber keine Stühle, kein Tisch, keine Beleuchtung. Wir überließen es dem täglichen Zufall, wer wann wo mit wem die Hütte teilte. Weil wir dreizehn waren, wird immer einer ein Single bleiben und die Arschkarte ziehen. Bündnisse und Abkommen würden sich ergeben, aber nicht verraten werden. Gleich nach unserer Ankunft begannen vorsichtige Versuche, sich zu arrangieren, wer mit wem eine Hütte teilt, wie früher in der ersten Klasse, heimlich verhandelt wurde, wer neben wem sitzen will. Ich versuchte es mit Nietzsche und verkündete, dass in jedem Mann ein Kind verborgen sei, das spielen wolle. Wohl an, ihr Frauen, erweckt mir doch das Kind im Manne! Vielleicht fügte ich noch hinzu, dass die Frau des Mannes gefährlichstes Spielzeug sei.
"Keller, ich reservier dir einen Platz in meiner Hütte, ich hoffe du hast nichts dagegen?", rief mir Bara zu.
Ich wurde bis an die Ohren rot und bekam Herzklopfen. Dabei lächelte ich dumm und sagte:
"Im Gegenteil! Aber ich dachte…"
"Ah, du hast also kein Interesse? Gut, dann wechsle ich dich aus und nehme Itzik oder Meschulam. Man wechselt doch Spielzeuge, wenn sie einem zu ungefährlich sind."
"Nein, Das ist ganz in Ordnung. Ich dachte…"
"Ich sehe, dass du nur aus Höflichkeit zustimmst und lieber mit Schoschi oder Wilek die Hütte teilen willst, da schlage ich vor…"
"Aber nein", sagte ich rasch, "ich war einfach überrascht."
"Nur dass es mit Schoschi schöner sein könnte?"
Schoschi hörte zu und lachte. Ich wollte Schoschi nicht kränken und Bara nicht verlieren.

Dabei konnte ich kein Wort hervor bringen, lächelte nur hilflos und deutete mit einer Geste an, dass mein Schicksal in ihrer Hand läge. "Geht in Ordnung", sagte Bara. "Ich sehe, das du mit jeder Einteilung zufrieden bist und Überraschungen gern hast. Da werden Schoschi, Meschulam und ich dich verlosen. Wenn du früh schlafen gehst, wirst du sehen, wer zu dir in die Hütte kommt."
Abends ging man tanzen und danach an den Strand, einige gingen früh schlafen, ich beobachtete, wie Schoschi und Meschulam in verschiedene Hütten gingen. Bara schien verschwunden. Ich ging in meine Hütte und wartete gespannt, ich war müde, konnte aber nicht einschlafen, gegen morgen schluf ich ein, schreckte aber mit jedem Rascheln auf. Das zweite Bett blieb die ganze Nacht leer.
Vielleicht hatte Bara es so eingefädelt, dass Arik allein in seiner Hütte sein sollte, um ihn unbemerkt besuchen zu können? Vielleicht hatte sie mir die Arschkarte zugeschoben, und alle – außer mir – wussten es? Ich schämte mich.


\*

Manchmal stellte ich mir vor, wir lägen beide am Strand, es wäre unser erster Eilat-Morgen. Die Welt ist noch frisch, aber man kann die Mittagsstunde schon erraten. Die anderen sind im Wasser, ziemlich weit entfernt. Ich stütze mich auf meinen Ellbogen, wohl wissend, dass sie, im Mini-Bikini, neben mir liegt, ich tue so, als würde ich sie nicht wahrnehmen und werfe poetische Blicke auf den gebirgigen Horizont. Sie ist die erste, die das Schweigen zwischen uns nicht mehr ertragen kann.
"Du schaust so nachdenklich drein", sagt sie. "Half a penny for your thoughts."
"Die sind viel mehr wert, ich denke gerade an dich."
"Was du nicht sagst! Und was denkst du über mich – Gutes oder

Schlechtes?"
"Ich überlegte, was deine Geschichte sein könnte."
"Was meinst du damit? Herr Schriftsteller Keller geruht sich für meine Lebensgeschichte zu interessieren?"
"Auch das. Aber das ist nicht die Hauptsache."
"Und jetzt willst du mich sicher beeindrucken und sagen, die Hauptsache sei nicht das Haupt, sondern andere Körperteile, besonders bei des Häuptlings Tochter."
"Auch bei des Häuptlings Tochter ist die Hauptsache nicht ihr Haupt, sondern ihre Geschichte, ob sie die Dumme, die Träge oder die Einfallsreiche ist, die den Prinzen oder Teufel trifft."
"Ah, und welche bin ich?"
"Du bist nicht des Häuptlings Tochter, Bara, du bist die Prinzessin."
"Die träge, die dumme, oder die listig-einfallsreiche?"
"Prinzessinnen haben ganz andere Geschichten. Du bist die schöne, erbarmungslose, die ihre Verehrer köpfen lässt und die Häupter in ihrem Garten aufspießen lässt, sie hat dort schon eine doppelreihige Allee, die Allee der Roten Locken. Und jeden Morgen schaust du sie lächelnd an und sagst halblaut: 'Wie die Männer doch den Kopf verlieren!'"
"Hör mal, Keller, du überraschst mich wieder, wie mit dem ungarischen Sprichwort, hast du auch hier ein Körnchen gefunden."

\*

Am zweiten Eilat-Tag, vorabends. Die Sonne wird bald untergehen, der Sand ist grau und warm. Wenn man ihn zwischen den Fingern rinnen lässt, fließt er, wie in einer Sanduhr. Meschulam, Itzik und Schoschi werfen einander ein Frisbee zu, einen langsam fliegenden und sich drehenden Plastikteller, der vom leichten Wind getragen wird. Arik bringt Dafi das Schwimmen bei. Bara steigt aus dem

Wasser, schaut sich um und legt sich unweit von mir auf den Sand. Manchmal legt sich doch ein Körnchen vor das blinde Huhn?
"Nun, welches ungarische Sprichwort höre ich heute?"
"Ein russisches. Wenn es keine Fische gibt, gilt auch der Krebs als Fisch."
"Und wie verbindest du das mit mir?"
"Vielleicht suchst du einen Fisch und findest einen Krebs?"
"Ah, gibt's dazu eine Geschichte über eine grausame Prinzessin?"
"Über eine frustrierte. Willst du sie hören?"
"Klar. Wieso werden Prinzessinnen grausam? Die Prinzen sind schuld."
"Genau davon handelt meine Erzählung."
"Wie heisst sie, deine Schöne?"
"Meine heisst Bara, aber die aus der Erzählung heisst Brunhild, die braune, mächtige Schöne."
"Und was war ihr Problem?"
"Ihr Problem hieß Siegfried"
"Ein vielversprechender Name, der *den rechten Anfangbuchstaben* hat. Was bedeutet er?"
"Sieg und Frieden."
"Ein Frieden durch Besiegen – das soll wohl ein guter Frieden sein. Hatte er rote Locken, dein Siegfried?"
"Er war jung, schön und tapfer. Ein blonder Achilles."
"Mit einer Achilles-Ferse?"
"Mit zwei."
"Wie viele hat ein See-Esel, vier?"
"Wie Achilles prophezeite man Siegfried, er würde der tapferste und meist gepriesene Held sein, aber jung sterben, wie es sich für einen Liebling der Götter gehört. Doch er hoffte, seinem Schicksal zu entrinnen, er erschlug einen Drachen und badete in dessen Blut, das sollte ihn unverwundbar machen."

"Und seine Achilles-Ferse?"
"Auf seinem Rücken, zwischen den Schultern, klebte das herabgefallene Blatt eines Baumes und an dieser Stelle konnte das Drachenblut Siegfrieds Haut nicht benetzen. Das war seine schwache Stelle, seine Schwäche."
"Und die zweite? Eine *Delila* schwächte ihn?"
"Kriemhild war liebevoll, treu und redlich und so rechtschaffen und naiv wie Siegfried. Als der verräterische Hagen sie bat, auf Siegfrieds Gewand ein rotes Kreuz zu sticken, um seine verwundbare Stelle anzuzeigen, glaubte sie ihm, dass er sie darum gebeten hätte, um auf diese Stelle besonders aufzupassen. Auch Siegfried wurde nicht argwöhnisch, als Hagen ihm einen Wettlauf zur Quelle vorschlug. Wie ein Pfeil schnellte er voran und als er die Quelle erreichte, beugte er sich herunter, um zu trinken, und wendete dabei Hagen, der den Speer schwang, seinen mit dem Kreuz bestickten Rücken zu."
"War dieser Hagen hoffnungslos in die treuherzige Kriemhild verliebt?"
"Nein, er war des Burgunders Gunther ergebener Vertrauter."
"Ah, und Gunther war Siegfrieds Feind, weil…"
"Siegfried hielt ihn für einen Freund, aber er war sein Feind, er hatte Siegfried nie verziehen, dass er die Tarnkappe besaß."
"Die Tarn…Was für eine Kappe war das denn?"
"Ein Zaubermantel. Wer ihn trug, wurde unsichtbar."
"Und was ist mit Brunhild, der braunen, mächtigen Schönen?"
"Sie ist hier, mächtig wie ein Blitz am Morgen, ein *Barak*, klar und attraktiv wie die Sonne zu Mittag, wie Bara."
"Spar dir diesen Schmus und konzentriere dich auf die Erzählung! Was hat Brunhild gemacht?"
"Sie verkündete, sie würde nur den heiraten, der sie im Speerwurf besiegen könne."

"Weil sie eine See-Jungfrau bleiben wollte?"
"Weil sie wusste, dass kein Mann sie im Speerwurf besiegen kann – außer Siegfried."
"Ah, und der gehörte leider schon jener Wie-hieß-sie-noch?"
Ich nickte. "Kriemhild."
"Und da bat dieser Typ, wer war das noch, von seinem Herzensfreund Siegfried, er solle ihm die Tarnkappe leihen?"
"Günter, der Burgunder. Nein, die Tarnkappe hätte ihm nichts genützt, er brauchte Siegfried, der unsichtbar neben ihm stehen sollte, um für ihn den Speer zu werfen."
"Na endlich kommen da die Puzzleteile zu einem Bild zusammen! Und die arme Brunhilde war natürlich frustriert?"
"Natürlich. Dreimal wurde der Wettkampf wiederholt, dreimal schwang Gunther tapfer seinen Arm, während Siegfried, sein getarnter Freund, neben ihm stand, und den Speer warf."
"Und die fast unbezwingbare mächtige Schöne musste sich besiegt geben und brav ins Brautbett gehen? Wann entdeckte sie den Schwindel?"
"Genau dort, im Bett."
"Und – was machte sie?"
"Sie konnte nicht mit einem Löwen telefonieren, stattdessen wickelte sie ihren frisch gescheiterten Ehemann in das Hochzeits-Betttuch und hängte ihn an einen Dachbalken. Dann verbrachte sie die Nacht allein im Himmelbett, während der arme Gunther im Brautleintuch hing. So verbrachten sie die sieben Hochzeitsnächte. Jeden Abend, im Schlafgemach, wurde Gunther an den Dachbalken gehängt, und jeden Morgen, wenn die Mägde ans Brautgemach klopften und verkündeten, dass der Kaffee serviert sei, wurde Gunther heruntergelassen und kam lächelnd, wie es sich für einen Bräutigam geziemt, zum Frühstück. Und als seine Freunde in fragten, wie es sich anfühle, mit der braunen Schönen verheiratet zu

sein, seufzte er und antwortete, dass es davon abhängt."
"Erzählst du das so begeistert, weil du Mitgefühl mit ihm hast?"
"Nein, nicht mit ihm oder mir, sondern mit dir!"
Sie starrte mich einen Moment mit offenem Mund an, stand auf und warf mir ein "Genug! Ich geh ins Wasser!" hin.
"Ah, du willst, dass der See-Esel sich nach dir sehnt!", rief ich ihr nach.

# Theologie lernen

Als er ihr die Tür öffnete, sah er eine bildschöne, lächelnde Blonde. Welchen Danksegen sprach der Schriftgelehrte Rabban Gamliel, als er eine schöne Fremde sah?
Er erriet sofort, wer sie war, doch setzte er eine fragende Miene auf:
Ja, bitte?
Ein Engelsgesicht, eine junge Göttin, eben dem Bade entstiegen, aus dem Schaum der Wellen geboren, eine Göttin in Jeans, T-Shirt und Sandalen.
Ich bin Susanne, ich hab angerufen wegen des Hebräisch-Unterrichts.
Dass sie sich nur mit Vornamen vorstellte, brachte sie näher. Und der Zopf, natürlich blond, in den sie etwas hineingeflochten hatte, fiel über ihre Schulter herab auf die Brust. Und das Armband am Handgelenk. Und der eine, lange, mit jedem Nicken leicht schaukelnde Ohrring. Nur die Worte "wegen… Unterrichts" klangen offiziell, wie in einem Dokument.
Ach ja, natürlich, sagte er in einem etwas schwerfälligen Deutsch. Wie bist du auf mich gekommen, auf meine Telefonnummer?
Ich sah Ihren Zettel am Schwarzen Brett der Theologen.
Ach, Susanne, ich dachte, wir Studenten sagen alle du zu einander, im Stil Jeans und ein Ohrring, oder sprechen die Theologen miteinander im Stil Kravatte und vor der Sintflut?
Sie lachte. Das stand ihr gut.
Nein, auch bei den Theologen… Da, bitte: Ich sah deinen Zettel am Schwarzen Brett…
*Yoffi* Auf Hebräisch bedeutet das 'wunderbar'. Komm herein. Setz

dich da in den Armstuhl. Kann ich dir einen Kaffee machen?
Ja, sie bestätigte den Kaffee mit Kopfnicken, und der Ohrring baumelte wieder. Er schaltete die Kaffeemaschine an.
Dann besprachen sie Details. Einmal in der Woche. An welchem Tag, um wie viel Uhr. Hier bei ihm, bei ihr gibt es immer eine Menge Umtrieb, sie wohnt nämlich in einer WG im Studentenheim.
Ah. Und warum?
Warum was?
Warum überhaupt. Hebräisch. Brauchen Göttinnen Hebräisch?
Natürlich fragte er nicht so. Er interessiere sich, für ihr Ziel. An der Uni lernt ihr doch auch Hebräisch, wie Latein und Griechisch, oder?
Sie seufzte. Auch das Seufzen stand ihr bezaubernd.
Das sei alles uralt und verstaubt. Sie wolle auch Frisches: Wenn schon Altertumssprachen wie Latein, dann auch Italienisch, modernes Griechisch, neues Hebräisch. Für die Sommer-Urlaube fühlt sie sich gerade von Israel mehr angezogen, als von Italien und Griechenland, zum Beispiel vom Leben im Kibbuz. An der Uni lernt man nur biblisches Hebräisch, genug um in einem Wörterbuch zu stöbern, Hauptwörter, ihre Veränderungen von Einzahl zu Mehrzahl, der ganze Irrgarten der Zeitwörter ...
Klar. Fürworte, Bindeworte, Verhältnisworte, die Wortwurzeln...
Zum Verzweifeln. So dachte er, aber sagte es nicht, weil er die grammatischen Ausdrücke auf Deutsch nicht kannte. Deswegen sagte er nur, dass er ihr Seufzen gut verstehe. Und seufzte mit, als Zeichen des Mitgefühls, und schaute sie dabei bewundernd an.
Sag, wie viele solche Theologinnen wie du gibt es?
In Heidelberg gibt es nur zweitausendfünfhundert, aber in ganz Deutschland... Sie unterbrach sich sofort: Er meinte ja sicher auch die männlichen Theologen, aber vielleicht meinte er ja nur die, die sich für neues Hebräisch interessieren? Er muss nämlich wissen, dass bei den Theologen, mehr als bei jedem anderen Fach, es

schwer ist etwas Allgemeingültiges zu sagen. Es gibt einen großen Unterschied zwischen liberal und konservativ, zwischen denen, die an öffentlichen Unis studieren und denen, die an den konfessionellen Institutionen studieren. Ihr Professor, zum Beispiel, der auch der Fakultätsdekan und eine bekannte Autorität im theologischen Studium ist, begann seinen Einführungsvortrag mit der Erklärung, dass der Glaube an die jungfräuliche Empfängnis Marias ein kompletter Unsinn sei. Genau mit diesen Worten, ein kompletter Unsinn, da war es einen Moment totenstill im Saal, sie ist sicher, dass einigen StudentInnen der Atem stockte, auch sie selbst war ziemlich entsetzt, weil er so direkt war. Aber was hält sie ihm plötzlich einen Vortrag. Er fragte doch sicher nach der Zahl der Theologie-Studierenden, um zu sehen, wie seine Chancen für den Hebräisch-Unterricht stünden?

Ja, er wusste, es gibt viele. Das gab ihm Hoffnung, als er seinen Zettel ans Schwarze Brett hängte.

Und nun hat sich deine Hoffnung verwirklicht, lachte sie, wenigstens zum Teil.

Stimmt! Er wusste nicht, er hätte nie geglaubt, dass Theologinnen so... so...

Du meinst, modern sind?

Ja, auch das. Aber er meinte einfach: So schön sein können.

Das gefiel ihr ganz und gar nicht. Sie runzelte die Stirn und verzog den Mund. Sie denkt, sagte sie ernst und streng, das passe gar nicht zum Thema. Auch in der Theo, so wie in allen Fächern an der Uni, gibt's eine Menge Schowis. Sie hofft nur, dass er nicht einer davon sei.

Schowis? – Er hatte sie nicht verstanden.

Chauvinisten. Machos eben.

Er versuchte sich zu rechtfertigen, zu erklären.

Irgendjemand, vielleicht Nietzsche, oder jemand anders, sagte,

Moral sei eine Erfindung der Schwachen. Die Starken brauchen das nicht. Und da hatte er das Gefühl, dass es Dinge gibt, welche die Schönen nicht brauchen.

Nein, ereiferte sie sich, solchen Meinungen könne sie unter keinen Umständen zustimmen, ganz im Gegenteil: Stärke verpflichtet, bringt Verantwortung mit sich.

Natürlich. Das sei auch ganz seine Meinung. Er hatte ja nicht gemeint, dass er so denke, sondern, es gäbe Leute die so denken. Er persönlich, sei ganz mit ihr einverstanden, es sei erwünscht, dass die Starken besonders moralisch sein sollen. Er meinte nur, dass sie, die Starken, oft nicht dazu neigen, weil sie es nicht brauchen.

Sie wollte wieder widersprechen, fragte aber dann, wie das zum Gesprächsthema gehöre.

Wir sprachen über Theologie und Schönheit. Das sei doch so wie der Gegensatz von Materie und Geist und von Körper und Seele. Der gesunde und schöne Körper braucht den Geist nicht. Nein, entschuldigte er sich sofort, er weiß, dass das Unsinn ist, aber… schon im Kindergarten, auf alle Fälle bei uns, sieht man, dass die rothaarigen sommersprossigen Mädchen gescheit sein müssen, während sich die engelsgleichen, wunderschönen, bei denen jedem, der sie anschaut, das Herz schmilzt, sich nicht so anstrengen müssen.

Sie zog ihre Augenbrauen noch weiter zusammen. Er spreche jetzt wie ein Schowi. Da wäre es besser, das Thema zu ändern. Wieviel solle eine Stunde kosten?

Noch bevor sie fragte, hatte er beschlossen.

Kein Geld, sondern ein Tauschgeschäft. Für jede Hebräisch-Stunde…

Willst du eine Deutsch-Stunde?

Ja, das heißt, nein. Eine Theologie-Stunde.

Wieso? Wozu brauchst du Theologie?

Sie schaute ihn einen Moment mit offenem Mund an, dann lächelte sie: Okay, das werden wir in deiner ersten Theologie Stunde besprechen.

*

Er schlug vor, sie sollten jedes Mal aus einem anderen Lebensbereich ein kurzes Gespräch verfassen: Im Bäckerladen. Am Bahnhof. Wie spät ist es. Im Postamt. Im Hotel. Im Kibbuz. Das Wetter. Und dann wiederholen sie das Gespräch mit vertauschten Rollen, bis sie es auswendig kann.
Dann kamen sie zur Theologie. Sie schlug vor, er solle Fragen stellen. Jede Stunde sollte nur einer Frage gewidmet sein, um das Thema auszuloten.
Und so war es. Natürlich, in neugieren Gedanken, fragte er gleich: Was habe sie, persönlich, zu diesem Fach hingezogen? Was, glaube sie, sei die wichtigste und die zentralste theologische Frage? Worüber herrschen polarisierende Meinungen? Gibt es Beweise für die Existenz Gottes? Wie stehe es um die freie Wahl – weiß Gott im Vorhinein, wie wir wählen werden? Kann man an die Wunder glauben? Woher stammt das Böse, hat Gott es erschaffen? Wie kann man sich die Hölle und Satan vorstellen? Wie steht die Kirche zu den Themen der modernen Welt, z. B. der Sexualität. Die letzte Frage war für ihn natürlich die Rosine im Kuchen. Er dachte zögernd daran.
Sie überließ es ihm, die Themen und die Lebensbereiche zu wählen und das Gespräch zu führen. Er nahm das so hin, es war bequem und etwas stieß ihn vorwärts, er wusste noch nicht, was es war.
Wenn er als Kind hungrig war, kaufte er sich manchmal ein Wurstbrötchen mit einer sauren Gurke. Dann schaute er auf das verblie-

bene Taschengeld. Nein, es würde nicht für einen ganzen Nachschub reichen. Er kaufte sich ein trockenes Brötchen, dann legte er Wurst und Gurke ins aufgeschnittene Brötchen, und beim Hineinbeißen, schob er sie jedesmal zurück. Am Ende bekommst du Wurst und Gurke, sagte er sich, wenn du zuerst das Brötchen isst. Nicht das erste, du Dummer, ich hab doch das zweite gemeint! So verschob er die ersehntesten Themen. Nächstes Mal, du Dummer!

Susanne behauptete, das Wichtigste an der Theologie war, das Gute zu wählen. Die Geschichte der Theologie war voller Irrtümer und Verirrungen auf dem Weg zu dem ersehnten Guten. Der größte Irrtum und die krasseste Verirrung dabei sei der Versuch, sich an absolute, autoritäre und versteinerte Glaubenssätze zu halten und sie mit Gewalt, mit Scheiterhaufen und Folterkammern und Glaubenskriegen anderen aufzuzwingen.
Und wie steht es um die Glaubenssätze, die Axiome?
Zum Teil gehen sie durch ihre autoritäre Weise an der Hauptsache vorbei, andere waren von vornherein falsch.
Zum Beispiel?
Das Axiom, dass der Papst und die Kirche sich nie irren können. Die Päpste haben sich immer wieder auf lächerliche und tragische Weise geirrt und dadurch endloses Leid hervorgerufen. Auch bei ihren grausamsten Taten, glaubten sie, das Gute und das Richtige zu tun.
Und Gott?
Was 'und Gott'?
Sah zu und schwieg?
Gott ist im Menschen. Wenn der Mensch entstellt und deformiert ist, ist es auch Gott in ihm.
War Jesus ein Gott?
Klar, für die, die glaubten.

Und für die, die nicht an ihn glauben?
Für die ist er ein potentieller Gott, der Anlage nach, der sich verwirklicht, wenn an ihn geglaubt wird.
Und wenn einer statt an Jesus an Buddha glaubt?
Sie zögerte einen Moment.
Mit Buddha kennt sie sich nicht besonders aus. Aber wenn der Glaube an Budha der Glaube an das Gute ist, dann ist es nicht so wichtig, mit welchem Namen man dieses Gute bezeichnet und durch was es symbolisiert wird.
Bedeutet das, dass Gott ein Symbol ist?
Klar.
Und keine reale Kraft?
Klar, dass er auch eine reale Kraft ist. Er braucht nur ein Symbol, um sich zu offenbaren.
Ist Jesus auferstanden?
Ja, im Glauben der Gläubigen. Und das symbolisiert, dass einem jeden Menschen der Glaube an eine Auferstehung vergönnt sein kann. Tolstoi hat darüber einen großen Roman geschrieben, Die Auferstehung, ein realistischer Roman, der zu seiner Zeit spielt. Man sagt sogar, der Roman soll einen autobiographischen Hintergrund gehabt haben. Das zeigt die Möglichkeit einer Auferstehung eines jeden durch die Auferstehung Jesu. Durch den Glauben daran war Tolstoi eine Läuterung vergönnt, eine innere Auferstehung, und sie verwirklichte sich durch das Schreiben dieses Romans.

\*

Gibt es die Hölle?
Natürlich.
Eine glühende, mit Schwefelflammen und brodelndem Teer?
Sie lächelte.

Vielleicht aber eine kalte und dunkle. Da ist es sehr einsam.
Wo befindet sie sich? Unter der Erde? Woher stammt das Böse?
Sie lachte und wurde ernst.
Die Hölle ist im Herzen, im Gehirn, in der Seele. Das Böse stammt von den Menschen, die die Gnade Gottes verloren haben oder von denen, denen sie nie vergönnt war.
Die Gnade? Was ist das?
Sie ist das Gefühl und das Wissen, dass du das Gute gewählt hast und durch diese Wahl erlöst wirst.
Und wenn jemand das nicht fühlt?
Dann ist das ein Zeichen, dass es ihm noch nicht vergönnt war.
Aber sie kann ihm vergönnt werden, diese Gnade?
Natürlich.
Einem jeden?
Natürlich. Wenn er an das Gute glaubt und das Gute wählt.
Und wenn jemand das Gute wählen will und daran glauben will, es aber schwer findet, wirst du bereit sein, ihm dabei zu helfen?
Na klar.
Wie weit?
Sie verstand seine Frage nicht.
Ich frage, was du persönlich bereit wärest zu tun, um jemanden zu helfen, das Gute zu wählen. Das ist wie bei einem Arzt, der einen Leidenden behandelt. Wird er bereit sein, ihn auch außerhalb seiner Arbeitszeit zu behandeln, ohne Bezahlung, und ihm Blut spenden, oder ein Organ, wie eine Niere, oder sein Leben für ihn opfern?
Sie schwieg. Dann sagte sie leise:
Das kann man im Vorhinein nicht sagen. Das hat keine Regeln.

*

Kann sie eine Pfarrerin werden?
Natürlich, wenn das Prüfungs- und Wahlkomitee sich nach einem Gespräch mit ihr dafür entscheidet. Was nicht ganz sicher ist. Weil ihre Ansichten manchmal gewagt und radikal sind und sich nicht immer ganz nach der offiziellen Linie richten. Aber wenn sie bestätigt wird, wird sie das Theo zu verdanken haben, der auch Pfarrer werden wird. Das geht bei den Protestanten, dass es eine Pfarrer-Familie gibt. Eine unverheiratete Frau kann keine Pfarrerin sein. In dieser Hinsicht hat die Kirche noch viele schowinistische Anschauungen. Wenn sie mit einem Mann, der einen anderen Beruf hat, verheiratet oder sogar nur verlobt gewesen wäre, wie zum Beispiel mit einem Architekten, wie es ihr voriger Freund war, weiß man nicht, ob das Komitee sie bestätigen würde. Es gibt sowieso zu viele Theos.
Gibt es bei den Protestanten eine Messe?
Klar. Der Abendmahlsgottesdienst.
Und verteilt man dort heiliges Brot und heiligen Wein?
Natürlich.
Und sagt man und glaubt man dabei, dass das Brot das Fleisch Jesu ist und der Wein sein Blut?
Klar. Das ist ein Teil der Messe.
Und du glaubst das, glaubst du daran?
Natürlich. Das ist doch die wichtigste Konkretisierung… die wichtigste Veranschaulichung der Verbindung von Mensch und Gott: Sie zeigt, dass Gott im Menschen ist.
Das heißt, dass das alles für dich nur eine Art Symbol ist?
Alles ist ein Symbol.
Und die Beichte?
Es gibt bei den Protestanten keine Beichtpflicht.
Aber wenn du eine Pfarrerin bist und ein Sünder zu dir kommt und

dich bittet, beichten zu dürfen?
Wenn ich sehe, es ist sein aufrichtiger Wille, sich vom Bösen zu befreien und das Gute zu wählen, werde ich ihn dazu ermutigen und ihn stärken.
Und wenn er dir schändliche sexuelle Gedanken beichtet, schmutzige und verhurte?
Werde ich ihn bestärken, sich ihnen entgegenzustellen, dagegen anzukämpfen. Und das Gute und Reine zu wählen.
Aber um ihm bei dieser Wahl zu helfen, wirst du ihm doch zuhören müssen, seine unkeuschen sündigen Gedanken anhören müssen: Könnte es sein, das etwas vom schmutzigen Sündigen an dir kleben bleibt, und nachher, ohne dass du es willst, auch dir solche unkeuschen sexuellen Gedanken kommen?
Sie habe es heute ein wenig eilig, sagte sie, und sie hätten ja heute schon genug über… über Theologie gesprochen.
Und dabei schüttelte sie den Kopf, als ob sie eine lästige Mücke verscheuchen wolle, und schaute auf die Uhr.

*

Wegen der Feiertage hatte das Sommersemester nur 12 Lernwochen netto. Einmal ließ sie einen Termin ausfallen.
Warum, Susanne, wenn man fragen darf.
Wegen der Demo.
Du meinst die Demokratie?
Aber nein. Wieso Demokratie? Wegen der Demonstration am Uniplatz.
Er hob seine Brauen. Wogegen wird demonstriert?
Es ginge um die politischen Flüchtlinge, die Asyl wollen.
Und da bist du für oder gegen die Asylsuchenden?
Klar, dass sie für ist. Und auch morgen gibt's eine Demo. Über

Paragraph 218. Aber sie hat noch nicht beschlossen, ob sie geht, weil dort die ganzen Femis und Emanzen ihr Unwesen treiben.
Er überlegte ein wenig. Du meinst die Feministinnen, die für die Emanzipation der Frauen sind? Und was ist Paragraph 218?
Der betrifft das Verbot von Abtreibungen.
Und bist du da dafür oder dagegen?
Sie zögerte. Das war ganz ungewöhnlich, bei ihr.
Sie ist natürlich gegen Abtreibung, aber auch gegen das Verbot. Sie ist für Beratung. Sie ist gegen das laute Geschrei, das bei uns, Gott sei Dank, nicht so arg wie in Amerika ist, aber andererseits ist sie auch gegen die Marktschreierei der Femis und Emanzen.
Was ist der Unterschied zwischen den beiden?
Sie dachte einen Moment nach und runzelte die Stirn. Auch das stand ihr gut.
Ja, das sei eine gute Frage. Sie hat die beiden Begriffe immer als Synonyme benutzt, aber jetzt, wo sie darüber nachdenkt, kann sie sagen, dass es einen kleinen Unterschied gibt – dabei lächelte sie wie ein kurzes Lichtblitzen, bei dem sein Herz pochte - 'Emanze' wird von Männern benutzt, als Schimpfwort gegen Frauen, die gleiche Rechte haben wollen, aber 'Femi' ist nur ihr privates Wort. Eine Femi hat eine Ideologie und ist manchmal auch Mitglied in einer Vereinigung. Mit 'Emanze' dagegen meint sie einen Lebensstil, wie Kleidung und Frisur, und wie man spricht, und überhaupt. Das habe sie bei ihm gelernt, die Nuancen zwischen Wörtern zu beachten, wie nennt man das. Philologie?
Semantik, alles was die Bedeutung von Wörtern betrifft.
Ja, das ist schön, wie das richtige Wort die Bedeutung klärt.
Das berührte wieder sein Herz, seinen Herzschlag.
Und... nachdem sie sich geklärt hat, die Bedeutung, bist du dafür oder dagegen, er meint die Gleichberechtigung.
Klar, sie ist dafür. Dabei schaute sie auf ihre Jeanshose und Trikot-

bluse. Besonders in allem was die ekligen Vorurteile der Schowis, die den Fortschritt aufhalten wollen, betrifft, auch die in der Kirche. Er nickte. Schade, dass die ganze Stunde, eine der wenigen, die verblieben, für den Fortschritt geopfert, das heißt: verloren, wurde.
\*

Die Wochen vergingen rasch, zu rasch. Noch zwei Wochen, noch eine.
Über welches Thema wollen wir heute sprechen?
Vielleicht ein Besuch beim Arzt?
Und... was noch?
Ja, beim Friseur?
Ein Liebesgespräch mit einem jungen Mann? Willst du das nicht?
Doch, das kommt auch in Frage.
Was ziehst du vor? Beim Arzt, beim Friseur oder Liebesgeflüster?
Sie lächelte. Vielleicht von jedem ein wenig, schließlich seien sie ja alle wichtig, nicht wahr?
Also. Hallo, Herr Doktor. Guten Tag, meine Dame. Ziehen Sie sich bitte aus und atmen Sie bitte tief ein. Schauen wir nach, ob ihr Herz klopft. Welche Beschwerden haben Sie? Haben Sie Schmerzen? Ja, Doktor, ich habe Schnupfen, vielleicht eine Allergie. Ich huste in der Nacht und der Hals tut mir weh. Sie sind einfach erkältet. Ich verschreibe Ihnen Aspirin, damit Sie schwitzen. Glauben Sie, das ist eine Grippe oder eine Angina? Viren werden von der Natur geheilt, gegen Bakterien bekommen Sie von mir Antibiotika. Was haben sie lieber, eine Injektion, Pillen oder Zäpfchen? Danke, Doktor, vorläufig genügen mir Pillen gegen Kopfweh. Da haben Sie das Rezept, mein Fräulein. Vielleicht können Sie mir bei dieser Gelegenheit auch Pillen gegen Appetit und Schwangerschaft geben? Doktor, sagen Sie mir nur, ob man sie vor oder nach... Ich meine... Nein, mein Fräulein, nicht vorher oder nachher, sondern anstatt.

Ach, Doktor, ich fühle mich so schwach, ich möchte ohnmächtig werden. Ich habe Brechreiz und Schwindel. Sofort mache ich Ihnen einen kalten Umschlag auf die Stirn. Haben sie ein Fieberthermometer zu Hause? Nein, aber ich bin sicher, dass ich Fieber habe, mit Schüttelfrost und Stechen in der Wirbelsäule. Und Zahnweh. Ist das vielleicht ein Sonnenstich? Oder habe ich mich mit Gelbsucht und Malaria angesteckt?

Sagen Sie, mein Herr, was sind Sie, ein Herren- oder ein Damenfriseur? Weder noch, Madam, ich bin Haarstylist. Aber das ist doch ein Friseurladen, oder? Nein, gnädige Frau, das ist ein Salon. Und wenn ich einen Haarschnitt haben möchte? Aber bitte, sie können Ihr Haar waschen lassen, Strähnchen färben, Dauerwellen, glätten oder kräuseln.

Du gefällst mir, willst du mit mir ein wenig spazieren gehen, in der kleinen Lichtung. Umarme mich, gib mir einen Kuss, sag, liebst du mich? Ich hab dich gern. Hast du eine Freundin? Ich hab einen Freund. Einen festen. Theo. Nicht ein Theo, sondern mein Theo.
Ist er ein Theologe? Wer? Ich meine den glücklichen, der dein fester Freund ist.
Natürlich, mein Theo ist ein Theo. Ich glaube, dass ich dir das schon einmal gesagt habe.
Stimmt. Dein zweiter Freund. Der erste war Architekt.
Sie lacht. Ja. Genau. Du bist ein guter Schüler. Nur in den Nummern hast du dich geirrt. Björn war der vorige, der Architekt, aber der war nicht genau der erste. Da ist's am besten, ihnen keine Nummern zu geben. Warum hast du nach ihm gefragt, du hast ihn dir doch gemerkt.
Er fragte, weil er nicht sicher war, was Theo für eine Abkürzung sei. Das sei doch klar: Für einen Theologen oder eine Theologin oder

für Theodor oder Theodora. Sie lachte.
Und gibt's da keine Missverständinisse, denn auf Hebräisch…
Keine Missverständnisse. Du fügst immer ein kleines Wörtchen hinzu: ein, eine, mein, meine, jetzt zeig mal, ob du's kapiert hast.
Sie sagte Wörter, er fügte eine Erklärung hinzu: Ein Theo – er ist ein Theologe. Eine Theo – sie ist eine schöne Theologin. Mein Theo – Theodor, mein fester Freund. Und er seufzte.

\*

Die letzte Stunde.
Er hatte schon beschlossen, was das Thema sein sollte: Wenn sie mal Israel besuchen will, muss sie auch obszöne Worte kennen, es gibt eben Gelegenheiten dafür. Also, im Allgemeinen flucht man auf Deutsch mit analen Worten, wie Scheiße. Aber weil das in der Bibel und von den Schriftgelehrten nicht überliefert wurde, benutzt man das arabische Wort Chara. Statt 'Arschloch' nennt man einen unsympathischen Menschen nur Arsch, Tachat, oder man greift auch hier zum Arabischen, Tis. Und jetzt beginnen wir mit dem Mann. Das Seine heißt Sajin. Es gibt auch da Aushilfe aus anderen Sprachen, Arabisch und Jiddisch, Potz, Schmock und Schwanz.
Das brachte sie zum Lachen. Auch auf Deutsch…
Ja? Wie auf Deutsch?
Er wusste es, natürlich, aber er fragte sie, um es von ihr zu hören.
Schwanz. Sie sagte es einfach, ohne zu lächeln.
Aber zwischen dem deutschen und dem hebräischen Schwanz gibt es einen Unterschied, nicht wegen der Beschneidung, sondern auf Deutsch meint man es wörtlich, er hat einen großen Schwanz. Und auf Hebräisch meint man damit nur einen niederträchtigen, verachtungswürdigen Menschen: Er ist ein großer Schwanz.
Da gibt's was Ähnliches auch auf Deutsch: Er ist ein Schlapp-

schwanz. Das ist einer, der einen Schwanz hat, der schlaff ist, schwach und müde.

Und auf Hebräisch ist's gerade umgekehrt, da ist ein Schwanz jemand der aufgeblasen, sich übertrieben wichtig macht, immer dort steht, wo er nicht hingehört oder sich hineindrängt, wo er unerwünscht ist.

Beide lachten. Er spürte dass das Gespräch sie näher brachte. Überraschend.

Nun gab er ihr eine Liste mit obszönen Worten auf Hebräisch und auf Deutsch, er hatte sie vorbereitet, weil er befürchtete, sie würde es ablehnen, darüber zu sprechen. Das wäre schade gewesen, er hatte da einiges zu sagen, z. B. über die emotionale Seite und den Wortklang. Auf Hebräisch, zum Beispiel, bezeichnet man die Möse mit dem arabischen Wort 'Kuss', das einen kurzen, trockenen, harten Klang hat, wie das deutsche 'Fotze', außerdem ist es männlich, was es ganz unmöglich macht, darüber mit schmeichelnden Kosenamen zu sprechen. Und gerade das deutsche 'Muschi' hat ein gedehntes, weiches Uh, das sich wie ein sehnsüchtiges Herbeirufen einer süßen, verspielten kleinen Katze anhört... Auch das Hebräische 'Fertig sein' ist hart und zweckbedingt, während das deutsche 'Kommen', das sicher vom Englischen stammt, weich und biegsam ist, weil es so viele Nuancen bilden kann... vom Erwarteten abkommen, dich zum Mitkommen bewegen, dir entgegenkommen, bis zum gemeinsamen Ankommen... Wird er den Mut finden, ihr all das zu sagen, wird sie ihn zum Ende kommen lassen, und wenn es dazu kommt, welches von all den 'Kommen' wird sie wählen?

Er schlug vor, es zu üben: Er wird etwas auf Hebräisch sagen, und sie wird es ins Deutsche übersetzen, ohne sich zu schämen: Schließlich ist das auch eine Art und Weise, in der Gott sich der Welt offenbart, oder?

Sie zögerte.
Ja. Gott offenbart sich in allem.
Wunderbar. Also, dann soll sie auf Hebräisch das, was er ihr schon vorbereitet hat, lesen und übersetzen.
Und langsam las er mit ihr, hebräisch:
Ach, Ahuwi... Ach, mein Liebster, ich vergehe vor Sehnsucht, wann fickst du wieder meine kleine süße Muschi, die du so gerne liebkost, wann schaust du mir in die Augen, wenn ich zu dir komme, zu mir komme, dir entgegenkomme, mit dir mitkomme, mit dir zusammenkomme...
Sie hörte aufmerksam zu, folgte mit ihrem Finger den Zeilen entlang, aber sie verstand es nicht.
Er solle es doch erklären.
Das fiel ihm schwer. Manchmal ist es für Gott schwer, sich in den weltlichen Hüllen zu offenbaren. Er schwieg.
Unterdessen hatte sie einige Worte in der für sie vorbereiteten Liste gefunden. Sie errötete.
Und gab ihm eine Ohrfeige. Keine schallende, schmerzhafte Ohrfeige, sondern eine protestierende, man sah, dass sie erzürnt war. Sie stand auf, verließ aber nicht das Zimmer und schlug auch keine Türe mit lautem Knall zu.
"Susanne?"
Sie schaute ihm schweigend in die Augen.
Schließlich sagte sie:
"Hast du noch etwas zu sagen?"
"Zu fragen. Warum hat dich das verärgert?"
"Du hast dich beschmutzt, du hast dich dich zu einem ekligen Macho entstellt, du erlaubtest dem Schowi in dir, die Oberhand zu gewinnen."
"Aber ich bin gar kein Schowi, Susanne."
"Was bist du, dann?"

"Ich legte dir die zartesten Worte in den Mund, die ich sehnsüchtig von dir erwartete."

"Du hast versucht, mir Worte in den Mund zu legen, die mich zu einem Sex-Objekt erniedrigen."

"Aber nein, Susanne, sondern Worte, die dich zu einem mich rettenden, erlösenden Engel erhoben hätten, theologische Worte, die mir geholfen hätten, das Gute zu wählen, um der gnadenlosen, einsamen Kälte meiner inneren Hölle zu entkommen."

Sie schaute ihn überrascht-argwöhnisch an.

"Machst du dich lustig über mich?"

"Gott behüte, nie und nimmer. Deswegen fragte ich dich doch über die Beichte bei den Protestanten. Das ist meine intimste, geheimste Sehnsucht, diese Worte von einem engelsgleichen Mädchen, wie du es bist, in all ihrer Reinheit, zu hören. Nur sie, mit ihrer reinen Seele, kann mich mit solchen Worten aus meiner einsammen kalten Hölle erlösen und mir die Sicherheit geben, dass Gott sich in allem offenbaren kann. Wenn ein Mädchen, so rein und unbescholten wie du, diese Worte zu mir sagen kann, wird sie mich dadurch, wie die märchenhafte Farnblume der Legenden, die den Felsen öffnet und zum Schatz führt, berühren."

Nun folgte ein langes Schweigen. Dann sagte sie ganz leise, ohne ihn anzuschauen:

"Wenn das so wichtig für dich ist, werde ich es einmal für dich sagen, aber du musst wissen, dass ich dabei nicht an dich denke, okay?"

Er nickte stumm. Er war nicht im Stande, einen Laut von sich zu geben.

Sie nahm langsam das Blatt, auf dem der hebräische Satz stand, und die Liste der Worte, schaute sie schweigend an, wurde ein wenig blass, und flüsterte:

"Ach, mein Liebster…"

Er folgte jedem deutschen Wort, das ihre Lippen verließ, voller Liebes-Angst.
"Ach, mein Liebster..."
Dabei fühlte er den süßen zehrenden Schmerz, als sie ganz leise und weich "kleine süße Muschi" aussprach und ihr Zögern, als sie sich dem Ende des Satzes näherte. Dann, als ob sie einen Entschluss gefasst hätte, wählte sie von allen Varianten, "dir entgegenkomme".
Und lächelte kaum merklich, stand auf und schickte sich an, hinauszugehen.
Er sprang auf.
Aber bevor er etwas sagen konnte, legte sie den Zeigefinger auf ihre Lippen, um anzudeuten, er solle nichts mehr sagen.
Aber draußen, auf der Treppe, drehte sie sich um, und sagte:
"Etwas habe ich von dir gelernt, nicht nur auf Hebräisch, sondern auch... theologisch." Und nachdem sie einige Stufen hinunter gegangen war, drehte sie sich noch einmal um und rief zurück:
"Vielleicht gelingt es mir, etwas davon meinem Theo beizubringen."
Sie sahen sich nicht wieder.


\*

Er dachte oft an das Ende ihrer Geschichte. Und einmal, bei Nacht, als er sie wieder zu einem nächtlichen Tagtraum einlud, damit sie ihm ihren Erlösungssatz wiederhole, wollte er ihr andeuten, dass die Erlösung noch ganz unvollständig geblieben sei, und beschloss, für sich und sie ein böswilliges Erlösungsszenario zu erfinden:
Er verriet ihr, dass er ihre Worte auf einem Diktiergerät aufgenommen hätte, dazu auch ihren Seufzer, der ursprünglich zu Latein und Altgriechisch gehört hatte, den er aber wiederholt heraus kopierte, und hinein schnitt, so dass es sich wie Liebesseufzer anhör-

te. Dazu erklärte er, dass aus seinem Leiden, aus dem er unbedingt erlöst werden wollte, ihm nur ein verzweifelter Ausweg geblieben sei: Wenn sie sich ihm nicht wenigstens einmal hingeben würde, um ihn dadurch ganz zu erlösen, würde er die Kassette die mit "Ach mein Liebster..." beginnt und mit den Liebesseufzern endet, an Theo, an ihre Eltern und an alle ihre Professoren schicken.
Von da aus konnte er natürlich einige weitere Szenarien erfinden, und für jedes hatte er einen letzten Dialog bereit:
"Warum hast du mir das angetan?", fragte sie leise.
"Damit du etwas Wichtiges über Theologie lernst", antwortete er hart.
Aber zum Schluss verzichtete er auf alle diese Szenarien und beließ es bei dem versöhnlichen Ende, das sie gesetzt hatte.

# Ein alter Mann

Im Garten hinter dem Haus, im Liegestuhl, zugedeckt mit der braunen Kamelhaardecke, liegt er, unter dem Kopf ein kleines Kissen, er liest – noch 'nen Roman.
Großvater, weißt du, dass du jeden Tag um einen Tag älter wirst?
Jetzt hat er schon den Militärdienst hinter sich, gestern kam seine Karte aus Nepal.
Ja, Mosche'li. Auch du.
Natürlich auch ich. Nicht älter, sondern erwachsener.
Stimmt. Jeden Tag wirst du vielleicht auch reifer.
Und du, wirst du noch gescheiter?
Manchmal vielleicht – Hoffentlich!
Der alte Mann genießt den Garten, die weiche Decke und die gütig-schwache Abendsonne.
Was liest du? – Wie oft hat er diese Frage gehört! – Über Krieg und Frieden?
Ja, das könnte man sagen, aber inneren. Da ist eine junge Frau, die mit sich kämpft. Sie möchte etwas und will es gleichzeitig doch nicht.
Frauen und innere Kämpfe… Ist das nicht langweilig?
Ich finde es interessanter als Nepal.
 Wieso eigentlich?
Das ist eine gute Frage. Vielleicht finde ich einmal die Antwort.
Interessieren dich die inneren Kämpfe oder die jungen Frauen?


*

Nach einigen Tagen erscheint Mosche'li wieder im Garten und im Thema. Womit hast du ihn eingeladen?

Großvater – ab wann ist man alt?

Vielleicht ab sechzig, so steht's jedenfalls in der Mischna, im Traktat der Väter.

Aber stimmt das?

Für die, die an das glauben, was in der Mischna steht, stimmt es.

Und was glaubst du?

Mir scheint, das ist bei jedem ein wenig anders.

Wovon ist das abhängig? Ob man gesund ist?

Ja, auch. Und vom Gefühl.

Und wie fühlst du dich, alt?

Manchmal. Ich bin fast achtzig – schon so alt!

Seit wann fühlst du dich alt?

Da muss ich nachdenken, ich will versuchen, mich zu erinnern.

Ist dir das peinlich? Was glaubst du, wann wirst du sterben?

Der alte Mann lächelt. Er genießt das Grüne des Gartens, die weiche Decke und die gütige Abendsonne. Und trotzdem war da dieser leichte Stich.

Irgendwann. Morgen oder in einigen Jahren.

Der Garten füllt sich mit Nachdenklichkeit und Trauer.

Wird dieses Irgendwann einmal plötzlich sein?

Manchmal kommt es plötzlich, wenn man einen Unfall hat. Oder wenn man einschläft und nicht wieder aufwacht.

Und wenn es plötzlich ist, spürt man es dann?

Ich weiß es noch nicht, Mosche'li. Noch nicht.

Liest du wieder in deinem Roman?

Ich gestehe meine Schuld.

Was für eine Schuld ist das?

Wenn man etwas macht und das Gefühl hat, man sollte etwas anderes machen. Es war ein Roman über eine junge Frau, die einen inneren Kampf hat. Aber jetzt ist er in einem anderen Roman.

Auch alte Menschen haben innere Kämpfe? Sie denken nach, wann sie sterben und wie es sein wird und dabei haben sie das Gefühl, sie sollten etwas anderes tun?

*

Dr. Kaplan sagt, man soll jeden Tag mindestens eine Stunde rasch gehen. Unser Viertel, mit seinen vielen Gärten und Parkanlagen, ist eine gute Gegend dafür. Zum Beispiel der Park, mit dem Altenheim, den Mosche'li "Großmutter-Park" nennt. Alte Frauen gehen dort zu zweit spazieren – mit ihren Gehgeräten oder ihrer Philippinin. Mosche'li betrachtet sie aufmerksam, er sucht die Spuren innerer Kämpfe.
Warum sind da viel mehr Frauen als Männer?
Weil Frauen länger leben als Männer.
Freut das die Männer, dass es dann so viele Frauen gibt?
Der Großvater lächelt und schweigt.
Tut es dir leid, dass du keine Frau bist und länger leben kannst?
Und du? Wärst du gerne eine Frau?
Sind Frauen etwas ganz anderes als Männer?
Das ist eine sehr alte Frage, schon die griechischen Götter wollten das wissen. Da haben sie einen weisen Mann in eine Frau verwandelt, damit er beides erleben kann. Der Arme hieß Theresias.
Da brauchte er den Namen nicht zu ändern, als er eine Sie wurde, sie nannte sich dann sicher Theresie. Und wie war das für sie oder ihn?
Das wurde leider nicht aufgeschrieben. Er hat nur bestätigt, dass sie anders sind, und alle waren böse auf ihn, aber er dachte, auch wenn er gesagt hätte, dass sie ganz ähnlich sind, wären alle böse auf ihn gewesen.

Eine komische Erzählung. Wer hat sie eigentlich erfunden, ein Mann oder eine Frau?
Theresias erblindete nach dem Versuch. Vielleicht haben die Göttinnen ihn geblendet, weil er etwas verraten hat, was geheim bleiben sollte. Er galt als besonders weise. Aber wenn er etwas Gescheites sagte, warf man ihm vor, nicht richtig zu sehen, bis sich herausstellte, er hatte es richtig gesehen, und die Sehenden waren eigentlich die Blinden.
Hattest du nie Lust, einmal anders zu sein?
Ich wollte mein ganzes Leben nichts anderes, als nicht anders sein. Ich wollte immer dazugehören, andererseits, war ich doch immer anders, als die, die mich umgaben.
Ah, das waren also deine inneren Kämpfe!


*

Weißt du, Großvater, manchmal, wenn ich am Abend im Bett liege, hab ich Angst vorm Sterben.
Der alte Mann schaut seinen Enkel liebevoll an.
Das kann ich mir vorstellen. Das geschieht mir auch.
Mosche'li schaut hoch, als ob er etwas aus der Ferne gehört hätte: Ja, wirklich?


*

Sag, Großvater ... – Er ist wieder da, sitzt neben deinen Liegestuhl.
– Sag, wie stirbt man?
Du zuckst mit den Achseln.
Ich weiß es nicht. Noch nicht.
Der alte Mann zieht seine Decke um sich herum.
Wenn du's wissen wirst, wird's schon zu spät sein.

In einem Roman träumt ein Junge, dass sein Opa ihm erzählt, wie er gestorben ist.
Wirklich, oder hast du dir das jetzt ausgedacht?
Du antwortest nicht. Du wartest. Er wird zum Thema zurückkommen. Da ist es schon.
Dieser Junge, der geträumt hat, was hat sein Opa ihm da im Traum erzählt?
Das es nicht weh getan hat.
Wirklich?
So stand es im Roman.
Ah, sagt Moscheli nachdenklich. Also weiß man es nicht.

*

Du hast ja nicht vor dem Schmerz Angst, sondern vor dem nicht mehr da sein. Das kann man nicht erklären, oder doch?
Das ist vielleicht wie einschlafen. Hast du schon einmal genau gespürt, wie du einschläfst? Das tust du doch jeden Tag, beschwichtigt der Großvater.
Stimmt, ruft Mosche'li fast freudig aus, das tu ich jeden Tag, und weiß nicht wie. Plötzlich wach ich auf, aber wie ich eingeschlafen bin, weiß ich nicht. Vor dem Einschlafen hab ich noch alles mögliche gedacht und gespürt, und dann hab ich irgendwie aufgehört zu spüren und zu denken, und manchmal weiß ich, dass ich geträumt hab, und dann wache ich auf und erinnere mich. Wenn das so mit dem Sterben ist, dann ist es ja gar nicht so arg zu sterben.
Ja, wenn das so ist. Aber trotzdem ist es schade, nicht mehr zu sein.
Ich stell mir vor, es ist so, wie es war, bevor ich geboren wurde.
Ja, bestätigt der Alte, das ist ein beruhigender Gedanke.
*

Mosche'li und der alte Mann gehen langsam nebeneinander im Oma-Garten.

Schau, Großvater, dieser Park hat zwei Inseln, zwei Rasenflächen mit Sträuchern und Bäumen, und man kann um sie herumgehn, um jede Insel extra, oder um beide.

Manchmal gehen sie einige Male eine kleine Runde, und manchmal – eine große.

Heute die große! Ich möchte etwas fragen.

Im alten Griechenland pflegten sie während des Gehens Fragen zu stellen. Und manchmal beantwortet man Fragen mit Fragen.

Sag, Großvater, das Sterben...

Ach nein, heute nicht übers Sterben, heute was anderes, zur Abwechslung!

In der Schule lernten wir, dass es im Paradies einen Baum gab, von dem Adam nicht essen durfte, aber er hat trotzdem von der verbotenen Frucht gekostet, und da sahen er und Eva, dass sie nackt sind und haben sich geschämt, und seitdem müssen die Menschen sterben. Es wäre schön zu wissen, was sich der, der diese Erzählung erfunden hat, gedacht hat.

Du bist ein gescheiter Junge, du fragst dich, wie die Sachen sich verbinden.

Ist das denn ein Zeichen von Gescheitsein?

Unsere Schriftgelehrten haben sich gefragt, wer der wahrlich Gescheite ist. Der, der von jedem etwas lernen kann? Der voraus sieht, was kommen wird? Der, der zu fragen weiß?

Was gibt's da zu wissen? Du meinst, was man fragt?

Ja, und wen, und wie, und wann und warum.

Wer ist bei dir der wahrlich Gescheite?

Einer, der die Sachen verbindet, damit man besser verstehen kann.

Gibt es eine Verbindung zwischen Sex und Tod?

Durch den Tod wird das Leben beendet, durch Sex wird es geschaffen. Der Tod stimmt einen traurig, Sex füllt einen mit Freude, mit Liebe und Zuversicht.
Wenn ich das gesagt hätte, hättest du gesagt, dass ich ein gescheiter Junge bin. Aber weil du es sagst, sage ich es: Du bist ein gescheiter Großvater.
Und du – ein frecher Enkel.


*

Heute hast du auf der Straße eine kleine alte Frau gesehen, bucklig, die sich hinkend, schwerfällig dahinzieht. Wie das Ungeziefer, das du gestern im Klosett sahst, und überlegtest, ob du es zerquetschen und wegspülen oder es mit einem Stück Papier anpacken und durchs Fenster werfen sollst. Du wähltest das Papier und das Fenster.
Bei den Pfadfindern hattet ihr kleine Notizblöcke, um gute Taten aufzuschreiben. Jeden Tag eine gute Tat, die den Tag rechtfertigt. Es gab Glückspilze, denen der Zufall eine Alte schickte, der man helfen konnte, die Straße zu überqueren. Und du, wie rechtfertigst du, du Ungeziefer, dein Dasein? Du konntest ein Ungeziefer in der Badewanne zerquetschen, aber du wähltest, es in die Freiheit zu werfen. Gilt das schon als eine Rechtfertigung? Du sahst eine bucklige Alte und hattest kein Mitgefühl. Hast du dadurch deinen Tag verloren?
Du dachtest an Leonardo und Spinoza, Marx, Freud und Einstein, Genies der menschlichen Spezies, und dagegen jenes hinkende Geschöpf, eine Beleidigung für das Auge und die Gedanken. Und was bist du, mit deiner Überheblichkeit?
Wir alle haben eine kreatürliche Seite, die darf man nicht verachten – wird Martha sagen und die Mähne ihres roten Haares schütteln –

auch Leonardo und Spinoza, Marx, Freud und Einstein hinkten vielleicht im Alter und waren nicht so schön, wie du die Menschen haben möchtest. Ein Mensch soll nie in seiner Kreatürlichkeit eine Beleidigung für das Auge oder die Gedanken sein – wird Martha sagen und dabei die Augenbrauen heben. Du beleidigst dich und deine eigene Menschlichkeit!

Da war doch der sonderbare Traum aus der letzten Nacht – oder war es eine Vision? Diese hohe, hagere Frau, stand vor dir wie ein hehrer Engel mit einem flammendem Schwert und befahl: Knie nieder! Und du knietest nieder. Und die Gestalt hob das Flammenschwert, schlug dir mit der flachen Seite auf beide Schultern und sprach: Hiermit schlage ich dich zum Menschen. Aber weil du voller Überheblichkeit bist, sei gelähmt, bis du etwas Schönes, Positives in jener kleinen alten Frau findest!

Du versuchst aufzustehen, es geht nicht, du bist tatsächlich gelähmt. Und wieder siehst du die Straße mit der kleinen alten Frau, die sich bucklig hinkend schwerfällig dahinzieht. Du dachtest plötzlich: Sie kann etwas, was du nicht kannst! Schau wie tapfer sie sich durch ihr schweres Leben zieht! Bei dem Wort "tapfer" konntest du dich wieder bewegen.

Ach, wie schön wäre es, diese Traumvision – zusammen mit der Lähmung – all jenen zuzuschicken, die einmal Leben als unwürdig verachteten.


*

Auch du wirst einmal sterben, wie jene kleine, bucklige, hinkende, sich schwerfällig hinziehende alte Frau! Hat deine Mutter ihr Dasein gerechtfertigt, als sie dich geboren hat? Wie rechtfertigen Schnecken ihr Dasein? Sie sind zwei-geschlechtliche Geschöpfe, legen Eier und müssen sich dafür nicht paaren. Sie paaren sich dennoch, dabei ragen aus ihnen dünne Kalknadeln hervor, mit denen sie sich gegenseitig stechen. Wie rechtfertigen sie eine Paarung, die für das Fortbestehen der Art nicht nötig ist? Wie rechtfertigst du deine Forderung nach einer Rechtfertigung? Hat Pini eine Antwort für dich? Ihr kennt einander 75 Jahre, seit ihr zusammen in die Grundschule gegangen seid. Heute verführt dich deine Zunge, ihm etwas über die bucklige Alte zu erzählen: Im Mittelalter hätte man sie verdächtigt, eine Hexe zu sein. Sie soll es gestehen! Die Gefolterten, in Höllenqualen, urinierten, ließen Kot von sich und erbrachen sich in Schmerzensgebrüll. Sie gaben alles zu, dass sie sich mit Satan gepaart hätten, ja, ja, ihn geleckt und geblasen hätten, ja, ja, sie war bereit alles zu tun, was man von ihr verlangte, um ihren Pakt mit dem Bösen zu zeigen, einer lebendigen Maus den Kopf abbeißen... Und du, hättest du nicht uriniert und geschissen, dich erbrochen und geröchelt? Also wieso bist du so überheblich, du Wurm?

*

Im Park rennen einige junge Jogger an ihm vorbei, mit Kopfhörern, in ihre Welt versunken, auch einige Männer, an der Schwelle des Altseins. Sie schreiten energisch aus, auch sie mit Kopfhörern. Du schreitest einsam, wie der wandernde Sänger im Lied von Naomi Shemer, halleluja! Einsam und langsam, und deine Fantasien spielen mit dir.
Du begegnest deinem Freund Pini. Was kriechst du so langsam? Ich krieche nicht, ich laufe in meinem Tempo, ich habe das Langsamleben entdeckt. Früher hab ich die Treppen immer doppelt genommen, arbeitete zwölf Stunden am Tag, schlief mit ihr dreimal in der Woche, mit dem Läuten des Weckers eilte ich zur Morgengymnastik. Jetzt lebe ich langsam und genieße. Ich springe nicht

mehr aus dem Bett, sondern gönne mir, mich zu verwöhnen, döse ein wenig, denke...

Dein Großvater hat deinen Vater manchmal mit einem bösen Blick angeschaut und fauchend, wie eine Katze, hingeworfen: Tu etwas! Lies, schlaf, hilf Mama, aber sitz nicht so herum! Dein Vater behauptete, er hätte "dem bösen Blick ein Schnippchen geschlagen". Aber das war wohl nur ein guter Vorsatz, er hat diesen bösen Blick beibehalten und für dich zu dem "tu was" noch die Aufforderung "mach keine Probleme" hinzugefügt.

Mit dem "tu etwas!" im Nacken ist es schwer langsam zu leben. Aber es gibt Krücken dafür: Musik hören und langsam Spazierengehen.

Manchmal, statt gar nichts zu tun, übe ich: Flaubert, Beaudelairee, Montpassant, Faulkner, Steinbeck, Hemingway... Und warum nicht Marilyn Monroe, Brigitte Bardot, Elizabeth Taylor? Die Namen helfen herauszufinden, ob das Vergessen schon beginnt. Der, der über den weißen Walfisch geschrieben hat, über den Kapitän mit dem Holzbein der ihn jagt, wie heißt er nur? Der Kapitän heißt Ahab, aber wie heißt der Autor? Beaudelaire schrieb "Die Blumen des Bösen", Flaubert schrieb "Madame Bovary", Montpassant – "Das Perlengeschmeide"... Marilyn Monroe schlief mit Arthur Miller und den beiden Kennedies, so eine Übung verbessert das Gedächtnis! Aber was hast du gegen das Vergessen? Ist Krebs oder Herzschlag besser?


\*

Sag, Großvater, seit wann hast du dir einen Bart wachsen lassen? Das hab ich zweimal. Als ich jung war, damit ich zum Schnurrbart und zum Motorrad passe, als ich alt war, damit ich mehr Würde habe.

Erklär mir das, bitte.
Wenn du dich auf der Straße sehen würdest, würdest du dich erkennen? Wenn ja, dann hast du ein Selbstbildnis. Auch ich hatte eines und es hat sich geändert. Einmal wollte ich männlich sein, dann war mir Würde wichtiger.
Als du jung warst, verachtetest du Würde?
Ich sah in ihr etwas Äußerliches, mir waren Einfachheit, Herzlichkeit und Freundlichkeit, zusammen mit Bescheidenheit, die Haupttugenden. Das Private, sogar das Intime, schienen mir spießbürgerlich verwerflich. Als ich alt wurde, enttäuschten mich diese angeblichen Tugenden meiner Jugend, ich wollte mich abgrenzen.
Ja, lacht Mosche'li, zum Abgrenzen passt ein Bart wunderbar, besonders ein weißer!


*


Martha, wir müssen die kleine Eigentumswohnung, die wir von meiner Tante geerbt haben, auch auf deinen Namen umschreiben lassen, damit du nach meinem Tod ohne Schwierigkeiten weiter die Mieteinnahmen bekommst, wenn du einmal deine Tanz-Workshops nicht weiter führen kannst.
Die Mieteinnahmen sorgen mich nicht, mein Lieber, solange du gesund bleibst. Aber wenn, Gott behüte, dir etwas zustößt und du pflegebedürftig wirst?
Ich?! Ich werde nicht pflegebedürftig!
Und wenn doch?
Wenn ich bei klarem Bewusstsein bin, werde ich beschließen, wann und wie ich mein Leben beende. Und wenn ich nicht mehr bei klarem Bewusstsein bin, musst du mir helfen, es zu beenden. Versprichst du, mir dann zu helfen?

Du sprichst total überheblich und ohne Liebe, wie über die Entsorgung von Müll, ohne zu bedenken, ob mir das weh tut. Was geht in dir vor?

Ich weiß nicht, was in mir vorgeht, ich weiß nur, was vergeht – was nachlässt: Alles! Ich habe immer nach einer Möglichkeit gesucht, zu verhindern, dass mir das Leben zu schnell entgleitet. Als Kind wusste ich, wenn der große Sommer kommt ist er unendlich. Der Himmel ist blau, im Weinberg reifen die Trauben, man geht barfuß, der Sommer war wie ein einziger unbegrenzter Tag. Und dann, plötzlich, ist alles vorbei. Wie kann man den Sommer anhalten? Indem man denkt. Das verlangsamt den Strom. Wenn du läufst und denkst: Da laufe ich, und jetzt atme ich schwer, gleich springe ich ins Schwimmbad und kühles, glattes Wasser wird mich umschmiegen, beachte genau, wo du es am meisten spürst, auf der Brust, auf dem roten Haar unter den Armen? Fühl es! Und wenn du zurückschaust, auf alle jene Sommer, sie sind vorbei, vorbei, aber ein wenig ist dir geblieben, dank der Erinnerungsmomente. Du hast sie geküsst, aber es verging zu schnell. Man muss es verzögern, verlängern, spielerisch über die Lippen gleiten, ein wenig an den Mundwinkeln verweilen… Du wusstest damals noch nicht, wie man gnadenreiche Erinnerungsmomente pflanzt. Du warst verwirrt und erschreckt und hättest eine ältere und erfahrene Lehrerin gebraucht, keine rothaarige Tänzerin und Sängerin, die so gerne summend tänzelt.

Und warum hätte sie einen kindischen Halbstarken unterrichten sollen?

Sie hätte für sich entdeckt, dass Einweihen und Einführen verlangsamend-bereichernd sein kann. Wie erlernen die jungen Menschen heute, einander einzuweihen und zusammen Erinnerungsmomente zu pflanzen, die verlängern, verzögern, friedlich und stürmisch, du wirst es schon nicht mehr erfahren, wie sie im Garten, im Liegestuhl, hinter dem Haus, in der gütig schwachen Abendsonne, auf ihr Leben zurückschauen werden. Die Tiere tasten allein, lassen sich von ihren Instinkten führen, wie ein Reiter, der den Weg verloren hat, und nun die Zügel seinem Pferd überlässt.

*

Und wenn Pini nach dem Stand der Dinge fragt? Er ist ein enger Freund, ihm kannst du es erzählen. In der Früh, beim Aufwachen, ist sie da, die Erektion! Tatsächlich! Wenn Martha neben dir gelegen hätte, lächelnd, ihre fantastische rote Mähne auf das Kissen gebreitet, mit etwas gebeugten Knien... Aber bis du die passende Atmosphäre eingeleitet hättest... Vor einer Ewigkeit hast du ihn einmal gemessen: länger als eine Handspanne und ganz hart, so dass es weh getan hat, deine Kumpel nannten es damals "eine harte Latte": Wenn du eine kurze Hose anhattest und plötzlich... Die Mädels in der Klasse haben gekichert und einander angestoßen: Er verlängert ihn! Mathilde, die Kunstlehrerin, sprach einmal über "die Technik des Verlängerns" und verstand nicht oder tat so, als ob sie nicht verstehe, warum alle lachten. Einmal hörte er zwei Burschen miteinander sprechen. Warum musst du dir deinen Schruller ausgerechnet an ihr zerbrechen? Sondern was? Mir einen Knoten rein binden? So ist's eben: Was einmal zu viel war, wird am Ende zu wenig und erwacht zur unpassendsten Zeit. Und was einmal unbedingt nötig erschien, bedeutet nicht mehr alles. Heute sagt man, wenn etwas da ist aber auch nicht da ist, "virtuell", wie bei einem Computer, nur dass Körper und Seele nicht wie ein Computer funktionieren.
Und wie kommst du zurecht?
Ich zeige ihr, dass ich sie liebe, ich liebkose...
Okay, okay, aber wenn es um den Besuch im Tempel geht?

Ich führe ihn in den Vorhof, zwischen die Lippen, manchmal stupse ich ihn, damit er ins Allerheiligste guckt, helfe ihm, unterstütze...
Und das ist befriedigend?
Ja, sehr.

\*

Wart ein Momentchen – auch einen Gedanken kann, sollte man manchmal verlängern. Also, an was hast du eben gedacht? Liebe und Befriedigung – ist das dasselbe? Natürlich nicht.
Die Talmudgelehrten hatten ein Spiel, wahrscheinlich um ihre Gedankenspiele zu verlängern. Sie fragten sich oder ihren Gesprächspartner: Und wenn es umgekehrt ist?
Go ahead, versuch es!
Liebe und Befriedigung sind verbunden, aber auch umgekehrt, Liebe und Verzicht.
Wieso? Du meinst, wenn du mit ihr schlafen willst, und sie keine Lust hat?
Oder umgekehrt.
Wie meinst du, umgekehrt, wenn sie will und du nicht – gibt es überhaupt so etwas?
Natürlich, wenn der eine etwas möchte, das der andere nicht geben kann.
Kopfweh? Der übliche Vorwand?
Wenn es ein Vorwand ist, ist's doch ein Zeichen, dass sie nicht offen und klar mit einander sprechen.
Muss man denn immer über alles klar und offen mit einander sprechen?
Vielleicht. Man sollte es versuchen, wenn man kann.

*

Willst du dich, statt mit Pini, darüber mit Martha unterhalten?
Sag, Martha, warum sollen Liebe und Verzicht verbunden sein?
Sie runzelt die Stirn und ihre dunklen braunen Augen blitzen.
Schau, sagt sie, es gab in deinem Leben sicher so viele verschiedene Arten von Liebe, die braucht man dir gar nicht aufzuzählen, weil du sie kennst. Zu deinen Eltern, auch wenn du sie manchmal gehasst hast, zu Frauen, auch wenn sie dir nicht zu Willen waren, zu mir, auch wenn du wütend auf mich bist, zur Natur, auch wenn sie manchmal Katastrophen bringt, zu deinem Körper, auch wenn du manchmal – und jetzt, mit dem Alter, öfter – das Gefühl hast, dass er dich im Stich lässt...
Das ist eine lange Liste, Martha, aber du wolltest etwas über Verzicht sagen.
Ja, mein Lieber, das ist ein ganz komplexes Wort, es bringt mit sich einen Haufen von Nachbarworten: Aufschub, Geduld, Respekt, Mitgefühl, Grenzen einhalten...
Wieso Grenzen, wir denken und sprechen doch über Liebe?
Eben. Wir haben eine gemeinsame Intimsphäre, in die wir Fremde nie einweihen würden, eine noch intimere, in die wir auch gute Freunde nicht einweihen, eine noch intimere, in die wir auch unsern Hausarzt oder unseren Liebespartner...
Genug, mir wird schwindlig!
Wir müssen lachen, es klingt ein wenig beklommen.


*

Großvater, was denkt man beim Sex, oder denkt man da gar nicht?
Ich glaube, das ist jedes Mal anders. Warst du schon einmal so richtig begeistert?

Klar. Beim Fußball im Fernsehen, wenn es ein Tor gibt, das alles verändert.
Was denkst du da?
Gar nichts, ich klatsche in die Hände und schreie begeistert.
Was schreist du?
Keine Ahnung. Das beachte ich nicht, darum geht es auch gar nicht.
Eben.
Du erzählst mir ja manchmal über alle möglichen Dichter. Hat einer deiner Dichter schon darüber geschrieben, ich meine, über was ich vorhin gefragt habe.
Vielleicht. Mir fällt ein Dichter ein, der geschrieben hat.
Sag schon!
"Du! Ich lebt' noch nie in Dir! / Du bist mein Meer, du bist / Der salzige Geruch der Heimat!"
Wie hieß er, dieser Dichter?
Alterman. Als er das schrieb, war er achtundzwanzig. Und mit sechzig ist er gestorben. Vielleicht hat er sein Leben lang zuviel getrunken. Vielleicht hat er soviel getrunken, weil er die Begeistrung und die Liebe gesucht hat?


\*

Warum zögerst du, mit Pini darüber zu sprechen, er ist ein alter Freund? Weil es etwas aus der 'kleinen' Sphäre betrifft? Du musst das Wort "urinieren" oder "pinkeln" nicht ausdrücklich sagen. Jede Nacht musst du einige Male aufstehen, besonders wenn du dich erkältet hast. Du hast dich daran gewöhnt und schläfst gleich wieder ein. In hellen Nächten lässt du Spalten in den Fensterläden offen, für die dunklen hast du ein schwaches Licht. Nur manchmal murmelt Martha "Alles Okay?". Du kannst damit ganz gut umgehen.

Bis jetzt wachst du immer rechtzeitig auf und kommst zurecht. Eine Operation? Der Urologe wäre bereit, dir eine Genehmigung für die Krankenkasse zu geben, die zahlt dann das meiste, aber du hast Angst. Man macht das mit Vollnarkose, aber wacht dann mit Schmerzen auf, uriniert Blut, und einiges funktioniert manchmal nicht mehr. Andererseits, ohne Operation bleibt immer die Befürchtung, dass sich dort etwas entwickelt. Aber dagegen gibt es angeblich eine ziemlich verlässliche Blutuntersuchung. Was heißt "ziemlich verlässlich"? Wie alles im Leben, das ist eben die Realität, dass es nichts absolut Verlässliches gibt. Außer dem einen! Immer gibt's etwas dafür und dagegen. Eine Pendelbewegung. Bis das Pendel auf Watte trifft und anhält.

\*

Außer dem einen, hast du gesagt. Und dieses eine?
Kann man mit Pini darüber sprechen, oder ist das schon eine von Marthas roten Sphären?
Er versucht es sich vorzustellen und sich vorzubereiten. Die Papiere in Ordnung zu bringen. Sich an den Gedanken zu gewöhnen. So wie ein Dichter schrieb: "Da zeigten sich mir in der Ferne / Alle Tage ohne mich." Die Tage ohne mich. Unvorstellbar!
Man hat dir einmal erklärt, dass "Realität" all das ist, was auch ohne dich, unabhängig von dir, besteht. Aber du konntest es dir nie wirklich vorstellen.
Was ist das, Realität? Du siehst das Blaue – an einer Blume, in ihren Augen, am Himmel – das Blaue, das dein Herz erobert hat, an sich gebunden hat, du liebst es also. und gleichzeitig weißt du: Das ist die Lichtreflexion einer gewissen Strahlenfrequenz, du könntest es im Lexikon nachschauen und sehen, was die Realität-

und-Illusion des Blauen in der Blume, in den Augen und am Himmel ist.

\*

Okay, sagst du, es gibt also Farben und Lichtfrequenzen, die dich entzücken. Und die Welt hat sich entwickelt. Und du hattest das Glück, in einer Generation geboren zu werden, in der es schon viel Wissenschaft und Kunst gibt, man weiß, was Dichter über die Blaue Blume und blaue Augen geschrieben haben und Wissenschaftler über die Lichtfrequenzen entdeckten, du kannst dir wählen und bestimmen, ob du dich den Gefühlen, die das Blaue begleiten, widmen willst, oder dem Wissen, das es begleitet. Oder beiden gerecht werden. Einmal sagtest du einem Mädchen, das in deinen Armen lag: Lass mich in das Blaue deiner Augen tauchen, und sie lachte und sagte: Das sind ja nur Lichtwellen, und du sagtest: Stimmt, aber was für wunderbare Wellen. Und jetzt, nach so vielen Jahren, wenn dich ein Enkel um Rat fragen würde, was im Leben die Hauptsache sei, hättest du ihm vielleicht gesagt: Versuchen zu umfassen, zu vermuten, zu kosten, zu verstehen... Beim "Verstehen" bleibt etwas unverständlich. Was die Wissenschaft versteht, ist eben nur ein zeitweiliges Verständnis, bis ein besseres kommt und zeigt, dass das bis jetzt Verstandene teilweise und zeitweilig war. Das Ganze, das Vollständige, nach dem man sich so sehnt, in der Wissenschaft wie in der Liebe, deutet sich höchstens manchmal an, zeigt sich in der Ferne, wie eine Fata Morgana, eine Zauberillusion der Fee Morgana, die Lichtspiegelung einer Landschaft, die woanders existiert. Aber wo?

\*

Wenn du in der Nacht oder in der Früh aufwachst – was denkst du?

Natürlich jedes Mal was anderes. Zum Beispiel, wie ich die Kraft sammle, aufzustehen und aufs Klo zu gehen.
Muss man dafür Kraft sammeln?
Warte, Mosche'li, wenn du mein Alter erreichst, wirst du es wissen.
Und wie sammelst du sie, die Kraft?
Langsam. Wenn ich zu rasch aufspringe, wird mir schwindlig. Deshalb sitze ich ein wenig auf dem Bett und denke mein säkulares Morgengebet.
Säkular? Was meinst du damit? Ein nicht-religiöses Gebet? Das ist doch ein Widerspruch!
Tja. Das Leben ist voller Widersprüche. Mein Gebet soll mindestens 12 Sekunden dauern, so hab ich gelesen, das ist die Zeit die der Körper braucht um aufzustehen ohne Schwindel zu bekommen.
Aber du schaust doch nicht auf die Uhr, oder?
Nein, ich sage 12 Worte: Ah, wie schön, dass ich aufgewacht bin und einen neuen Tag erlebe!

\*

Eine Frau ließ angeblich auf den Grabstein ihres Gatten einmeißeln: "Zwetschkenknödel hat er nebbich so gern gehabt!" Ein hebräischer Dichter verfasste ein Drama über einen sehr menschlichen Computer, der hieß "Pythagoras". Er versteht, dass man ihn jetzt zu Tode zerlegt, weil er nicht lügen kann, es bleibt ihm nur zu entscheiden, was seine letzten Worte sein sollen, was er zuletzt ausdrücken will. Es ist der Satz des Pythagoras: $a^2 + b^2 = c^2$. Und wenn Mosche'li fragen wird, was du glaubst, was das Wichtigste und Richtigste im Leben ist, was wird dir einfallen, der Satz des Pythagoras oder der Satz der Zwetschkenknödelfrau?

\*

Es gibt hohe und niedrige Sphären, Sterne und Jauche, ewige Gesetze des Geistes und ewige Schwächen der Menschlichkeit. Wenn du an beide denkst, hast du das Gefühl, dass die Sterne zur hohen und die Jauche zur niedrigen Sphäre gehören. Der Satz des Pythagoras zur ewigen, hohen, der Satz der Zwetschkenknödel zur vergänglichen, daher niedrigen. Oder? Weil die Lust nach Zwetschkenknödel etwas so Menschliches ist…? Und was ist das Niedrigste, das Schmutzigste, das Ekligste, das jemand, der dich hasst, dir an den Kopf werfen, dir in deine Mailbox schicken könnte?

\*

Hallo, Alter! Lies das folgende, als Appetitmacher zum Krepieren: Weißt du überhaupt wer und was du bist, du Mist? Ein feuchtes, von Gewürm krabbelndes Aas, ausgefüllt von Scheiße dreier Hunde und einer Katze, mit Durchfall-Sauce und gemischt mit Erbrochenem, gewürzt mit Eiter von drei Beulen und Schleim einer siphiliskranken Hure, die sich an Parkplätzen von mit Tripper angesteckten Lastwagenfahrern ficken lässt und sich nie wäscht. Was hab ich vergessen? Das alles sickert aus dem zerrissenen Arsch eines auf einem Misthaufen krepierten Esels, der vom Verwesen ganz aufgeblasen ist. Schau mal ohne Vorurteile in 'nen Spiegel, dann wirst du sehen, wie du ausschaust und wie ich dich in Erinnerung behalte.
Wie schrecklich, wenn das die Worte wären, mit denen die Welt sich von dir verabschiedet!

\*

Wie möchtest du bestattet werden?

Die Religiösen haben eine Vorstellung, wie die wichtigsten Lebensstationen – Geburt, Heirat, Bestattung – gestaltet werden sollen. Wer nicht religiös ist, hat die Wahl, nicht daran zu denken oder eine Zeremonie selbst zu gestalten.
Und – ? Hast du das getan?
Es ist schmerzvoll daran zu denken. Man muss etwas finden, das auch etwas tröstlich ist: Es gibt Naturbestattungen im Wald. Du kannst dir zu Lebzeiten einen Partner-Baum wählen, zu dessen Wurzeln du und Martha beigesetzt werden wollt, mit einer selbstbestimmten Zeremonie, an dem Baum wird eine kleine Tafel befestigt, und du denkst dir aus, was darauf stehen soll.
Was wähltet ihr – eine Eiche? Eine Buche? Eine Tanne?
Nein, eine Lärche. Die bekommt im späten Herbst eine brennend goldene Nadelfarbe, dann fallen die Nadeln ab und erneuern sich im Frühling in hellem Grün, das im Laufe des Sommers immer voller wird. Als Kind spielte ich oft unter einem Lärchenbaum und beobachtete geschäftige Ameisen, die ihr Nest im Lärchenstamm gebaut hatten. 65 Jahre später suchten Martha und ich jene Lärche auf und fanden sie. Die Ameisen liefen, emsig wie in meiner Kindheit, in ihrem Stamm ein und aus. Das bewegte mich zu Tränen.


\*

Schalom, Chawer, Lebewohl, Freund. Der Abschied von dir fällt schwer. Des Menschen Seele vergeht wie eine Kerze, die ihre Flamme an andere weitergegeben hat. Was die ursprünglichste Lichtquelle und Wärmequelle war, bleibt uns unbekannt.
Dein Dasein war die Fortsetzung – mit unzähligen Veränderungen – des Daseins deiner Eltern und ihrer Vorfahren und wird fortgesetzt mit unzähligen Veränderungen in deinen Kindern und Enkeln und deren Urenkeln.

Du hast einen langen Weg zurückgelegt, mit Freuden und mit Leid, in Liebe und Sehnsucht, in Hoffnungen und Verzicht, du nahmst auf und gabst weiter, bis deine letzte Stunde schlug. Deine Lebensbahn ist zu Ende, unvollendet, wie alle Lebensbahnen, jede zu ihrer Zeit. Sie geht nun ein in große, unsichtbare Kreise, als Teil eines Waldes, als Teil der Welt.

Wir geben deinen Körper der Erde, der Quelle des Lebens, zurück, deine Seele mit deinen Taten bleibt im Leben verwoben, in den Erinnerungen deiner Frau, deiner Freunde und Lieben, im Guten und im weniger Guten, in den Seelen aller, die du liebtest und die dich liebten. Die ursprünglichste Quelle allen Lebens und aller Freundschaft ist die Liebe. All das ist verwoben im großen Kreis der Welt.

Wenn wir dich betrübt haben mit unseren Taten, unseren Worten oder unserem Schweigen, bitten wir dich um Verzeihung. Wir danken dir, dass du uns begleitet hast. Finde Ruhe in deiner Erde, am Fuße eures Lärchenbaumes. Schalom.


\*

Ich würde gerne eine kleine, ganz private, intime Zeremonie für mich vorbereiten: In eine kleine Tüte hätte ich gern einige... Gegenstände gelegt, damit sie mit mir eingeäschert werden sollen.

Warum, wozu? Darauf habe ich keine klare Antwort. Wir wissen nicht – und werden sicher nie wissen – ob die Zeit unendlich ist, und wenn ja, was das bedeutet, ob es irgendwelche Arten von Wiederholung gibt. Na ja, und wenn...

Und in diese kleine Tüte, was würdest du da gern hineinlegen? Locken von Menschen, die du geliebt hast? Und von denen, die vor dir gestorben sind, hast du von ihnen etwas aufbewahrt? Hast du ihnen etwas von dir mitgegeben?

Leider nicht. Aber vielleicht gibt es noch ein kleines Etwas, das mit ihnen in Berührung war: ein wenig Erde oder eine Blume von ihrem Grab, eine Zeile, die sie selbst geschrieben haben…

*

Da ist im Studentenheim Amira am Abend in dein Zimmer gekommen, um sich ein Buch auszuleihen, hat sich auf dein Bett gesetzt, und gesagt, manchmal sucht ein Mädel einen erfahrenen Mann, bei dem sie kein Versuchskaninchen ist, und hat dich dabei – fragend oder herausfordernd? – angeschaut. Du hast die Augen gesenkt und gesagt, dass du das gut verstehen kannst. Dann hat sie sich erinnert, dass es schon spät ist, ist gegangen und hat das Buch vergessen. Du hast eine Gelegenheit verpasst.
Und einmal kam Assia fragen, was man gegen Herzklopfen tun kann. Du sollst mal fühlen, wie stark ihr Herz klopft, die Hand auflegen, spüren, ob es nicht zu stark ist. Sie war ganz nett, aber du dachtest, dass man sich zuerst verlieben sollte, und wie beginnt man damit? Man spricht miteinander, sie erzählt über sich, du über dich, man lernt sich kennen…
Einmal besuchtest du frischverheiratete Freunde, Schlomo und Schlomit, sie priesen immer das Spontane, Ungeplante, also läutetest du unangemeldet bei ihnen. Es stellte sich heraus, Schlomo war übers ganze Wochenende weggefahren. Sie sagte, du sollst bei so einem Regen nicht mehr mit dem Fahrrad nach Hause fahren, du könntest ja bei ihnen übernachten. Du warst verwirrt, bei ihnen, das passte nicht, es war – wäre – bei ihr gewesen. Das Jahr zuvor hattest du – allerdings zu vorsichtig – ihr den Hof gemacht, es war klar, wie es jetzt weiter gehen würde, wenn du bleiben würdest.

Frauen gegenüber hattest du immer Bedenken, ob es richtig wäre, ob sie aufrichtig dich meinten. Du konntest nicht offen mit ihnen sprechen, ihnen sagen, wie verwirrt und unsicher du dich fühlst, einmal hast du es versucht – es ging fehl. Du hast nicht gewusst, wie man das macht. Deine Lippen waren geschlossen, weil ihre geschlossen waren. Hättest du sie nicht öffnen können? Du hast sogar versucht, in einer Apotheke zu fragen, welche Scham! Der Apotheker sagte, dass es eine besondere Salbe gibt, die den Weg ebnet. Aber wie benutzt man sie, das müsste man doch mit ihr besprechen. Wie macht man das?

*

In den 70-er Jahren, auf dem Weg nach Los Angeles, kamst du in Wien vorbei. Deine Mutter hatte dir eine kleine Erbschaft hinterlassen. Wie viel? Du warst nie gut in Geldsachen. Vielleicht zwanzigtausend, vielleicht dreißig? Dein Onkel riet dir, das Geld in Wien zu lassen, Österreich sei sicherer als die Vereinigten Staaten. Was? Unmöglich! Du vertrautest nicht ihm und nicht dem kleinen Österreich. Nein, du nimmst alles mit dir, teilst es, jedes deiner Kinder bekommt ein Konto. Wenn sie 18 sind, kann jeder von ihnen beschließen, was er damit macht. Also kauftest du in der Bank Dollar und stecktest sie in eine Gürteltasche, total taschendiebsicher. Ein Dollar kostete 24 Schilling. Du erkundigtest dich. Das Angebot der Bank war fair. In den Vereinigten Staaten legtest du das Geld für die Kinder an, mit 8 Prozent! Unglaublich! In Österreich hätte es wahrscheinlich nur zwei oder drei Prozent gegeben! Wahrscheinlich – du warst nie gut in Geldsachen. Nach zwei Jahren, auf dem Rückweg von Amerika, wolltest du das Geld wieder in Wien anlegen. Aber alle Konten waren auf die Hälfte geschrumpft. Wieso? Weil man jetzt für einen Dollar nur 11 Schillinge bekam. Unglaublich! Du hättest mehr als das Doppelte gehabt, wenn du den Rat des Onkels Hans befolgt hättest. Doch die Vernunft, wie Polizei, / Kommt dann, wenn alles schon vorbei. Später gab es mehr von dieser Art, mit Aktien, an der Börse. Jeder, der einmal Aktien an der Börse gehabt hat, kennt solche Geschichten. Jeder, der einmal eine Eigentumswohnung gekauft hat und dann wieder verkaufen musste, jeder, der gleichzeitig zwei verschiedene Arbeitsangebote bekam, Jeder, der einmal zwei sehr nette Frauen kennen lernte und wählen musste. Wenn ich nur damals anders gewählt hätte! Denn die Vernunft, wie die Diät, / kommt meistens wenn's ist schon zu spät.

Du hättest viel mehr Sex haben können, mit viel mehr Frauen. Und viel mehr Geld machen können, ohne viel mehr zu arbeiten. Viel mehr Frauen, viel mehr Geld. Das wäre doch viel mehr Leben gewesen, oder?

Und Sterben – hast du auch Gelegenheiten zum Sterben verpasst? Wie vielen Autounfällen bist du entkommen? Einmal, an einer großen Kreuzung, hattest du gerade grünes Licht und fuhrst mit deiner ganzen Familie lustig und gemütlich drauf los, da kam aus der Seitenstraße… vielleicht jemand von der Mafia, ein Verrückter oder ein Betrunkener, mit Blitzgeschwindigkeit, verpasste dich um zwei oder drei rettende Handbreit. Deine Familie plauderte lustig und gemütlich weiter, sie hatten gar nicht bemerkt, dass sie gerade ein Rendezvous mit dem Tod verpasst hatten, du konntest es ihnen nicht sagen, weil du kein Wort hervor bringen konntest.

Verpasste Rendezvous mit dem Tod – wie viele hattest du schon? Genügen die Finger einer Hand, um sie zu zählen? Oder gab es welche, die du, lustig und gemütlich plaudernd, selbst nicht bemerkt hast? Jeder, der schon einen Krieg durchgemacht, mitgemacht hat… Wie viele hast du schon mit- und durchgemacht, den Befreiungskrieg achtundvierzig, der war auf Leben und Tod, dann der

Sinai Feldzug, eine misslungene, überflüssige Intrige Ben-Gurions, den Sechs-Tage-Krieg siebenundsechzig, angeblich einer der größten und schnellsten Siege in der Militär-Geschichte, nein, eigentlich ein klassisches Beispiel für einen Sieg, der eine entscheidende Fehlentwicklung einleitet, und der vierte und letzte, der Yom-Kippur-Krieg dreiundsiebzig, ein Resultat – nein, eines der Resultate – des vorigen Sieges... In jedem Krieg hattest du wenigstens ein Rendezvous mit ihm, sogar im Sinaifeldzug, als du an der friedlichen jordanischen Grenze bei einer Patrouille in ein Minenfeld gerietest...

\*

Der im Feld sterbende Soldat, der im Lazarett sterbende Todkranke, der auf die Hinrichtung wartende Rebell – alle ziehen in ihrer letzten Stunde ihre Lebensbilanz. Hat ihre Lebensbilanz sie neugierig gemacht, und sind sie von Neugierde erfüllt gestorben? Wie in der Erzählung über die andere Tür.

Ein junger Mann, der Rechtsanwalt werden will, verabschiedet sich in seinem kleinen Städtchen von seinen Stammtischgenossen, bevor er in die große Stadt zieht. Jemand hat ihm die Adresse einer Kanzlei gegeben, er könne dort im ersten Stock einfach an die Tür klopfen. Nach vielen Jahren kommt er auf Besuch in sein halb vergessenes Städtchen, trifft seine Stammtischkumpanen und erzählt ihnen: Er sei damals zur empfohlenen Adresse gegangen, aber dort hätten zwei Anwälte gewohnt. Nach kurzem Zögern klopfte er an die rechte Tür. Der alte Anwalt, der dort mit seiner Tochter wohnte, nahm ihn sehr freundlich auf, und mit der Zeit... Er heiratete die Tochter, übernahm die Kanzlei und lebte glücklich und erfolgreich. Trotzdem nagte an ihm die Neugier, wie wohl sein Leben verlaufen wäre, wenn er an die linke Tür geklopft hätte. Er fand

heraus, dass dort ein anderer junger Mann aus einem anderen Städtchen geklopft hatte, und der alte Anwalt, der dort mit seiner jungen Frau wohnte, nahm auch ihn freundlich auf, und mit der Zeit… starb der Alte unter misteriösen Umständen, es folgten viele unglückliche und argwöhnische Jahre… Dann verabschiedet er sich von seinen Freunden. Nachdem er gegangen war, sagte einer von ihnen: Welches Glück hatte er, an die rechte Tür zu klopfen! – Bist du sicher, dass er an die rechte geklopft hat? – fragte ein anderer.
Und wenn du anders gewählt hättest?
Du hattest die Wahl, in Österreich oder in Israel oder in Amerika zu leben und zu lieben. Drei Türen. Du wähltest die mittlere. Du hättest statt Literatur Medizin studieren können oder Kibbuzgenosse und Landarbeiter bleiben. Statt Martha hättest du auch Amira oder Assia heiraten können… Eigentlich war dein ganzes Leben eine Reihe von Entscheidungen und du hast gut gewählt. Jetzt brauchst du eigenlich nicht mehr viel zu wählen.

*

Deine Wahl fiel auf Martha. Lass sie erscheinen. Da kommt sie, man sieht ihrem Gang die Tanzausbildung an, sie lässt ihre rote Mähne, die wie Seide glänzt, offen über die Schultern fallen.
Weil du gerade an deiner Lebensbilanz feilst, mein Lieber, und deine Gefühle hegst und pflegst, muss ich dir sagen, auch ich habe dazu Gefühle.
Zu meinem Feilen?
Das Feilen gefällt mir, aber das Resultat nicht so sehr: Deine Bilanz ist zu miesepetrig. Das Leben – unser Leben – ist doch schön, wir sind zwar alt geworden, aber unsere Körper haben uns nicht verraten, wir sind gesund und sind oft voller Freude, wir haben viele

Ausflüge gemacht und machen sie weiter, wir haben drei Kontinente bereist, wir haben Kinder und Enkel, Freunde und Bekannte, wir haben einigen Freude bereitet, auch und besonders, uns gegenseitig und wir haben das alles immer noch. Manchmal streiten wir und haben miteinander ein Huhn zu rupfen. Aber im Großen und Ganzen lieben wir einander und vielleicht ist das sogar untertrieben. Erinnerst du dich noch, was das erste hebräische Wort war, das du mir beigebracht hast – *hadadi*, gegenseitig. Wir standen an der Straßenecke, wo ich dich immer absetzte, wenn ich dich nach Hause brachte, und ich sagte dir, dass du…
Genug, das verwirrt mich schon wieder!
…ein wunderbarer Mann bist! Das sage ich, auch wenn es dich immer noch verwirrt.
*Hadadi*. Hast du noch weitere Hühner mit mir zu rupfen?
Allerdings, einen ganzen Stall voll. Zum Beispiel, deine Männergespräche.
Welche Männergespräche?
In deinen Erzählungen.
Soll ich mich mit Frauengesprächen beschäftigen?
Gott behüte! Ich sage nicht was du sollst oder nicht, aber du schilderst sie nicht wie Männergespräche, kein Erwähnen von Fußball, Stammtischkumpeln, Bier… Nur Frauen und Sexualität, aber ohne Gefühle. Das ist einseitig. Hast du keine anderen Erinnerungen?
Doch, und das erste was mir in den Kopf kommt, ist unser Nachmittagsausflug in die Gärten, wir saßen auf einer Bank, plötzlich fühltest du dich sehr schlecht und wurdest fast ohnmächtig, ich rannte zum nähesten Haus um ein Taxi zu bestellen…
Sie lacht.
Ich hatte große Angst.

Schön, dass du dich erinnerst, aber was Angst einjagen betrifft, bist du auch ganz gut. Erinnerst du dich, wie es dir plötzlich in der Nacht so schlecht ging, dass du dachtest, du stirbst.
Und was dachtest du?
Ich rief den Notarzt an, da gab's keine Zeit zum Denken und zum Erschrockensein.
Es hat viel Schönes zwischen uns, mit uns, für uns zusammen gegeben und wird hoffentlich noch einiges geben. Aber sag, warum hast du mich Martha genannt?
Martha... Er schließt die Augen, er hat ihre Frage überhört, der Name, die Frau, die Erinnerungen... Es hat viel Schönes zwischen uns gegeben, es gibt es, mit uns, für uns... zwischen, mit, für. Miteinander. Wie oft haben wir miteinander geschlafen? Unzählige Male, wir haben nie gezählt. Deswegen frage ich auch nicht danach, aber der Gedanke kommt mir, wie lange mir all das noch... hör auf, hörst du! Erinnerst du dich, wie du immer darauf bestanden hast, nie ausdrücklich gesagt, aber immer eindrücklich gestaltet, dass wir vorher miteinander sprechen, zueinander, für einander, bis es schon kein zweieinander gibt. Und eines der Themen, der einführenden, zusammenführenden, verführenden Themen war das miteinander selbst, erinnerst du dich, wie wir einmal am Starnbergersee waren, wie wir uns einmal im Wald beim Rotenstein verlaufen haben, und du dich plötzlich vor Wildschweinen fürchtetest? Wer? Ich? Du hast dich gefürchtet! Aber gar nicht! Und warum hast du dann gleich einen Stock gesucht? Ich war ein wenig besorgt. Man darf doch besorgt sein, oder? Natürlich darf man, alles darf man, aber... Darf man wirklich alles? Alles was man sich zutraut. du hast dich ziemlich viel getraut! Erst nachdem wir vertraut waren. Du schweifst ab, vor lauter dürfen und können und sich trauen, hast du noch nicht meine Frage beantwortet, warum du mich Martha genannt hast.

Das ist eine gute Frage. Vielleicht weil es ein hebräischer und ein deutscher Name ist. Im Neuen Testament, im Talmud und in der hebräischen Literatur. Die christliche Martha glaubte an Jesus, bewirtete ihn, er erweckte ihren toten Bruder zum Leben. Die hebräische Martha war Tochter des reichsten Mannes in Jerusalem, aber nach Eroberung der Stadt war sie so arm, dass sie Gerstenkörner aus dem Pferdemist sammelte. Die literarische Martha, in einem langen Gedicht von *Jalag*, war die Geliebte von Simeon, dem heldenhaften Kämpfer gegen die Römer, der in Gefangenschaft von einem Löwen zerrissen wurde, vor den Augen seiner Geliebten, die – auch sie als Gefangene – dem ungleichen Kampf zusehen musste und an gebrochenem Herzen starb. Keine der drei hat eine Karriere als Tänzerin und Sängerin, keine ist rothaarig. Das literarische Leben von Martha beginnt mit der doppeldeutigen Zeile: "Lebewohl Martha, Geliebte, für immer!" Elf Silben, wie es um die Mitte des vor-vorigen Jahrhunderts üblich war.
Ach, Liebster, lass das Vortragen. Sag, was du mir sagen wolltest!
Dasselbe Doppeldeutige das Simeon seiner Martha sagte: Dass sie für immer seine Geliebte ist, und dass er ihr bald für immer Lebewohl sagen muss.
Du willst mir die erste Deutung mit der zweiten verderben?
Wir hoffen ja beide, dass du länger als ich leben sollst und wirst.
Geh, schweig, ich will nicht darüber sprechen.
Aber wir wollen ja aufrichtig miteinander sein. Und gerade an dieser Frage bin ich mit meinen Gedanken angelangt und dafür beginne ich jetzt ein neues Kapitel, für dich und mich.


\*

In "*Drei Geschenke*" von Peretz steht die Seele des Verstorbenen staunend vor dem himmlischen Gericht und verfolgt das Schwan-

Großvater – ab wann ist man alt?
Vielleicht ab sechzig, so steht's jedenfalls in der Mischna, in der Lehre der Väter.
Aber stimmt das?
Für die, die an das glauben, was in der Mischna steht.
Und was glaubst du?
Mir scheint, das ist bei jedem etwas anders.
Wovon ist das abhängig? Ob man gesund ist?
Ja, auch. Und vom Gemüt.
Und wie fühlst du dich, alt?
Manchmal. Ich bin fast achtzig - schon so alt!
Seit wann fühlst du dich alt?
Da muss ich nachdenken, ich will versuchen, mich zu erinnern.
Ist dir das peinlich? Was glaubst du, wann wirst du sterben?
Der alte Mann lachte. Eigentlich ist das Grüne des Gartens, die weiche Decke und die ruhige Abendsonne. Und trotzdem war da dieser leichte Schmerz.
Irgendwann. Morgen oder in einigen Jahren.
Der Großvater sprach mit Nachdenklichkeit und Trauer.
Wird denn das einmal plötzlich sein?
Manchmal kommt es plötzlich, wenn man einen Unfall hat. Oder wenn man einschläft und nicht wieder aufwacht.
Und weißt es plötzlich ist, spürt man es dann?
Ich weiß es noch nicht. Niemand weiß das.
Liest du wieder in einem Roman?
Ich lese gerne eine Stunde.
Was für eine Stunde ist das?
Wenn man etwas macht und das Gefühl hat, man soll etwas anderes machen. Es war ein Roman über eine junge Frau, die einen inneren Kampf hat. Aber jetzt ist es ein anderer Roman.
Auch alte Menschen haben innere Kämpfe? Sie denken nach, wenn

ken der Waagschalen. Der schwarzgekleidete Ankläger entleert Dunkles, Übelriechendes voller schlimmer Taten in die linke Waagschale, während der weißgekleidete Verteidiger angenehm Duftendes voller guter Taten in die rechte entleert. Dabei sieht die arme Seele mit Verwunderung, Vieles, was dort unten als gut betrachtet wurde, gilt hier oben als schlecht, und Vieles, bei dem sie zu Lebzeiten sicher war, es sei dumm und schlecht, gilt hier auf einmal als gut.
Nun fragt der oberste Richter den Gerichtsdiener, wie die Waage steht. Der reibt sich die Augen, schließlich berichtet er: Euer Ehren, die Waage ist vollständig balanciert. Unmöglich! ruft der oberste Richter, aber der Gerichtsdiener bestätigt die Aussage. Also dann fällt das Urteil: An der ewigen Seeligkeit kann die Seele nicht teilhaben, aber in die Verdammnis kann sie auch nicht geschickt werden. Die arme Seele wird also vom Gerichtsdiener hinaus geführt, ins Nichts. Da fleht sie ihn um Rat an, was soll sie tun? Im Nichts zu sein ist nicht zu Ertragen!
Der Gerichtsdiener hat Mitleid mit ihr: Wenn du Befürworter findest, kann dein Fall nochmals verhandelt werden. Aber Befürworter lieben Geschenke.
Nun fliegt die Seele durch die irdischen Gefielde der Mittelmäßigkeit, um Geschenke für die seeligen Befürworter zu suchen. Nach drei weiteren Kapiteln findet sie drei Geschenke und wird erlöst. Amen.
Du denkst: Bringt die Waagschalen! In die rechte, duftende, füllst du deine Lebensbejahung. Die wird den Ausschlag geben!


\*

nicht drei sieben von siebzig von siebenhundert da sitzt du vor dem film den martha dir geschenkt aus alten porösen zelluloid hat sie ihn in ein modernes video verwandeln lassen da sitzt du neben ihr ein alter mann und siehst dich als kind vor dem griesbrei biesbei biesbei mit butter und schokolade schoscholabe die finger und der tisch essen mit und du schaust versonnen wie der süße brei büße bei vom löffel auf den boden tropft topf topf mama statt zu ohrfeigen hat sie gefilmt die erste filmkamera so etwas hatten nur wenige wie versonnen du den löffel wendest topf topf auf den boden und voller griesbrei biesbei biesbei mit butter und schokolade schoscholabe die finger und der tisch essen mit und du schaust versonnen wie der süße brei büße bei vom löffel auf den boden tropft topf topf achzig jahre später umarmst du sie morgen früh kochen wir biesbei mit butter und geriebener schoscholabe mama ach mama

old faithful im yellowstone park ihr steht zusammen in sicherer entfernung und schaut auf die uhren noch fünf minuten ungefähr der wind wird den dampf und die heißen tropfen auf die andere seite tragen es beginnt schon das vorspiel man kann sich auf old faithful verlassen die kinder sind ungeduldig die touristen stören es wäre gut mit dem alten getreuen allein sein zu können vor wie vielen kilometern und jahren hast du dort gestanden noch einmal noch einmal dort stehen da da kommt er da braust er da dampft es da sprüht es alt ist er aber mit ungeheurer kraft bricht es aus dem innersten der erde heraus diese kraft diese hitze langsam angesammelt bis sie hervorbrechen wie angestaute empörung aufgestauter zorn der dann in hellen nebeldampf zerstäubt man kann sich verlassen ein alter kerl ja aus ihm kann es hervorbrechen

als du und martha in jenes motel einkehrten in der entlegensten ecke der staaten ganz im nordwesten zwischen einsamen bergen und immergrünen wäldern ihr wart die einzigen gäste alle zimmer leer aber die sauna ist an ihr seid allein in der sauna allein allein nackt in der sauna da ist martha am schönsten am attraktivsten mit ihrer mähne von flammend rotem haar sicher bist auch du in der sauna attraktiv und rein bis unter die haut bis in die knochen allein noch einmal in der sauna allein mit ihr allein mit dir nackt und rein deine erste tochter das telefon im büro du auf der fahrt ins spital die leute in der straßenbahn stehn gleichgültig stumpf leute leute was steht ihr gleichgültig stumpf martha hat mir eine tochter geschenkt und ihr geht es gut sie ist wohl auf und liegt müde lächelnd ihre rote mähne auf das kissen um sie ausgebreitet wir haben eine tochter ein kleines runzliges fremdes und ganz nahes wesen dass man nur ganz vorsichtig halten darf und dabei kaum zu atmen wagt und nun ist sie fünfzig unglaublich das kleine runzlige wesen hat eine tochter die älter ist als du es warst als du das kleine runzlige wesen zum ersten mal vorsichtig hältst und kaum zu atmen wagst hoffentlich hoffentlich ist es dir vergönnt noch einmal so ein kleines runzliges wesen zu halten und kaum zu atmen zu wagen

*

Wie akzeptiert man den Tod?
Oder soll man das gar nicht?
Besser oder schlechter – leichter oder schwerer?
Wenn man an Gott glauben kann oder an Seelenwanderung, wenn man an Wiedergeburt oder Weiterleben glaubt, ist das sicher hilfreich. Aber kannst du das glauben?
Leider nicht, obwohl…Du schwebtest einige Male in größter Gefahr und Seelennot, naja, Menschen, die dir sehr nahe standen, auch…
Da warst du bereit ein Gebet zu flüstern und zu glauben. Aber diese kurzen Momente genügten, dich zu überzeugen, dass, mit all deinem Unglauben, du irgendwo in deiner Seele, auch gläubig bist.
In den vier Kriegen die du durchgemacht hast und in einem Flugzeug, dem der Absturz drohte, hast du beobachten können, wie

Gläubige in solchen Situationen reagieren – mit der gleichen Angst, Verzweiflung und Seelennot, wie du Ungläubiger.
Ist das logisch?
Nein, logisch sicher nicht. Aber verstehen kann man, dass die Ungläubigen doch auch gläubig sind, und die Gläubigen wissen, dass auf ihren Glauben kein Verlass ist.
Was erleichtert dann das Akzeptieren des Todes?
Der Gedanke an das Eintauchen in den großen Strom des Seins, ein Teil der Menschheit gewesen zu sein, teilgehabt zu haben an ihrer Entwicklung, am Sein... Das Annehmenmüssen des großen Gesetzes des Lebens...
Und das erleichtert?
Das werde ich vielleicht noch herausfinden, aber wahrscheinlich dir – das heißt: auch mir selbst – schon nicht mehr mitteilen können.


\*

Sag, Großvater, wie beendet man solche Gespräche, wie das, was wir jetzt geführt haben?
Vielleicht mit "Fortsetzung folgt". Und jetzt mal zu dir: Was macht deine neue Liebe?

## Anmerkungen

*Afarsemon*. Dattelpflaume. Hier männlicher Vorname.
*Apfelbaum*. Liebeserinnerungen. Das Hohelied verbindet den Obstgarten mit Erotik (z. B. Kap. 8. 5).
*Arik* Verkleinerung von Arieh, Löwe, häufiger Vorname.
*Bara*. Poetisch, in der Bibel: schön, rein.
*Barak*. Blitz am Morgen. Anspielung an Gedichtesammlung von Leah Goldberg.
*Bat-Mizvah*. Der zwölfte Geburtstag von Mädchen.
*Baum des Lebens*. "Den Baum des Lebens mitten im Garten und den Baum der Erkenntnis des Guten und Bösen" (I Mose 2. 9).
*Charlie Chaplin, Goldrausch*. Stummfilm. 1925.
*Chevre*. (Slang) Leute, Jungs, Bande.
*Dachilkum*. (Slang, arabisch) Ich bitte euch.
*Delila*. Philisterin, schwächte den Helden Simson (Richter 16).
*Drei, die mir wundersam sind.* "Drei sind mir zu wundersam, und vier verstehe ich nicht: des Adlers Weg am Himmel, der Schlange Weg auf dem Felsen, des Schiffes Weg mitten im Meer und des Mannes Weg beim Weibe." (Sprüche 30. 18 – 19).
*Drei Geschenke*. Erzählung von J. L. Peretz (1852-1915).
*Dritte Reihe links*. Kritz' Antwort im Interview, auf die Frage, wie er seinen Platz in der hebräischen Literatur sieht.
*Dunam*. Flächenmaß im Nahen Osten, 1000 Quadratmeter.
*Froike*. Kosenamen für Efrajim.
*Gidi*. Kosename für Gideon.
*Leicht* wie ein Hirsch… Anspielung auf das Traktat der Väter. So soll der Gerechte eilen, Gottes Willen zu tun.

*Rami.* Kosename für Abraham. Auch die meisten der weiteren Namen der Bäume im Kirschgarten sind Koseformen für männliche Vornamen.

*Rente.* Witwen von im Militärdienst Gefallenen bekamen eine großzügige Rente, solange sie nicht wieder heirateten. Dieses Gesetz wurde inzwischen verändert.

*Reportkarten.* In den Kibbuzschulen gab es damals keine Noten, aber 2-3 Mal im Jahr bekamen die Schüler Reportkarten.

*Ricky.* Kann als weiblicher (von Rivka) oder männlicher (von Richard) Vorname benutzt werden. Kritz veröffentliche 7 Romane unter diesem Pseudonym.

*Sayin.* Der 7. Buchstabe im hebräischen ABC. Das Wort bedeutet auch Penis.

*Shaike.* Kosename für Jesaia.

*Tender.* Fahrzeug, das 8 – 10 Personen oder leichte Lasten transportieren kann.

*Tu bischwat.* Das Neujahr der Bäume, ungf. Mitte Februar. An diesem Tag pflegt man Bäume zu pflanzen.

*über die Berge hüpfst...* Anspielung auf: "Siehe, er kommt und hüpft über die Berge und springt über die Hügel... Mein Freund gleicht einem jungen Hirschen" (Hohelied 2, 8-9).

# Inhalt

| | |
|---|---|
| 1. Meine kleine Rote | 7 |
| 2. Lili und die Kreuzotter | 33 |
| 3. Alon und Irit | 41 |
| 4. Mein Kirschgarten | 152 |
| 5. Ofer erwartet die historische Welle | 160 |
| 6. Halb und halb | 182 |
| 7. Mein erster Kuss | 191 |
| 8. Thomas Mann im Kibbuz | 208 |
| 9. Die Unvollendeten | 220 |
| 10. Bara, die Barakude | 233 |
| 11. Theologie lernen | 247 |
| 12. Ein alter Mann | 266 |
| Anmerkungen | 302 |
| Inhalt | 304 |
| Illustrationen 9 39 102 158 179 189 206 218 231 296 | |